KB113283

돼지꿈

세계문학전집 125

돼지꿈

황석영

민음사

차례

돼지꿈

1

벌거숭이 붉은 언덕과 주택 부지들이 펼쳐져 있고, 언덕 한 가운데에 굴뚝만 흉물스레 높이 솟은 기와 공장이 홀로 서 있었다. 해가 저물고 있었다. 기와 공장의 굴뚝에서 솟은 불티가 어두운 하늘 속에서 차츰 선명하게 반짝였다. 언덕 아래로 빈터의 곳곳에 간이 주택과 낮은 움막집들이 모여 있었다.

강씨는 리어카를 끌면서 화학 공장의 뒷담 옆으로 해서 회색빛 폐수가 늘 고여 있는 저지대를 지나갔다. 폐수 속에 높다란 쓰레기 더미가 군데군데 비쳐 보였다. 그는 낡은 코르덴 당꼬바지에 러닝셔츠만 입고 뚫린 밀집모를 눌러썼다. 옷차림이야 넝마에서 골라 입은 탓이겠지만, 표정마저 가뭄에 탄 시냇가의 돌 꼬락서니로 낡게 퇴색된 것 같았다. 머리가 희끗희끗한 오십 대였으나 걸음걸이는 당당했고, 왕년의 목도꾼답게 어깨가 딱 벌어졌다. 강씨는 누렇게 변색한 옛날 사진 속에서 튀어나온 사람 같았다. 그는 녹슨 양철로 얼기설기 움막을 지은 재건대 지부의 작업장 가운데로 리어카를 끌고 지나갔다. 쓰레기 더미 속에서 대여섯 사람이 분주하게 쓰레기들을 분류하고 있었다. 종이, 빈 병, 깨어진 유리, 나무 상자, 깡통 같은 잡동사니들이 저희들끼리 나뉘어 쌓여 있었다. 넝마주이에서 돌아오는 자가 대바구니를 어깨에서 끌러내고, 우선 쓰레기 더미에다 쏟아놓고 있었다. 강씨는 작업을 시키고 섰는 나이 든 양아치에게 말을 건넸다.

"어이, 뭐 좀 잡았나?"

"이제 오슈."

좋은 말로는 재건대장이며 예전 같으면 왕초인 사내가 건성 인사를 받았고, 옆에 있던 양아치가 농을 쳤다.

"잡기는 젠장…… 앗씨 가운뎃다리나 잡으까."

예비군 모자를 코허리에까지 눌러쓰고 양쪽에 귀 같은 호주머니가 달린 야전복을 입은 왕이 눈살을 찌푸렸다.

"니 애비한테 그래라, 인마."

하면서 그는 면장갑 낀 손으로 코 밑을 쓱 훔쳤다. 강씨는 대꾸하지 않고 마른기침을 뱉었을 뿐이다. 왕이 말했다.

"뚜룩이나 치면 모를까, 노상 줏어 오는 게 고작 요런 것들이우."

왕도 강씨가 어쩐지 느긋해 보이고, 인사까지 건네 오는 푼수로 보아 일진이 별로 나쁘진 않았겠다고 느끼면서 말했다.

"그나저나 수입 잡은 모양인데, 한잔 사슈."

"다리 품앗이 값두 못 되네."

했다가 강씨는 참지 못하고 말을 해버렸다.

"오늘은 줄을 좀 잡았지."

"줄? 몇 관이나요."

"두어 자."

강씨의 하루 벌이란 고작해야 삼사백 원 꼴이었다. 어떤 때에는 아이 녀석들이 제법 쓸 만한 물건들을 어른들 몰래 들고 나올 적이 있었고, 장물아비를 놓친 좀도둑들이 뚜룩친 물건들을 파는 날도 있었다. 그러면 강씨는 주위를 둘러보고 나서 재빨리 엿이나 현금을 바꿔주고는 뺑소니를 치는 것이었다. 잘못 걸렸다간 닭장으로 직행하기 십상이었으니까. 오늘은 웬 수상스런 놈팡이에게서 전선을 싸구려로 사다가 팔았던 것이다. 그뿐이 아니었다.

"이 사람 요 밑에 좀 들여다보게."

강씨가 엿목판을 밀어내고 튀긴 강냉이를 담은 비닐 자루를 옆으로 치웠다. 왕이 거 무슨 보물이라도 있는가 싶어 고개를 삐죽이 들이밀다가 기겁을 했다.

"이게 뭐요, 네발짐승 아뇨?"

그는 자루 아래로 삐죽이 내밀어진 회색 털의 개 다리를 보았던 것이다. 강씨가 의기양양하게 말했다.

"왜 아냐, 송아지만 한 놈인데."

"셰퍼드로군. 크긴 제법 큽니다그려. 어서 났수, 꼬여다 때려잡은 것두 아닐 테구."

"예끼, 떳떳하게 임자한테서 얻었다구."

그는 탐스러운 털을 가진 셰퍼드의 꼬리를 잡아 약간 쳐들어 보였다. 어찌나 무거운지 달싹도 하지 않는다. 왕이 개의 귀를 만지려 하자, 강씨는 슬그머니 엿목판으로 그의 손을 밀어냈다. 왕은 손을 빼기가 못내 아쉽다는 듯이 입맛을 다셨다.

"것 참 안성맞춤이네요. 지난 복날에두 허탕을 쳤는데."

"빈손은 안 붙이네."

"아따, 그 양반! 술 받는 건 문제가 아니구, 잘못 먹구 골루 가는 건 아뇨?"

강씨는 얘기할 흥미조차 잃었다는 시늉으로 왕의 아래위를 훑고 나서 리어카를 밀어냈다. 왕은 안달이 난 목소리로 말했다.

"알겠시다, 생명에 지장은 없는 거구. 끄슬리는 건 내가 할 테니 꼭 부르쇼."

"탁주 한 바께쓰 낼 텐가?"

"글쎄 염려 놓으시라니까."

"조오치."

강씨는 느긋하게 고개를 끄덕였다. 누구든지 동네로 들어서는 강씨의 거동을 보면 대개 그날의 일진에 관해서 알아맞힐 수가 있었다. 그의 걸음걸이가 당당하고 고개를 치켜들었다든가, 또는 리어카가 가뿐하게 굴러 들어온다든지, 모자가 비뚜름하다든가, 만나는 사람에게마다 하루 재수를 먼저 묻는다든가 하는 짓들이 나오면 틀림없이 최상의 날이었다. 강씨는 엿목판 아래로 신경을 쓸 때마다 첫선 본 큰애기처럼 가슴이 두근거리는 것이었다. 잡아먹기가 아깝도록 잘생긴 데다,

한창때의 장정만큼이나 무게가 나가도록 실하게 살찐 개였다. 왕이 아직도 미심쩍어하면서 말했다.

"용케 구하셨어. 복철에 개 보기가 쉬운 일이 아닌데……."

"그게 궁금한가. 리어카 끌구 강남학교 앞으루다 내려오는데, 웬 아주머니가 날 부른단 말야. 뭐 고철이라두 있는가 해서 따라갔더니……."

가축병원이었다. 개가 차에 깔린 모양인데 쉽게 죽지는 않을 것 같았지만 뒷다리가 모두 부러져서 병신이 될 것만은 틀림없었다. 그래서 주인은 개가 편안히 죽을 수 있도록 주사를 놓아주기를 부탁했고, 개는 잠깐 동안에 사지를 뻗고 죽어버렸다. 문제는 이 덩치 큰 짐승을 처치하는 것이었는데, 가축병원에서는 빨리 치워주기를 원하고 있었으며, 개 임자는 어디엔가 양지바른 곳에 묻을 작정이었다. 그러나 집의 화단에다 묻기는 뭣하고, 그냥 쓰레기통에다 버릴 수도 없다는 얘기였다. 또한 거기서 개를 묻을 만한 빈터나 산을 찾으려면 먼 데까지 가야 했다. 아주머니의 따님께서는 죽은 개 때문에 징징 울고 있었다. 그들이 강씨의 가위 치는 소리를 들은 것은 바로 그러한 망설임 중에서였다. 아주머니는 숫제 사정조로 개를 강씨가 가져다가 꼭 묻어주기를 부탁하는 한편, 따님을 달래느라고 정신이 없었다.

"이 사람아, 혀를 길게 빼구 널브러진 놈이 꼭 호랑이더라그 말야. 침이 연방 넘어가지만서두, 그쪽서는 아예 그런 끔찍상스런 생각은 않는 모양이지."

강씨가 못 이기는 체하고 개를 리어카에 싣는데, 아주머니가 수고비라며 삼백 원 돈이나 얹어주었다. 호박이 덩굴 뿌리째 굴러 떨어진 것이다. 따님은 울었고, 아주머니는 안도의 한숨을 쉬었으며, 강씨는 하도 신이 나서 콧방울이 벌름대는 것을 참느라고 어금니를 꽉 물고 있어야 했다. 그들이 안 보이는 곳에 이르자, 강씨는 개의 크기를 다시 한 번 확인하느라고 리어카 속을 들여다보았다.

"요새 기름길 못 먹어서 버짐꽃이 핀단 말일세. 아침마다 살가루가 싸라기 모양 쏟아진다구. 그렇잖아두 가출한 똥개라두 한 마리 때려잡아 보신하려는 참인데……."

강씨의 얘기를 찬사와 감탄의 빛으로 듣고 있던 왕이 맞받아서,

"듣구 보니 앗씨가 아니라 그 운짱 양반께 인살 드려야겠네."

강씨도 물론 반대할 마음이 아니다.

"실은 그렇지. 쥐약을 먹은 것두 아니요, 지랄병두 아니구…… 살이 디룩디룩 찐 멍멍일 생으로 때려잡았으니까. 운전수 양반이 남 존 일 했지."

두 사람은 이제 완전히 기분이 통해서 기꺼이 웃었다. 하루 수입도 만만찮게 올렸겠다. 수고비도 받았겠다, 강씨는 눈에 걸리는 대로 어느 선술집에 들어가 쐬주 두어 잔 걸쳐, 이 감격을 달래고 오는 길이었다.

"자아, 이따 보세."

강씨는 의기양양하게 리어카를 밀어냈다. 폐수가 흘러나오고 있는 하천변에 반 미터쯤의 낮은 둑이 있고, 둑가에 쓰레기 더미와 분간할 수 없이 늘어선 팔십 번지 동네로 그는 들

어섰다. 강씨는 염소 우리가 있던 변소 옆을 지나다가 거기서 나오는 일수쟁이 영감과 부딪쳤다. 작년까지도 이 동네 반장이 흑염소를 기르다가 손해만 봐서, 지금은 동네 공중변소로 쓰이는 헛간이다. 영감이 활짝 편 얼굴로 말했다.

"손자 보게 됐습디다."

일수 영감은 더러운 파자마 속에다 양손을 찔러 넣고 서 있었다. 강씨는 어리둥절했다.

"갑자기 그게 무슨 얘기요?"

"미순이가 왔데요."

"그년이……!"

"몰라보겠두만. 홀몸이 아니던데."

강씨는 별수 없이 혀만 끌끌 찼다. 그는 며칠 전에 마누라가 미순이의 편지를 들고 훌쩍이던 것이 생각났다. 돈놀이 해처먹어서, 사람의 속을 뻔히 알아, 손바닥 위에서 가지고 놀려는 영감쟁이의 구렁이 같은 취미를 모르는 바 아니었지만 오장육부가 꽤나 쓰라렸다. 강씨는, 그게 어디 내 딸년이오…… 하려다가 너무 야박스럽고 낯이 간지러워져서 말을 돌렸다.

"골치 아파서 원. 그년이 죽든지 살든지…… 돈일랑 제 에미한테 받으슈."

영감은 오늘따라 시원시원했다. 영 안 낼 배짱인가 보다고 포기했던 터인데, 이번만큼은 가망이 있어 보이는 모양이었다.

"이제 장본인이 왔으니까, 수월히 되었소."

"그러믄요. 순전히 영감님 책임이죠."

"본인 말을 들어보면 알겠지만, 틀림없는 일이오. 부모들이 어느 정도 책임져야지."

"좌우간에 난 모른다 그겁니다."

영감은 마땅찮게 강씨의 리어카와 그 행색을 훑어보면서 이죽거렸다.

"허허, 개 배가 꼭 북통 같데, 배 꼴이 아들 쌍둥이는 될걸."

"망할 년 같으니."

강씨는 리어카를 왈칵 밀고 낮은 블록 벽들이 늘어선 골목으로 들어갔다. 콜타르의 종이 지붕 위에 눌러놓은 돌들이 보이고, 환기구멍 겸 창문 대신 뚫어놓은 연두색 플라스틱 슬레이트가 위를 향해 치켜져 있는 게 보일 만큼 집들이 주저앉아 있었다. 골목을 빠져나가면 동네의 유일한 펌프가 있었고, 옛날 버릇대로 유휴지의 이곳저곳에 제각기 일구어놓은 채소밭이 있었다. 파, 옥수수, 배추 등속이 자라나 있었다. 벌이를 나갔던 사람들이 대부분 돌아와서 이미 세수를 하고 발도 씻고서는 파자마 반바지 차림으로 빈터의 곳곳에서 바람을 쐬는 중이었다. 이제 오나, 어 그래, 하는 것으로 대충 인사말을 건넸다. 아이놈이 강씨를 먼저 보고 제 동무들을 버려두고 이내 달려왔다.

"아부지, 삼춘 왔다. 삼춘이 미순이 데려왔어."

강 씨는 리어카에서 엿목판과 강냉이 자루를 꺼내고, 개를 들어냈다.

아이들이 제일 먼저 모여들었고, 제각기 흩어져 앉았던 어른들 사이에 가벼운 동요가 일어났다. 그는 엿목판에 극성으로 달라붙는 아이놈의 등줄기를 호되게 내리쳤다.

"이놈 새끼."

하면서 그는 진작에 어두워진 집 안쪽을 살폈다. 보통 때 같으면 뭔가 반응이 있을 법도 한데 고요했다. 아이놈이 발버둥질하면서 강씨의 뒤통수에다 욕을 퍼부었다.

"아부지 개새끼야. 아부지 씨비씨비."

강씨는 못 들은 척하며 힘들여 개를 붙안고 부엌 시렁 위에 날라다 얹었다. 나무 선반이 휘청, 구부러진다. 동네 사람들 중에서 뽑혀 왔는지 한 사내가 머리만 디밀고 말했다.

"오늘 할 테면, 불 피우까?"

강씨는 선선히 대답했다.

"어, 그래그래."

불 꺼진 방 안에 들어섰을 때, 강씨는 하마터면 처의 허리께를 밟을 뻔했다. 그 여자는 아예 홑이불을 머리 꼭대기까지 둘러쓰고 누워 있었던 것이다. 강씨가 불을 켜고 선 채로 한참이나 아내의 흰 몸뚱어리를 쏘아보았다.

"초저녁부터 무슨 청승야. 진종일 헤매구 돌아오는 사람 심정두 쬐끔은 알아줘얄 말이지."

"듣기 싫어. 나한테 말 시키지 말아요."

"얼씨구, 지랄하구 자빠졌다."

강씨는 고함이라도 꽥 지르고 싶은 심사를 억눌렀다. 공연히 덧들이기가 싫어서다. 마침 아이놈이 방문턱에 와 걸터앉아 칭얼대기 시작했으므로 강씨는 기세 좋게 소리쳤다.

"이런 상년에 자식, 죽구 싶어!"

아이가 울음을 터뜨리고, 강씨 처는 홑이불을 쓴 채로 중얼거렸다.

"잘헌다. 참말 부자지간에 육갑 떨구 있네, 저 팔푼이 같은 새끼는 뭘 또 처먹지 못해서 칭얼대, 칭얼대길."

"그래, 네년의 새끼들은 다 잘났더라."

여자가 홑이불을 까 내리고 발딱 일어나 앉았다.

"입이 천 개라두 할 말이 없을걸. 걔들한테 언제는 애비 노릇 해본 적 있어? 아, 있느냐구. 참 남부끄러워 못 살아. 그 나이에 밝히기는…… 안 할 말이지마는 날 요 꼴루 수절도 못하게 해논 게 누구 짓야. 내가 저 새낄 몇 살에 난 거냐구. 또 몇을 지웠구. 말 좀 해봐."

"정말 이 여편네가. 이년이 미친년이지."

맞은편에 붙은 골방의 미닫이가 달칵거리는 것으로 미루어 거기에 누군가 있는 게 분명했다.

"에이 망할 집구석. 불을 확 싸지르든지…… 니미."

드디어 문이 열렸다. 역시 말끔한 양복 차림에 넥타이까지 단정하게 맨 처남이 엉거주춤하게 서서 말을 건넸다.

"매부, 안녕하세요. 고정들 하십시오. 남들이 듣겠습니다."

"아 왼 동네가 다 아는데 무슨……."

강씨는 제 심사에 못 이겨서 자꾸 무르팍만 쥐어박았다.

"속을 썩여두 곱게 썩여야지. 나가는 년이 뭣 땜에 거짓말루 꾸며서 일숫돈을 빼갖구 나가느냐 이거야. 우리가 단련을 얼마나 받았냐구. 그래, 그 꼴을 해갖고 왔다기에, 한마디하는 게 그렇게 고깝단 말인가 나두 체면이 애비라구, 애비."

"어유 그러셔? 대견하셔. 벌이두 못 하는 애비, 우거지면 삶아서 국이라두 끓여 먹지."

"누님두 그만두세요. 성경에두 나와 있지만……."

또 나오는구나 싫어진 강씨는 분연히 일어났다. 질려서 지레 달아나려는 아이놈의 손목을 잡으며 강씨는 지나치게 처량한 어조로 말했다.

"밖에 나가자, 아부지가 엿 주께."

강씨의 처가 길게 한숨을 쉬었는데, 호흡의 꼬리 근처에서 떨리며 흐느꼈다. 그 여자는 다시 드러누웠고, 삼촌은 단정한 자세로 앉아 기도를 하기 시작했다. 그의 목소리는 믿음직한 바리톤이었다.

"전지전능하신 여호와 아버지 기도하옵는 것은, 이 가정에 깃든 불안과 고통을 씻어주옵시며, 저희가 더 이상 아버지 앞에 죄를 짓지 않도록 하심을 바라나이다. 이제 나갔던 식구가 돌아오고 온 가족이 모이게 되었사오나 저들은 감사할 줄 모르고 오히려 불화하여 아버지 은혜를 잊고 있나이다. 하나님 아버지 우리가 비록 지상에서는 가난과 괴로움 속에 허덕이며 천국을 잊고 있지마는, 아버지께서는 우리에게 길을 인도하여 주옵시고 심판의 날에는 주의 반열에 들게 하소서. 우리에게 천국에 임하게 될 때에 저희 죄인들은……."

"집어치워! 그 죄인, 죄인 하는 소리 기분 나쁘니까. 요즘 세상에 옥황상제라두 귀찮아."

강씨 처가 고함을 쳤지만, 삼촌의 기도는 잠깐 멈칫했을 뿐 그치지 않았다.

"저희 죄인들은…… 모두 회개하여 참사람이 되어서 주의 영광을 찬송할 겁니다. 우리가 불행함은 죄인이기 때문임을 잘 아나이다. 지금 공장에 나가 야근을 하고 있는 근호와, 이 집 가장에게 은총이 늘 함께하시고, 미순이가 잉태한 생명에게도 복을 주셔서……."

할 때에 미닫이 너머에서 끅, 하는 소리가 들렸고, 강씨 처도 잠잠해졌다. 기도가 계속되었다.

"모두 하나님 자녀 되게 해주소서, 거듭 바라옵건대 우리가 유황불이 타는 지옥에 들어가지 말게 하시고 주의 은혜로써 진리와 소망에 살기를 바라나이다. 부족한 죄인 아무 공로 없사오나 예수 그리스도의 이름으로 기도하옵나이다. 아멘."

기도가 그쳤다. 방 안에는 죄인, 천국, 지옥 하는 말들로 인해서 갑자기 나른하고 달착지근한 슬픔과 기대가 가득 차는 것만 같았다. 미닫이 뒤에서 가슴을 죄고 있던 미순이는 가슴이 후련했고, 강씨 처는 어쩐지 억울한 느낌을 버릴 수가 없었다. 삼촌은 아직 경건한 자세를 풀지 않은 채, 페이지마다 색연필로 가득히 줄 쳐놓은 성경을 이 장 저 장 뒤적이며 속으로 읽었다. 벽에서 낡은 괘종이 여덟 시를 쳤다. 그 옆에 퇴색한 옛날 사진들이 끼워진 액자가 붙어 있고, 근호가 갖다 붙인 화장품 회사의 선전용 달력에는 비치는 속옷 바람의 여자가 가랑이를 벌리고 있는 사진이 들어 있었다. 낮은 책상 위에 일본어 교본, 네 귀퉁이가 다 닳은 경제원론이라는 책, 그리고 무협소설, 카네기 자서전, 성공의 비결 등이 꽂혀 있었다. 야외용 전축과 겸한 라디오가 낡은 구식 장롱 위에 있는

데, 강씨 처는 기분이 날 때마다 전축의 볼륨을 있는 대로 틀어놓는 것이었다. 오르간으로 연주되는 흘러간 옛 노래가 냄비에서 죽이 끓는 듯한 소리를 내며 흘러나왔다. 이 물건은 강씨가 고물상에 넘기지 않고 그의 처에게 선물한 것이었다. 그러나 지금 강씨 처는 도무지 음악에 신명을 올릴 기분이 들질 않았다. 미순이가 죽이고 싶도록 밉고 불쌍했으며, 자라온 세월을 돌이켜보면 잘못은 모두 어머니인 자기에게 있는 것 같았다. 밤바람이 차갑다고 느낀 강씨 처는 천장 쪽으로 트인 창문의 줄을 요란하게 닫고는 또 한 번 한숨을 내리쉬었다. 아까보다도 훨씬 가라앉은 표정이었는데, 워낙 성질이 대장간 쇠토막 같아놔서 잘 달고 쉽게 식었다. 그 여자는 오십이 가까웠어도 얼굴 피부가 팽팽하고 아직 몸매도 흐트러지지 않았다. 강씨 처가 혼잣소리로 탄식했다.

"모두 내 잘못이다. 잠깐 눈이 뒤집혀서 저 팔푼이 같은 두상한테 개가했지."

그 여자가 강씨를 만난 것은 천안에서였다. 그 여자는 대부섬 마을에서 풍랑으로 남편을 잃고 나서 천안에 정착했었다. 혼잣몸으로 근호와 미순이 남매를 데리고 살아가기 힘겹던 그 여자는 열차에서 개피떡 장사를 했다. 강씨 쪽도 아직 근력이 좋던 때라 역전 수화물부에 있었다. 공안원들을 피하느라고 개구멍을 드나들던 떡장수 여자와 수화물 창고 인부가 어느 결에 눈이 맞았었다. 강씨는 원래 오쟁이를 졌던 남자여서 여자에 주눅이 많이 들어 있었다. 보통 홀아비라도 모르는데, 그런 지경이었으니 아직 교태가 남아 있던 과수댁에게 홀딱 반하지 않을 수 없었던 것이다. 그들이 서울에 올라온 것은 막내가 태어나기 훨씬 전이었다. 워낙 생활력이 있는 사람들이어서 빈손이었는데도 강씨네 식구는 재빨리 서울 생활에 적응해 왔던 것이었다. 멍청히 앉아 여러 가지 생각에 잠겼던 강씨 처는 되도록 온건하게 딸을 불렀다.

"미순아 좀 건너와라."

"니에……."

기어 들어가는 목소리로 간신히 대답한 미순이가 머리를 가슴팍에 푹 처박고 골방 문턱에 엉거주춤 앉았다.

"너 어쩔 작정야. 애를 그냥 낳을 거냐."

미순이는 치마 끝을 쥐고 손가락을 꼼지락거릴 뿐 대답이 없다. 강씨 처가 재차 물으면서 미순이의 턱을 치켰지만, 미순이는 다시 고개를 떨어뜨린다.

"안 되겠다. 이따 네 오빠하구 상의해서 낼 같이 병원에 가자."

강씨 처는 아직 어리기만 한 딸의 가냘프게 여윈 얼굴과 누가 보더라도 쉽게 알아챌 정도로 볼록이 불러 오른 아랫배를 내려다보며 눈물을 손가락으로 찍어냈다.

"육 개월이 채 못 되었다니 손을 쓸 수 있을 거다."

미순이가 고개를 번쩍 쳐들었다.

"싫어요."

"애비 없는 새낄 낳아서 어쩌겠다는 거야."

"있어요."

"있으면 내 앞에 나타나얄 거 아냐. 사실이 이러저러 됐으니

성혼을 시켜달라든가, 형편이 안 되면 얼마를 기다리라든가, 무슨 기별이 있어야지. 벌써 그 꼴루 비루먹은 암캐처럼 기어들어올 때부텀 싹이 노랗더라. 근호가 보면 널 죽이겠다고 길길이 뛸걸."

성경을 들여다보던 삼촌이 곁에서 참견했다.

"누님, 어떻게 멀쩡하게 산 애기를 죽입니까?"

"넌 참견 마라. 그것두 나오면 입이라구…… 살기가 얼마나 힘든데 그래."

"미순이가 찾아왔길래 전 놀랐습니다. 그래서 아무리 물어봐야 말을 해야죠. 울기만 하니 말예요. 아마 둘이서 살다가 헤어진 모양입니다."

강씨 처가 미순이에게 다그쳤다.

"그 녀석하구 헤어진 거냐, 어떻게 됐어?"

"군대 갔어요. 운전 기술 배워갖구 제대하면 결혼하재요."

"너 그놈 아니면 안 되겠니?"

미순이가 어머니의 기분을 염두에도 두지 않고 염치 좋게 말했다.

"잘 몰라요. 성깔은 착하지만, 건달이에요."

강씨 처는 미순이의 머리를 쥐어박고서는 한숨만 내리쉴 뿐이었다.

"하는 수 없다. 서둘러서 결판을 내야지. 애를 떼든가, 아니면 그놈에게 편지를 보내 책임지도록 해야 한다."

"책임질 위인이 못 돼요."

"우선 이 몸으론 안 되구."

"애를 길러줄 사람한테 시집가야겠어요."

삼촌이 무릎을 쳤다.

"잘됐습니다. 주여, 감사합니다."

"아 시끄러워요. 남은 지금 복창이 터져 죽겠는데."

미순이는 이제 완전히 달관해서 아무래도 좋다는 몰골이었다. 그 여자는 눈물만을 몇 방울 찔끔거리다가 말았을 뿐, 사실상은 제 어머니보다는 덜 상심하고 있는 것처럼 보였다.

"시키는 대루 할래요."

"어이구 장하셔라. 미친년!"

강씨 처는 속으로 어림 계산을 해본다. 아무리 애를 써서 형식으로 치른다 할지라도 삼사만 원은 들 것 같았다. 더군다나 미순이가 도망갈 때 일수를 이만 원이나 얻어 갔으니 그 돈 갚고 혼사 치르려면 오만 원은 족히 들 것이었다. 또한 몸을 풀 때까지는 전에 나가던 가발 공장에도 못 나갈 테니 먹여줘야 할 것이다. 그런데 문제는 누가 이걸 데려가는가 하는 것이었다. 근심이 가시는가 하자 새로운 걱정거리가 무더기로 밀려들었다.

"이래저래 큰일이구나. 일수 얻어다 뭐에 썼어?"

"사글세 방 하나 얻었어요. 다 까구 만 원 남았던 거…… 그이 군대 간 뒤 한 달 동안 내가 먹어버렸구요."

"차라리 뒈어지기나 했으믄, 내 속이 편하잖아."

강씨 처는 다시 근호가 이달 안에 얼마를 들여올까를 계산했다. 이번 달에는 야근이 많았으니까, 못 받아도 일만사천 원쯤은 받을 것이었다. 강씨가 매일 들고 들어오는 돈으로 먹는 건 이럭저럭 밀가루와 보리로 적당히 때우기로 하고 골방에 자취 손님이라도 들여야겠다고 작정을 해보았다. 그러나 제 마음대로의 작정뿐이었지 막상 돈이 필요한데 살아가는 일들이 틀림없이 맞아떨어지리라는 보장은 없는 것이었다. 이런 때, 친정붙이라고 하나 있는 삼촌이라도 조카 혼사에 보태라며 돈 만 원쯤을 내놓으면 얼마나 자랑스러우랴 싶었다. 강씨 처가 삼촌의 성경책을 집어서 그의 코 앞에다 들고 흔들었다.

"먹고 나서 예수고 뭐고지, 허구한 날 산속 기도원에나 백혀 있으믄 세상이 뒤집어지는 줄 알아. 이거 빨리 청산해야 너두 돈 좀 만질 거다."

"누님두…… 뭐 내가 못할 짓 하는 겁니까. 내 실성기가 나은 게 모두 하나님 탓입니다. 내달부터는 기도원 운영을 내가 맡기루 되어서 생활비가 월 삼만 원씩 나오게 됩니다."

"말은 좋다. 내 땅변이라두 낼 테니, 너 이번 혼사에 만 원 보태줄래?"

"전도사 어른께 미리 말씀드려 보지요."

"얘, 행여나 돈이 나오겠다. 거기 가서 엎드려 비는 이들이 전부 속 답답하거나 못살아서 죄진 사람들인데, 그 사람들 갖다 바치는 걸루 네게 줄 돈이 차례나 오겠다."

"아네요. 요샌 오히려 그런 쪽이 경제가 낫습니다."

어쨌든 강씨 처는 마음을 정하자마자 한결 근심이 덜어지는 것 같기도 했다. 날마다 죽을 둥 살 둥 하면서 그래도 가난 때문에 온 가족이 뿔뿔이 흩어져야 할 위기를 몇 번이나 넘기면서도 용케 살아 나왔던 것이다. 사람이 죽으란 법은 없으니까…… 어떻게든 되겠지. 강씨 처는 막연하게나마 딸의 혼사를 치르기로 작정은 했으나, 배 속의 아이가 무엇보다도 큰 걱정이었다. 그렇지만, 애비 없는 자식이니 낳게 할 수는 없었다. 그 여자는 부엌으로 내려서며 혼자 중얼거렸다.

"언제는 돈 있어서 살았냐, 속아서 살았지."

2

하천 건너편 빈터에서 모닥불이 타고 있었다. 마을 사람들이 사과 상자를 패어 살려놓은 불이었다. 이미 캄캄해진 공장 부지의 들판 가운데서 불길이 기세 좋게 타올랐다. 쓰레기 더미와 이곳저곳에 어른 키만큼 자란 잡초가 불빛에 드러났고, 불 주위에 모인 마을 남자들의 법석대는 소리와 낄낄거리는 웃음, 콧노래들이 들려왔다. 연기가 그치고 고운 화염이 솟아오르자 그들은 개를 불 위에 얹고 그슬기 시작했다. 불이 있고, 술과 고기가 있으니, 그 주변은 자연히 싱싱한 활기가 돌게 마련이었다. 모여 선 어른들은 서리를 끝내고 돌아온 짓궂은 시골 소년들처럼 킬킬대며 농지거리들을 주고받았다. 아낙네들도 이런 저녁마다 시큰둥해서 풀이 죽어 있던 동네 남자들 사이에 쾌활한 모임이 벌어지고 있는 광경을 대견스레 구경했다. 여자들은 하천 건너편에 남아 있었지만 극성스런 아이놈들이 벌써부터 건너와 어른들 뒷전에 살살거리며 모여 있었다. 개털이 타는 노린내가 불가에 가득 찼고, 붉은 불빛이 그들의 벗은 몸과 얼굴에서 일렁였다.

모인 사람들은 대략 칠팔 명쯤 되었는데, 강씨의 공로에 대해서 한마디씩 치사를 잊지 않았다. 막걸리도 한 양동이 갖다놓았는데, 모두들 술값을 추렴들을 했기 때문에 고기를 기다리는 일이 떳떳했다. 왕이 가져온 쇠솥에서는 더운물이 펄펄 끓고 있었다. 마른 나무가 타는 소리가 들리고, 까맣게 그슬린 개의 피부에서 기름이 번졌다. 사람들은 기와 공장 아랫동네에 관한 얘기를 했다. 오늘은 한 점의 불빛도 보이지 않는 그쪽의 허허벌판을 그들은 가끔 두려운 듯이 바라보았다. 안경을 쓰고 머리가 희끗희끗한 반장이 말했다.

"저쪽 동네는 오늘 낮에 모두 뜯겼는데 우린 참, 운이 좋았지요. 구청 직원 말이 우리 동네는 생겨난 지가 십 년이 넘으니까, 권리금이 나올 거라 그겁니다. 내년까지는 아무 탈이 없을 거요."

"이 동네가 어떻게 생겨난 동네라구. 공장 질 때, 거기 나가 기초 공사를 했던 사람이 전부란 말야."

"뜯겨난대두 가구당 오만 원씩은 나온다 그겁니다."

"젠장, 뜯겨두 좋겠구먼 뭐."

"이 친구 정신없는 소리 하네. 돈 오만 원하고 저 궁궐 같은 집을 바꾸잔 말야?"

"딴은 그래. 우리네한테는 궁궐이지."

그들의 등 뒤에서 자전거 벨 울리는 소리가 요란하게 들렸다. 키가 크고 허우대가 건장한 남자가 뒤에다 함지 등속을 서너 개 포개어 싣고 그들 곁으로 다가왔다.

"나는 빼놀 셈인가, 이 작자들아."

"덕배 잘 왔네. 술장사가 술을 내얄 거 아닌가."

"오늘은 그 포장마찰랑 때려치우구 여기서 보신이나 하게 그려."

덕배라고 불리는 사내는 자전거를 세우지 않고, 허벅지로 받친 채 반장에게 물었다.

"어찌 됐습니까? 얼핏 들으니 가구당 오만 원으루 책정되었다든데……."

"언제 뜯길진 모르지만, 올해 안으론 별일 없을 걸세. 이게 모두 내 덕인 줄이나 알게."

반장이 자기 가슴을 툭툭 두드려 보였고, 덕배는 이마에 흘러내린 땀을 손등으로 걷어서 뿌리며 잠깐 생각했다.

"이런 경우는 어떻게 됩니까. 우리 집에 세를 놀까 하는데, 나갈 때 그 사람들두 오만 원을 받는 겁니까?"

"그러니까, 미리 타협해서 계약을 해야지."

"계약 좀 같이 해주쇼. 내일 사람이 온댔는데."

"입회해 달라 그 얘기로군. 한턱내게나. 해줄 테니."

"여보게 덕배, 우리 집에두 방이 하나 비는데 말이지……."

강씨는 일숫돈을 아무래도 갚아야겠다는 생각이 났으므로 말을 꺼냈다. 아내와 다투고 나오긴 했지만 내심으로는 미순이의 그런 꼬락서니에 약간의 가책이 느껴졌던 것이다. 실상 그들 남매에게 정을 보여줬던 적이 한번도 없었다. 덕배에게 말했다.

"자네는 길가에서 사람 상대가 많으니 하는 말이네. 우리두 좀 구해주게."

"가만 있으슈. 그 사람이 오면 연줄이 닿을 테니까."

"뭣 하는 작자들일까……."

"뭣 하긴…… 예서 방 구하는 게 전수 촌에서 올라온 공원 지원자들 아닌가."

"어 그렇겠구먼."

"집이야 저 정도면 촌놈들께 이만 원은 받아야겠지?"

"이 녀석아, 너는 촌놈 아냐?"

"말 말어. 내 수돗물 먹은 지가 벌써 육 년째야."

"저건, 시내 지리두 아직 잘 모르면서…… 인석아, 여긴 촌 아닌 줄 알어? 보리 깡촌이라구."

덕배는 동네 사람들의 법석대는 농담을 뒤에 두고, 자전거를 밀면서 빈터를 지나갔다. 아직 밭고랑의 흔적이 남아 있는 길이라서 몹시 울퉁불퉁했다. 자전거 바퀴가 걸려 주춤거릴 때마다 덕배는 혼자 씨부렸다.

"옘병할, 병신 같은 넌!"

오밤중에 모자라는 국수를 삶아 오라니 짜증이 안 날 수가 없었다. 하긴 요즘 들어서 장사가 잘된다는 얘기이기도 했지만, 무슨 놈의 여편네가 준비성도 없느냐는 것이었다. 해삼도 그냥 상해버릴 것을 함지 가득히 받아다가 손해만 봤고, 순대도 반나마 버렸는데 국수는 야근자들이 부쩍 찾는 걸 알면서도 적게 준비했던 것이다. 그는 둑에 걸쳐놓은 나무판자의 다리를 건너서 한길로 올라섰다. 널따란 아스팔트가 좌우로 뻗어나간 길이었다. 양쪽에 가로등이 휘황했고, 공장들이 줄지어 있었다. 기계 돌아가는 소리가 빈 길 위에 가득 차 있었다. 덕배네 포장마차는 공장 건물들이 그치고 상가가 나오는 짤따란 번화가의 끝에 있었다. 복개되지 않은 개천 위에 통나무와 널판자로 자리를 만들어 그 위에 터를 잡아놓은 것이었다.

"뭣 허다가 인제 나타나는 거유"

자전거를 포장 뒤에 세워놓은 덕배의 등덜미에서 그의 처가 푸념을 늘어놓기 시작했다.

"방금도 두어 패나 놓쳤단 말예요. 근데 큰놈 안 갔습디까?"

"못 봤는데."

"내 그럴 줄 알았다니까, 또 만화 가게서 텔레비에 눈을 박구 있는 가봐. 이놈 새끼 나타나기만 했다 봐라."

덕배는 끌끌, 혀를 차고는 홧김에 국수 함지를 쿵 소리 나게 내려놓고 포장 안으로 들어갔다. 막걸리를 들이켜고 있던 사내가 술잔을 들어 보이며 아는 체를 했다. 트랜지스터 행상인 그 사내는 날마다 덕배네 포장마차에서 저녁 술을 걸치고 갔다. 덕배도 맞받아 끄덕이며 멋쩍게 말했다.

"네 네 오셨군. 마누라쟁이가 극성이라서……."

"먹구사는 게 다 그렇지요."

"암, 말 잘했수. 먹구산다는 게 시끌법석하죠. 오늘은 좀 늦으셨어."

"어유, 정말 한 백 리는 걸었을걸."

행상은 성근 수염이 자라난 턱을 내리쓸었다. 그의 얼굴은 언제나 침울해 보였다. 몇 달 전보다는 덜 심각해 보였으나, 아직도 표정이 어두운 편이었다. 덕배는 남자들의 얼굴에 깃드는 실업의 무기력하고 불안한 표정을 잘 알고 있었다. 행상은 지난봄에 출감한 사람이었다. 그의 말로는 별게 아니라지만 하천 건너편 동네 사람들의 뒷소문에 의하면 실성기가 있는 여편네를 칼로 찔렀다는 것이었다. 덕배는 되도록 그가 술을 많이 마시지 않기만을 바랐다. 그는 어쩌다 신이 나면 예전의 서기 시절을 떠올려 허풍을 떠는 적이 있었다. 덕배는 지금쯤 그의 동네가 허허벌판이 되었음을 알고 있었으며 그래서 도무지 불안하기만 했다. 덕배는 오늘 따라, 그의 안주 접시 위에 튀김 두어 개가 얹혀 있는 것을 보고는, 꼴뚜기를 썰어서 얹어주며 말했다.

"피곤할 텐데 어른 집에나 가보슈."

"가봤자…… 지긋지긋하게 찌는데, 여기서 쉴랍니다."

"오늘 동네서 난리 안 났습디까? 당신은……."

하는 아내의 옆구리를 쿡 찔러놓고 덕배는 공연히 신탄진 한 개비를 권했다.

"무슨 난리요?"

행상이 심드렁하게 물었다. 덕배가 말했다.

"아니…… 거, 저 뭣인가…… 물난리겠지. 날이 가물어서 원."

덕배의 처가 그제야 생각났다는 듯 연방 투덜대면서 들어와 둘렀던 앞치마를 풀었다.

"내 요놈의 새끼를…… 가게 좀 봐요."

"내비둬."

"허라는 공분 않구, 맨날 텔레비에다 만화에다…… 어이구, 지겨워. 어디 그뿐야, 툭하면 돈통에 손을 넣는단 말여요."

덕배도 한숨을 쉬며 말했다.

"자식 가르치기가 무척 힘이 듭니다. 내 어떻게든 큰놈은 갈켜서 펜대 잡게 만들려구 허오만…… 나두 중학교까지 나왔는데 요 꼴이니."

월부 통장의 입금란을 따져보고 있던 행상은 말없이 웃기만 했다. 덕배의 아내가 부리나케 나가면서 외쳤다.

"공장 애들 오면 장부 보구선, 지난달치 떡값 받아놔요. 내 빨리 댕겨오께."

"어, 저 여편네가…… 어이, 야!"

"국수 하나 말아주오."

쫓아 나가려는 덕배 앞으로 어느 노인이 들어서자, 덕배는 하는 수 없이 도로 들어왔다. 노인은 손잡이가 달린 숫돌대와 접는 의자를 메고 있었다. 칼이나 가위를 갈아주는 업인 모양이었다. 덕배가 국수를 마는 동안 노인은 한참이나 찹쌀떡이며 인절미 등속을 바라보다가 동전을 꺼냈다. 그리곤 여러 번 헤아려보고 나서 말했다.

"저 인절미 한 개 얼마요?"

"예, 십 원인데요. 두어 개 잡수시면 밥보다두 든든합죠. 끼니 때우긴 찹쌀이 젤이니까."

"꼭 하나만 주."

"앗씨, 죄송함다."

하는 걸쭉하게 쉰 음성과 함께, 더벅머리에 요란한 무늬의 셔츠를 입은 스물 남짓한 청년이 들어섰다. 덕배가 건성으로 받았다.

"어이, 근호가 웬일야."

"네에, 그렇게 됐습다. 한잔 걸쳤습다. 앗씨 나 술 좀 주슈."

"많이 걸친 거 같네."

탐탁지 않게 말하면서 덕배는 그제야 근호가 왼손을 온통 붕대로 싸 감은 것을 발견했다.

"왜 또 손은 그래? 싸웠구만."

"예? 아, 이거…… 한판 벌였수."

"귀한 자식이 엄닐 생각해서라두 피해야지…… 이 사람아, 자네 누이가 왔는 모양이야."

막걸리 주전자에 손은 뻗치며 근호가 잠깐 주춤했다.

"누가요? 앗씨, 누가 왔다구?"

"누구긴…… 미순이 말야."

근호는 상을 잔뜩 찌푸렸다가, 다시 고개를 좌우로 거세게 흔들었다. 잠시 멍하니 제 발밑을 내려다보다가 아까보다는 가라앉은 태도로 술잔을 기울였다. 노인에게 국수를 내주고 나서 덕배는 행상에게 물었다.

"하루에 얼마나 올리쇼."

"뭐…… 돈 천 원 나올까요."

"야, 그거 괜찮은데."

"괜찮은 날은 그렇지요. 장마가 낀 데다 날씨가 더워서 어디……."

"나두 왕년에 해봐서 잘 아는데, 이런 때 양산이나 해보지 그러쇼. 외상 주면 부인네들 시샘해 가며 산단 말야."

"양산 같은 건 호랑이 담배 먹을 적 얘기요. 유행이 다른데."

"세월이 그렇게 됐군, 내 한 이백 올려봤수."

"한참 좋았구먼요."

덕배는 자기도 술을 따라 한 잔 들이켜지 않을 수가 없었다.

"참 씨팔…… 드러워서, 요 꼴이 될 줄 누가 알았나."

하면서 덕배는 아직도 고개를 숙인 채 뭔가 궁리 중인 듯한 근호의 머리통께에다 대고 말했다.

"나 허풍이 아니야. 이백…… 정말 돈 벌리기 시작하니까 정신이 없더구만."

행상이 건성조로 감탄하며 맞장구를 쳤다.

"찬스지, 찬스. 그것만 잡았다 하면 돈 버는 거야 무섭죠."

하는 쪼가 자기도 왕년에는 수천 금 잡았었다는 태도였다. 노인도 그들의 얘기에 솔깃해졌는가 보았다.

"현금으로?"

"빠다라시 은행권이죠."

"그래 얼마 동안에 잡었소?"

덕배가 신이 오르기 시작했다.

"한철, 여름 한철이라니까. 좌우간에 첨에 나 혼자 뛰다가 밑천은 내가 대구 종형에다 처남까지 손잡구 했었다 그 말요. 딱 벌어서 그걸루다 안전한 장사를 하는 건데 말이지……."

덕배가 자기의 이마를 때리고 나서,

"내가 서울 요리를 알았어야지. 서울 와서 뭘 했겠소. 내 곰곰이 생각을 해봤단 말야. 장사에는 머리다, 머리를 쓰는 거다. 자본 있겠다. 기운 팔팔하겠다. 가만 생각해 보니, 서울에 노인네 없는 집이 없겄어. 이 양반들 출타하려면 지팽이가 있어얄 거란 말요. 그 왜 절간이나 놀이터 앞에서 팔잖습니까. 자본을 몽땅 들였지. 매일 지팽이를 백여 개씩 깎아다가 애들까지 고용해서 보냈다 그거요. 원 이런 병신에 우라질, 서울이 묘하더구만, 노인네가 어딜 보여야지, 그러니 요놈 지팽이가 불쏘시개보다두 못하게 되어버렸다 그 얘기오."

국수 국물 마시던 칼갈이 노인이 말했다.

"듣구 보니 머리 한번 잘못 쓰셨어. 한꺼번에 벼락금을 만지려면 도적놈 심보를 가져야지. 그러게 촌놈은 땅이 제일이오. 지팽이란 게 촌사람 생각이지. 나두 자식이 둘 있소만, 내 모가치 벌지 않곤 이런 대처선 못 살아요."

덕배는 이왕 얘기로 기분도 냈겠다. 발동이 걸렸으니 술이나 푸짐히 먹고픈 생각이 들었다. 그는 거의 반 되 넘어 마셔대고 있었던 것이다. 그때에, 포장 사이로 소녀의 기다란 머리카락이 힐끗 들어왔다가 나갔고 밖에서 재깔대는 소리가 들려왔다.

"남자들이 많어 얘."

"어떠니 뭐…… 먹는 게 숭이니?"

덕배가 재빨리 쫓아 나갔다. 철야에 들어가는 여공들이 요기를 하러 와 있었다. 고만고만한 또래들이었다. 요런…… 새끼 조개를 보게, 하면서 덕배는 그중 반반하고 얌전해 뵈는 쌍갈래머리의 등을 밀었다.

"아가씨들 들어오쇼. 내 푸짐하게 국수 말아줄 테니."

"떡두 있죠?"

"떡이란 떡은 다 있지. 내 솜씨가 제법 맛을 낸다구."

"아이 더러워라."

"예끼, 노상 물에다 담근 손인데."

"아저씨 언제 소변 봤어요?"

"나는 뒷짐 지고 일보는 사람이라구."

어쩌구 하면서, 덕배는 벌겋게 된 얼굴에 흡족한 웃음이 가득해서 소녀들을 앞세워 들어왔다. 그들이 들어서자, 갑자기 비좁은 포장마차가 탱탱한 공처럼 터져 나갈 것 같았다. 그들은 우선 국수부터 한 그릇씩 먹어대고 나서, 떡을 집어 먹으며 지껄이기 시작했다.

"나 이번 달두 적자야. 큰일 났어 얘."

"공장 관둘까 봐. 언제나 견습 면하구 사원 돼보나."

"고향엔 이젠 못 간다. 늬들 갈 수 있다고 생각해?"

"앞으로 몇 년만 참으면, 기술이라두 배우잖어?"

"기술 좋아하네, 그런 게 기술이면 밥 짓는 것두 기술이구 연애하는 것두 기술이겠다, 얘."

"그러엄. 기술이지……. 잘만 물어봐."

"홀에나 나갈까, 아니면 놈씨나 하나 잡을까."

"공돌이?"

"걔들은 안 돼. 십 년 지나야…… 겨우 반장쯤인걸."

그때, 도구를 챙겨 메고 밖으로 나가던 노인이 투덜거렸다.

"온…… 천하에 못돼먹은 년들 같으니. 내외할 줄두 모르구, 버젓이 밤중에 쏘다니면서 상소리나 해? 그저 내 딸년 같으면 다리몽갱이를……."

"어머나아!"

여공들이 일시에 소리쳤다. 덕배는 손가락을 입에 대고, 한 손은 저으면서 노인이 나가는 걸 지켜보고 나서 말했다.

"영감네들야 모두 저렇지. 그저 옛날 생각이나, 아니면 촌에서 마실 댕기던 대루 여긴단 말야."

술 마시기를 그치고 생각에 잠겼던 근호가 말했다.

"노인네 말씀이 맞을지두 모르겠는데."

"뭐예요?"

"아니, 댁들이 꼭 그렇대는 건, 아니지만…… 이놈의 동네, 어딜 가나 다 그렇지. 댁에들 솔직히…… 말만 잘하믄 주는 거 아니냐 이거지. 내 얘기는……."

"여보세요, 댁이 시방 누굴……."

"히야까시 하느냐구."

"주긴 뭘 줘."

"아저씨, 애인 하나 소개해 줘요."

점점 들까불기 시작하는 여공들을 둘러보며 덕배는 게슴츠레해진 눈으로 말했다.

"내가 어때?"

주로 되바라진 말만 내뱉던 여공이 계획적으로 보이도록 아양을 부렸다.

"너무 늙어서 안 되겠어요."

"누가 우리 방세 좀 안 내주나?"

"그보담 오늘 먹은 거 짜악, 빈대 잡을 수 없으까요?"

근호가 취기가 적당히 오늘 목소리로 참견했다.

"씨팔 나두 돈 있다 이거야. 나하구 데이트합시다. 오늘 쏘

들어왔던데."

여공들은 뭔가 '프라이드'가 상했다는 얼굴로 새침해졌다. 제일 나이가 많은 듯한 얌전한 쌍갈래머리가 물었다.

"지금 몇 시나 됐어요?"

"쌍년들 통빡 죽이구 있네."

근호가 씨부렸고, 덕배는 시계를 보느라고 팔을 크게 휘두른 다음에 말했다.

"아홉 시 십분 전."

"나훈아 쑈가 들어왔던데, 내일 비번인 사람 같이 갑시다."

근호의 말에 여공들이 일시에 샐쭉해졌다가, 되바라져 보이는 여공이 내쏘았다.

"딴 데 가서 알아봐요."

밖에서 누군가 덕배를 불러냈는데, 경관의 모자와 유니폼이 힐끗 보였다. 덕배는 갑자기 얼굴이 굳어져서 밖으로 나갔다. 여공들이 다시 지껄이기 시작했다.

"얘, 우리 날마다 몸 뒤지는 키 작은 경비 녀석 있지? 엊저녁에 나더러 배드민턴 치러 가자구 꼬시더라. 밤에 뭐가 보이니 글쎄."

"너 지지난달에 제품부에 들어온 명자 알지? 걔는 요새 생활비가 딸려서 여관에 출장 나간대. 고게 공장 와서는 혼자 얌전을 다 떤다구. 누가 봤다면서 슬쩍 찔렀더니, 화장실루 데려가서 울면서 사정을 하더래, 얘."

"김 기사 있지? 얼마 있으면 일본에 기술 배우러 간대."

"그치 꼬시는 수법이 그래 얘. 반반한 여직원들한테는 꼭 그 애기부터 한대."

"나두 일본말이나 배웠다가, 본사에 가봤으면."

"우리 같은 건 본사 직원 근처엔 얼씬두 못 해. 검사과에 있는 미스 박이라구 홀쭉한 애 있잖아, 와다나베인다, 와리바신가 하는 꼰대하구 살림 차렸대."

"와다구시노 공순이노 도오쿄노 사요나라."

깔깔대는 여자들 틈에 시큰둥해서 앉아 있던 근호가 갑자기 요란하게 노래를 시작했다.

"얼씨구 씨구 들어간다. 절씨구 씨구씨구 들어간다. 서울 못 보고 죽은 귀신 어디에다 묻어줄까. 서울 못 보고 죽은 귀신 역전에다 묻어주지. 공돌이 각설이 들어간다."

여공들이 귀를 막았지만, 근호는 붕대 감은 손을 휘저으며 진짜 알깡패처럼 악을 썼다.

"공부 못 하고 죽은 귀신 대학교 앞에다 묻어주고, 돈 못 쓰고 죽은 귀신 명동 입구에다 묻어주고, 춤 못 추고 죽은 귀신 호텔 앞에다 묻어주고, 책 못 보고 죽은 귀신 만화방 앞에다 묻어주고, 등산 못 가 죽은 귀신 야호 앞에다 묻어주고, 장가 못 가고 죽은 귀신 종삼에다 묻어주고, 술 못 먹고 죽은 귀신 무교동에 묻어주고, 휴일 없이 죽은 귀신 예배당 앞에 묻어주고, 자가용 못 타고 죽은 귀신 양옥집 앞에다 묻어주고, 쪼꼬레또 못 먹고 죽은 귀신 월남에다 묻어주고, 밥 못 먹고 죽은 귀신 밥솥에다 묻어라. 공돌이 각설이 들어간다. 어, 시끄럽다 각설아, 한 푼 줄게 꺼져라!"

근호가 처음부터 되풀이하기 시작했을 때, 덕배의 머리가 포장 안으로 쓱 들어오며 고함을 쳤다.

“야, 거 조용하지 못해? 철딱서니 없는 자식.”

여공들이 우르르 몰려 나갔다. 밖에서 덕배는 한 손을 뒷덜미께에 얹고 연방 고개를 끄덕이며 섰고, 경관이 낮은 목소리로 뭔지 훈계하고 있는 참이었다. 덕배의 처가 볼이 퉁퉁 부어오른 아이놈을 몰고 그들에게로 다가왔다. 경관은 사람 눈이 많아져서 재미가 적다고 느꼈는지 덕배의 등을 툭툭 두들겨주고는 아주 느릿느릿한 걸음으로 한길을 건너갔다. 덕배 처가 그의 등에 매서운 시선을 보내면서 말했다.

“얼마 뜯겼수?”

어깨가 축 처져버린 덕배가 시무룩해서 말했다.

“이천 원.”

“아이구, 사흘 장사 망쳤네.”

경관이 온 것과 장사 망친 게 아이의 탓이기나 한 것처럼, 덕배 처가 아들의 볼따구니를 쥐어질렀다. 아이가 죽어가는 소리로 악을 썼고, 덕배는 앞치마를 벗어서 땅에다 내동댕이쳤다.

“쥐약들을 멕여서 다 몰살을 시키든지…… 아니면, 예미랄 거 어디 왕 서방한테 팔아빼리든지. 이년아 사내가 지키는 걸 알구 와선 손을 내밀잖어.”

그들이 정신없는 틈을 타서 여공들이 하나둘 빠져나가고 있었다. 한참을 떠들다가 그제야 정신이 든 덕배가 마차 안팎을 휘둘러보고 나서 공장 가로를 뛰어 쫓아갔다. 네거리에 이르러 그들이 어디로 뛰었는지를 종잡을 수 없게 되자, 덕배는 방향을 잃고 헐떡이는 숨을 가라앉히며 서 있었다.

"좆 겉은 날이네. 여편네가 짱알대니 되는 일이 있어야지."

그런데 외등의 불빛으로 드러나 어두운 골목 저편의 전봇대 아래로 붉은색이 후딱 지나치는 게 보였다. 잡았구나 싶어져서 덕배는 열이 올라서 그쪽으로 냅다 뛰었다. 골목 안으로 들어서니까 작은 발짝 소리가 앞에서 들려왔다. 차츰 가까워지자 덕배는 고함을 꽥 질렀다.

"야, 저엉 달아날래?"

뛰던 여공이 발을 천천히 놀리더니 오뚝 섰고, 질린 눈으로 그를 돌아보았다. 그가 옆으로 다가서자 여공이 목을 잔뜩 움츠렸다. 쌍갈래머리의 얌전이였다. 덕배는 다짜고짜로 여공의 손목을 움켜잡았다.

"요놈의 기집애들아, 돈을 안 낼 테면 이노꼬리라두 잡혀야지…… 당장 파출소루 가자!"

쌍갈래머리가 주저앉으려고 궁둥이를 빼면서 사정했다.

"아저씨 그런 게 아녀요. 한 애가 산다구 그러구선 우릴 골탕 멕이느라구 달아났어요."

"여러 말 할 거 없다구, 돈을 내."

"정말예요. 내 월급날에 꼭 갚아드릴 테니까 한 번만 봐주세요. 야근 들어가야 해요."

덕배는 여공의 손을 우악스럽게 잡아끌다가—까짓거 기백 원 되는 걸, 놓아 보내줄까—하는 약한 마음이 들었다. 하지만 그것도 이 동네 초창기 시절의 얘기이고, 그래봤자 병신 되는 건 순전히 선의를 보인 쪽일 뿐이었다.

"돈이 없으면 아무거라두 잡혀. 시계 있지?"

"없어요. 벌써 몇 달 전에 전당포에 맡겼는데 찾지 못했어요."

"집이 어디야?"

"요 넘어 간이주택 삼 동 쪽에서 자취해요."

"거기 가자."

여공이 사정조의 몸짓과 목소리를 멈췄다. 얌전이는 덕배의 손을 탁 뿌리치더니 앞장서서 걸어갔다. 덕배는 머쓱해져서 얌전이의 뒤를 따라갔다. 공장 가로가 끝나고 시장을 통과했지만, 덕배는 이미 마음을 푹 놓고 뒤를 쫓아갔다. 여공의 빨간 티셔츠가 십 미터 밖에서도 보일 정도였고, 사실 여공도 치사하게 달아나는 일은 되풀이하고 싶지 않은 모양이었다. 얌전이는 한번도 뒤편을 돌아보지 않았다. 그들은 덕배네 동네보다는 겉보기로 한결 나은 간이주택 동네의 비좁고 질척한 골목을 이리 꼬불 저리 돌아서 한 지붕 아래 스무 가구는 사는 걸로 뵈는 여공의 숙소로 들어갔다. 긴 복도가 있고 양쪽에 줄지은 미닫이 방 안에서 주정하는 소리, 남녀가 떠들며 노래하는 소리들이 들려왔다. 여공이 열쇠를 따고 안에 들어가서 불을 켰다. 덕배는 공연히 따라왔다고 후회가 되었으며, 어쩐지 가슴이 두근대기 시작하는 것이었다.

"들어오시죠. 이거뿐이니깐."

얌전이가 헝클어진 캐시밀론 이불을 발로 밀어젖히면서 말했다. 라면 상자 위에 냄비 두 개와 그릇들, 세면도구가 놓여 있었다. 벽에 남자와 여자의 허술한 옷가지들이며 앞가슴을 풀어헤치고 노래하는 남진의 사진과 거울이 걸려 있고 방바닥에 재떨이도 있었다. 덕배는 약간 난처했으므로 문턱에 걸터앉아 담배에 불을 붙였다.

"실은 나두 이럴 작정이 아녔는데, 하는 짓들이 괘씸해서 말이지."

여공이 입을 삐죽하더니 웃음을 머금은 얼굴로 덕배의 코끝을 빤히 들여다보았다.

"오늘은 앗씨 땜에 야근두 못 들어갔으니까요. 이불 가져가시라구요."

"뭘…… 그럴 거까지야 없구우."

하다가 덕배는 벽에 압정으로 눌러놓은 작은 종잇조각에 눈이 갔다.

'삶—생활이 그대를 속일지라도 슬퍼하거나 노하지 말라. 설움의 날을 참고 견디면 멀지 않아 기쁨의 날이 오리니 현재는 슬픈 것 마음은 미래의 살고 모든 것은 순간이다. 그리고 지난 것은 그리운 것.'

글씨 끝에 갈매기와 구름을 그려 넣은 취미가 제법 그럴듯해서 딴에 뭘 아는 거 같아 보였다. 어쩐지 혼자 떠돌아다니던 때가 생각나서 덕배는 자기도 모르게 문턱에서 방 안으로 깊숙이 들어앉았다.

"내…… 그냥…… 얘기나 하다가 가지."

얌전이는 벽에 등을 기대고 심란하게 앉아서 과거는 흘러갔다, 그러니 어쩌겠냐는 내용의 노래를 부르고 있었다. 덕배가 말했다.

"젊을 때 고생은 사서두 한단 말이 있지만, 기술이나 배우구 슬슬 시집가믄 되는 거지 뭘 그래."

"시집요? 참 나……."

얌전이가 곱게 눈을 흘겼다. 여자는 편하게 다리를 주욱 뻗고는 깡총한 치마를 사타구니 쪽으로 몰아다 들뜨지 않도록 주먹으로 내리누르고 있었다. 덕배는 허옇게 드러나 허벅지 쪽으로 눈이 가지 않도록 신경을 써야만 했다.

"아 그럼 혼자 늙어 죽을 건가. 한참 좋은 때에……."

"앗씨, 이왕 좋은 일 하려면 한 가지만 더 해보세요."

"무슨 일."

"우리 방세 좀 내주실래요? 내달에 꼭 갚아드릴게. 이번 달에는 아파서 꼭 일주일 결근했는데 이렇게 차질이 나잖아요."

"내가 골이 비었나?"

덕배는 완전히 방 안에 들어와 여자와 마주 보고 앉았다. 여자는 갈래머리를 풀고 손가락을 펴서는 뒤로 자꾸만 쓸어 넘겼다. 훨씬 여자답고 나이 들어 보였다. 덕배는 손바닥에 밴 땀을 무릎에 닦으면서 침을 꿀꺽 삼켰다.

"처녀 방에 웬 놈의 사내 냄새가 이렇게 심할까, 원."

얌전이가 고개를 들어 벽에 걸린 남자 옷들을 힐끗 보고 나서 말했다.

"친구들이랑 넷이서 같이 합숙해요."

"요 관만 한 방에 넷이 누우면 그냥 포개지겠는데."

"영원히 친구로만 되자구 약속했어요."

얌전이가 자기 손목에 바늘로 따 넣은 잉크의 반점 두 개를 쳐들어 보였다. 덕배는 고개를 저었다.

"서루 바꿔 자기두 하는 모양인가. 남자 여자 남자 여자 눕다보면."

"이 아저씨 인제 보니 우동값 받으러 온 게 아니구……."

여자가 두 팔을 위로 쳐들어 기지개를 펴면서,

"어쨌든 보통 아니셔."

덕배가 조금씩 다가앉았다.

"나두 가정적으루다…… 불운한…… 사람인데 말이지."

"아유, 몸살 나시겠네. 이불 갖구 빨리 가세요."

얌전이가 한쪽 다리를 넌지시 올리고 머리를 갸웃하게 얹었다.

덕배는 깨어가던 술이 한꺼번에 올라오는 느낌이었다.

"좌우간 오늘 장사 망했다. 젠장할!"

덕배는 발끝으로 거칠게 미닫이를 닫아버렸다.

3

악, 악, 악, 뷰티풀 썬데이.

악, 악, 악, 뷰티풀 썬데이.

근호는 행상 사내와 엇비슷하게 비틀대면서 요새 귀에 익은 양곡의 같은 소절만을 연거푸 불러댔다. 그 구절 이상은 모르고, 또한 몰라도 상관이 없었다. 악, 하고 박력 있게 끊을 때마다 신이 저절로 돋우어지는 것이었다.

"안 그렇습니까? 형님, 기부운…… 기분으루 산다 이겁니다."

"조오치! 내 우리 집에 가서 한잔 더 내지."

행상이 어깨에다 멘 라디오 짐의 멜빵을 척 치키면서 주먹을 쥐어 허공에다 결연히 흔들어 보였고, 근호는 손을 홰홰 내젓고 자기 가슴께를 툭툭 두드리며 말했다.

"아니. 나두 오늘 돈 좀 받았다 이거요. 돈…… 얼마든지. 우리 시장 골목 청주옥에 가서 주물렁탕이나 하다 갑시다. 악, 악, 악, 뷰티풀……."

그들은 전자 제품 조립 공장의 창고가 늘어선 철조망 옆으로 비틀대며 걸어갔다. 여러 대의 화물 자동차가 서 있고, 반바지만 걸친 몸집 좋은 남자들이 포장된 상자를 나르고 있었다. 철야에 들어가는 여공들이 줄을 지어 서서 작업 카드에 확인을 받고 있는 게 보였다. 공장에서 사이렌 소리가 들리고 있었다. 자매로 보이는 두 소녀가 서로 손을 꼭 잡은 채 그들을 앞질러서 뛰어갔다. 창고 앞길을 지나자, 거기서부터는 외등이 없어서 발끝이 잘 안 보일 만큼 캄캄했다. 행상이 근호에게 물었다.

"그런데 자넨 한 달에 얼마나 버나?"

"나요? 칫…… 일당 삼백이십 원 받죠."

"고걸 가지고 큰소리야. 난 또……."

근호가 우뚝 섰다. 그는 셔츠 윗주머니에서 두툼해 보이는 봉투를 꺼내어 행상의 코 앞에다 대고 흔들었다.

"월급이 아니라구요. 내 손을 좀 보슈."

근호는 권투 선수같이 커다랗게 붕대가 감긴 손을 자랑스럽게 치켜들었다.

"요 꼴 덕택으로 한 땡 잡았다 그겁니다."

"뭐야…… 싸운 건가?"

"씨팔, 사람이나 치구 댕기는 놈으루 아슈? 다쳤어요. 홧김에 술은 마셨지만, 지금은 기분이 좋은 건지 나쁜 건지 나두 잘 모르겠수."

행상이 말했다.

"치료비 받았군."

"비싼 건지, 싼 건지는 잘 모르겠지만, 아무튼 손가락 세 개가 짝 나갔습니다."

"손가락 세 개?"

"그래요. 엄지, 검지, 가운데…… 일렬루 사그리 나갔다구요. 술을 내가 살 만하잖아요."

"난 그런 술 못 먹네. 우리 집에나 가자구."

행상이 근호의 겨드랑이에 팔을 넣으면서 낮게 말했다. 근호가 잠깐 뻗대었다.

"우리 집 갑시다. 나 혼자 쓰는 방이 있으니까."

"가출했던 누이동생 왔대며?"

"아 까짓 년, 때려죽여두 시원찮은 판인데, 내쫓아 버리면 되지요. 두고 보슈. 지금 당장 만나는 즉시루다 머리끄덩이를 잡아서 태질을 칠 테니까."

격해서 떠들던 근호가 갑자기 울컥하더니 허리를 구부리고 발밑에 토했다. 행상은 그의 등을 두드려주었고, 근호는 쭈그려 앉아 자기 입 속에 성한 손을 넣고 토악질을 계속했다.

"이 사람아, 여자란 서방 잘못 만나면 신세 조지는 거야."

근호는 들은 숭 만 숭 거센 소리로 가래침을 돋우어 뱉었다. 근호가 머리를 흔들고 나서 한숨을 푹 쉬며 일어섰다.

"형님, 지금 뭐라구 그랬소?"

"여자가 불쌍하다구."

"나두 들어서 압니다. 빵에 갔다가 오셨다지?"

"싸움에 말려들었지. 사실 나는 기업주 쪽에 붙어먹었던 놈이야."

"이쪽 저쪽…… 그런 데 휩쓸리면 저만 손해입니다."

"가운데서 화해시킨다는 명목이었지만, 진짜는 쇼부 쳐서 얼마 잡아갖구 자립하려구 그랬었지."

행상이 입맛을 쩍쩍 다셨다. 그의 목소리가 차츰 안으로 기어들어 가듯 작아졌다.

"몹쓸 짓이지."

"돈 벌자는 게 뭐가 나쁩니까?"

"살아보면…… 알게 되네. 자넨 손 다쳐 목돈을 만지니 기분이 좋은가?"

근호는 그제야 붕대 감은 손을 물끄러미 내려다보았다. 그렇다. 운이 약간 나빴을 뿐이다. 그리고 돈이 안 생긴 것보다는 낫다.

"기분이 안 좋으면 어쩝니까, 내 실순걸."

"얼마 받았는데……."

"한 개에 만 원씩, 삼만 원요."

삼만 원에다, 공장 병원의 치료비 무료, 한 달 동안의 노임도 공짜로 나온다고 했다. 그렇게 친다면 높은 사람 쪽도 성의

가 없는 건 아니라고 근호는 생각하고 있었다. 근호는 자기가 별로 기가 죽지 않았다는 것을 표시하고 싶었다.

"의사는 술 마시면 금방 뒈질 것처럼 엄포를 놓데요. 치만, 이 묘한 기분에 술두 안 먹구 넘길 재간이 있습니까."

두 사람은 둑 아래 이르렀다. 행상이 고개를 숙이고 묵묵하게 앞서서 걸었다. 근호가 모처럼 은하수 두 갑을 사서 행상과 자기 것을 나눠 가졌다. 둑을 올라가며 행상이 말했다.

"술은 그만 하구 집에 가서 푹 자는 게 좋겠구만."

"아니, 이제 와서 오리발 내밀기요?"

"그게 아니야."

그는 걸음을 빨리하면서 말했다.

"가서 쉬라구. 오늘만 날인가 뭐."

"섭섭한데요."

근호가 트림을 길게 내뱉았다. 행상은 짐을 바꿔 메고 나서 자기네 동네 쪽인 개천 건너편의 넓은 빈터를 바라보았다. 행상이 혼잣말로 중얼거렸다.

"이상한데, 정전인가?"

"형님, 노골적이지 알게 돼서 정말 반갑습니다. 종종 만나서 한잔씩…… 악, 악, 악, 뷰티풀 썬데이……."

"덕배 씨네 포장서 만나자구, 자넨 얼루 가나?"

"우리 집은 요 둑 아랩니다."

"거긴 불이 들어왔는데……."

"섭섭함다, 진짜."

"자아, 또 만나세."

행상은 개천을 건넜고, 근호는 둑을 따라서 걸었다. 그의 뷰티풀 썬데이 소리에 벌레들이 잠잠해지곤 했다. 근호는 일본의 본사에 텔레비전과 라디오의 박스를 납품하는 하청 공장의 목공부에서 공원으로 일을 했다. 그가 하루 종일 하는 일이란 합판이나 베니어나 합성수지를 똑같은 규격으로 전기톱에다 자르는 일이었다. 오늘도 언제나 그랬듯이 작업은 여섯 시부터였다. 기계를 가동하고 나서 합판을 가로 십오 센티미터 세로 삼십 센티미터로 한 이백여 장 잘랐을 때였다. 검사과에서 규격이 틀린다는 전갈이 왔다. 약 일 센티미터 정도의 차이가 난다는 것이었다. 근호는 줄자로 원단에 표시를 한 다음 모범품을 한 장 빼내기 위해 톱날 위에 견주어보고 있었다. 평상시의 기계적인 습관대로 근호는 가동 스위치를 밟아버렸다. 앗 뜨거! 하자마자 핏방울이 작업복 위로 뻗쳐왔다. 뒤에서 동료가 그를 잡아당겼다. 아픔보다는 왼쪽 팔뚝 전체에 엄청나게 큰 쇠뭉치의 타격을 맞은 것처럼 저리고 시거운 게 견딜 수 없었다.

"근호 인제 오냐?"

근호의 어머니였다. 강씨댁은 둑에다 가마니를 깔고, 삼촌과 나란히 앉아 밤바람을 쐬고 있었던 것이다. 근호는 선 채로 무뚝뚝하게,

"삼춘 왔수?"

하고 나서 강씨댁에게 대어들듯이 물었다.

"미순이 들어왔다면서요?"

강씨댁은 말없이 고개만 끄덕였다. 삼촌이 옆에서 참견했다.

"아무 소리 말아라."

"이년을 그냥……."

강씨댁이 그들을 지나쳐서 둑 아래로 내려가는 근호의 팔뚝을 잡고 매달렸다.

"너는 모른 척하면 된다. 잘돼가는 중인데…… 너 또 술 먹었구나."

"잘되긴 뭐가 돼가요?"

"방금 미순이 신랑감이 와서 얘기하다 갔단다. 미순이한테 말해보겠다구 내려갔어."

"아야야, 아퍼요. 이쪽 손은 잡지 마세요."

강씨댁은 그제야 근호의 손에 감긴 붕대를 발견했다.

"잘헌다. 술 먹구 쌈박질이나 하구 와선……."

"미순이 신랑이 언 놈이오?"

삼촌이 궁둥이를 털고 일어났다. 그는 항상 조카가 자기를 못마땅해하는 줄을 잘 알고 있었으므로, 약간 주눅이 든 음성으로 말했다.

"뭐라든가…… 저 재건대 대장이라나……."

"그럼 왕초 노릇하는 이씬가 하는 홀아비 말이죠?"

강씨댁이 말했다.

"얘, 그래 봬두 고물 수입이 엄청나대드라."

"엄청나 봐야 양아치 새끼지 뭐. 어머니 우린 어엿한 농사꾼 집안요. 고작, 거지 발싸개 같은 새끼헌테 주려고 미순일 길렀어요? 어머니하구 걔하군 달라요. 걔는 처녀예요, 처녀."

근호는 취한 김에 강씨댁의 재혼에 관해서도 빗대놓고 비난을 해버렸다.

"처녀? 얘, 말두 마라. 그렇다면 오죽이나 좋아. 홀몸이 아녜요, 홀몸이……."

근호는 팔뚝을 움켜쥐고 둑에 주저앉았다.

"아휴 쑤셔서 미치겠네."

"많이 다쳤냐?"

근호는 은하수를 꺼내어 한 개비 붙여 물고 한참이나 멍청히 앉아 있었다. 지금 와서 누이를 패봤자 기분만 나빴지 섭섭함이 가실 리는 없다고 생각했다. 그럴수록 어머니가 원망스럽기도 했다.

"뭐래요, 미순이는……."

"낸들 아니? 지금 아마 저희끼리 얘기하구 있을 거다."

근호가 머리통을 흔들어 진저리를 치면서 내뱉었다.

"에이, 쌍놈에 집구석 같으니."

"너 간죠 탔구나."

"낼부터 일 안 나가요."

"혹시 너 해고당한 건 아니겠지. 쌈질한 게 아니냐?"

"손 다쳐서 그래요. 노임은 여전히 나올 테니 염려 마세요. 그러구요……."

근호가 윗주머니에서 돈이 든 두툼한 봉투를 꺼내어 강씨댁에게 내밀었다.

"돈 받아두슈, 아버지한텐 모른 척하시구요. 알아서 써요 괜히."

강씨댁이 돈을 꺼내 들고 불안하게 주위를 둘러보았다.

"이게…… 웬 돈이 이렇게 많니?"

"삼만 원이에요."

"삼…… 삼만, 어서 났어?"

"손 다쳤다구 회사에서 줬어요."

"아이구, 고마워라. 이런 때 돈 삼만 원! 그러게 도무지 근심이 안 되더라니까. 어쩐지 모두 잘 풀려나갈 것 같더라니. 잘됐다. 잘됐어."

"쑤셔서 환장하겠네. 술이 모자란가……."

근호는 부어오르기 시작한 손목께를 주물렀고, 강씨댁은 돈을 코 앞에다 바싹 갖다 대고 한 장 두 장 세어 넘기고 있었다. 개천 건너 빈터에서 사람들의 웅성대는 소리가 들리고 모닥불 빛이 보였다. 근호가 물었다.

"저기 웬 사람들이야, 뉘 집 제사하나?"

강씨댁은 돈 세기에 여념이 없고, 삼촌이 혀를 차면서 말했다.

"술 먹느라구 그러지 뭘."

"얘, 이만팔천 원인데……."

"아 참, 거기서 내 술값 이천 원은 빼구."

"무슨 술을 이천 원어치나 처먹어, 진작에 왔으면 공술에 개고기루 자알 먹을걸."

"개고기요? 어서 때려잡았으까."

"느이 아버지가 황소만 한 놈을 얻어 왔단다. 장정들 십여 명이 밤새껏 뜯어 먹어두 고기가 남을 거다."

"벌이는 않구, 주책없이……."

"먹기 싫으면 관두렴."

근호는 뭐라고 강씨에 대한 불만을 말하려다가 곧 단념해 버렸다. 효자보다도 못된 영감이 낫다고 하질 않는가.

"지금 집에 가면, 그 녀석하구 미순이뿐이겠네."

"그래, 가서 인사나 트구, 분위기 봐서 잘 얘기해 줘라."

강씨댁이 사정조로 타이르자 근호는 한결 성깔이 누그러져서 우물쭈물 말했다.

"쯧, 나야 뭐…… 미순이가 잘되면 좋죠. 허지만 참견 않겠어. 나갈 때두 제 배 맞아 나간 년인데 이번에두 자기 배꼽 서는 대루 하겠지. 한강물 배 지나간 자리라 그건가, 골치 아퍼서 참. 어머닌 진짜루 혼사 치를 셈이우?"

강씨댁이 돈을 허리춤에 찔러 넣으면 말했다.

"못 할 거 뭐 있냐. 그 사람이 달란 말두 먼저 꺼냈으니까, 내 친김에 속히 치를란다. 원한다면 요 삼 일 상간에라두 괜찮지."

"소문나겠수. 애 밴 처녀 팔아 치운다구."

"저 자식이…… 주둥아리루 씨부리면 말인 줄 알어."

"내 돈 삼만 원은 아무래두 결혼 비용으로 나가겠는걸."

"그래서 억울하냐. 돈 삼만 원을 혼사에 보태는 게……. 하나밖에 없는 네 누이동생 아니냐."

"누님, 근호가 어디 그런 뜻으루 얘기한 겁니까? 제 스스로가 대견해서 저러지요."

삼촌이 두 사람의 울컥해진 분위기를 불안해하며 강씨댁을 슬슬 밀어냈다. 근호가 둑 아래로 주춤주춤 내려가며 외쳤다.

"니기미랄, 손가락 세 개 값이란 말예요."

"저런 동기간에 의리라군 눈곱만큼두 없는 자식. 까짓 다쳤으면 치료해서 나으면 되잖아. 살림이 이렇게 험악하니깐 다 때에 맞춰서 이러구러 넘기면서 살아야지. 야아, 니가 멕여 살리면 마부 벼슬 얻은 종놈처럼 눈꼴이 시겠다 야."

근호는 개고기가 있다는 개천 건너 빈터 쪽으로 달아나 버렸다. 강씨댁이 한참 욕을 퍼붓다가, 눈물을 찔끔거리며 곧 후회했다. 그러고 나서 두 아이를 혼자서 기르던 떡장수 시절의 얘기를 꺼내어 삼촌에게 넋두리를 늘어놓았다.

"글쎄 주님만 믿으면 마음의 평화를 얻는다니까요."

삼촌이 누이의 등을 토닥토닥 두들겨주며 말했다.

"나두 더 늙기 전에 예수당에라두 나가야 할까 부다."

"잘 생각하셨어요."

두 사람은 가마니를 말아 들고 집 쪽으로 내려갔다. 동네는 쥐 죽은 듯이 고요했다. 아이들과 남자들이 모두 빈터로 가버리고, 아낙네들은 곳곳에서 가마니를 깔고 노숙 잠을 자는 판이었다. 그들은 집의 부엌 앞에 가서 살그머니 안의 동정을 살폈다. 한참 미순이를 설득하고 있는 왕의 굵직한 목소리가 들려왔다.

"안 그렇습니까? 기러기두 같이 날아가야 한다구, 우리 외로운 사람들끼리 살아보자 이겁니다. 나두 안 해본 것 없이 갖은 풍파 끝에 서른다섯이 되도록 마땅한 여자를 만날 수가 없었습니다. 허허, 인생이 뭐 중뿔날 거 있겠어요? 아까 돌아오셨단 말 듣구, 첨엔 야속하기두 하구 화두 납디다만…… 결심했습니다. 사랑해선 안 될 사랑이지만, 아기야 아무 사람의 애면 어떻습니까? 내가 애비 노릇하며 같이 키우지요."

아마도 왕은 자신의 말솜씨에 완전히 취한 것 같았다.

"이래 봬두 독수리표 전축에다 흘러간 노래판이 서른 장…… 내 손으로 지은 브로크 집두 있겠다, 까짓 텔레비에 자개장롱두 들여놉시다."

강씨 처는 동생을 꾹꾹 찔러가며 고개를 끄덕였다.

"저 봐, 인제 미순이만 네 하구 대답하면 다 이루어진 혼사라니까. 내 온…… 세상에 저렇게 번개 같은 청혼은 또 처음 봤네!"

뭔가 낮은 미순이의 목소리가 들리고 껄껄대는 왕의 음성이 들려왔다.

"조옿습니다. 내 아주 동네에다 광을 내구 올 테니까."

방문이 떨어져 나갈 듯이 요란하게 열리고 벌겋고 흡족하게 웃는 왕의 넓적한 얼굴이 튀어나왔다. 문가에 섰던 강씨 처가 그의 손목을 덥석 잡았다.

"이 사람아 뭐라든가?"

강씨댁은 이젠 마음 놓고 하게를 놓기까지 하면서 물었다.

"장모님 내 이래 봬두 왕년엔 팔난봉이었다, 그겁니다. 염려 놓으슈. 내가 아주 오뉴월에 엿가락 녹이듯이 해놨으니까. 젠장 맞을 노총각 장가들기 힘들다."

그러나 방 안에선 기뻐서 그러는지 아니면 이젠 살았다는 안도의 그것인지 궁상맞게 훌쩍이는 울음소리가 들려왔다. 강씨 처가 소리를 꽥 질렀다.

"씨끄러, 복 떨어내지 말구 앉았어."

"내 그럼 새 기분으로 술 한잔 먹구 오겠습니다."

왕은 또 껄껄대는 헛웃음을 터뜨리면서 빈터 쪽으로 뛰어갔다. 술판도 이제는 거의 파장에 이르러, 동네 사람들 대부분이 거나하게 취해 있었다. 바닥이 드러난 국솥 아래 남은 불티가 까물거렸다. 강씨는 이제 막 두 그릇째의 장국을 비우는 참이었다. 뷰티풀 썬데이를 외치던 근호는 드디어 맨땅에 큰대자로 떨어져서 코를 골며 자고 있었다. 국솥 주위에는 양동이며 양재기들이 나뒹굴어 있고, 제삿집처럼 흥청댔다. 왕이 강씨 앞에 가서 넙죽 절을 하며 호기 있게 말했다.

"사위 인사 받으슈."

춤을 덩실대던 사람들과 소리를 뽑던 사람이 일시에 멈춰 휘둥그레졌다.

"이 사람이 무슨 짓야."

강씨가 어리둥절하자, 왕은 껄껄 웃어대며 일어나 양동이 바닥에 조금 고인 막걸리를 반 양재기쯤 떠서 바치며 말했다.

"아따 놀라시긴, 미순이하구 혼례를 올리기루 되 그겁니다. 장인, 술 받으슈."

"허, 날마나 술 먹게 생겼네그랴."

누군가 무릎을 치며 말했다.

"좌우지간에 오늘 우리 동네 경사 만났구먼."

반장이 앞으로 나섰다.

"경사다뿐인가. 우리가 철거 안 된 게 누구 덕인가. 다 수완 좋아 요로에 진정하고 다닌 내 덕이지."

"개고기 먹고, 술 먹고, 푸짐하게 놀았고……."

"차, 미순인 시집가구 거긴 노총각 면했구려."

빈터에는 묘한 활기가 가득 차 있는 것 같았다. 불이 모두 꺼져서 쇠솥이 차갑게 식을 때까지 그들은 노래하고 춤을 추고 주정을 했으며 핏대 올려 말다툼도 하였다. 드디어는 하나 둘씩 지치고 피곤해져서 야기 때문에 비교적 시원해진 비좁은 방 안을 찾아갔다. 빈터에서 그대로 곯아떨어진 사람들은 식구들이 제각기 찾아와 양쪽 겨드랑이를 받치거나, 질질 끌다시피 해서 데려갔다. 근호는 아직 땅바닥 위에 벌렁 드러누운 채였다. 그의 발치쯤에서 재 속에 남아 있는 불 찌끼가 벌겋게 빛을 내고 있었다. 속치마 바람의 미순이가 개천을 건너서 빈터 쪽으로 걸어왔다. 배가 불렀지만 날렵하게 징검돌을 건너뛰는 모습이 작은 계집아이 같았다. 미순이는 나약하게 신음하며 앓고 있는 근호의 등을 살그머니 흔들었다. 만취한 사내가 노래를 부르며 둑 위를 지나고 있었다.

몰개월의 새

마지막 군장 검열이 끝난 막사 안은 들뜬 병사들로 술렁거리고 있었다. 2층 침상의 위 칸에는 새로 지급받은 의낭과 단독 무장이 차례대로 놓여 있었고, 아래 칸에는 자정이 가까워 오는데도 침구를 펴놓은 자리가 한 군데도 없었다. 그들은 모두 정글복 차림에다 수색대 모자인 붉은 전투모를 쓰고 우쭐댔다. 군화를 닦아 광을 내는 병사들, 일 년치를 앞당겨 받은 봉급을 침 발라 헤는 병사들도 있었고, 벌써 주보로 달려가 일 차를 걸친 축도 있었다. 대부분은 이 마지막 밤을 잠들어 보낸다는 것이 몹시 어리석은 짓이라고 여기는 모양이었다. 내게는 이틀 전에 무단이탈로 다녀온 서울에서의 하룻밤이 애매하게나마 남아 있었다. 나는 침상의 위 칸에서 일렬로 놓인 의낭 위에 드러누워 있었다. 동료들의 행동 하나하나가 잘 내려다보였다. 군가 소리가 사방에서 제각기 다른 곡조로 들려왔다.

일 년 반 만에 서울을 찾아가 다시 확인했던 것은 나의 무엇이었을까. 그것은 파충류의 허물과도 같은 것이고, 나는 그 허물을 주워서 다시 뒤집어쓰고 돌아온 건 아닌가. 어깨를 늘어뜨리고 싸돌아다니던 골목에는 아직도 같은 또래의 젊은이들이 어두운 얼굴로 서 있었다. 나도 언제나 끼고 싶어 하던, 머리 좋은 치들의 비밀결사는 여전히 토론을 벌이고 있었다. 그들은 성공한 신사들 같았다. 모친의 식료품 가게는 문을 닫았다. 그 어두운 가게의 천장 위에 내 '잠수함'은 뚜껑을 닫고 선장을 기다리고 있었다. 뚜껑을 젖히고 머리를 내밀자 나는 다시 심해(深海)에 잠기는 것 같았다. 내 다락방의 벽에는 떠나오던 날의 낙서가 여전히 남아 있었다. 밤새껏 승냥이는 울부짖는다──라고. 지붕 건너편에서 솜틀집의 활차 돌아가는 소리가 여전히 들렸고, 벽 하나를 사이에 둔 이발소 집 형제는 유행가를 합창하고, 야채 장수 부부는 한바탕 두들기고 울었다.

나는 특교대의 출국 명령이 떨어지자마자 내 소속이 이제는 허공에 붕 떠버린 것을 알아차렸다. 전쟁터로 나가는 놈을 영창에 넣으랴, 하고는 철조망을 타 넘었던 것이었다. 밤기차의 승강구에서 나는 소주를 두 병이나 비웠다. 그러자 새벽의 어스름 속에 화냥년 같은 서울이 갑자기 나타났다. 이 짧은 밤의 여행은 군인이 되기 전 나의 온갖 외로움을 모아놓은 것과 같았고, 미친년처럼 얼룩덜룩하게 화장한 육십 년대의 축

축한 습기가 배어 있는 듯했다. 그러나 고따위 물기로는 감자 한 알 적시지 못할 것이었다. 아무튼 나는 열차 조역처럼 망치를 하나 들고 하나씩 그곳을 두드려보았다.

한참이나 역 광장을 맴돌았다. 먼저 어디로 가서 나를 만날 것인가. 내 흔적이 내 그림자가 어디에 남아 있는가. 나는 가족들의 식탁 뒤편에서 앓고 있다가 방금 일어나 끼어든 환자처럼, 도시의 활기가 어쩐지 분했다. 전화를 걸었다.

아…… 그런 사람 없습니다. 오래전에 그만두었대요. 글쎄요. 알 수 없군요.

다시 전화를 걸었다. 수화기 너머로 음악 소리가 들리고 아직 잠에서 덜 깬 목소리가 들려왔다.

얘, 오랜만인데, 방금 깼다. 음, 그렇게 됐니? 많이 죽이지 마라. 연합군한테 술 살까? 저녁에 안 돼? 겨우 하루라니. 그 치가 누구야…… 누굴 말하는 거야, 아, 사라졌지. 물론 누가 꿰찼겠지. 청춘이 다 그런 거다.

저녁에 기차를 타기 전에 전화를 걸었다. 그쪽에서 뒤늦게 알았다면서 전화번호를 알려주었다. 나는 전화를 걸었다. 소리가 아주 가까웠다.

여보세요, 여보세요, 여보세요…….

딸깍, 끊기고 나도 수화기를 내려놓았다. 높은 소리의 마디가 맑고 가늘게 갈라지는 것이 그 목소리의 특징이었다. 약한 것, 부드러운 것, 포근한 것, 따뜻한 것, 누이 어머니 여선생 할머니 간호원 보모 그리고 어린애 비둘기…… 그것이 숨 쉬는 가슴. 나는 정글모가 코를 가리도록 깊숙이 눌러썼다.

마침 일요일이라 플랫폼에는 떠나고 배웅하는 사람들이 많았다. 서울 근교의 병영에서 외출 나왔던 장병들이 서둘러 귀대하고 있었다. 내 바로 앞에 공군 중위가 여자와 나란히 걷고 있었다. 그 팔에 매달릴 듯이 걸어가는 여자의 짧은 머리카락이 목덜미에서 나풀거렸다. 나는 군용 열차 칸의 승강구에 기대어 서 있었다. 그들은 기둥 앞에 나란히 서서 내려다보고 올려다보며 뭐라고 지껄이고 웃고 했다. 중위가 여자의 머리카락을 건드리면서 입을 벌리고 웃었다. 기차가 천천히 움직일 때에야 중위는 손을 흔들어주고는 내 옆 칸의 승강구 위로 뛰어올랐다. 여자가 웃는 얼굴로 손을 흔들며 몇 걸음 따르더니 그 자리에 서서 고무줄을 하는 계집아이처럼 깡충깡충 뛰었다. 내가 그 여자와 시선이 부딪쳤던 것 같다. 그러나 그 여자는 열차의 불빛에 막연히 시선을 던졌겠지. 그 두 사람은 어찌 될까. 내가 전쟁터에서 돌아올 즈음에는, 아니 내주 주말에는…… 플랫폼의 등불 빛이 재빨리 미끄러져갔다. 중위는 곧 안으로 들어갔고 나는 승강구에 걸터앉았다. 저이들은 나를 모르고, 기억조차 하지 않으며, 불빛이나 소음이나 바람의 부분으로 나를 끼워 넣을 것이다. 그러나 나는 다시 만나지 못할지라도 그들을 오래 기억할 것이다. 여자의 머리카락을 흐트러뜨리던 키 큰 중위의 웃음을 나는 생생히 떠올릴 것이다. 그 여자의 깡충거리던 작별의 동작을 잊지 않을 것이다. 나는 그 순간에 회한 덩어리였던 나의 시대와 작별하면서, 내가 얼마나 그것을 사랑하고 있는가를 알았다. 내가 가끔 못 견디도록 시달리는 것은 삶의 그러한 편린(片鱗)들에 의해서다.

누군가 2층 침상의 사닥다리를 오르고 있었다. 코가 길쭉해서 추장이란 별명이 붙은 이 상병이 역시 그 기다란 코를 침상 가녘에 쑥 내밀었다.

"뭐 하니…… 몰개월 나가자."

"잠이나 자야겠어."

내가 드러누운 채 심드렁하게 지껄이는 것이 그는 놀라운 모양이었다.

"헛…… 야, 너 미쳤구나. 다섯 시에 출동이야. 지금 벌써 한 시 가까이 되었다. 마지막인데 잠이 오냐?"

"졸려……."

"돈 아까워서 그러니? 이제부턴 휴지나 다름없는데 뭐 할래…… 너 의리가 형편없구나."

나는 대답이 없는데 밑에서 또 하나 올라왔다. 벌써 취기가 웬만큼 오른 안 병장이었다.

"몰개월 동기끼리 이제 와서 배신하기냐? 야, 일어나. 쫄병이 기합이 빠져가지구 선임 수병을 뭘로 아는 거야."

나는 농기를 싹 빼고 말했다.

"몸이 불편합니다."

"인마, 술 먹으면 다 나을 병이야, 갈매기집 빠꿈이가 사타구니를 열구 기다린다."

"조용히 누워 있을라구 그래요. 둘이서들 갔다 오슈."

안 병장은 착 가라앉은 내 말에 김이 새버렸는지 툴툴거리며 내려갔다.

"야야, 집어치워 인마, 아무리 매미지만 그런 법이 어딨냐."

나는 잇달아 내려가려는 추장을 불렀다.

"이 상병, 이거 갖다 줘라. 탁 털은 거야."

그는 내가 내민 돈을 몇 번이나 훑어보았다.

"외상값 아냐?"

"휴지나 마찬가지잖아."

"빠꿈이 수지맞았는걸."

추장은 돈을 구겨 넣고 내려갔다. 막사가 잠시 동안에 텅 빈 것 같았다. 그들은 이곳저곳에 터진 철조망 구멍을 기어나갈 것이다. 간혹 막사를 거니는 발소리와 담뱃불이 보이는 것으로 미루어, 오지 않는 잠을 청하는 체하고 있는 병사들이 더러 있는 모양이었다. 한참이나 뒤척거리다가 나도 그들을 따라 나갈 걸 그랬다고 후회하기 시작했다.

추장과 내가 가까워진 것은 야간 전투 훈련장에서였다. 그는 2인용 텐트를 나와 함께 썼던 것이다. 우리는 언제나 배가 고팠고, 밤마다 나란히 드러누워 사회에서 먹던 음식 얘기를 늘어놓곤 했다. 추장은 주계병인지라 무슨 음식이든지 얘기만 나오면 처음부터 차근차근 입으로 요리해 나갔다. 그의 얘기에 빨려들면 드디어 그럴듯한 요리가 나오는 장면에 이르러 우리는 거의 환장할 지경이었다. 그는 보급병인 데다 사회에서 고생을 많이 해본 친구라, 맨손 가지고도 입을 달랠 뛰어난 재주를 가지고 있었다. 우리는 야간 전투 훈련장에서 나머지 사흘을 영계백숙으로 포식했다. 추장이 십여 리나 되는 주변 마을의 양계장으로 원정을 가서, 여섯 마리의 닭을 산 채로 사냥해 왔던 것이다. 그는 그것을 우리 분대의 비밀 보급창에다 숨겨두었다. 작은 소나무 사이에 구두끈으로 발목을 매어 놓고는 우의를 덮어놓았던 것이다. 분대원들에게는 무차별 급식을 해준다는 약속을 하고 교대로 감시를 시켰다. 우리는 한밤중에 일어나 철모에다 닭을 튀겨 먹곤 했다. 밤에 독도법 훈련이며 야간 매복 훈련을 나갔다가 돌아오면 추장이 먹을 것을 닥치는 대로 보급해 왔다. 팔뚝만 한 무, 설익은 수박, 고구마 따위였다. 추장은 늘 전우의 영양 상태를 걱정했다. 하루는 폭우가 쏟아지는 밤인데 추장이 나를 깨웠다. 그는 무릎에까지 치렁치렁 내려오는 판초 우의를 걸치고 있었다.

"한잔 빨러 가자."

"먹구 튀는 건 자신 없는데."

그는 우의를 슬쩍 쳐들어 보였다. 흙 한번 묻히지 않은 새 군화가 세 켤레나 주렁주렁 매달려 있었다. 나는 반듯하게 각이 진 군화의 뒤창 모서리를 만져보면서, 추장이 사단 보급창을 거덜 내는 게 아닌가 놀랐다.

"오늘 통신대에 워커 보급이 있더라."

통신대는 특수 교육대와 길 하나 사이였다. 추장이 내무반의 혼잡 속으로 들어가 새로 받은 그들의 군화를 슬쩍 걷어온 모양이었다.

"침상 널빤지 밑에 감춰뒀는데, 들킬까 봐 하루 내내 밥을 못 먹었다."

추장이 널빤지를 깔고 누워 환자 시늉을 한 것이 그 밑에 들어 있던 군화 때문이었다는 것을 뒤늦게 알았다. 우리는 비가 퍼붓는 특교대 연병장을 나란히 구보했다. 버젓하게 뛰어가야 동초가 아무 말 없다는 그의 주장이었다. 우리는 철조망을 무사히 통과했다. 개구리 소리에 귀가 멍멍했다. 논두렁을 지나면 한길이 나오게 되어 있었다.

"불빛 보이니?"

"응, 몰개월이다."

몰개월에는 전기가 들어오지 않았다. 특교대가 생겨나자 서너 채의 초가가 있던 외진 곳에 하나둘씩 주막이 들어섰는데, 거의가 슬레이트 지붕에 흑벽돌이나 블록으로 지은 바라크들이었다. 비슷한 꼴의 나지막한 집 이십여 채가 울퉁불퉁한 자갈길 양쪽에 늘어서 있었다. 원래의 몰개월 마을은 이 킬로미터쯤 더 가야 있었으나 이곳을 모두 몰개월이라 불렀는데, 바다가 바로 그 뒤편에서 철썩이고 있었다. 어디서 흘러왔는지 모를 작부들이 집마다 두세 명씩 기거했다. 낮에는 모두들 깊이 자는지, 야외 출장을 나가는 때에 몇 번 지나가 보았으나 모래먼지만 뽀얗게 일어나고 있었던 것이다. 그러나 특교대에서는 몰개월의 똥까이들이 전국에서 가장 깡다구가 센 년들이란 소문이 자자했다. 갈 데 없어 막판까지 밀려와, 전장에 나가려는 병사들의 시달림을 받으니 그럴 법도 했다. 우리는 드문드문 남폿불이 새어 나오는 몰개월로 들어섰다. 밤도 늦었고 비가 워낙에 억수로 퍼부어서 어느 년도 내다보질 않았다.

"가만있어…… 저게 뭐야."

나는 길옆의 허엽스레한 것을 보고 다가갔다. 시궁창에 하반신을 담그고 엎드린 여자였다. 엷은 슈미즈만 입었으며, 비에 흠뻑 젖어 있었다.

"비도 오구 공치는데, 한잔 꺾었단 이건가."

"가만있어."

내가 여자를 들어 올렸으나, 그 여자는 고개와 팔을 아래로 툭 떨어뜨렸다. 정말 억병으로 마신 듯했다. 간간이 으응, 하면서 신음 소리를 냈다. 몸이 형편없이 야위었고 키만 멀쑥했다. 빗속에 내던져진 벌거숭이의 여자를 그냥 두고 가기에는 좀 언짢은 일이었다. 공연히 우리가 먼 벽지나 부둣가의 어둠 속에 콱 처박히는 듯한 느낌이 들었다. 사실 그랬지만, 나는 서부의 노다지 광산을 찾아든 건달 같다는 생각을 했었다. 그리고 무엇보다 시궁창에 처박힌 여자의 그런 모양이 내 욕정을 일으켰다. 몇 번 위로 추켜보면서 나는 곤죽이 된 여자와 자고 싶었던 것이다.

"생각 있니?"

곁에서 추장이 눈치 빠르게 속삭였다.

"그쪽에서 좀 맞들어라."

우리는 송장을 치울 때처럼 그 여자를 들고 남포 불빛 쪽으로 다가섰다.

"이 집 여자 아뇨?"

주인 남자인 듯한 사내가 연탄불을 갈고 있다가 얼굴을 내밀고 여자를 자세히 들여다보았다.

"미자로구만. 얘는 갈매기집 앤데, 술만 먹으면 개차반이라 아예 내놨지. 누구하구 또 싸웠을 게요. 댁에들한테 시비 걸지 않습디까?"

"갈매기집이 어디요?"

우리는 사내가 가르쳐준, 바른편의 길 뒤편에 약간 외져 서 있는 술집으로 찾아갔다. 여자를 떠메고 들어서는 우리를 보자 방에서 화투로 재수패를 떼던 주인 여자가 어리둥절한 모양이었다.

"아니 이년이 정말…… 어디 옆집에 놀러 간 줄 알았더니."

"또랑물이 넘었으면 아마 코를 박고 죽었을 거요. 그런 의미에서 오늘은 외상이오."

"그 방으루 들어가요. 술 처먹구 약까지 처먹었을 텐데……나 참, 영업자치구 애인 삼아 망하지 않은 년 없다더라."

"애인이라니, 시내에서 여기까지 술 먹으러 오는 사람두 있소?"

"댁에 같은 군바리 애인이지 뭐. 당신들 특교대 있지요?"

"한 보름 뒤엔 떠나요."

"이 쓸개 빠진 년들이 모두들 애인 하나씩 골라서는 편지질을 하는데, 어떤 년들은 열 사람 스무 사람에게 쓴다우. 한 달에 한 명씩 골라잡아두 열 달이면 열 명이 꽉 찬다구. 미자년이나 옆집 애란이나 가끔 술 처먹구 지랄을 하는데, 아마 상대편이 죽었다는 소식이 들리는 모양이지. 그뿐야? 제대하구 가면서 몰개월에 찾아와 들여다보는 놈들은 한번두 못 봤다니까. 자 이래놓으면, 오늘 비가 오니 다행이지만 손님 못 받지, 내일 조시 나빠서 장사에 지장 있지, 심란하니까 노래도 안 나오지. 이년들을 그저 정신 바짝 차리게 해줘야지."

말대꾸를 하던 추장도 주인 여자의 얘기에 제법 솔깃했던 모양이었다. 나는 주인 여자의 시선은 아랑곳 않고, 미자를 끌어다 우리가 들어가는 방의 아랫목에 눕히고 캐시밀론 이불을 머리끝까지 덮어주었다. 온돌방에 궁둥이를 대고 앉으니 마치 집에 돌아온 기분이었다. 머리가 부그그한 금복이란 여자가 하품을 하면서 들어왔다. 그 여자는 우리의 술시중도 들어주고 노래 박자도 맞춰주었다. 장맛비가 밤새도록 내렸고, 유리창 대신 막아놓은 비닐 들창이 끊임없이 펄럭거렸다.

해병대 연애는 아이구찌 연앤데 붙기만 붙으면 고탯골 가누나, 으스름 달밤에 쫄쫄이를 마시고 그 많은 주먹에다 완투 뽑는 해병대, 그 이름 남남하다 인상조차 험했건만…… 돌리지 마라 썅, 돌리지 마라, 내 앞에서 돌리지 마라, 살살 돌리는 그 바람에 신세 조진 사나이다.

우리는 악을 쓰고 노래를 불렀다. 기상나팔이 울릴 즈음에야 벌겋게 충혈된 눈을 하고서 그 집을 나왔다. 뒤에 처져서 따라오던 추장이 낄낄거리면서 말했다.

"넌 찍혔다. 찍혔어."

"누구한테 찍혀……."

"나오려는데 그 빠꿈이가 네 소속 계급을 묻더라. 가르쳐줬지."

미자는 그때 완전히 깨어 있었다. 가끔 캐시밀론 이불을 들치고 미자는 고개를 내밀어 우리들의 술자리를 퀭한 눈으로 건너다보곤 했다. 그러나 우리는 셋이 모두 모른 척했던 것이다. 추장이 빠꿈이라고 별명을 붙였을 정도로 미자는 마른 얼굴에 눈만 컸다. 나는 사흘이 못 가서 그 똥치를 기억도 하지 않게 되었다.

내가 정글전 교장에서 가상 늪 지역을 허우적거리던 토요일이었다. 우리는 진흙탕 물에 전신을 담그고 총을 받쳐 들고서 무릎걸음으로 건너다가, 물이 얕아지면 포복을 했다. 늪 지역을 지나서 다시 부비 트랩이 밀집한 숲 속을 지났다. 땅에 함정이 있기도 하고 인계철선이 가로질러 있으며, 죽창이 튀어나오기도 했는데, 당한 병사는 모두 전사자로 취급되었다. 전사자들은 따로 추려져서 기합을 받고 나서 처음부터 다시 시작해야 되었다. 나는 인계철선을 발로 차서 폭약을 터뜨렸으므로 전사 분대로 끌려갔다. 한참 쪼그려뛰기 기합을 받느라고 헐떡이는데 십 분간 휴식의 호루라기 소리가 들려왔다. 멀리서 말쑥한 군복을 입은 주보병이 뛰어와서 교관에게 쪽지를 전했다. 면회 신청 용지가 틀림없었다. 면회자로 뽑히기만 하면 토요일 오후 과업은 끝이었다. 하나둘씩 뽑힌 놈들이 입을 찢으면서 달려 나갔고, 남은 놈들은 십 분 뒤에 치를 고역 때문에 전부 우거지상이었다. 교관이 전사 분대 쪽으로 다가왔다. 두 놈이 뽑혔다. 우리는 제각기 가장 자신 있는 저주의 욕을 그 두 놈의 뒤통수에다 퍼부었는데, 교관의 입에서 엉뚱하게 내 이름이 떨어졌다. 다시 한 번 부르면서 덧붙였다.

"애인이 면회다."

나는 좌우간에 전사 분대를 빠져나갔고, 면회자 옆에 서자마자 도대체 알 수가 없는 노릇이라, 곧 잘못이 시정될 게라고 믿었다. 그러나 우리는 발을 맞추어 번호를 붙이면서 걸었다. 면회소인 퀀셋 안에는 제법 사람들이 많이 있었다. 나는 틀림없이 누구 대신 잘못 불려 나왔으므로, 라면이나 한 그릇 사 먹고 적당히 시간을 때우리라 작정하고 주보 앞에 걸터앉았다.

"한 상병님……."

웬 한복 차림의 여자가 마주 앉는 것이었다.

"누구시더라……."

여자는 가져온 보퉁이를 탁자 위에 올려놓았고 뒷전에서 킥킥대는 소리가 들렸다. 주보 안의 기간 사병들인 듯한 병사들이 낄낄거리며 놀려댔다. 몰개월이 어쩌구, 똥까이가 나들이를 나왔다 어쩌구…… 그제야 나는 어렴풋이 짐작이 가는 데가 있었다. 어느 결엔가 귓전이 뜨뜻해졌다.

"요 아래서 오셨군."

그러자 미자는 당당하게 말했다.

"갈매기집이에요. 이거 잡수세요."

풀어헤친 보퉁이 속에는 김밥이 들어 있었고 삶은 고구마가 너덧 알 보였다. 나는 기간 사병들 쪽으로 연신 흘끔거리면서 김밥을 집어넣었다. 이 난처한 장면에서 빠져나가려고 나는 김밥을 입속에 아귀아귀 처넣었다.

"걸리겠어요. 천천히 드셔요."

미자가 두리번거리더니 낄낄거리는 기간 사병들에게로 걸어갔다. 나는 뒤통수가 근질거려서 안달이 났다. 그러나 미자의 여염집 여자 같은 얌전하고 예의 바른 음성이 들려왔다.

"실례지만 이 주전자 좀 가져갈까요?"

그들이 네 그러쇼, 하는 소리가 들리고 미자가 주전자를 들고 돌아왔다.

"물 좀 마시면서 드셔요."

하면서 물을 따르고 미자는 저도 김밥 한 덩이를 집어 먹었다.

"밥에 뜸이 좀 덜 들었죠? 꼭꼭 씹으면 괜찮아요."

나는 찍 소리도 없이 오랜만에 포식을 했다. 물을 마시고 나서 쑥스러워진 내가 물었다.

"장사는…… 안 하구……."

"낮에두 하나요?"

나는 할 말이 없었다.

"내 언제…… 찾아가지."

"이따가 담치기해서 나오세요. 밤참 해놓을게요."

나는 머쓱하게 앉아 있다가 일어섰다. 내 뒷주머니에 미자가 뭔가 찔러주면서 말했다.

"노랑 띠니까 혼자 아껴 피세요."

담배 한 갑이었다. 과업이 끝난 뒤에 벌써 우리들의 소문은 자자하게 퍼져 있었고, 나는 억울하게 기둥서방의 누명을 쓰고야 말았다.

나는 미자의 지시대로 담치기를 감행했다. 추장에게 같이 나오자고 했지만, 그는 빙글대면서 극구 사양했다. 갈매기집에는 아직 돌아가지 않은 패거리들이 술상을 두드리면 노래를 부르고 있었다. 나는 텅 빈 홀의 드럼통 앞에 앉아서 약주를 마셨다. 방에서 시끄러운 소리가 들리더니 미닫이문이 삐걱이며 밖으로 넘어졌고, 누군가 술상을 들어 엎었는지 술잔과 주전자와 접시가 요란한 소리로 떨어져서 박살이 났다. 세 사람의 군인과 두 여자가 보였다.

"이 쌍년이 미쳤나!"

"야야, 드럽게 엇다가 손을 대…… 매미라구 눈에 뵈는 게 없어?"

다른 사람들이 말리는데 군인이 미자의 뺨을 철썩철썩 갈겼다. 비틀거리며 넘어졌던 미자가 벌떡 일어서더니 그자의 팔을 물고 늘어졌다. 그가 비명을 지르며 주저앉았다. 중상사 급인 데다 나는 무단이탈자여서 나설 수도 없었고, 정말 기둥서방이 되는 것 같아서 얼른 갈매기집을 나오고 말았다. 한길을 터벅터벅 걸어서 논두렁으로 들어서는데,

"증말 그러기야?"

뒤에서 고함을 치며 달려오는 것은 만취한 빠꿈이었다.

"좋은 구경 했는데……."

나는 어둠 속에다 대고 말했다. 어이없게도 미자가 땅바닥에 털썩 주저앉더니 다리질을 하면서 울음을 터뜨렸다.

"개새끼들, 즈이들이 뭘 잘났다구…… 야아, 나두 살아야잖아, 밤엔 벌어먹구 살아야잖아."

더욱 난처하게 되어서 나는 차마 모른 척하고 돌아갈 수가 없었다. 미자는 코피가 터져서 얼굴이 피투성이였다. 짜증이 솟아서 해골 속이 터질 것 같았지만 어금니를 지그시 물고는 미자를 논가에 데리고 가서 얼굴을 씻어주었다. 미자는 고분고분했다. 그럴 때에 나는 그 여자에게 정이 생긴 듯했었다. 미자는 젖은 얼굴을 치맛자락에 닦고 연신 훌쩍거리며 코를 들이마셨다. 우리는 같이 갈매기집의 술청 뒤꼍에 있는 관(棺)

만 한 방으로 스며들었다. 신문지로 바른 벽이 군데군데 떨어져서 흙덩이가 드러나 있었고, 천장 바로 아래 널빤지로 선반을 가로질러 놓았는데 그 위에는 빠꿈이의 찌그러진 밤색 트렁크가 얹혀 있었다. 미자는 푸우, 하고 웃었다. 어깨를 위로 쑥 올리면서 빠꿈이는 웃었다. 들켰다는 모양이었다. 목침 위에 더께로 앉은 촛농 사이에 몽당초가 밝혀져 있었다.

"초가 다 타면 자요."

신통한 것은 미자가 여기 오기 전에 어떻게 살았다거나, 하여간 과거의 영광에 대하여서는 일언반구하지 않았다는 것이다. 쫑알거리지도, 주접을 떨지도 않고 그 여자는 군인들의 얘기와 갈매기집에서 일어난 일들만 얘기했다. 촛불이 까무룩하다가 잦아든 다음에 나는 은근히 조바심이 나서 빠꿈이를 건드렸다. 그러나 이상하게 손짓만 그럴 뿐이지 몸에 도통 기별이 가지 않았다. 바람소리에 뒤섞여서 이상한 높은 소리가 먼 곳에서 들려왔다.

"내다봐요. 고깃배가 보일 거야."

나는 한 뼘 크기의 창으로, 뒷전에 툭 터진 바다 쪽을 바라보았다. 빛이 어둠 속에서 가물거리고 있었다. 불빛은 점점이 여러 곳에 흩어져 있었는데, 소리가 더욱 또렷이 들렸다.

"고기 떼가 지나가나 봐. 갈매기들이 많이 울지요?"

저 깊은 어둠 속에서 고기를 잡는 어부들은 어떤 사람들일까를 생각했다. 또한 갈매기들은 어디서 왔을까.

"어디서 왔지?"

"대전서……."

어부나 갈매기가 대전서 왔다는 대답처럼 들렸다. 나는 빠꿈이를 먹지 못했다. 낯을 씻길 때부터 먹지 못하게 무관한 사이가 되어버린 것이다. 식구를 먹어주는 놈이 어디 있겠는가. 오지게 걸려든 것이었다. 그 뒤로 갈매기집에 갈 적마다 안 병장까지 끼어들었고, 나는 절대로 혼자서는 가지 않았다.

기차에서 내리는 길로 서둘러 귀대하는 길에 나는 시간이 늦어서 천상 담치기를 해야 할 처지였으므로 몰개월을 거쳐 왔다. 갈매기집에서 아침을 먹고 들어갈 궁리로 잠깐 들여다보았다. 미자는 빨래를 하러 가고 없었다. 나는 바다로 흘러 내려가는 찬내의 아래로 미자를 보러 갔다. 머리에 수건을 쓰고 쪼그려 앉아 방망이를 두드리는 모양이 제법이었다. 그곳은 서울의 활기에서 너무나도 멀었다. 빠꿈이는 먼 데로 온 것이다. 그 여자가 비누 묻은 손으로 머리를 올리는 것이 무슨 가정주부나 된 것 같았다.

"집에 갔었다며요?"

"응…… 우린 내일모레 떠난다."

"밥 먹었어요?"

하다가 미자는 얼른 속옷 나부랭이들을 대야에 재빨리 챙겨 넣었다.

"한 상병, 서울에…… 좋은 사람 있어요?"

"있었는데 시집갔더라야."

"저런…… 그럼 허탕 쳤겠네."

미자가 대야를 들고 앞장을 섰다. 내가 아침을 먹는 동안 미자는 시중을 들어주었다. 나는 식사를 마치고 담배를 태우면서 언덕 모퉁이로 드러난 바다를 내다보았다. 피로했다. 또 돌아온 것이다. 아무도 모르게 죽으면 어떡하나 하는 걱정이 들었다. 빠꿈이가 나직하게 웃었다.

"왜 웃어?"

"가엾어……."

나는 코웃음이 나왔고, 더욱 크게 웃기 시작했다. 미자는 정말 작부답게 담배 연기를 길게 한숨을 섞어서 토해냈다.

"안됐지 뭐……."

"뭐가……."

"사는 게 그냥 다……."

나는 더욱 크게 웃었다. 미자는 여전히 웃을 듯 말 듯한 얼굴이었다. 미자가 내 앞으로 고개를 숙이고 말했다.

"내일 밤에 나와요. 전부 몰려나올 거야. 꼭…… 한코 주께."

나는 잠들지 못하고 뒤척거렸다. 자동차의 엔진 소리가 계속해서 들려오기 시작했다.

수송대에서 트럭이 들어오는 모양이었다. 헤드라이트가 막사 안을 훤히 비추면서 차례로 지나갔다. 나는 일어나서 단독무장을 새로 점검하고 잠도 오지 않아 엽서를 몇 장 썼다. 부두에서 부칠 작정이었다.

"총원 집합, 총원 집합."

막사마다 뛰며 전달하는 소리가 들렸다. 나는 배낭과 총을 메고 철모도 썼다. 자고 있던 병사들이 하나씩 깨어났다. 그러고도 십 분이 지날 때까지 점호는 시작하지 않았다. 마을로 몰려 나갔던 병사들이 아주 조용히 돌아오고 있었다. 그들은 속삭이고 툭툭 치면서 얌전하게 주사를 부렸다. 우리는 막사 안에서 인원이 차는 순서대로 보고했다. 안 병장과 이 상병도 돌아왔다. 추장은 내게 농을 걸었으나 나는 받아주지 않았다. 술 취한 그들은 침상에 앉아서 머리를 끄덕이며 졸았다. 부옇게 밝았을 즈음에야 출동 명령이 떨어졌다. 우리들은 트럭에 올라탔다. 트럭들이 연병장을 한 바퀴 빙 돌면서 대열을 짓더니 차례로 사단 구역을 빠져나가기 시작했다. 헤드라이트를 켠 트럭의 행렬들은 천천히 움직여갔다. 군가가 연달아 들려왔다. 군가 소리는 후렴에서 뒤받아 연달아 뒤차로 이어졌다. 안개가 부연 몰개월 입구에서 나는 여자들이 길 좌우에 늘어서 있는 것을 보았다. 모두들 제일 좋은 옷을 입고, 꽃이며 손수건이며를 흔들고 있었다. 수송 대열은 천천히 나아갔다. 여자들은 거의가 한복 차림이었다. 병사들도 고개를 내밀고 혼을 흔들었다. 뛰어서 쫓아오는 여자들도 있었다. 추장이 내 등을 찔렀다. 나는 트럭 뒷전에 가서 상반신을 내밀고 소리 질렀다. 미자가 면회 왔을 적의 모습대로 치마를 펄럭이며 쫓아왔다. 뭐라고 떠드는 것 같았으나 한마디도 알아들을 수가 없었다. 하얀 것이 차 속으로 날아와 떨어졌다. 내가 그것을 주워 들었을 적에는 미자는 벌써 뒤차에 가려 보이질 않았다. 여자들이 무엇인가를 차 속으로 계속해서 던지고 있었다. 그것들은 무수하게 날아왔다. 몰개월 가로는 금방 지나갔다. 군가 소리는 여전했다.

나는 승선해서 손수건에 싼 것을 풀어보았다. 플라스틱으로 조잡하게 만든 오뚝이 한 쌍이었다. 그 무렵에는 아직 어렸던 모양이라, 나는 그것을 남지나 해 속에 던져버렸다. 그리고 작전에 나가서 비로소 인생에는 유치한 일이 없다는 것을 알았다. 서울역에서 두 연인들이 헤어지는 장면을 내가 깊은 연민을 가지고 소중히 간직하던 것과 마찬가지로, 미자는 우리들 모두를 제 것으로 간직한 것이다. 몰개월 여자들이 달마다 연출하던 이별의 연극은, 살아가는 게 얼마나 소중한가를 아는 자들의 자기표현임을 내가 눈치 챈 것은 훨씬 뒤의 일이다. 그것은 나뿐만 아니라, 몰개월을 거쳐 먼 나라의 전장에서 죽어간 모든 병사들이 알고 있었던 일이었다.

철길

유리창이 덜컹거렸다.

바다 쪽에서 몰아쳐 오는 비바람이 양철 지붕을 끊임없이 흔들어대고 있었다. 검문소의 절반쯤이 새어 들어온 빗물로 질척했고, 촛불은 간혹 미친 듯이 까물거리며 꺼질 듯하다가는 다시 희미하게 실내를 비추는 것이었다.

왼쪽의 한 뼘 될까 말까 한 시찰구 유리창으로 산을 넘어오는 차량의 불빛이 반짝이고 있었다. 불빛은 움직이다가 금방 자취를 감추고 잠시 후에 다시 나타나곤 했다. 차량이 산굽이를 돌아서 내려오고 있었다.

병장은 빗물에 젖어서 윤기가 흐르는 파이버를 반사적으로 머리에 얹고 꾹 눌러썼다. 어둠 속에 움직이던 두 점의 불빛이 차츰 커지면서 길을 가득 채울 정도로 넓어졌다. 병장은 내려놓았던 총을 비옷 입은 등에다 거꾸로 메고 전지를 집어 들었다. 차량의 헤드라이트로 밝혀진 공간에 무수하게 내리꽂히는 빗줄기가 빽빽하게 가득 차 있었다. 병장은 손전등을 좌우로 흔들어 정지 신호를 보내면서 길옆에 서 있었고, 트럭이 천천히 다가와 정지했다.

"화물을 실었소?"

병장의 물음에 운전석 대신 승차석에서 거친 목소리가 들려왔다.

"야, 전화가 어떻게 된 거야?"

그제야 병장은 어둠 속에서 하사 계급장이 달린 작업모를 알아볼 수가 있었다.

"전화라뇨?"

"그래 인마, 전화가 불통이란 말야."

하면서 하사는 한쪽 팔을 쳐들고 차에서 뛰어내리면서 다시 말했다.

"본대에서 몇 번이나 불렀는지 아나?"

아니 혼자 내린 것이 아니라, 하사의 팔목에는 누군가가 달려 있었다. 하사는 동행을 뒤에 이끌고 거세게 내리는 비를 피하여 재빠르게 검문소 안을 들어갔다. 병장이 뒤따라 들어가 보니, 하사는 수갑을 풀고 주위를 둘러보았다. 그는 곧 2층 쇠침대 철봉을 발견하더니, 데려온 사람의 두 손을 철봉 주위에 감고 수갑을 채웠다. 병장이 물었다.

"뭡니까, 하사님?"

하사는 짜증 난 목소리로 받았다.

"압송이야, 사령부까지……."

죄수는 어깨가 떡 벌어지고 덩치가 큰 무뚝뚝해 보이는 병사였다. 러닝셔츠 바람에 군복 바지는 흙투성이였고, 끈이 없어 너덜너덜한 통일화를 신고 있었다. 작은 눈에 펑퍼짐한 뺨은 몹시 그을려서 감정조차 없는 듯이 보이는 얼굴이었다. 수갑에 채워진 그의 투박하고 넓적한 두 손이 상한 생선처럼 허공에 축 늘어져 있었다. 죄수는 표정 없는 눈을 들어 병장을 물끄러미 올려다보았다. 하사가 2층 침대 위층에서 곤히 잠들어 있는 일등병의 다리를 쳐다보면서 말했다.

"느이 쫄병이냐?"

"네, 방금 재웠습니다."

"깨워."

하사는 을씨년스러운 검문소 안을 휘둘러보더니, 담배를 피워 물었다. 그는 손목시계를 들여다보았다. 하사가 말했다.

"인마, 깨우라니까. 나하구 압송 나가야 할 거 아냐."

병장은 신병을 흔들어 깨웠다. 하사가 투덜거렸다.

"드럽게 걸렸는데, 이거…… 꼬박 밤새우게 생겼잖아."

일등병은 얼결에 일어나 앉았으나 아직 잠이 덜 깼는지 꺼벅꺼벅 졸고 있었다. 병장이 말했다.

"아직 신병이라 초소를 맡길 수 없습니다."

"야, 내가 알 게 뭐야. 내일 아침에 아무나 보내주겠지. 우리야 시키는 대루 하면 되는 거야."

일등병은 실내에 사람들이 많은 것을 보자 후다닥 일어나서 얼결에 침대 아래로 뛰어내렸다. 하사가 말했다.

"야, 잠깼나? 아직 덜 깼으면 포복하면서 비 좀 맞아볼래?"

"다 깼습니다."

"너 무장하구 야간 근무 해라. 알겠나?"

"압송이래."

병장이 말하자 일등병은 재빠른 동작으로 군화를 신었다. 병장이 죄수 쪽을 힐끗 보고 나서 물었다.

"도망자요?"

"아냐…… 이거야."

하사가 낮은 목소리로 말하면서 손가락으로 방아쇠 당기는 시늉을 해 보였다. 병장이 물었다.

"죽었나요?"

"현장에서 갔지. 세 방 맞았어."

하사는 어처구니없다는 듯이 휘파람을 불고 나서 중얼거렸다.

"그것두 자그마치 말똥이야."

병장은 혀를 찼다.

"잠자긴 다 틀렸군."

"글쎄…… 망했다니까. 주말에 이게 뭐냔 말야."

하사는 작업모를 벗고 바싹 치켜서 깎은 머리를 거칠게 긁었다. 움푹 팬 볼과 이야기할 때마다 얇은 입술 사이로 반짝이는 금니 때문에 성깔깨나 있어 보였다. 그는 담배의 필터를 어금니로 질근질근 씹고 있었다. 두 사람이 얘기를 나누는 동안 물건처럼 고요히 앉았던 죄수가 억양 없는 목소리로 말을 걸었다.

"근무자님, 실례올시다."

세 사람이 일시에 그를 돌아다보았다.

"담배 한 대 얻읍시다."

하사가 호주머니에서 담뱃갑을 꺼내어 한 개비를 뽑았다.

"새끼…… 기합 빠졌는데."

그는 성큼 걸어가 죄수의 입에 물려주고 라이터로 불까지 붙여주었다.

"그래, 도마에 오른 고기라 이거지?"

죄수는 힘껏 빨아들였다가 길게 뿜어냈다. 하사가 그에게 말했다.

"인마, 너야 지은 죄가 있지만 우린 이게 무슨 고생이냐? 같은 쫄병끼리니까, 제발 속 썩이지 말구…… 사령부까지 얌전히 끌려가는 거야. 정상 참작두 있으니까 말야."

죄수는 눈을 찡그리고 담배만 깊숙이 빨고 있었다. 하사가 아직도 억수로 비가 퍼붓는 어둠 속을 내다보면서 말했다.

"여기서 역까지 얼마나 되냐?"

병장이 대답했다.

"바로 이 산 아래가 역입니다. 한 이 분쯤 걸릴까요?"

"스물한 시에 기차가 온댔으니까 지금부터 삼십 분 남았군."

하사는 야전잠바를 들치고 가슴께에서 권총을 꺼냈다. 그리고는 여덟 발들이 탄창을 철컥 끼우면서 말했다.

"실탄 있지?"

"네, 봉함된 게 이십 발 있습니다."

"탄창에 재워둬."

하사가 소곤거렸다.

"기미가 이상하면 갈겨버리라구."

병장은 서랍에서 실탄을 꺼내어 중대자의 도장이 찍힌 봉함을 뜯어내고 빈 탄창에 한 알씩 재어 넣었다. 병장이 물었다.

"언제 그랬습니까?"

"사흘 전이야. 모두 쉬쉬하는 모양이더군, 하필이면 우리가 걸릴 게 뭐냔 말야."

"취조를 받았나요?"

"사단에서는 끝났어."

하사가 봉투를 꺼내어 책상 위에 던졌다.

"우린 인수증만 받아오면 된다."

병장은 봉투 속에서 네댓 장의 서류를 꺼냈다. 인적 사항과 범행 내용과 조서가 들어 있었다. 하사가 중얼거렸다.

"여기 근무가 얼마나 됐냐?"

"육 개월이요."

"아이구, 일주일두 못 배기겠다."

병장은 건성으로 봉투를 내려다보고 있었다. 글자가 눈에 잘 들어오지 않았다. 그는 서류를 넘기면서 말했다.

"여기 와서 군인이라군 세 사람을 봤죠. 전에 있던 근무자와 교대할 때, 그리구 저기 신병, 지금 하사님하구……."

하사가 죄수를 턱짓하며 말했다.

"애두 군인이야."

"그럼 네 사람째로군."

그들의 얘기를 듣고만 있던 일등병이 말했다.

"매일 오르내리는 석탄 차 몇 대하구 하루 세 차례 갈리는 기차뿐이죠."

"그럼 여기서 뭣 땜에 근무하라는 거야?"

병장이 대답했다.

"도망자를 미리 막자는 겁니다."

하사가 무슨 생각이 들었는지 소리를 죽여서 웃음을 참았다. 병장이 말했다.

"왜 그러쇼?"

"느이들이 도망가면 누가 잡냐?"

"재가 도망가면 내가 잡지……."

하다 말고 병장도 웃었다.

"빵깐이 따루 있습니까."

그들은 잠시 말을 하지 않았다. 여전히 거센 바람이 양철 지붕을 들춰대고 있었다. 가파른 비탈 위에 지어진 초소는 마주 들이쳐 오는 강풍에 날아갈 듯이 덜컹대고 삐걱이면서 부르짖었다. 기지개를 펴던 병장이 야전 전화기를 끌어당겼다. 그는 국방색 커버를 벗기고 손잡이를 돌렸다.

"상무대, 상무대…… 아, 여보세요! 여기 초소 21번인데 본대와 불통이오. 연결이 안 된다구. 그렇소, 박양이쇼? 먹었어요. 반찬이야 늘 소금탕이지. 아, 그런데 요즘 시내에 무슨 영화 들어왔소? 여태 그거요. 얘기 좀 해주쇼. 다 잊어버렸다니까. 몇 시까지? 이번 주일은 야근이로군요. 나는 이틀쯤 여기서 근무하지 않을 겁니다. 노래하라구? 에이 여보쇼, 인젠 부를 곡목이 없어요. 요전번 그 노래 가사를 적어놨다구요? 아,

그랬어요. 사람 약 올리지 마쇼. 나두 사회에선 데이트깨나 해 봤다구."

병장은 수화기에 귀를 바짝 들이대고 숫제 고함을 지르고 있었다. 하사가 말했다.

"죽여주는군."

병장이 한참 뒤에 수화기에 대고 말했다.

"노래 잘 들었어요. 그 사람에게두 안부 전해주쇼. 예에, 수고오."

병장은 수화기를 내려놓으면서 허전한 듯이 니기미, 하고 한숨을 쉬었다. 하사가 빙글거리면서 물었다.

"봤어?"

"목소리만…… 교대할 때 인계받았어요."

"교환양들 대개 쌍통은 엉망이야."

하사가 다시 시계를 들여다보았다.

"십오 분 남았군. 슬슬 내려갈까?"

"오 분 전에 내려가두 충분합니다. 뭣 하러 비를 맞구 기다립니까?"

하사가 말했다.

"서류 다 봤으면 내놔."

"아직…… 어디 볼까."

병장은 다시 조서를 들췄다.

"가만있어…… 이 사람 사고자 아냐?"

"왜 아냐, 별이 세 개라구……."

라고 말하고 나서 하사는 죄수를 돌아보며 말을 걸었다.

"자네 결혼했어?"

"네."

"애두 있겠군?"

"네."

병장이 중얼거렸다.

"삼 개월 남겨두고 이게 뭐요. 조금만 참았으면 곧 집에 갈 텐데……."

죄수는 멍한 시선으로 비가 때리는 유리창 밖의 어둠 속을 내다보고 앉아 있었다. 하사가 말했다.

"맨 처음은 탈영하고, 그다음엔 폭행, 그리구 이번에는 드르륵이지. 군대 와서 사람 신세 조지긴 깜짝할 새야."

"대대장 집에 입주했었소?"

병장이 묻자, 죄수는 무관심하게 눈을 돌린 채 더 이상 대꾸하지 않았다.

"특과로군."

"당번이었어. 대대장 숙소에 있었지."

병장은 서류를 들치며 말했고, 하사가 대답했다. 병장이 서류를 봉투에 넣어서 하사에게 건넸다.

"차라리 내무반이 속 편하죠."

"무슨 소리야?"

"아주 제대해 버리지 않을 바에야, 사회 물 먹는 게 더 괴롭다 그겁니다."

"그건 맞아. 군바리는 싸움터에 있는 게 제일이지. 월남서는 편했어. 누가 뭐라는 놈두 없었구."

"출동 나가본 적이 있거든요."

"뭐! 폭동 진압?"

"죽어나는 겁니다. 좌우간에 배고프지, 잠 못 자지, 들볶이지. 군중들 모인 게 무슨 웬수 같더구만. 디리 조기는 거라. 일렬루 서서 헤치구 나가 보슈. 이가 갈리는 거요."

"야, 그러니까 공으루 입혀주구 멕여주는 줄 알아. 내 군바리 십 년이 가까워오지만 옷 벗을 생각 없다고."

병장은 일어나서 단독무장을 챙겼다.

"나갑시다. 곧 기차가 올 텐데."

"가만있어……."

하사가 따라 일어서다가 잠깐 망설였다. 그는 초소 안을 두리번거렸다.

"포승 없나?"

"없어요."

"수갑을 차니까 불편하던데…… 얘를 좀 각별히 모셔야겠어."

"괜찮겠죠. 우리 둘이니까 앞뒤에서 호송합시다."

하사가 목소리를 낮추었다.

"저 새끼 살아나긴 다 틀린 놈이다. 사고 나면 너나 나나 영창으루 직행하는 거야."

"그럼 기차를 탈 때까지만 내가 함께 차지요."

"글쎄…… 그렇게라두 해야지. 어유, 손목이 제법 아프던데. 포승이 있으면 좋을 텐데 말야."

하사는 부담을 덜게 되어 일단 마음이 놓이는 모양이었다. 그는 죄수의 손목과 쇠침대의 철봉에 엇갈려 채운 수갑을 열었다. 그러고는 병장이 내민 왼쪽 손목에 수갑을 채웠다.
"기분 묘한데요."
"글쎄 그렇더라니까. 내가 뒤에 서지."
단독 무장의 병장은 오른편 어깨에 총을 메고 죄수를 왼쪽에 매어달고서 나란히 검문소를 나섰다. 하사가 그 뒤를 따랐다. 차가운 빗방울이 그들의 뺨 위에 몰아쳐 왔다. 그들은 진흙에 미끄러지지 않도록 조심하면서 산비탈을 내려갔다. 병장 곁에 나란히 걷던 죄수가 미끄러졌고 병장은 수갑 찬 손목을 쳐들며 짜증을 냈다.
"이 새끼 조심해!"
하사가 죄수의 겨드랑이에 손을 넣어 끌어올렸다. 산비탈 바로 밑에는 우물이 있었고 우물을 지나면 곧 철길이 놓인 둑이었다. 그들은 자갈을 밟으며 둑 위로 올라갔다. 역사 쪽은 아직도 캄캄했다.
"야, 기차는 분명히 오는 거냐?"
"네, 곧 오겠죠."
그들은 빗물에 미끄러워진 침목을 밟으면서 역사로 걸어갔다. 흰색의 이정표가 천천히 다가오고 있었다. 그들은 철길을 가로지르고 창고와 개찰구와 변소가 나란히 붙어 있는 처마 밑을 향해 걸어갔다.
"저기 서서 비 좀 피합시다."
"야, 여긴 수송부 파견대가 없나?"
"종착역에 있어요. 요다음 정거장이오."
"드러운데 정말……."

그들은 창고의 처마 밑에 다정한 듯이 바짝 붙어 서 있었다. 하사가 팔을 쳐들고 시계를 살펴보았다.

"스물한 시 정각인데, 어떻게 된 거야. 전부들 자빠져 자는 거 아냐?"

"연착이군……."

"가만있어. 이러구 무작정 기다릴 수두 없잖아. 쥐새끼 한 마리 보이질 않으니…… 안 되겠어."

하사는 역사 쪽으로 걸어가 개찰구에 다가가더니 문을 밀어보았다. 잠겨 있는지 쇳소리가 들렸고 하사는 발로 두어 번 내지르며 투덜거렸다. 하사가 역사를 돌아서 사라졌다. 병장은 자유로운 오른손으로 손수건을 꺼내어 빗물에 젖은 얼굴을 닦아냈다. 그런데 갑자기 왼쪽 손목이 거세게 당겨졌다. 그는 반사적으로 상체를 구부렸고 가슴에 호된 타격이 가해지면서 무릎을 꿇고 말았다. 죄수가 오른손을 늦추면서 다시 발을 들어 병장의 등을 짓밟았다. 병장은 흙탕물 위에 엎어졌고, 죄수가 재빨리 그의 어깨에서 총을 끌러내어 왼손에 쥐었다. 그는 한쪽 무릎으로 병장의 목을 짓누르고 총을 허리 옆에 세운 채 노리쇠를 후퇴시켰다가 놓아주며 실탄을 장전했다.

역사에 불이 켜졌다. 창문으로 새어 나온 불빛은 빗발이 꽂히는 허공을 훤히 비췄다. 죄수가 허리를 펴면서 수갑 찬 손목을 낚아챘다. 병장이 신음하면서 고개를 들었는데 얼굴은 온통 흙탕물로 더럽혀져 있고 파이버는 벗겨져서 나뒹굴어 있었다. 고개를 돌려 바라보는 병장에게 총구를 겨누면서 죄수가 나직하게 말했다.

"일어나."

병장은 엉거주춤 무릎을 세우며 일어났다. 죄수는 바깥쪽으로 서고 병장을 벽으로 밀어붙이면서 말했다.

"알지? 나는 피 본 놈이야."

그는 창고의 벽을 따라서 걸으며 연신 함께 차고 있는 병장의 수갑 찬 손목을 낚아챘다. 왼손으로는 총을 쳐들어 병장의 옆구리에 총구를 처박은 채였다. 창고의 함석문 앞에 이르자 그는 발길로 문을 질러보더니, 다시 쪽문을 밀어보았다. 쪽문이 안쪽으로 열렸다. 뒤쪽에서 하사가 뛰어오는 듯한 군화 소리가 들려왔다. 하사가 이상한 기미를 알아채고 어둠 속에 멈춰 서면서 외쳤다.

"뭐 하는 거냐?"

병장 대신에 죄수가 대답했다.

"가까이 오지 마라."

죄수는 병장을 창고의 쪽문 안으로 처밀면서 다시 말했다.

"가까이 오면 둘 다 죽여버린다."

죄수와 병장은 창고 안에 들어가 있었다. 죄수는 방싯 열린 쪽문의 틈으로 총구를 내밀고 살폈다. 병장은 좀 전의 급습에 아직 정신을 차리지 못하고 있었다. 그는 창고 안에 밀려 들어오자마자 벽에서 주르르 미끄러지며 주저앉았다. 죄수가 그의 손목을 늦춰주면서 속삭였다.

"내가 급해지면 너두 마찬가지야. 귀찮게 굴지 말구 앉아 있어. 송장을 달구 다녀두 좋으니까."

밖에서 하사의 목소리가 들려왔다.

"쓸데없는 짓 말아. 곧 잡힌다."

쪽문을 밀어낸 죄수가 총을 어둠 속에다 대고 한 방 갈겼다. 총소리가 창고 건물을 찢어발길 듯이 날카롭게 울려 퍼졌다. 폼에 일렬로 늘어서 있던 아크등에 불이 켜져서 역사 구내는 대낮처럼 밝아져 있었다. 하사가 창고의 벽에 찰싹 붙어 떠들었다.

"손들구 나와라. 연락만 하면 기동타격대가 출동해서 포위할 거야. 그땐 다 사는 거야. 무조건 갈겨버릴 테니까…… 어서 나와."

죄수가 또 한 번 총을 쏘았다. 그는 쪽문 사이로 외쳤다.

"높은 놈들 다 불러와. 얘기나 실컷 하구 나서 뒈질 테다. 저승길 친구 할 놈은 누구든지 붙여주지."

하사는 권총을 쳐들고 잠깐 망설이다가 창고 곁을 떠났다. 하사가 역사로 뛰어 들어가니 숙직하던 역원이 놀라서 책상 뒤로 몸을 구부렸다. 하사가 외쳤다.

"삼십 분 연착이랬소?"

"네…… 시발역에서 좀 늦는답니다. 무슨 일입니까?"

하사는 대답 않고 두리번거리다가 수화기를 들었다. 총소리에 놀란 역원이 두 사람 더 뛰어 들어왔다.

"무슨 일이죠?"

"살구 싶으면 폼으로 나가지 마쇼!"

다이얼을 돌리면서 하사가 재빨리 지껄였다.

"벌써 표를 팔았는데요."

"아직 개찰시키지 말라니까."

하고 나서 하사가 수화기를 움켜쥐고 다급하게 떠들어대기 시작했다.

"아, 본부, 본부요? 스무 시에 출발했던 압송 책입잡니다. 네, 하삽니다. 압송병의 실수로 죄수에게 총을 뺐겼습니다. 지금 인질로 잡혀 있습니다. 넷, 처벌은 감수하겠습니다. 소대 병력이면 되겠습니다. 기차가 역으로 들어오지 않도록 조처해 주십시오. 넷, 최선을 다하겠습니다."

하사는 수화기를 내려놓고, 얼굴에 번진 빗물을 훑어 내렸다. 그는 권총을 꺼내 쥐고 역원에게 물었다.

"근처에 파출소가 있소?"

"읍내 쪽으로 나가면 있습니다."

"가서 모조리 불러오시오. 무장하구 오라구 전하쇼."

역원이 바삐 뛰어나갔다. 하사가 다시 바깥으로 나와 창고 곁으로 다가갔다. 그는 건물의 모퉁이에 바짝 기대어 서서 외쳤다.

"기차는 오지 않는다. 어서 포기해."

그러나 안에서는 잠잠했다. 하사가 다시 외쳤다.

"지금 나오면 괜찮지만, 시간이 지날수록 너만 손해야. 기동대는 사정없다."

그때 음산하게 짓씹는 듯한 죄수의 목소리가 들려왔다.

"꺼지지 않으면 이 자식을 죽여버리겠다."

하사는 초조하게 역사를 돌아다보았다. 비어 있는 역 구내에 불빛만이 휘황했다. 벌써 스물한 시 반이었다. 그는 전화를 걸기 위해 다시 역사로 돌아갔다.

"옷핀 있냐……?"

죄수가 말했고, 병장은 기진맥진해져서 대답했다.

"없는데……."

그는 창고 벽에 기대앉아 있었고. 죄수는 쪽문 곁에 쭈그리고 앉아 있었다. 그는 병장의 치켜진 손이 늘어질 적마다 호되게 당겼다.

"나한테서 떨어지구 싶으면 수갑을 풀어라."

"풀면 보내줄 테냐?"

병장의 물음에 죄수는 잠깐 사이를 두었다. 병장이 다시 말했다.

"이 역의 사방은 논과 들판이다. 달아날 데가 없어. 기차는 연락이 가서 네가 잡히기까진 오지 않을 거다. 또 기차가 와서 네가 올라탄다 한들 고향에는 가지 못할걸. 사단 구역을 벗어나게 하진 않을 테니까. 차라리 너를 죽일 거다."

죄수가 웃었다. 그는 총신으로 병장의 머리를 툭툭 건드렸다.

"집에 갈려구 이러는 게 아니다. 내가 죽게 되면 너를 먼저 쏘아주지."

병장은 목덜미를 만졌다.

"뭐 하는 거야?"

죄수가 긴장해서 말했다.

"머플러를 풀려구 그런다. 뒤에 옷핀이 있어."

"옷핀으로 수갑을 풀어봐. 그럼 서루 편할 거 아냐?"

병장은 머플러를 끄르고 옷핀을 빼어냈다. 그는 옷핀을 펴 들고 수갑의 열쇠 구멍에 집어넣어 톱니의 자물쇠를 한 칸씩

밀어내 보았다. 톱니를 걸고 있는 자물쇠를 밀어내야겠지만 캄캄해서 보이질 않았고 의외로 용수철의 강도가 센 모양이었다.

"신형인 거 같은데……"

병장은 드디어 자물쇠에 핀을 걸어 맞추는 데 성공했다. 힘껏 당기면서 톱니를 밀어냈으나 두어 칸도 못 가서 핀이 구부러져버렸다.

"조금 헐거워진 것 같기는 한데 안 되겠다."

병장은 다시 손을 늘어뜨리고 벽에 기대어 앉았다.

"언제까지 이렇게 버틸 작정이냐?"

죄수가 그 말에는 대답 않고 말했다.

"담배 있지?"

"두어 대 남았을까?"

"불을 붙여서 내 발끝에 던져라."

병장이 부스럭대며 담배를 꺼냈고 성냥을 찾았다.

"한 손으로는 불을 켤 수가 없잖아."

"내 손을 느슨하게 해주지. 서툰 수작 하면 갈겨버린다."

죄수가 손목을 쳐들어 가까이 해주었고, 병장이 성냥불을 담배에 댕겼다.

"이리루 던져."

"가만있어, 나두 붙이구……"

그들은 담배를 입술 끝에 물었다. 병장이 말했다.

"나는 제대 말년이다. 곧 민간인이야."

"재수가 없군."

죄수는 쿡쿡 웃었다.

"내가 알 게 뭐야. 앞으로 어떻게 될지 생각 중인데…… 돼 가는 대루 하겠다."

하다가 죄수는 말을 끊고 귀를 기울였다. 먼 곳에서 디젤 기관차의 경적 소리가 짧게 한 번 그리고 길게 들려왔다.

"들리냐? 기차가 들어오구 있어."

죄수는 벌떡 일어났다. 그는 쪽문을 조금 더 열고 어둠 속을 내다보았다.

"신호등에 불이 켜졌다."

"결국은 잡힌다."

"저 기차를 우선 타구 봐야겠군."

"집에 갈 테냐?"

"가는 데까지 간다."

병장이 말했다.

"나두…… 집에는 가구 싶다."

"일어서."

죄수는 문틈으로 기관차의 헤드라이트가 나타나는 것을 내다보았다. 병장이 말했다.

"넌 다 살았다."

"새끼…… 너두 마찬가지야. 우린 한 몸이다. 아까까지는 사냥꾼하구 토끼였지만, 너두 토끼야."

"밖에 여럿이 숨어서 나오기만 기다리구 있을걸."

죄수가 문 밖을 내다보다가 중얼거렸다.

"뭐야…… 저기서 섰잖아."

기관차의 기다란 경적 소리가 잇달아 들려왔다. 병장이 말했다.

“봐라. 기차는 우리 때문에 역으루 들어오지 않구 멀찍이 정거한 거야. 하사가 요청했겠지. 기차는 그대루 통과할 거다.”

“좋아, 밖으로 나가자.”

죄수가 병장을 끌어 제 앞에 세웠다.

“나를 따라서 뛰는 거야.”

죄수는 병장을 먼저 문밖으로 밀어냈다. 가까운 곳에서 하사의 고함소리가 들려왔다.

“야, 절대루 나오지 말어. 그 안에서 버티라구.”

총소리가 들렸다. 창고의 블록 조각을 튕기며 탄환이 날아와 박혔다. 죄수는 다시 병장을 안으로 끌어들였다. 위협사격에 잠깐 주춤했던 것이다. 다시 총성이 두어 번 더 들렸고 탄환이 블록 담을 부스러뜨렸다. 죄수는 벽에 찰싹 기대서서 말했다.

“몇 놈 더 있는 모양이군.”

경적 소리가 들려왔다.

“얼마쯤 정거하냐?”

“한 삼 분쯤…… 기차는 곧 떠날 거야.”

다시 경적 소리가 길게 들려왔다. 죄수가 쿡쿡 웃어댔다. 웃음치고는 묘했고, 이어서 어깨를 떨었다. 문틈으로 새어든 불빛에 드러난 그의 얼굴에는 물기가 번지고 있었다. 병장이 말했다.

“결국은 시간이 이긴다.”

죄수가 조용히 말했다.

"앉어."

병장이 앉고, 죄수도 벽에 등을 기대고 털썩 주저앉았다. 죄수가 말했다.

"잠깐, 어처구니없는 생각을 했었다. 나는 기차 소리를 듣구 애들 생각을 했어. 언제나…… 놓치기만 했다."

이윽고 철로 위를 달리는 기차의 바퀴 소리가 들려왔다. 탁가닥 탁 탁가닥 타, 하면서 선로의 연결 부분에 걸리는 바퀴 소리가 지나가고 있었다. 죄수는 벽에 기대앉아 그 소리가 아주 들리지 않게 될 때까지 귀를 기울이는 것 같았다. 다시 빗소리만이 창고의 지붕을 두드리고 있었다. 병장이 말했다.

"왜 죽였어?"

"말 시키지 말어."

죄수가 중얼거렸다.

"정당한 이유가 있다면 감형은 될 거야."

라고 병장이 말하자 죄수가 흥, 하며 코웃음 소리를 냈다.

"상급자를 쐈는데 정당한 이유가 어딨어. 나는 네 두 배나 군에서 썩었지. 그리구 절반쯤은 군 감방에 있었다. 그래두 내가 쏘았던 이유를 모른다면 말해주지……."

병장은 잠자코 있었다. 죄수는 말했다.

"돈짝만 한 계급장을 쐈는데…… 그게 사람이잖아."

"이봐, 대대장이면 중령이야, 네 따위는 죽이구 살리구 할 수가 있다구."

"헌데 죽은 건 그자야."

죄수가 웃었다.

"너는 이제부터 내 군대의 내 쫄병이다. 지금 우리 정부는…… 전쟁 중이거든."

하고 나서 죄수가 손목을 번쩍 쳐들어 보였다. 병장의 손목도 따라서 올라갔다가 죄수의 동작에 따라서 아래로 떨어졌다. 죄수가 말했다.

"너는 내 포로다."

병장이 고개를 흔들었다.

"아니다. 너는 혼자서 덫에 걸린 쥐 새끼일 뿐야."

"모두 혼자지. 수갑에 같이 묶인 너하구 나만 빼놓구는…… 자, 이제부터 집행을 해볼까?"

죄수가 카빈총을 들어 맞은편 벽을 겨누었다. 병장은 흠칫 놀랐다.

"날 쏠 거냐?"

"집행을 하구 나서…… 한 발만 남겨두지."

"나는 네게 원한이 없는데……?"

"그건 나두 마찬가지야."

죄수가 방아쇠를 당겼다. 총성이 요란하게 울려 퍼졌다.

"집 동네를 쏘았다. 이제부터 남은 총알을 거꾸로 헤어라. 지금 열일곱 발 남았어."

"아내를 쏘았다."

"열여섯 발."

"애새끼를 쏘았다."

"열다섯 발."

"휴가증을 쏘았다."

"열네 발."

"철조망을 쏘았다."

"열세 발."

고막을 찢는 듯한 총성이 계속되었다. 병장은 고개를 처박고 계속해서 탄알의 수를 헤아렸고, 죄수가 한 방 갈기고는 크게 떠들었다.

"군번을 쏘았다."

"일곱 발."

"계급장을 쏘았다."

"여섯 발."

"영창을 쏘았다."

"다섯 발."

"중령의 속옷을 쏘았다."

"……."

"야, 벌써 죽고 싶냐. 세라구 했잖아."

"네 발."

"고향 편지를 쏘았다."

"세 발."

"더 크게……."

"세 발."

"부쳐온 떡을 쏘았다."

"두 발."

"그리고…… 아까 지나간 기차를 쏘았다."

"하…… 한 발."

철컥 하면서 죄수가 총구를 병장에게로 겨누었다.

"그리고…… 그리고, 너를 쏘아줄까?"

사이렌 소리가 요란해졌다. 지프차 한 대와 트럭이 역전으로 달려 들어오고 있었다. 트럭에서 완전무장한 병력이 뛰어내렸다. 인솔자는 헌병 중위였다. 역원이 그들을 역 구내로 안내했고, 하사와 두 명의 순경이 잠복한 창고 앞의 변소 건물을 가리켰다. 하사가 적전 왕래나 하듯이 허리를 굽히고 뛰어왔다.

"저 안에 있나?"

"네, 지금 꼼짝 못 하구 갇혀 있습니다."

"인질은 무사한가?"

"모르겠습니다. 총소리가 여러 번 들리다가 방금 멎었습니다."

"알겠다. 일 분대 창고 우측, 이 분대 좌측, 그리고 삼 분대는 저 문까지 포복한다. 하사가 앞장서라."

고지 공격을 하듯이 기동타격대가 좌우로 흩어져 뛰었고, 정면으로 뛰던 병력은 창고 앞에서 바싹 엎드리고 기어서 접근하기 시작했다. 중위의 지시로 역 안의 불들이 모두 꺼졌다. 불빛 아래 번들거리던 군인들의 젖은 우비 자락이 어둠 속으로 사라졌다. 중위가 역 구내의 스피커에 대고 떠드는 소리가 들렸다.

"지금 창고 바깥은 완전히 포위되었다. 손들고 나와라. 총을 버리고 자수해라. 다시 말한다. 총을 버리고 자수해라."

그 목소리는 마치 출찰구를 빠져나가는 승객들을 안내하는 역원의 방송처럼 단조롭게 들려왔다. 입으로 마이크를 불어보는 소리가 들리고 나서 방송이 또 한 번 흘러나왔다.

"손들고 나오면 살려준다. 손들고 나오면 살려준다."

하사가 바로 문 앞에까지 기어갔을 때, 안에서 둔탁한 총성이 들려왔다. 하사는 잠깐 사이를 두었다가 쪽문을 박차며 안으로 뛰어들었다. 그는 누군가의 몸 위에 넘어졌다. 그것은 흰 러닝셔츠 바람의 죄수였다. 그에게서 흘러나온 끈적끈적한 피가 하사의 두 손바닥을 적셨다.

"개새끼……."

하사가 그 옆에 쭈그린 병장을 흔들었다.

"야, 정신 차려 !"

병장은 머리를 무릎 사이에 처박고 자꾸만 중얼거렸다.

"한 발, 한 발, 한 발……."

하사가 열쇠를 꺼내어 수갑을 풀고, 시체로부터 병장을 떼어냈다.

종노(種奴)

들판은 군데군데 비어 있었다. 추수가 시작된 것이다. 빈 논바닥 위에 나락 더미가 짐승들처럼 둘러앉아 있었다. 들판의 남은 논 위에는 비닐 테이프와 헝겊 조각들이 바람에 나부껴 가끔씩 번쩍이는 빛을 내거나 펄렁거리며 움직였다. 동이 노인은 눈살을 잔뜩 찌푸리고 말라버린 개천 옆으로 뚫린 농로를 내다보고 있었다. 농로의 끝에 신작로가 닿았고 그 뒤편의 낮은 야산들은 완전히 햇빛을 등지고 있었다. 대안사(大安寺)로 가는 관광버스도 이제는 뜨음해질 철이었다. 신작로는 텅 비었다. 때로 택시가 먼지의 꼬리를 기다랗게 끌며 지나갔다. 특히 여자나 젊은 아이들이 그랬지만, 여름 내내 신작로 가의 논이나 밭고랑에서 김매기를 싫어했다. 먼지도 그렇고 취객들의 야유는 물론이요, 우선 남들은 행락을 다니는데 일하기가 창피해서였다. 이제는 그쪽의 이삭도 다른 데나 별반 없이 잘 영글었다.

"할아부지…… 코가 막혔나 봐."

툇마루에서 또르르 뛰어내린 계집아이가 부지깽이로 잿불 속을 뒤져서 새까맣게 그은 고구마를 굴려냈다. 집에는 곧 팔십으로 접어들 동이 노인과 갓난애와 열 살짜리 손녀뿐이었다. 아이가 엄마 대신 밥을 하노라고 솥을 마당의 돌 위에 얹었던 모양이었다.

"어느새 고구마를 묻었냐."

"에이, 다 타버렸다."

동이 노인은 불티에 곰방대를 붙인다고 마당에 나왔다가 넋 없이 신작로를 내다보았던 것이다. 그는 이미 일할 나이가 아니었다. 이제부터 타작 때에나 가서야 잔손을 거들까, 근력이 몇 해 사이에 갑자기 쇠어버렸다. 그는 키가 작달막하고 다리가 바깥쪽으로 비스듬히 휘어서 땅에 착 붙어 있는 듯한 체격이었다. 환갑이 가까운 나이까지 쌀 한 가마를 날래게 지어 날랐던 그였다.

"모두 들에 나갔냐."

"웃집에 갔어."

응, 하며 노인은 건성 대답했다. 여태껏 그가 신작로를 내다보고 있던 것은 내일이 무싯날이 아닌 까닭이었다.

"마님이 내려오셨대."

동이 노인은 또 응, 하고 대답했다. 차가 동구로 천천히 굴러 들어오는 것을 점심때에 보아두었던 것이다. 작은 서방님과 도련님들이 함께 타고 있을 게 분명했다. 그는 행여 누가 볼세라 얼른 건넌방에 들어가서 문을 꽁꽁 닫아걸고 누워 있었다. 밖에서 규철이가 부산스럽게 들어와서 제 아내를 찾는 소리도 들었다. 다른 날 같았으면 동이 노인도 부랴부랴 문안드릴 채비를 했을 터였다. 그런데 혹은 규호가 올해에는 돌아올지도 모른다는 생각이 들자 마음은 갈피를 잡을 수 없을 정도로 흔들리기 시작했다. 그는 예전부터 해오던 버릇대로 숨었다. 숨어 있는 사이에 일은 지나가기 마련이었다. 동이 노인의 느낌으로는 오늘 저녁에 규호가 꼭 올 것만 같았다. 들리는 소문에 의하면 규호가 이웃 군에서 품을 팔며 그렁저렁 사는 모양이었다. 장가도 들었다고 했다. 애 업은 각시와 장거리에 나온 것을 본 사람이 있었다. 그러나 새해가 넘도록 백암(白岩)에는 발길을 끊었고 집에도 소식 한번 전하지 않는 규호였다.

남들이 뭐라는 줄 아슈? 애비 자식 간에 한 윷판에서 돈내기 논다고 그럽디다. 대체 뭣 땜에 싸질러요, 싸지르긴.

그리고 다음 말은 손톱에 송곳 박히듯 하는 소리라서 차마 기억할 수도 없었다. 그에게는 두 형제뿐이었다. 마흔이 다 되어 장가를 들어 간신히 규철이를 낳고는, 제 땅이 생겼던 날만큼 기뻐했었다. 다음에 나온 규호는 영리했지만 약골이었다. 잘 얻어 먹이지 못한 탓도 있었으나 언제나 잔병치레가 끊이질 않았다.

온통 수릿재 어름이 먼지에 뽀얗게 휩싸이고 있었다. 시외버스가 털털거리며 고갯길을 달려 내려왔다. 시간으로 보아

막차가 될 것이다. 동이 노인은 얼른 일어났다. 쭈그려 앉아서도 신작로께가 잘 내다보였건만 하마 놓칠까 해서였다. 차가 움칫대더니 뽀얀 먼지 속에 섰다. 문이 열리고 하나둘씩 사람들이 내렸다. 제법 많았다. 대목장을 보고 오는 동네 사람들과 고향에 찾아오는 이들은 얼른 분간할 수가 있었다. 그는 참지 못하고 갈랫길까지 나갔다. 그들은 차츰 가까이 왔다. 양복장이가 너덧 사람에 아낙네도 끼어 있었다. 저쪽 뒷전에는 청바지에 울긋불긋한 셔츠를 입은 청년이며 꼭 끼는 바지를 입은 처녀들이 멀찍이서 걸어오고 있었다. 그 틈에도 규호는 보이지 않았다. 앞서 오던 중년 사내가 그를 보고 반색을 했다.

"어이구, 자네 여태 정정하구만."

동이 노인은 그제야 퍼뜩 제정신이 들었다. 이(李) 성받이 사람들이었다. 그는 어렴풋이 사내를 알아보았다. 어디 조합장 한다든가. 이씨댁 재종(再從)뻘 되는 이였다. 동이 노인의 손은 이미 앞으로 공손히 모아졌고 하정배를 올렸다.

"예예, 인제 오십니까."

모두들 노인을 바라보았다. 누구야, 누구 하는 말이 있고 재종뻘이 손으로 그를 가리켰다.

"왜 모르나, 이 사람이 바루……."

"아, 거시기…… 동이라구……."

다른 또래가 아는 체를 했다. 그제야 다른 친척들도 들은 적이 있다는 듯이 서로 고개를 끄덕였다.

"가내…… 두루 별고들 없으시고요."

동이 노인은 한 손으로 뒤통수를 쓸며 섰다.

"모쪼록 백 살까지 장수하게."

조합장인가가 덕담을 던졌다. 마침 뒷전에 처졌던 젊은 아이들이 가까이 왔을 즈음이었고, 동이 노인은 덕담이 모래알처럼 온 얼굴 따갑게 서걱이며 퍼부어지는 것만 같았다.

"어서들 올라가 보십시오."

그들은 감이 발갛게 열린 동산받이를 손가락질하기도 하고, 저 사람이 손재주가 비상했다는 둥 하는 얘기들이 전해졌다. 백암 부락과 건너 마을이 연싸움을 할 적마다 노인은 밤새껏 명주실에 아교와 유리 가루를 먹여주곤 했었다. 이영하 나리와 함께 자랄 적에도 그는 도련님이 자는 동안에 연줄을 먹였다. 규철이 규호에게는 연을 만들어준 적도 없었다. 분수에 맞지 않기 때문이었다.

가까이 다가온 젊은이들이 그를 무덤덤하게 바라보았다. 동이 노인은 첫눈에도 그 애들이 도시로 외입 나갔던 홋집의 아이들임을 알아보았다. 요란한 줄무늬의 꼭 끼는 옷을 입거나 머리가 덥수룩했고, 뭐가 좋은지 서로 농을 하며 웃어댔다. 그는 아이들 중에서 낯익은 얼굴들을 보았지만 아는 체하지 않았다. 아이들도 마찬가지였다. 그들은 갈랫길서 아래에로 접어들었다. 개천을 사이에 두고 위와 아래가 갈리는데, 초입에 동이 노인네 집이 있고 거기서부터 잇달아 홋집들이 있었다.

이제 신작로와 동구 밖 길은 다시 비었다. 그는 두근거리는 가슴이 어느새 착 가라앉아 있음을 느꼈다. 동이 노인은 규호를 기다리던 게 아니라, 혹시 한눈파는 사이에 그 애가 나타날까 싶어 두려웠던 것인지도 몰랐다. 더 이상 올 사람도 없었다. 그는 길옆 돌 위에 걸터앉았다.

헤어집시다, 예? 백암서 모두 나가든지 아니면 인연을 끊읍시다. 우리가 여기서 떠나는 게 홋집 사람들 뜨는 거하구 뭐가 달라요. 까짓 땅 몇 뙈기 미련에 우리 앞날까지 망치려구.

동이 노인도 이씨들 틈에서 토박이 소작인들과 더불어 살 적엔 아무렇지도 않았다. 홋집 동네에 타관 사람들이 들어와 살게 되면서부터, 뭐에 보리알 끼인 듯이 개운치 않게 되기 시작했었다. 규호가 억병으로 취해 들어와 지껄이던 말이 생각났다.

싸질러 놓고 해준 게 뭐요? 하다못해 성씨 하나 내 걸 주었어요?

동이 노인이 차라리 죽여버리겠다고 마당에 뛰쳐나가 도끼를 집어 들었다. 큰놈 규철이는 제 식솔들과 이불 뒤집어쓰고 아예 내다보지도 않았고 규호는 피하려고도 않고 막가는 말까지 내뱉었다. 아들의 머리통을 바라고 쳐들었던 도끼를 그는 차마 내려치지 못하고 부들부들 떨었다. 그는 규호의 마지막 말을 듣자 전신에서 맥이 쑥 빠져나가면서 도저히 도끼의 무게를 지탱할 수가 없었다. 입에 감히 담지 못할 말을 뱉어버린 규호는 스스로도 놀란 모양이었다. 마치 유령이라도 본 듯이 뒷걸음질로 방을 빠져나가더니 어둠 속으로 사라져서 그 길로 돌아오지 않았다.

"여기서 혼자 뭘 해?"

아랫길에서 오던 자가 말을 걸었다. 퍼런 새마을 모자를 언제나 눈썹 위까지 눌러쓰고 다니는 현보였다.

"예, 그냥…… 어디 갔다 오시우."

"이건 뭐 추석이라구 어디…… 돈 주구 새 명절이라두 사오든지 해야지, 모두들 일하기에만 바쁘니……."

"곡수가 엄청나게 쏟아질 게요."

"다 유신벼 덕이지. 홋집 놈들 배 터지겠구나."

"아까 낮에 차 들어옵디다. 마님하구 작은 서방님이 오셨지요."

동이 노인의 말에 현보의 반응이 벌써 신통치 않았다.

"왔으면 왔지. 제깟 것들이 무슨 백모(伯母)며 종가붙이여. 백암서 살자니 나 드러워서……."

이영하 나리의 조카뻘인 이현보는 종가가 독차지한 장토(庄土)의 관리에 불만이 많은 사람이었다. 동이 노인은 언제나 이런 말에는 끼어들지 않고 침묵을 지켰다.

"이씨라구 다 같은 씨가 아니란 말야."

현보가 동이 노인 곁에 쭈그리고 앉았다. 어디서 술 한잔 걸쳤는지 단내를 풍기며 연신 트림을 해댔다.

"사실 말이지 인식이가 나허구 그럴 처진가 말야. 걔가 아예 살림하러 낙향한 뒤루 마름질두 못하지, 소작 부쳐 먹기는 홋집들이나 마찬가지가 되었다니까."

동이 노인은 이인식의 얘기가 나오자 그제는 나서야겠다고 생각했다.

"큰서방님야 워낙에 종가 살림을 꾸려나가시려니 오죽 답답하고 걱정이 많으시겠습니까."

노인은 덧붙여서 논 스무 마지기나 지어 먹게 되었는데, 먼

촌수에 항렬 따지느냐고 오금을 박아주고 싶었다. 이씨가 아니었다면 욕이 나왔을지도 몰랐다. 현보가 대처에서 채소 상자를 때려치우고 친척들을 찾아 백암으로 들어올 적만 하여도 집 한 간이 따로 없어 동이 노인네 옆의 홋집에 들었었다. 그는 마름질 여러 해에 이중 소작과 장리로 그만한 땅이라도 장만하고 이씨 마을에 집 한 간을 마련했었다. 요즈음 현보는 소작을 잡아먹고 다니는 것이었다. 백암에 이씨 성 가진 이가 현보 저 하나뿐인 아니건만 아랫동네로 와서 으스대는 일은 혼자 도맡아 했다.

"내 당장 가서 따져야겠어. 홋집이 서른둘이니, 그중에 소작권을 한 너덧 집 돌려준다고 기둥뿌리가 뽑힐 것두 없겠구 말이지."

"지금 온 일가친척들이 다 모였는데, 가서 그런 얘기를 꺼내면 큰서방님 입장이 어찌 되겠소. 추수하는 판에 명년 봄 사정이야 두었다 하시지."

"허, 자네두 씨내림이라구, 종손 편을 드네그려, 친척들 많을 때가 더 좋지. 사촌 간에 이런 법이 없는 게야."

비칠대며 걸어가는 현보를 동이 노인은 냉정한 시선으로 바라보았다. 그는 현보의 속셈을 너무도 잘 알 수가 있었다. 홋집 중에서 어수룩한 타관 것들의 소작권을 가로채어 이중으로 놓으려는 것이었다. 모두들 소작지를 보다 많이 얻으려고 안달이었던 것이다. 동이 노인은 태어나서부터 지금까지 살아온 백암 마을이 규호가 떠난 뒤로는 어쩐지 남의 고장에 얹혀 있는 것만 같아 불안했다.

윗길로 들어서면 양쪽에 팽나무와 동백나무가 울창했고, 이씨네 친척붙이들의 기와집들이 몇 채 모여 있었다. 가문과 밀접한 관계에 있는 사람들만이 고향에 남아 있기 마련이었다. 제일 안목에 은행나무 고목들이 우거진 가운데로 종가가 자리 잡고 있었다. 솟은 대문과 기다란 돌담이며 비각, 사당, 안채, 바깥채, 중문, 안문이 있는 옛날식 대저택이었다. 집 전체가 문화재로 지정되었고 나무들도 보호수로 지정될 정도였다. 안채는 ㅁ자 집이며 정원에는 분재 수석이 가득했다. 큰아들 이인식은 바깥사랑에 있었고, 이영하는 도회지에 있는 작은집에서 내려오면 안사랑채를 썼다. 모여들기 시작한 친척들은 일단 이영하의 방에 들러 문안 인사를 올리고 연장자들만 남고 부인네들은 안채 대방에 있는 이영하의 부인에게로 갔다. 원래는 작은댁이었으나 큰댁이 죽은 뒤로는 정실이나 다름없었다. 부엌과 안마당에서는 홋집에서 몰려온 아낙네들이 추석에 쓸 음식을 장만하는 중이었다. 큰며느리인 인식의 처가 모든 일을 지휘했다.

"아씨, 전은 이제 고만 부칠까요?"

오십 대의 여자가 물었고, 인식의 처가 말했다.

"응, 자네는 여기 약과 만드는 거나 돕게."

이번에는 떡메를 든 규철이 기웃거렸다.

"아직 멀었습니까요?"

"자네는 떡메 하나 매구 어슬렁거리기만 하나, 떡살이 나을 동안에 장작이나 패어놓지."

돌아서는 규철에게 인식의 처가 물었다.

"그런데 아까부터 자네 애비가 안 보이네."

인식의 처는 대학의 영문과를 나왔다나 하는 도회지 여자였다. 처음에 백암에 왔을 때만해도 철딱서니 없이 친구들을 불러들이거나 갑갑하다고 도시 나들이가 잦더니, 이제는 대가 종부(宗婦)의 막중한 책임을 깨달았는지 제법 위엄이 붙었다.

"글쎄…… 요즘은 그냥 시름시름 앓기만 하시네요."

"나리께서 내려오시면 꼭 찾으시니, 언제 부를지 몰라. 가서 오라구 그러게. 아예 여기서 저녁도 먹고."

그 여자는 전에는 아버님이라고 부르더니 어느새 나리에 익숙해져 있었다. 이리저리 둘러보다가 전을 지지던 여자가 두어 개를 낼름 집어넣고 우물대는 꼴을 보자 날카롭게 외쳤다.

"이봐 부안댁, 상에 올릴 음식에 함부로 손을 대면 어떡해. 어디서 배워먹은 버르장머리야."

아낙네가 쥐구멍을 찾으며 고개를 숙이고 입을 막았다. 주위의 홋집 여편네들이 이구동성으로 혀를 차고 꾸짖고 했다. 큰며느리가 다른 부서를 돌아보러 간 사이에 여러 여자들이 킬킬댔고 그 여자가 볼이 부풀어 중얼거렸다.

"아씬지 고추씬지 지가 언제 적 상전이여. 그저 목구멍이 죄지."

"아, 그러니까 대처 나가서 사장님 마누라 해여. 요즘은 돈이 나랏님 바로 꼭대기니까."

"설렁탕집 부엌데기보다야 낫지."

"사람들이 자기 처지를 생각해야지. 윗사람들두 다 속이 있는 게야."

늙은 여자가 한숨 섞어서 중얼거렸다.

"에이, 그래두 백이 제일이라네. 땅 있고 발 뻗을 집 있고."

원래의 토박이 홋집 사람들과 도회지에서 살다 못해 소작지를 찾아 들어온 사람들은 늘 패가 갈렸다. 토박이들은 은연중에 종가의 편을 들었고, 아랫것 시늉이 아직 살 속에 박히지 않은 타관 사람들은 모두 건성일 뿐이었다. 그러나 그들도 처음보다는 덜 쑥스러웠다. 대개는 삼 년을 넘기면 도시에 있는 작은집에 심부름을 나가서도 여러 사람들 앞에서 아씨, 마님 소리가 저절로 나올 정도가 되어갔다.

인식의 방에는 이복아우 명식과 어디 조합장이라는 사내와 그 또래 친척 남자들이 모여 있었다. 명식은 인식보다 다섯 살이나 아래인데도 금테 안경에 잘 빗어 넘긴 머리며가 훨씬 나이 들어 보이고 점잖았다. 인식이 합자 회사를 벌이다가 낙향하고 줄곧 살림을 맡아와서 사회 경험이 좁은 반면에 명식은 정부미 도정 공장을 내어 성공했고 당에도 들어갔으며 대의원도 지냈다. 지금은 중기도 다섯 대나 가지고 있었다. 운이 좋게도 요즈음은 농지 정리로 중기가 쉴 새 없이 굴러 다녀야 했다. 군의 행사가 있을 적마다 명식은 가까운 도시에서 희사금을 갖고 나타났다. 그러나 명식은 형보다는 일문에 대한 책임감이 적었다. 오히려 그는 장토의 일부를 정리해서 타산이 맞는 기업을 경영해야 한다고 주장해 왔었다. 그러나 명식은 종손인 형을 두고 종가의 재산 문제를 노골적으로 들고 나올 수는 없었다.

"동이가 아직두 살아 있던데. 지금두 등이 꼿꼿하구 한 육십이나 되어 보이더군."

조합장이 생각났는지 동이 노인의 얘기를 꺼냈다.

"요새는 많이 늙은 편이지요."

인식이 말하자, 명식은 관심 없이 끼어들었다.

"누구 말이우. 씨종인가 하는 사람 얘긴가요?"

"그래, 동이라구 네가 집에 오면 정거장까지 업어다 주던 노인네 말이다."

"아마…… 팔십이 넘지 않았나."

"거진 다 됐지. 합방 때 반은 나가구 나머진 우리 집에 머물러 있었다는데, 그러나 모두 죽고 뿔뿔이 흩어지고…… 동이 에미가 조모님의 몸종이었다. 조모님 성을 따서 전씨라구 붙여줬지. 아버님을 늘 따라다녔다더라. 일본에까지 가서 모셨다니까. 내 다섯 살이든가 나던 해에 외지에서 색시를 데려다가 땅 여덟 마지기 떼어주고 살림을 따로 내주었지. 참 착하구 말없는 사람이야."

인식이가 얘기하다 말고 마을에 사는 친척에게 물었다.

"요즘 어디 아픈지 통 여기도 오지 않습디다."

마을 친척이 말했다.

"그게 아마 작은아들 때문일 게야."

인식이 낯빛을 흐리며 고개를 끄덕였다.

"규호 말이지요. 부모에게는 불효요, 종가에는 불의한 사람이죠."

"일도 않구 날마다 빈둥거리며 대처루 나가 돌더니만, 읍내에서 술집 갈보를 만나 그냥 어울려 산다네. 애를 낳았다지, 누가 장터서 봤다든데."

인식이 중얼거렸다.

"나갈 사람은 진작에 내보내야 해."

명식은 얘기가 지루한지 연거푸 두 번이나 하품을 하고 얼굴을 씻었다.

"헌데 제수답이 시방 얼마나 되지요?"

"뭐…… 삼백 마지기쯤 될 게다."

그러면 명목상으로도 종가 소유지는 나머지 오백 마지기 합쳐서 팔백 마지기나 되는 셈이었다. 명식은 속으로 현금 얼마나 될까를 헤아려보고 있었다. 인식이 말했다.

"참, 명년에는 우리두 경지 정리를 해야 될 텐데 느이 차 좀 보내주어."

"그렇잖아두 군청하구 다 얘기가 되어 있어요. 이번에 이쪽 건을 청부 맡아놨으니 그 참에 해버리지요."

"거 잘되었구나."

마을 친척이 말했다.

"어떻게…… 공천은 따낼 수 있겠나?"

"집안 어르신도 계시고 입당도 했겄다, 정계에 훤하게 줄이 있는데 이 사람이 공천 걱정을 하겠수?"

조합장이 말했으나 명식은 인식의 눈치를 보고 나서 떨떠름하게 말했다.

"나야 뭐…… 모두 일문은 위해서 하는 소리지만, 형님두 미리 생각해 두셔야 할 겁니다."

"입당하라는 얘기냐?"

"제가 형님 같으면 이 고장에서야 얼마든지 밀어드릴 수 있으니 우선 대의원부터 하세요. 지금 시국이 자꾸 변해가는데 종문을 지키려면 이런 상태로는 안 됩니다."

인식은 잠깐 생각하고 나서 말했다.

"하긴 네 말이 맞을지두 모르겠다. 요새는 어찌나 사람들이 약아지고 계산이 빠른지 의리 염치가 없어졌어. 순박하긴커녕 싸우려고만 한다. 나두 홋집들 때문에 골머리를 앓고 있다."

"요즈음 농업은 기업으로서 거의 가망 없어요. 차라리 제수답만 남기구 모두 팔아서 기업 자금을 하든지……."

인식이 긴장하면서 이복아우를 노려보았다.

"그건 안 된다. 아버님도 펄쩍 뛰실 거야. 다시는 그런 말 입에 담지두 마라. 우리 집이 문화재로 지정되고 이나마 체면을 지켜온 것은 토지를 잘 관리해 나왔기 때문이야."

"모두 케케묵었어요."

명식은 더 이상 얘기를 계속하기가 답답한 것 같았다. 조합장이 말했다.

"종가가 있으니 우리 일족이 모일 수가 있고, 누구든지 다 근거가 있어야 행세하네."

마을 친척들도 명식의 경솔한 언동이 자못 불쾌한 모양이었다. 입맛을 다시며 말들이 없는데 명식이 안경을 손끝으로 추켜올리더니 다시 덧붙였다.

"제가 케케묵었다는 것은 경영 방식이 그렇다는 얘기지요. 왜 홋집에다 살림을 시킵니까? 그럴 필요가 없어요. 가족이 있으면 말썽이 많은 법입니다. 기숙사를 짓고 농번기마다 일꾼들을 모아 오면 되잖아요. 일이 끝나면 노임을 지불하구요. 꼭 쌀이라야 될 건 없습니다. 대농장을 현대적 기업으로 운영해 나가는 데가 전국 도처에 있습니다."

"이제까지 아무 걱정 없이 지내왔다. 그런 일은 차차 의논해 보기로 하지."

인식은 참을성 있게 아우에게 말했다. 그의 말이 전혀 이치에 닿지 않는 바는 아니었고 인식도 호집의 존폐 문제를 여러 가지로 생각해 왔던 터였다. 호집이란 이미 일제 시대에 참의(參議)를 지냈던 그들 조부께서 생각하신 제도였다. 땅 없고 집 없는 농민들을 소작인으로 들인 것이다. 물론 그때는 달리 뾰족한 수가 없던 때라 들고 나는 이동이 잦지는 않아서 몇십 년이고 사는 식구들이 대부분이었다. 처음에는 그저 소작 마을이라 불렀는데, 십여 년 전부터 부쩍 이농하고, 도시에서 들어오고 한두 해 살다가 떠나버리는 농가가 많아져서 편의상 어슷비슷한 초가삼간 집에 호수를 매겨 불렀던 것이다. 3호집, 5호집, 하니까 사람 파악도 수월했고 지대 계산도 분명해졌던 것이다.

"나두 앞으로의 일을 생각 중이다. 네가 좀 도와주려무나."

"올해부터 이 지방에서 터를 닦으세요. 저쪽에서두 바라구 있습니다."

그들은 다시 화제를 돌려 올해의 대풍작에 관하여 얘기하기 시작했다.

이영하의 방에는 늙은 친척들과 인사차 들른 군의 관리가 두엇 앉아 있었다. 이영하는 일흔이나 되었지만 아직도 목소리가 카랑카랑하고 언제나 정장의 양복 차림이어서 시골의 대지주로는 보이지 않았다.

얘기하면서 가끔씩 빳빳한 손수건을 내어 입가를 닦았다. 손이 희고 길어서 사람이 기품이 있어 보이는 것이었다. 그는 나직하고 분명하게 얘기했고 누구든지 정면으로 바라보는데 눈에 총기가 있었다. 그는 관리들이 들어서자 꼼짝도 않고 앉아서 절을 받았다. 이런저런 얘기를 하다가 그는 책상 위의 우편물들을 집어 하나씩 들쳤다.

"이 사람 아나, 자네들?"

"네, 예전에 장관까지 하셨고……."

"제헌의원 때의 친구인데 며칠 전에 작고했어. 참 강직하고 고집이 셌지. 농지 개혁 때 불순 세력에게 조금도 양보하지 않았거든."

"청렴결백하셨지요."

"이번에 비문은 어떻게 하기루 하셨습니까?"

이영하는 다시 책상 위를 더듬어 도면을 보여주었다.

"돈이 꽤 많이 들 것 같군. 당연히 진작에 세웠어야 했는데……."

"그럼요, 본댁이 전국에 남아 있는 명가들 중에도 가장 오래되었지요. 이조 때부터 국부(國富)라고 해오지 않았습니까."

이영하가 부추기는 관리를 빤히 쳐다보았다.

"우리는 토호나 향반이 아니네."

"뭐 그거야 세상이 다 알지요. 책에도 나오는데요."

그의 단순한 표현에 영하 영감은 빙긋이 웃었고 관리들도 멋쩍게 웃었다.

“비가 선다면 저희 군으로서도 영광입니다.”

“영역 정화도 해주어야겠어. 사당도 있고 하니.”

“여부가 있겠습니까.”

문밖에서 밭은기침 소리가 들리더니 미닫이가 빼꼼이 열렸다. 이영하는 조심스럽게 들어서는 현보를 찬찬히 살폈다. 현보는 들어서자 용기를 내어 큰절을 넙죽 했다.

“그간 평안하십니까?”

이영하는 무심하게 말했다.

“자네가 누구더라?”

“저 현보…… 입니다.”

영하 영감은 다시 관리들에게로 눈을 돌렸다.

“군수가 새로 왔다며?”

“그렇습니다. 일간 방문하겠지요.”

현보가 관리들께 아는 체를 했다.

“요즘 바쁘시지요.”

“오랜만입니다. 수고가 많으시다지.”

영하 영감이 그들을 번갈아 바라보았다.

“자네들 이 사람 아는가?”

“이 양반이 백암 아랫부락 새마을 지도자 아닙니까.”

“허, 그랬나. 감투를 썼구만.”

이영하의 말에 현보는 뒤통수를 긁었다.

“그냥 뭐 부락 사람들이 자꾸 하라구 그래서…….”

영감은 현보라는 위인의 사람됨을 아는지라 빤히 속내를 들여다보고 있었다.

"자네 나한테 무슨 할 말이 있군?"

"실은…… 그렇습니다."

이영하는 펼쳐놓은 도면만을 만지작거리면서 기다렸다. 현보는 한번 뒷전의 친척 노인들을 휘둘러보고 나서 머뭇거리며 말했다.

"저어…… 딴 게 아니라, 홋집에 문제가 있어서 말이지요. 어느 집이고 막론하고 열 마지기씩 소작을 시키는데요, 사실은 사람이 너무 많습니다. 게으른 자나 부지런한 자가 똑같을 수는 없지 않겠습니까?"

영하 영감이 불쑥 중얼거렸다.

"게으른 놈은 안 돼. 언제든지 가난을 면하지 못해."

"그렇습죠. 그래서 소작 가호를 반으로 줄이고, 홋집도 없애야지요."

영하 영감은 며칠 전에도 작은아들 명식으로부터 홋집을 없애야 한다는 말을 들은 적이 있었으므로 일단 귀를 기울여 보기로 했다. 현보도 그렇게 단정해서 말해놓고는 무슨 핀잔의 소리가 나올까 눈치부터 살피니 영감은 그저 도면만을 보고 있었다.

"그 대신에 브로크나 시멘트로 말이죠. 아파트 식으로 집 한 채를 짓도록 하면 어떨까요. 모두 거기 입주시키고 홋집도 정리할 수가 있습니다."

이영하는 한참 침묵을 지키더니 처음으로 현보를 똑바로

쳐다보았다.

"돈이 많이 들 텐데……."

"염려 없습니다."

현보는 관리들 쪽을 돌아보고 먼저 웃음을 지었다.

"새마을사업 지원이란 게 있습니다. 시멘트 지원을 받을 수가 있어요."

"그렇지요."

"까짓 지붕은 슬레이트로 하구 기다랗게 짓는다면 얼마 안 들겠는데요."

두 관리들이 말했고, 영하 영감은 빙긋 웃었다.

"그러면 자네가 인식이하구 잘 의논해서 일해봐. 그전처럼 않겠다면 홋집을 다시 맡길 테니까."

현보는 얼른 일어났다. 다시 무슨 말이 바뀌어 나올지 모르겠기 때문이었다. 둘러앉은 친척들은 서로 눈길을 맞추고 불쾌한 얼굴이 되어 현보의 얄미운 뒤통수를 노려보았다. 사랑채를 나오는 현보는 다시 술이 거나하게 오르는 기분이었다. 고작해야 한 너덧 집의 소작권이나 얻어낼 줄 알았더니 의외였다. 현보는 푸른 새마을 모자를 눈썹 위로 더욱 깊숙이 눌러썼다.

떠오르기 시작한 달이 지상에 가까워서인지 더욱 크고 탐스러워 보였다. 서씨는 해가 질 때까지 나락을 베어 볏단 쌓는 일을 하다가 돌아오는 중이었다. 기일 안에 소작료를 물어내려면 바싹 당겨놓아야 했다. 그가 14호 집의 낮은 돌담 안으로 들어서니 불이 켜져 있었다. 그는 마누라가 돌아온 줄 알고 물을 떠서 손을 씻으며 말했다.

"임자 왔나. 어유, 배고파."

방문이 열렸다.

"아버지……."

서씨가 돌아보니 큰놈이 방문 밖으로 꾸부정히 서서 인사를 하고 있었다. 아들은 백암 들어온 지 일 년 만에 도시로 나가버렸던 것이다.

"니가 웬일이냐?"

"웬일은요, 낼이 추석 아닙니까."

"아, 그렇지 벌써 추석이로구나."

부자는 방 안으로 들어가 앉았다.

"추석이라구 뭘 뽀르르 내려오구 그러냐. 돈두 없을 텐데."

"공장에서 모두 가보자구…… 어머니 들에서 아직 안 오셨나요?"

"응, 저 뭣인가…… 웃집에 일 거들어주러 갔다. 올 때 떡조각이라두 들구 오겠지. 그래 저금은 좀 했니?"

서씨는 작년보다 더욱 뼈대가 굵어지고 옷차림도 훤해진 아들을 대견하게 바라보았다.

"이제 막 견습을 면했는데요. 내년까지만 참아볼려구 그럽니다. 농사일은 어떠세요?"

서씨는 우물쭈물 담배부터 꺼내어 물었다.

"농사가 언제는 뭐 별일 있다드냐. 맨손 들고 할 짓 없으니 이 지랄이지."

"아버지 여기서 삼 년만 고생하세요. 그다음엔 서울에서 우리 식구가 막벌이 장사라두 하십시다."

"얘, 막벌이 얘기 꺼내지두 말아라. 대처 살이라면 이젠 입에서 신물이 나는구나. 그저 어떻게 하든지 돈을 모아 땅을 사야 한다. 땅만 있다면…… 댓 마지기라두 내 땅이 있으면 얼마나 좋겠니?"

"웃집 사람들 여전하죠?"

서씨는 다시 말을 잃고 우물쭈물했고, 아들이 말했다.

"내일이 추석이라구 어머니가 일 도우러 가셨으니, 아무 때나 툭하면 하인으로 데려다 부려먹는 거지, 뭐 달라진 게 있겠습니까."

"그 집이 여기선 상전인데 어떡하겠냐."

"지금이 어느 세상이라구 서방님, 아씨, 나리……."

"땅이 없는 탓이다."

서씨는 담배 연기를 길게 내뿜고 나서 그대로 일 년 만에 보는 자식 앞에 부끄러운 생각이 들었다.

"얘, 그래두 여기선 느이 동생들이 배 곯은 적은 없다. 고구마로 끼니를 때울 적도 있지만 대처보다야 한결 낫지. 아직은 시골이 어수룩하더라. 나두 열 마지기 농사여. 요새는 정말 사추리에서 찬 바람이 나도록 일을 한단다."

아들은 도시살이에 간만 부풀었는지 대수롭지 않게 되물었다.

"그까짓 열 마지기에 지대는 얼마나 바치구요?"

역시 서씨는 담배만 피우는데 아들이 말했다.

"반반이죠? 도둑놈들 같으니…… 아무리 빈손이라지만 농구에 비료에 영농비 몽땅 들이고 식구들 노임까지 들여서 지어놓으면 손가락에 흙덩이 한번 대어보지 않는 놈들이 가져가잖아요. 그러니 다시 말짱 헛것이지요."

"반타작은 옛날부터 원래 법이 그렇다는 걸 모르냐."

"어느 옛날요……."

"왜정 때…… 아니 그전에두 그랬다더라. 얘, 땅 가진 사람들두 속이 썩을 게다. 뭐 남는 게 없겠더라."

"그건 가진 놈들 사정이구요. 반반이 대체 뭐예요. 제 앞가림두 못하면서 남의 걱정을 해요. 참 답답해서."

아들의 높아진 언성에 어린것들이 차례로 깨어났다. 아이들은 눈을 비비면서 울긋불긋한 셔츠의 낯선 사람을 쳐다보았다.

"형 왔구나."

"오빠 왔어?"

"그래 그래, 내가 뭐 사왔다."

아들이 가방에서 옷 꾸러미와 과자 봉지를 꺼냈다. 아이들은 잠이 썩 달아났는지 다투기 시작했다.

"어이구, 이게 누구냐. 니가 웬일이냐? 밥 먹었니?"

몇 마디의 말을 한 번에 뱉으면서 부안댁이 들어섰다. 부안댁은 일하고 웃집에서 얻어온 떡을 펴놓았다.

"배고프지. 내가 당장 밥을 할 테니 우선 이거라두 먹구 기다려라."

"웃집에 이씨들 다 왔지?

"내일 제사 지낼 테니 대강 모일 사람은 다 모였겠죠. 그런데 말이우……."

일어나려던 부안댁이 뒤늦게 생각이 났는지 미간을 찌푸리며 다시 주저앉았다.

"이런 걱정거리가 없수. 글쎄 나는 어찌나 마음이 안 좋은지…… 홋집이 없어진대요."

"뭐라구?"

서씨는 눈을 크게 떴다가 다시 금방 풀어지며 어이없다는 듯 웃었다.

"쓸데없는 걱정은 말구 어서 나가서 밥이나 짓게. 홋집을 없애면 일은 누가 하며 즈이들 농사는 어쩔려구."

"현보가요, 마름을 다시 한대나 봐요. 마름 맡을 욕심에 새마을사업을 벌인다지 뭡니까. 저 뭣인가 정화를 한다구 시방 모두들 쑤군거리고 있습디다."

서씨는 아들에게 불안한 눈짓을 던지고 나서 물었다.

"현보가 뭘 어쨌다구?"

"글쎄 홋집을 모두 허물어버리구, 다시 단체루 사는 집을 짓는대요."

"더 잘됐게?"

"잘되긴요…… 한 반쯤은 내몬다구 그러잖아요."

"정말이야?"

"시방 파다하게 소문이 나서 모두들 코가 쑥 빠져 있어요."

"가만있어……."

서씨가 놀란 표정으로 벌떡 일어났다.

"아버지 어디 가세요?"

"자세히 알아봐야겠다."

그는 다른 날보다 훨씬 허약해 보이는 어깨를 축 늘어뜨리고 방을 나갔다. 아들은 철없이 과자 봉지에 붙어 앉은 동생들을 보면서 중얼거렸다.

"설마 겨울이야 나게 하겠지요."

"지대를 더 내게 되더라두 여기 눌러 있어야 헌다. 이 나이에 어디로 또 가겠니."

어머니의 말에 아들은 아까의 등등하던 기세는 어디로 갔는지 천장 쪽에다 얼굴을 쳐들고 앉았더니, 얼른 소매로 눈을 씻었다. 군데군데 꿰맨 이불 한 채와 비닐 트렁크가 선반 위에 달랑 올라앉아 있었다.

동이 노인은 밤새도록 어지러운 꿈속에서 뒤척이며 몇 번이나 깨어나곤 했다. 흰 달빛이 좁은 방문을 훤히 밝혀주고 있었다. 그는 몇 번이나 문을 열어젖혔다. 꿈결에서였는가 베틀소리가 철커덕 철컥 끊임없이 들려왔다. 동이 노인은 아내가 헛간에서 베를 짜고 앉아 있는 모습을 보았다. 아니, 그것은 어머니였다. 어머니는 힘겹게 북 쥔 손을 휘두르며 그를 부르고 있었다. 그는 잠을 깼다. 아직도 베틀소리가 들려오고 있었다. 문을 활짝 열어젖히자 한눈에 달빛이 가득 찬 마당이 내다보았다. 바람결에 흔들린 헛간의 나무 문짝이 흙벽을 텅텅 때리고 있었다. 삐이걱 텅 하는 소리와 문짝의 움직임은 죽음처럼 막막했다. 그는 한참 동안이나 마당을 내다보며 모로 누워 있었다. 드디어 규호는 올 추석에도 집으로 돌아오지 않은 것이다. 동이 노인은 일어나서 헛간 문을 닫기 위해 마당으로 나갔다. 신작로와 들판이 하얗게 드러나 있었고 송림의 바람 소리만 깨어나 있었다. 그는 문을 닫으며 언뜻 생각했다.

죽은 사람이 보이면 좋지 않다는데.

노인은 돌아서다가 가슴이 싸늘하게 내려앉는 것을 느꼈다. 허공중에 손이, 무수한 손들이 하늘을 향하여 치켜져서 흐느적대고 있었던 것이다. 그것은 키가 멀쑥한 꽃들이었다. 꽃들이 바람에 불리어 흐느적거렸다. 동이 노인은 진정하느라고 헛기침을 두어 번 해보았다. 그러고 나서 그는 날이 새도록 다시 잠들지 못했다. 방문을 열어젖히니 마당 가득히 서 있는 맨드라미꽃들이 보였다. 노인은 밝아오는 아침 햇빛을 받고 차츰 짙은 색으로 변해가는 꽃을 보며 누워 있었다.

동이 노인은 백암 건너편의 야산에 아무렇게나 매장했던 마누라의 무덤을 찾아갔다. 그는 거기서 오후 늦게까지 읍내로 나가는 길은 바라보며 앉아 있었다. 그가 집으로 돌아오는데 홋집 마을의 길로 웬 젊은이가 고래 고함을 지르며 내려오고 있었다. 옷차림으로 보아 도시에서 어제 돌아온 아이가 분명했다. 그 애는 개천 건너편을 향하여 계속해서 떠들었다.

"야, 이 도둑놈들아. 느이들이 무슨 양반이냐. 지금이 어느 세상이라구 이 망할 놈들아, 느이 맘대루 해 처먹고 좇아낼라구그래."

젊은이는 숫제 퍼질러 앉아서 마음대로 욕지거리를 퍼부었고 사람들이 꾸역꾸역 몰려나와 구경하기 시작했다. 소주잔깨나 좋이 들이마신 꼴이었다.

“아니, 저 놈이 뉘집 새끼야.”

“혼찌검이 나야 해.”

이씨 일족들이 떠드는 가운데 현보가 나타났다.

“아니, 거기 뭣들 구경만 하고 섰어. 당장에 볼태기를 지르지 못 하구선.”

현보는 개천 이쪽의 홋집 사람들을 손가락질하더니, 멀찍이 갈랫길을 돌아서 뛰었다. 동이 노인은 땀이 솟는 느낌이었다. 규철이가 홋집 사람들 몇 명과 함께 젊은이를 붙잡고 승강이를 하는 게 보였다.

“이 자식 어디서 굴러먹다가…….”

규철이가 발길질하는 게 보였고 동이 노인은 자기도 모르게

“이놈아…….”

하면서 달려들어 규철이의 뒷덜미를 잡아끌었다.

“죽을 때까지 남의 종살이나 해 처먹어라!”

중얼거리고 나서야 노인은 그것이 바로 규호가 집을 나가며 부르짖던 마지막 말이었음을 깨달았다. 규철이는 잘 알아듣지도 못하고 다만 놀랐는지 입을 벌리고 멍하니 아버지를 쳐다보았다. 노인은 땀을 씻었다. 그는 홋집 사람들 앞에다 침을 뱉고는 돌아섰다. 비칠거리며 돌아서 가는 동이 노인의 등을 모두들 어처구니없다는 표정으로 바라보고 있었다.

밀살(密殺)

"산으로 가더라고, 달이 뜨면 눈에 띌 테니께."

칼잡이 사내가 앞장서서 옥수수 밭고랑 사이로 헤치고 들어갔다. 도랑을 흐르는 물소리와 개구리 울음 때문에 주위가 더욱 고요한 느낌이었다. 어깨가 딱 바라지고 탄탄한 몸집을 한 칼잡이와 날씬한 체구에 동작이 잽싼 조수가 도구 배낭을 들고 따랐고, 좀 모자라긴 해도 힘깨나 쓸 듯싶은 신마이도 그들 뒤를 따르고 있었다. 옥수수 밭을 나서서 그들은 능선을 타고 마을의 불빛을 향해 걸어 나갔다. 개천가에 널따란 빈터가 내려다보이는 데서 칼잡이가 아래로 뛰어 내려가며 말했다.

"낮에 봐둔 장소구먼. 예서는 마땅한 곳이 읎단 말여."

"너무 가깝구먼요."

조수는 개천 건너편 길가에 보이는 초가의 불빛들을 가리켰다. 그러나 칼잡이가 고개를 흔든다.

"물이 있응께 안 좋은감? 싸게 해치우더라고."

물터 앞을 세 개의 커다란 바위가 막아서 있고 잔디가 자라고 있어서 칼잡이가 고를 만한 장소였다.

그들은 능선 위로 올라가 마을을 바로 밑에 내려다볼 수 있는 곳까지 다가갔다. 마을은 그들이 섰는 언덕 맞은편의 산 가운데 아늑하게 자리 잡고 있었다. 세 사람은 비탈 위에 자리 잡은 묘지에 엎드려 마을을 내려다보았다. 불빛들이 훨씬 줄었고 여기저기에서 연달아 개 짖는 소리가 들려왔다. 산머리로부터 만월이 떠올라 왔다. 달이 구름에 가려질 때마다 마을을 더욱 멀리 끌어갔다가는, 다시 환히 앞으로 끌어당겨 오는 듯했다. 칼잡이가 속삭였다.

"찾았네, 저 집여. 보이는가?"

그는 돌담 사이로 뚫린 골목에서부터 지붕들을 헤아려나갔다.

"길 똑바로 다섯째 집, 마당이 젤루 넓은 집이랑게."

기역자집이었는데 외양간인 듯한 헛간이 집을 마주해서 마당의 왼편에 보였다.

"아주 실허게 살찐 암소여."

칼잡이의 말에 신마이가 묘지의 봉분에서 상반신을 벌떡 일으켰다.

"무시여? 암소라?"

"그려, 암소는 안 된단 말여?"

조수가 신마이의 건방진 반발이 아니꼬워서 코웃음을 쳤

다. 신마이가 말했다.

"농우는 농갓집 기둥뿌리나 매한가지여. 아무리 굶어 죽게 됐지만서도, 농우 쌔비는 일은 사람 못 헐 노릇여."

"앗따 그럼 왜 왔는가."

"밤일이라고 혀서…… 고작해야 닭서리려니 했구먼."

"닭서리나 소서리나 매일반인디, 좌우간 앗씨가 때려잡을 텡께, 자넬랑 망만 보더라고."

"소 한 마릴 우리가 다 워떻기 먹는단 말여?"

조수는 신마이의 우둔함이 답답하다는 듯이 혀를 차면서 말했다.

"아이구, 이런 등신 좀 보소. 얀마, 읍내선 고기가 필요하다니께, 고기가."

칼잡이도 신마이를 달랬다.

"이 사람아, 워쩔 거여? 대처루 나갈 터인즉슨 쐬가 있겄어, 양식이 있는가. 이삭이나 영글면 헹편 필래나 했더니만…… 요 짓으로 이력이 났지만, 자넨 딱 한 번뿐여, 알겄나?"

"여편네 배때지를 봐서라두…… 허긴 그럴 도리밖에 없구만이라우."

조수가 일어났다.

"소 몰러 갈랑만요."

"기다려어. 노인네들은 잠귀가 밝으니께. 그란해도 소는 자네가 맡아야 혀."

칼잡이가 조수에게 다짐했다. 조수는 자신만만해서 대답했다.

"걱정할 거 쥐뿔두 읎당게요. 나는 소랑 이약을 통할 정도란 말여요."

"됐네, 그럼 신마이하구 나는 뚜룩치러 가더라고. 기둥 쓸 거 두 개랑 지게 세 짝이 필요하당게. 우린 먼저 가서 기두를 텡께, 감쪽같이 해뻔지라고."

"그럽시다."

조수는 보통 때 했던 솜씨대로, 우선 개를 달래놓고 나서 소의 목에 걸린 놋쇠 방울을 떼어낸 다음 점잖게 헛기침까지 하면서 소를 끌고 나왔다. 모두들 농번기여서 깊은 잠에 곯아떨어진 모양이다. 시냇물 앞에 이르자 소가 물을 건너지 않고 물가를 따라 올라가다가 멈춰 섰다. 소는 요지부동인 채로 당겨진 고삐에서 놓여나려는 듯 마두 힘을 써오는 거였다. 먼저 도착해서 기다리던 칼잡이가 바위 뒤에서 뛰어나오며 외쳤다.

"잡아끌어, 인저 고놈은 꿈쩍 안 한당게."

칼잡이도 텀벙대며 개천을 건너 소의 고삐를 움켜잡았다. 소가 뒷걸음질 쳤다. 조수가 뒤에서 소를 밀고 칼잡이는 두 손으로 움켜쥔 고삐를 죽어라 하고 잡아당겼다. 소는 입을 벌리고 타액을 줄줄 흘리면서 버티었다. 벌려진 입속에서는 부글부글 끓는 듯한 신음과 숨소리가 새어 나왔다. 소가 서너 걸음 끌려오다가 고개를 거세게 흔들며 다시 버티곤 했다. 칼잡이가 이를 갈았다.

"어 쌍놈의 소, 두구 보자."

칼잡이는 자기의 어깨에다 얼굴을 비비면서 땀을 닦았다. 힘을 주어 버티던 소가 마지못해서 끌려갔다. 두 발이 물에 잠기자 소는 버티던 힘을 갑자기 빼고 성큼성큼 시내를 건넜다. 소는 어느 정도 수그러지긴 했지만 배를 벌떡이며 흥분하고 있었다. 신마이가 굵은 기둥 두 개를 평행봉처럼 세우려고 호미로 땅을 깊숙이 파헤치고 있었다. 칼잡이는 신마이와 조수가 기둥을 세울 동안 시합에 출전할 선수를 준비 운동 시키는 감독처럼 소를 끌고 빈터의 주위를 빙글빙글 뛰어다녔다. 소가 어느 결에 들떠서 고삐를 쥔 사람보다 앞질러 뛰었다. 빈터의 일정한 궤도에서 소가 조금이라도 빗나갈 듯 보일 때마다 칼잡이는 줄을 재빨리 낚아챘다. 소가 최면된 것처럼 자꾸만 돌았다. 칼잡이가 헐떡이면서 말했다.

"뭣 땜시 꾸물대는 거여, 아 빨리 기둥을 세워야 할 거 아녀?"

두 기둥이 구멍에 박히고, 흙을 다져 똑바로 세웠다. 조수가 호미를 내던지고 말했다.

"자, 일루 몰아오슈."

칼잡이는 기둥 곁을 지나 또 한 바퀴를 돌아갔다. 공지의 주변을 돌아오면서 그대로 기둥 사이를 통과해서 고삐를 당기자 소는 망설임 없이 기둥 사이로 머리를 들이밀었다.

"됐어. 내 당길 동안 묶어버리랑게."

칼잡이가 온 힘을 다해 고삐를 당기는 동안에 조수는 튼튼한 밧줄로 소의 목을 두 기둥 사이에 단단히 붙들어 맸다. 소가 함정에 빠졌다는 걸 그제야 깨닫고 머리를 빼내려고 헐떡이며 버둥거렸다. 기둥이 흔들렸으나 간격은 더 이상 넓어지지 않았다. 칼잡이는 바위에 걸터앉아 담배를 붙여 물고 숨을 돌렸다. 신마이는 길 쪽에 나가 앉아 망을 보고 있었고, 조수는 대견하다는 듯 소 곁에서 토닥토닥 두드려주고 있었다. 칼잡이가 말했다.

"끝장이 났는디 실컷 지랄하게 내삐려두어. 절루 지쳐빠질 거여."

조수가 준비된 물건들을 두 개의 하배낭에서 모조리 꺼내놓았다. 석장의 군용 우비, 플래시, 돌 쪼는 뾰족한 쇠정을 붙들어 맨 몽둥이, 날카로운 쇠꼬치, 양재기, 식칼, 밧줄 한 뭉치 등속이었다. 조수가 쇠정을 칼잡이의 발 앞으로 던져주었다. 칼잡이는 상의를 벗어 던지고 러닝셔츠까지 벗어서는 손바닥의 땀을 말끔히 닦아냈다.

"일을 하자면 모두들 웃통을 벗어얄 거여. 피가 튀니께로."

그는 정을 붙들어 맨 망치를 바람 소리가 나도록 허공에 휘둘러 보았다.

"슬슬 시작해 보까?"

칼잡이가 소의 정면에 서서 망치를 천천히 치켜들었다. 소가 두 발로 땅을 파헤치면서 굵은 음성으로 부르짖었다. 캄캄하고 깊숙한 구멍 속에서 마주쳐 울려나오는 듯한 소리가 숲에 가득 차서 떠돌다가 사라졌다. 소는 본능으로 위험을 느낀 모양이었다. 칼잡이가 높이 쳐들었던 망치를 떨어뜨렸다.

"들리지 않았으까? 젠장. 나팔 소리 같았다고."

"싸게 싸게 때려잡으슈."

조수가 말했다. 칼잡이는 그 피할 수 없는 먹이를 노리면서 망치를 쳐들고 호흡을 쟀다. 소가 울음 울고서는 입을 벌린 채 고개를 늘어뜨리고 방심한 듯이 도살자를 바라보았다. 칼잡이는 단숨에 손끝에 온 힘을 모아 내리 찍었다. 소가 머리를 빼내려고 사지를 버둥거렸다.

"씨팔, 빗맞았는감만."

망치의 끝이 소의 정수리를 벗어난 귀 옆에 틀어박혀 있었다. 칼잡이는 이런 실수가 께름칙해졌지만, 다시 뒤로 한 걸음 물러나 겨냥을 했다. 어둠 속에 묻혀 있던 소의 커다란 눈은 핏발이 곤두서서 푸른 광채를 내며 번쩍거렸다. 두 눈이 내쏘는 빛을 발하면서 소는 짐승의 탈을 벗어났다. 내리찍자 딱, 하는 소리와 함께 소가 기둥에 머리를 매달린 채 무릎을 꿇었다.

"후딱 줄을 풀란 말여."

조수와 신마이가 달려들어 기둥에 붙들어 맸던 줄을 풀었다. 피가 일직선으로 공중에 뻗쳐 올라갔다. 소는 여전히 최후의 힘을 내어 땅바닥에서 허우적거렸다. 그들의 상반신은 소나기를 맞은 것처럼 온통 피에 젖어버렸다. 조수가 양손으로 기둥을 붙잡고 힘이 빠져가는 소의 목을 두 발로 타 눌렀다. 칼잡이가 꼬챙이를 소의 정수리에 뚫린 구멍 속으로 깊숙하게 찔러 넣었다. 그리고 소의 두개골 속을 사방으로 쑤셔댔다. 소의 뇌 조직은 지리멸렬되고, 들락날락하는 꽂을대의 율동과 똑같이 소의 팔다리가 끈 아래서 움직이는 인형같이 춤추었다. 차츰 소의 춤이 마비되어 갔고 마지막 경련이 찾아왔다. 서투르고 투박한 동작을 되풀이했던 다리들이 곧게 펴지고, 아주 섬세하게 떨면서 작은 파동에서 점점 격렬한 움직임으로 옮겼다가, 다시 처음의 미약한 떨림으로 돌아가 한순간에 모든 동작이 멎어버렸다. 칼잡이가 꼬챙이를 정수리에 뽑아 들고 흘러나온 뇌수를 손가락으로 찍어 맛보았다.

"어 고소하다. 목을 따야 할 텐디."

"불 비춰야 되겄구먼."

신마이가 구경만 하기는 미안한지 플래시를 비춰 들었다. 진홍의 선명한 피가 희게 까뒤집힌 눈 가녘으로 해서 황갈색 털을 적시고 흘러내리고 있었다. 피가 아직 살아 있는 것처럼 뭉클뭉클 솟았다. 사람의 살갗 위에도 그것은 여러 모양으로 물들었다. 불빛에 번들거리는 땀과 피가 그들의 가슴과 배 위에 번져갔다. 칼잡이는 식칼의 날을 손가락 끝에 벼리어보고 나서 소의 멱을 따냈다. 몰렸던 선지피가 솟았다. 목뼈 부분을 여러 차례 내리찍어 머리를 도려냈다. 덜렁대던 머리가 떨어져 나가자 짐승은 비로소 생시의 형상을 잃었다. 죽은 짐승은 피비린내와 더불어 발정기의 냄새 같은 연한 노린내를 풍기기 시작했다. 칼잡이가 목 밑동의 동맥에서 솟아 나오는 핏줄기 아래에 양재기를 갖다 댔다. 솟아오르는 선지 덩어리가 그의 벗은 팔뚝 위에 엉겨 붙었다. 잠깐 동안에 그릇이 하나 가득 채워졌고, 그는 턱 아래로 두 줄기의 피를 흘리면서 천천히 마셨다.

"아직두 따땃하구만. 마셔봐, 몸에 좋다니께."

조수가 그릇을 넘겨받고 몇 모금 마시다가 쏟아버렸다. 칼잡이는 목이 떨어져 나간 소를 네 발굽이 위로 가도록 눕혀놓고 사지관절 부분을 잘라냈다. 가죽을 벗겨내자 털 아래 회백색 지방질이 드러났다. 그는 일하다가 꽂을대를 소 대가리 속에 후비어 뇌수를 꺼내 손에 한 줌씩 쥐고 먹었다. 소의 가죽이 모조리 벗겨지고 초라한 육괴(肉塊)로 변했다. 해체되자마자 소는 단번에 짐승의 늠름함을 상실해서, 생생한 빛깔과 냄새 외의 것들은 주위의 사물들 사이에 흡수되어 버렸다. 구경하고 섰던 신마이가 자기 등 뒤로 팔을 올려 찰싹 때렸다. 윙윙거리는 나랫짓 소리가 희미하게 들리다가 그것에 주의를 돌리자, 소리가 갑자기 정적 속에서 요란하게 들끓고 있는 걸 알았다. 신마이가 큰 발견이나 한 듯이 외쳤다.

"이게 뭐여, 쉬파리 아녀?"

"파리 떼가 모였네. 피 냄샐 맡은개벼."

조수도 말했다. 끈적한 피 냄새는 벌써부터 숲 안에 널리 퍼졌고 잠자는 벌레들까지 깨워놓은 것이다. 부패하여 사멸한 모든 사물에 맨 처음 달려드는 것들이다. 파리가 주위를 날아다니는 소리가 점점 커졌다. 파리는 자꾸만 모여들고 있었다.

"하여간에 목숨이 모질다. 먹어야 살지 않는가. 산 것은 전부 요 모양이랑께."

칼잡이는 칼을 내던지고 웃저고리를 집어 들고 휘돌리면서 날아드는 파리를 쫓았다. 조수가 얼굴을 때리면서 중얼거렸다.

"아따, 참말로 파리 목숨이라더니 죽어지면 먹도 못 혀."

칼잡이가 파리 쫓기에 지치자 그 짓을 포기하고 저고리를 던져버렸다. 그는 바위에다 칼을 갈았다. 고기의 내장을 감싸고 있는 휘장 같은 막이 위로 부풀어 올라와 있었다. 칼이 내장 속으로 그어 내려가자 그것은 갈가리 헤쳐졌다. 헤쳐진 막

뒤에서 붉고 푸른 기묘한 모습의 기관들이 드러났다. 아직 팔딱이며 살아 뛰고 있는 부분들이 있었지만, 내장들은 모조품처럼 보였다. 조수가 부르짖었다.

"왜 그려, 뭐시여?"

칼잡이가 칼을 내동댕이치고 벌떡 일어섰기 때문이었다. 칼잡이는 얼굴을 옆으로 돌리고 연신 가래침을 돋우어 뱉어냈다.

"부정 탔다. 니미랄 거."

"참 내 잊구…… 말해준다 하면서두……."

"좋아, 구데기 무서서 장 못 담글랑가."

칼잡이는 다시 달려들어 피 속에 두 팔뚝을 담그고 더듬었다. 그가 소의 하경부 근처에서 끄집어 올린 것은 연분홍색의 살덩어리였다.

"불을 켜, 씨팔, 내야 온전한 백정 놈두 못 되니께 잡아버려야지."

불빛에 드러난 것은 얇은 꺼풀 덮인, 눈이 툭 불거지고 드문드문 희고 자디잔 털이 돋은 탯송아지였다. 내장에서 딸려 올라온 창잣줄 같은 게 아래로 흐느적 떨어졌다. 조수가 말했다.

"오매, 다 커삐렸구먼."

"새꺄, 입 닥치더라고, 사람 먼첨 먹구 봐얄 거 아녀."

"괘난이 심사여 심사가, 넨장."

칼잡이가 그것을 땅 위에 내던졌다. 조수가 우물거렸다.

"소가 원체 운이 나빴당게요."

칼잡이가 말했다.

"힘이 쪽 빠지네그랴."

잠과 배고픔이 그들을 덮쳤다. 신마이가 게트림을 하더니 비위가 상했는지 자꾸 군침을 삼켰다.

"우리 안사람 해산철인디, 이게 뭔 노릇여. 죄 받을라고 뭔 짓이냐 말여."

"아, 싸게 각을 뜹시다요, 잉. 벌써 새벽이랑게."

칼잡이가 삼각부와 방덩이에서 퇴에까지 길쭉하게 살을 벗겨나갔다. 조수와 신마이는 베어낸 살들을 냇물에 씻어 군용 판초에 담았다. 살이 모두 발라지자 드디어 남은 건 골격뿐, 갈비뼈가 동굴의 입구처럼 입을 벌렸다. 그것은 파괴된 기계나 건물의 잔해(殘骸) 같았다. 어둠 속에 희게 반사된 뼈가 이뤄놓은 선이 둥글고 부드럽게 공간에 떠 있었다. 조수가 돌을 집어 나무 위로 연달아 팔매질했다. 날아오는 새들이 나뭇잎과 가지를 스치는 소리가 어지럽게 들려왔다.

"남은 건 전부 매장시켜."

칼잡이가 호미를 신마이에게 집어주며 말했다. 신마이는 땅을 팠고, 두 사람은 기둥을 뽑아 풀숲으로 던져버렸다. 신마이는 그의 땀 번진 얼굴 위로 모여드는 파리 떼를 연신 날리면서 구덩이를 팠다.

"이것두 묻을 건가?"

그는 네 발굽을 모으고 넘어진 탯송아지를 턱짓했다. 조수가 되물었다.

"워띠여, 약에 쓰면 좋은디."

"왜 제사라두 지내줄 참여?"

칼잡이가 귀찮은 듯이 외면하면서 말했다.

"읍내 나가면 살 사람덜이 쌔구 쌨응께. 그나저나 인제 한철 느긋이 나겄는지 원."

조수도 맞장구쳤다.

"있는 집야, 소란 또 사먼 되는 것이겠고 새끼도 다시 벨 거 아닌가베."

신마이는 가죽이며 뼈를 구덩이에 차 넣었다. 매장을 끝내고 바위에 올라앉은 신마이는 오한이 났고, 관자놀이가 벌떡이며 뛰는 소리를 들었다. 그는 오늘밤 내내 몸이 좋지 않다고 느꼈다. 덜 묻힌 소 대가리의 뿔이 위로 뾰족이 솟아오른 게 보였다. 흙을 끼얹었으나, 뿔 위에 쏟아져 흘러내려 좀처럼 가려지지 않았다.

"자네두 얼릉 내려와 씻으랑게."

조수가 개천에서 피를 씻다 말고 신마이를 불렀다.

"힘이 부쳐 그라누먼. 좀 쉬어야 쓰겄네."

그들은 전신에 뒤집어썼던 피를 말끔히 씻어냈다. 주위가 어둠침침하게 밝아오고 있었다. 안개가 들 위로 끌어내려져 차츰 엷게 퍼져나갔다.

"빨리 찌그러집시다요."

조수가 흩어진 도구들을 챙기면서 서둘렀다. 신마이는 두 무릎 사이에 고개를 처박고 앉아 있었는데 조수가 흔들자 조용히 얼굴을 쳐들었다.

"뭣 혀. 자는가?"

"아녀. 골치가 쑤셔서그랴."

"처분해서 돈 받아 갖고 집에 가면 다 나슬 골치라고."

그들은 고기를 판초에 싸서 줄로 묶어서는 세 짝의 지게 위에 높다랗게 얹었다. 세 사람은 몇 번이나 쉬어가면서 산등성이를 올라갔다. 잠 깬 참새들이 아직은 어두운 숲 속에서 떠들어대고 있었다. 하늘에 새벽빛이 가득했다. 묵묵히 걷기만 하던 칼잡이가 불쑥 말했다.

"자네 대처엘 가서 살아보면 안다니께."

칼잡이는 지게 멜빵을 추켜올리고서 신마이 쪽을 바라보았다.

"예서야 사는 게 그저 해 뜨고, 해 지면 하루지마는……게서는 하루에 억만 겁을 사는 셈인디."

조수가 끼어들었다.

"살 방도가 많다는 애기라우, 아니면 당최 없응께 질다는 말이오?"

"살려면 못할 짓이 없고 잉? 못 헐 짓 허자니 목숨이 질다는 이약이랑게."

그들은 산등성이를 내려와 작은 소나무들의 야산에 이르렀다. 야산 아래로 옥수수 밭과 높이 솟은 황토 언덕이 마주 보였고 들판이 내려다보였다. 칼잡이가 짐을 내려놓고 이마의 땀을 씻으며 말했다.

"거 꼴사나운 놈, 버리고 가더라고."

"송아지 말여요? 냅두슈. 지집아덜처럼 왜 그런다요?"

조수의 말에 칼잡이는 잠깐 생각하고 나서 말했다.

"아무래두 재수가 없을 거 같어."

"재수가 이 판국에 워뎌대여, 염라대왕도 먹어야 대왕인디."

"갑시다 얼릉. 워쩐지 상스런 생각이 드누먼요. 마누라가 몸을 풀었는지두 모르겄네."

신마이의 말에 조수가 발끈했다.

"이런 지미 붙을…… 어떤 놈, 새끼 없는 중 아나. 줄줄이 딸린 게 새끼여. 낳고 먹고 죽고 하는 것이 자그마치 일곱이다 말여."

칼잡이는 상을 찡그리고 자꾸 침을 뱉었다. 그들은 어느 결엔가 맥이 빠져 있었다. 세 사람은 한마디씩 중얼댔다.

"엄청 늦었당게. 해 뜨기 전까지 꺼졌어야 하는 건데 말여."

"지금쯤은 저기 철둑을 훨씬 넘었어야 혀."

"동네 놈덜이 지키구 있을지두 모르겠고만이라우."

들판 멀리 여러 마을의 지붕들 위로 연기가 오르고 있었다. 여러 줄기의 연기는 바람 없는 하늘 위에 곧게 올라가 흩어졌다. 새 한 마리가 놀 속에 높이 떠서 지저귀고 있었다. 새 울음소리가 아득했다.

새뿐만 아니라 들판의 이곳저곳에서 산 것들이 깨어나고 있을 것이었다.

야근(夜勤)

나무뿌리와 같은 섬광이 캄캄한 하늘을 비추며 지나갔다. 뒤이은 우뢰 소리는 함석 창고 지붕을 두드리는 빗소리와 합쳐졌다. 포장용 비닐을 쓴 남자와 우산을 받은 여자가 창고를 향해 뛰어왔다. 철책밖에 수은등만 빛날 뿐, 남은 빛이 마당에 희미하게 떨어져 있고 어두운 공장 건물들은 고요했다. 남자가 창고의 문을 두 주먹으로 두들겼다. 안에서 물었다.

"누구야?"

"수지반장, 가족이 왔어."

바퀴 달린 높다란 문이 열렸다. 후텁지근한 열기와 땀냄새가 끼쳤다. 어둠 속에서 웃통을 벗거나 팬츠 바람인 남자들이 한편 술을 마시고, 누워서 속삭이거나 웅기중기 앉아있었다. 반장이 머뭇거리는 여자에게 말했다.

"모두 오빠 친구들입니다."

창고의 블록 벽위에 촛불로써 길게 늘어난 사람들의 그림자가 일렁거렸다. 삼십여 명의 남자들은 두 사람이 지나가는 것을 조용히 지켜보고 있었다. 포장된 상자가 높다랗게 쌓여 있는 곳에서 반장이 말했다.

"저 뒤루 가십시오."

여자는 겨우 두 사람이 엇갈릴 수 있을 만한 넓이의 상자 골목을 통과했다. 정면에 흰 광목을 씌운 관이 보였다. 관 앞에 촛불이 두 개 타고 있었다. 상자와 포장지, 각목 등이 어수선하게 쌓인 잡동사니 사이에서 초록색 운동모자를 깊숙이 눌러쓴 남자가 일어났다. 여자가 관이 놓인 상자들 앞에 앞에 다가섰다. 그제야 뒤에 기대어 잠들었던 사람도 일어났다. 흰 칼라가 달린 근무복을 입은 여자였다.

"누구신지?"

"……오빠예요."

누이동생은 잠깐 돌아서서 울었다. 여자는 다시 상자 뒤에 쪼그리고 앉았고, 초록색 모자를 눌러쓴 남자도 잡동사니 틈에 앉았다. 그는 양재기에 따른 소주를 조금씩 마셨다. 여자가 누이동생의 손을 잡고 뭔가 낮게 얘기했다. 누이동생이 그 옆에 앉았다. 여자가 속삭였다.

"혼자 오셨어요?"

"엄마는 아직 모르셔요."

"오빠가 근심하시더군요."

누이동생은 손가락을 편 채로 얼굴을 대고 꽉 누르고 있었다. 그리고 떨리는 숨을 들이마셨다.

"나를 무척 원망하셨을 거예요."

"아뇨, 며칠 동안 찾으러 다니시더니 편지를 받고는 더 이상 찾지 않으셨어요."

두 달 전 어느 날 밤에 그가 자기의 자취방에 찾아왔던 일을 여자는 생각했다. 그는 만취해 있었다. 집을 나간 누이에게서, 소식이 왔다면서 좋지 않은 직장을 얻었다고 주정을 했었다. 그는 여자에게 말했었다. 가난을 파는 짓이 가장 나쁜 것이라고, 누이동생이 물었다.

"저분은?"

"그이 군대 동기래요. 여기선 기능공 책임자인 직장님이세요."

직장이 양재기에 남은 술을 들이켜고 입바람 소리를 냈다.

"그게 누굴까? 찔러 넣은 놈이!"

여자가 우울하게 말했다.

"돌아선 사람들이 절반이 넘어요. 야근이 아니라구, 잔업두 집어치우구 많이 돌아갔어요."

"날이 밝기 전에 아주 끝장을 내버려야지. 타협을 하구 있는 건가, 아니면 모두 돌아섰나."

누이동생은 자꾸 자신에게 타일렀다. 그래, 그밖엔 별 도리가 없었다. 계약 동거도 끝장이 났고, 다시는 그런 생활로 돌아가고 싶지 않았다. 어느 날 나와서 이태원 케네디 아줌마를 찾아갔다. 직장은 술이 오르더니 기분을 내는 모양이었다.

"이 밤이 지나가면, 저 녀석은 강물에 뿌려져서 흘러간다 그 말이지."

여자가 조용하지만 날카로운 어조로 말했다.

"그만둬요."

"성깔이 있는 놈이지. 기분파구 말야. 죽긴 왜 죽나."

"그만두라니까."

누가 말하지 않아도 그에 관한 모든 일이 생생하다고 여자는 생각했다. 우리는 언제나 같이 있었다. 잠도 같이 잤던 날이 많다. 어제도 그랬고, 지금도 같이 있다. 직장은 그만두지 않았다.

"저 친구하구 군대, 사회 오 년이나 같이 근무했소. 어쩐지 믿어지질 않아."

여자가 누이에게 물었다.

"어떻게 아셨어요?"

"오빠 몰래 엄마만 뵙구 가는 날이 많았어요. 호적을 떼러 왔다가 집에 들렀죠. 나 미국 들어가요. 엄만 안 계시구 오빠 친구분이 오셨데요."

"어머니께두 알려드릴 걸 그랬어요. 어차피 아실 텐데."

직장이 단호하게 말했다.

"안 됩니다."

그는 여자에게로 다가서서 여자의 귓전에 대고 재빠르게 속삭였다.

"저 친구 어머니가 이 일을 알면 당장 데려가겠다구 할 겁니다. 우리 일을 못 하게 말릴 거요. 저 친구도 그런 건 원하지 않겠죠."

누이동생이 어리둥절해져서 두 사람을 지켜보다가 자신 없이 끼어들었다.

"안 되다뇨…… 어째서죠?"

"장례는 우리가 책임지겠습니다. 우리 쪽에서 알려드리겠습니다."

"모르겠어요. 무슨 뜻인지……."

직장은 누이가 입은 무도복 모양의, 주름이 많고 엷게 비치는 흰 옷자락을 훑어보았다. 그는 고개를 저었다. 코쟁이들 앞에서나 입을 것이지.

"그러니까 오빠를 모른 거요. 오빠는 댁에 때문에 속깨나 썩었다구."

누이는 그 말에 기가 죽었다. 그 여자는 아직 오빠의 죽음을 이해할 수가 없었다. 그러나 만약에 그가 보통 때처럼 얼굴이 굳어져서 자기를 다그친다면 아픈 얘기를 맞받아 해줄 수는 있을 것 같았다. 그 여자는 케네디 아줌마를 찾아가는 방법밖에는 달리 살고 싶지 않았다. 남자와 헤어지고 다시 돌아와 공장에 견습으로 들어갈 일이 암담했다. 일당에 쫓기다가 코피를 쏟고 선 채로 졸다 쓰러지는 생활. 그늘 없는 뙤약볕을 끝없이 걸어가는 듯한 생활이었다. 누이는 은회색 매니큐어를 입힌 자기의 손을 펴고 내려다보았다. 일을 잊은 지 오래된 손이었다. 가발을 다듬지도 않았고 목각을 깎지도 않았고, 인형, 구슬백도 붙이지 않았으며, 밭을 매어본 지도 오래된 것이나. 그러나 굵게 불거진 손가락 마디만은 남아 있었다.

"손바닥에 박힌 못이 여태 지워지지 않았네요. 이 손이 집에 있던 때의 내 생활 그대루예요."

여자도 작업 가운에다 손바닥의 땀을 닦고 나서 찬찬히 들여다보았다. 한숨을 쉬고, 두 손을 가운 주머니에 넣었다.

"그이가 가난하구 어두운 생활을 계속하길 바란 건 아닐 거예요. 진실하게 살아가면서 조금씩 나아지자는 뜻이었겠죠."

누이가 픽 웃었다. 나아지다니? 세월이 지나면 그런 난장판에서 시집을 갔겠지. 나 같은 게 누구에게 시집을 가게 됐을까. 오빠 또래의 친구들이나 어슷비슷한 사람들이었겠지. 새벽에 나가서 야근까지 마치고 열두 시가 되어서야 돌아오는 주제에, 쌀은 떨어지고, 식구는 늘고, 싸움질이 시작된다. 누이는 감정을 억제하지 못하고 두 사람에게 대어들듯이 말했다.

"아세요? 우리 엄마는 주정뱅이 아버지에게 거의 날마다 두들겨 맞았어요. 아버지가 돌아간 뒤부터 엄마는 겨우 안정을 찾은 거나 마찬가지예요. 그게 어디…… 사는 건가요? 묘하죠. 우리 어머니는 그래두 그런 아버지가 좋았나 봐요. 습관이겠지 뭐."

두 사람은 묵묵히 듣기만 했다. 직장이, 닳아서 가물대는 토막초 위에 새것을 댕겨 붙였다. 불꽃이 흔들릴 적마다 그들의 그림자가 잡동사니의 그림자 위에 솟아올랐다. 직장은 부드럽게 말했다.

"오빠를 좋아하쇼?"

누이가 고개를 끄덕였다. 서울로 떠나던 오빠. 역사에는 코스모스가 피었고, 어머니가 고추 판 돈을 수건에 싸서 주었다.

"싸젠두 오빠에 관해서 알아요. 나는 계를 붓고 있었거든요. 싸젠이 백오십 불씩 생활비를 가져오죠.

누이가 백에서 담배를 꺼냈다. 그 여자는 가스라이터로 불을 붙였다.

"오빠는 어려서부터 어른 같았어요."

소작붙이가 떨어져서 부모들은 일거리를 찾아 항구로 나갔고, 그들 남매는 마름네 집에서 일 년 이상이나 밥벌이를 해야 되었던 때도 있었다. 누이가 그릇이라도 깨고 매를 맞고 쫓겨나와 울면 오빠가 나무 지게에 누이를 태우고 산으로 올라갔다. 산 위에 올라가면 서쪽으로 군산 앞바다가 보였다.

"오빠가 언니께 홀딱 반했던 모양이죠. 어머니가 그랬어요."

여자가 말했다.

"저분하구 안 건 석 달밖에 안 돼요."

공원이 천 명이 넘는 공장이었다. 출퇴근길에 몸수색을 당하고 드나드는 공원들은 서로가 비슷한 꼬락서니여서 누가 누군지 낯을 익히기가 어려웠다.

"다른 작업장에 있다가, 직업병 걸린 사람들이 많아져서…… 나는 만성 기관지염이었어요…… 어떤 사람은 해고당하구, 우리는 운 좋게 작업장을 옮겼지요. 오빠가 근무하시던 바로 옆이예요."

회사 창립 기념일이었던가. 축구를 하다가 다친 그를 여자가 세면장에서 씻겨주고 손수건을 찢어 감싸주었다. 첫날, 공단 다방에 나온 그는 면도를 하지 못해서 덥수룩했고 약간 덤벙대는 것 같았다.

"술 한잔 마시겠소?"

직장이 술병을 쳐들어 보이며 말했다.

"더워서 싫어요."

"기분이 달라질 텐데."

하고 나서 직장은 상자 사이로 나갔다. 그는 시계를 들여다 보았다. 스물네 시가 다 되어가고 있었다. 창고의 문이 열려 있고 사람들이 몰려나가고 있었다. 남은 사람들은 열 명쯤 되는 성싶었다. 직장이 물었다.

"뭐야! 모이구 있나?"

"높은 사람들이 방금 도착했어. 그리구 야근패들은 우리랑 합세했지. 기계를 지키러 나가는 중야."

"잘됐군. 남은 사람들은 여길 지켜야 할걸."

"인원은 충분해."

직장은 상자 뒤로 돌아갔다. 그는 상자의 골목 사이에 잡동사니를 날라다 메웠다. 목재를 받치고 상자로 막았다. 직장이 땀을 씻으면서 여자에게 말했다.

"여자들은 연락을 못 받았습니까?"

"물론 나는 저이한테서 자세히 들었죠. 그렇지만 대부분 여자들은 별루 실감을 못 느꼈어요."

그들은 일제히 기계를 끄고 작업을 중단하기로 약속을 했었던 것이다. 언젠가 그런 약속이 새어나간 게 틀림없고, 미리 알고 있는 저쪽의 기세에 눌려 일단 분열되었던 것이었다. 직장은 계획대로 기계를 껐다. 다 같이 스위치를 내린 줄 알았다. 그는 전동기의 스위치를 내리면서 모두의 뜻이 아니면 기계는 절대로 다시 돌아가지 않으리라 믿었다. 그런데 여전히 시끄러운 피대 소리를 내며 기계가 돌고 있었다.

"우리 작업장에서두 전달을 받긴 했어요. 하지만 여자들은 일단 일이 터지구 행동이 일어나기 전에 자발적으루는 결단을 못 하거든요."

여자는 아교칠을 마치고 일어났다. 어떤 여공은 못 세 개 박는 일을 그쳤고, 또 다른 여공은 페이퍼질을 그쳤다. 여자는 이 년 동안이나 합판의 네 귀퉁이에 아교칠을 하는 똑같은 일만 해왔었다. 그 여자가 자기의 뜻대로 일손을 멈추고 일어섰을 때, 그제야 여자는 그 풀칠의 의미를 알았던 것이다.

"모이는 곳으루 나갔지만, 여자가 십여 명 정도 복도루 나왔다가…… 조용하더군요. 쑥스러워져서 모두들 다시 돌아갔어요."

종잡을 수 없는 그들의 얘기를 알아들으려고 애를 쓰던 누이가 희미하게 중얼거렸다.

"아, 이제 알았어요. 오빠를 누군가가 죽였군요."

직장과 여자는 서로 마주 보았다. 그들은 각기 되물었다.

"무슨 얘기예요?"

"누구요, 그게."

누이가 차츰 확신을 가지고 명확하게 내뱉었다.

"댁이나 언니, 공장 사람들 모두가 오빠를 죽인 거나 마찬가지죠."

"저 친구가 죽은 건 순전히 저쪽에 붙어버린 놈 때문이라오. 그래서 참다 못해 뛰어든 겁니다. 누구라두 그런 결심이 들었을걸. 저 친구가 먼저 그러지 않았다면, 내가 했을지두 몰라요."

누이동생이 직장을 정면으로 쏘아보았다.

"누가 하든 간에, 아주 냉정하시네요."

"여자들은 이런 기분을 몰라요."

여자가 당황해하며 그들을 번갈아 살폈다.

"이쪽은 동료구, 또 거긴 누이동생이니까 입장들이 틀려요."

"어느 쪽이죠, 어떤 입장이신가요?"

누이의 끈질긴 물음에 몰린 여자는 자기의 관자놀이를 두 손으로 꼭 누르고 잠깐 망설였다. 여자가 흰 광목에다 시선을 고정시켰다.

"나는 언제나…… 저분 쪽이죠."

"나는 대의 쪽입니다."

라고 직장이 말하자마자 누이의 날카로운 목소리가 뒤를 잘라냈다.

"그 잘나빠진 대의를 강조하지 마세요. 모두들이니, 여럿이니, 오빠가 바로 저기 누워 있는데…… 그따위가 무슨 소용이 있어요?"

"도대체 댁이 뭘 안다구 그러쇼. 이제야 이런 꼴루 나타나서는……."

"당신들은 오빠의 죽음만이 필요했죠? 나 혼자서라두 오빠를 떠메구 집으루 돌아갈 테에요. 어머니하구 조용한 장례를 치르겠어요."

직장은 자제하느라고 애를 쓰고 있었다. 그가 친구들의 곁에 누워 있다는 사실이 뼈저리게 소중했다. 직장은 차근차근히 말했다.

"이 친구는 지금 여기 누워서 우리들 전부에 맞먹는 실력을 행사하구 있는 겁니다."

"어째서 오빠만이 그런 일을 감당해야 되나요? 다른 사람은 안 되나요?"

"그 친구 죽은 건 전혀 우연이에요. 우린 저 친구 죽은 일을 늘 생각하구 뒤따를 각오만 가지면 돼요. 슬픈 건 댁뿐이 아니오. 큰 일두 있구, 작은 일두 있구…… 그렇죠?"

누이동생은 다시 상자 뒤로 쪼그리고 앉아서 잠잠해졌다. 직장은 소주를 따른 양재기를 입가에 쳐들었다.

"인마, 술이나 한잔 들어."

여자가 걱정스럽게 말했다.

"저쪽에서 끝까지 버티면, 우린 어쩌죠? 여기서 언제까지구 기다릴 순 없잖아요. 내일은 장례를 지내야 해요."

"여름철엔 밥두 빨리 쉬는데, 저 친구를 여기다 방치하는 것두 도리가 아니구. 내일 밝은 날이 될지 어두운 날이 될지는 알 수 없어요."

졸음이 가득 섞인 목소리로 누이가 중얼거렸다.

"밖엔 지금 비가 와요."

"들립니다."

직장이 드디어 술병을 비웠다. 그는 졸음이 오지 않도록 서성댔다. 아침에는 날이 개었으면 싶었다. 그는 자꾸만 흐릿해지는 머리를 흔들었다.

"이 사람아, 일어나. 이봐, 잠들었어?"

누군가 직장을 깨웠다. 창고 지붕 위에 채광 슬레이트가 부옇게 밝아 있었다. 여자들은 상자 위에 머리를 묻고 잠들었고, 그의 곁에 최종반의 나이 많은 사내가 서 있었다.

"잠깐 깜박했는데, 지금 몇 신가……."

직장은 간신히 눈을 뜨고 멍하니 둘러보다가 손목시계를 쳐들었다. 다섯 시였다. 잠시 후면 야근조의 퇴근 시간이었다. 합세했던 사람들 중에서 설득에 넘어가는 이탈자가 생길지도 몰랐다. 최종반의 사람들이 말했다.

"날이 샜어. 가족들이 왔다면서?"

"저기서 자는군."

"공장장이 만나겠대. 그치들두 뜬눈으루 새우구 있지."

"간밤에 경영진 쪽에서두 회의를 했을걸. 무슨 대책들을 세웠겠지."

"좌우간 좀 나가자구. 우리 쪽서 처음에 모였던 사람들이 다 와 있어."

그들은 상자들 사이로 빠져나갔다. 직장이 물었다.

"왜 그러지?"

"우리두 대책을 세워야지. 그것두 그렇지만…… 어떤 놈인지 잡아내야 할 거 아냐."

창고를 지키는 사람들은 여전히 문가에 칠팔 명이 서 있었고, 주모자들 여섯이 둘러앉아 있었다. 납품반장, 공급실의 두 사람, 기능공 두 사람, 수지반장 등이었다. 직장이 말했다.

"가족을 만나자구 그런다며?"

"죽은 사람과 쟁의를 관련시키지 말자는 거야."

납품반장이 침울하게 말했고, 기능공이 거들었다.

"가족을 꼬이려는 수작일걸."

"틀림없어. 무슨 얘기 할 게 있으면 우릴 통해서 전하라구 그래."

직장은 초록색 운동모자를 벗어서 바닥에 깔고 앉았다. 그가 말했다.

"빌어먹을…… 어째서 그 친구가 우리하구 관련이 없나. 그리구, 우리에게 노조가 어디 있어?"

노조는 언제나 말끔한 사무실 저 높다란 곳에 있었다. 뭐라구, 가족이 늘었어? 너무 많이 낳았단 말이지. 우리두 실력을 행사할 체면이 서는가. 자네, 우리가 위에 있었다는 걸 언제 알았나. 그럼 그전대루 모른 척하든지, 자네 자신들이 노력해 보는 길밖엔 없네. 우리는 자네들 같은 노무자는 이미 아니니까. 허어 살기가 어떻다구…… 그건 여기 모든 기업의 전반적인 조건이야. 그러면 우리들의 노조는 어디 있습니까. 이봐, 자네는 집이 좀 헐었다구 그걸 두드려 부수구야 새 집을 짓는다구 생각하나. 시간가는 대루 수리를 해야지. 그건, 집이구…… 이건 사람 얘깁니다. 공급실 사람이 말했다.

"우리가 만들어서 가입해야지."

"하지만 그때엔 벌써 우리 같은 놈들은 일손을 놓은 뒤란 말야."

수지반장이 신중하게 얘기를 꺼냈다.

"저쪽에선 가족들과 직접 담판해서 위자료며, 충분한 산업재해보상을 해주겠다는 거지, 그렇지만, 이 파업은 용납할 수 없다는 얘기야. 회사두, 공원두 같이 살아야 할 거 아니냐 그러더군.”

임금을 백 퍼센트 올린다 치더라도, 현재 상태의 생산 실적으로는 회사에 별다른 타격은 없으리라는 것이 그들의 평소 생각이었다. 그러나 무리를 해서 그런 선까지 요구해 온 것은 아니었다. 기능공이 말했다.

“공장의 슬로건을 알구 있겠지. 기계는 삼십 퍼센트, 노동력은 칠십 퍼센트…… 우리의 피와 땀이 유일한 자본이라구.”

“그래, 물러서면 안 돼.”

직장이 고개를 끄덕이며 묵묵히 앉았다가 납품반장에게 물었다.

“공장에 몇 명쯤 모여 있어?”

“한 사백.”

“여자들까지 오백이십 명이야. 걔들은 작업대 위에 드러누웠어.”

“기계는 전 공장에 걸쳐서 멈춰 있지. 썩은 기계. 누가 사지두 않을 고철!”

“우리가 제안한 개선책 중에서 두 가지를 양보하라는군.”

직장이 말했다.

“사람 한 목숨이 들었어. 비싼 대가였다구.”

그들의 제안은, 불량품인 원료가 생산 과정을 거쳐서 불합격됐을 때 그 파손품을 공원들이 변상하도록 하지 말 것이었다. 또한 명목상의 도급제를 폐지할 것과, 시간 노임제를 실시하고 유급 휴일을 달라는 것이었다. 수지반장이 직장에게 말했다.

"파손품에 대한 변상 문제만을 시정해 주기루 한다는 거야."

"그따위 때문에 생사람이 고압선에 뛰어들었겠어. 절대루 양보할 타협안이 아냐."

수지반장은 우물쭈물 얼버무렸다.

"파손품에 대한 변상을 안 하게 되면 자연히 노임이 오른 거나 마찬가지야."

"마찬가지가 아니래두."

애초에 원자재부터 파손될 위험이 있는 물건이 작업 과정에서 상한 것이 어째서 공원들의 책임인가 하는 게 그들의 최초의 물음이었다. 당연히 원자재를 들여온 쪽일 것이었다. 아니면 바다 건너편의 책임이었다. 도급제에 관한 물음도 그랬다. 법정 노동 시간은 여덟 시간인데, 근로기준법에 의하면 배가 임금에 의해서 두 시간을 추가할 수 있다는 선까지 나와 있었다는 선까지 나와 있었다. 그런데 기본 노임은 싸고, 도급제로 바꿔놓으니까 실상은 몇 푼을 더 벌어보려고 남은 시간을 빼앗기는 셈이었다.

"우리두 잠을 자구 쉬어야 다시 일을 하지. 그러니 시간 계산을 하구 휴일두 노임을 붙여달란 거지. 기계에두 기름을 쳐주는데 말이야. 여기, 일요일에 놀아본 사람 있어?"

공급실 사람이 별로 자신 없이 말했다.

"하긴, 전반적인 현실일세."

"법에 나와 있는 것두 모르는 녀석이 태반이란 게 그 현실이지."

"어쨌든, 그런 얘기보다 구체적으루 어떻게 할 작정인가."

최종반 사람이 좌중을 둘러보며 물었다. 직장이 말했다.

"끝까지 밀구 나갈 생각이지."

"저쪽의 최종 타협안을 수락하구, 죽은 친구 보상금이나 타게 해주지."

공급실 사람이 말하자, 납품반장이 그 의견에 찬성했다. 기능공 한 사람이 벌떡 일어났다.

"누구 맘대루. 당신네하구 우린 입장이 또 틀려. 그 친구는 기능공이었어."

공급실 쪽과 납품반장이 그의 손을 잡아 억지로 끌어 앉혔다.

"너무 흥분하지 말라구. 우린 다만…… 관에서 개입하지 않는 방향으루 온건하게 해결하구 싶어."

"그건 온건한 게 아니야. 비겁한 거야. 누구보다도 당신네가 당신들 조건을 잘 알잖나."

그들은 풀이 죽어버렸다.

"잘…… 알지."

"아무래두 처자가 있는 사람들하구 입장이 틀릴 테지. 목구멍이 뭐란 말두 있어."

최종반장이 손바닥을 두들겼다. 그가 직장에게 말했다.

"그만 해두고. 문제는 우리들 사이에두 있네. 지금 저기 누워 있는 친구 말인데 그 친구가 어째서 죽게 됐는지를 차근차근하게 얘기들 하자구."

"사실 말이지, 나는 이런 얘긴 일이 모두 끝나구 나서 하구 싶었어. 우리가 모이구 야유회를 갈 때부터 누군가, 끄나풀이 끼어 있었지."

"저 혼자만 살겠다는 놈!"

수지반장이 입맛을 다시며 고개를 저었다.

"글쎄…… 지나친 생각인데."

"우리가 기계를 끄구 파업에 들어갈 일을 저쪽에서 미리 다 알구 있었으니까. 누군가 고자질을 했단 말야."

그들은 어제 아침의 일을 떠올렸다. 무엇인지 납득이 안 가는 점이 있기는 있었다. 수위실 옆 게시판에 평소처럼 견습공 모집 광고가 붙어 있는 게 아니라, 경고장이 붙어 있었던 것이다. 하필이면 어제 아침, 출근 시간이었다. 경고 내용은――작업 시간 중 허락 없이 자리를 비우거나, 고장 수리 기타의 이유 외에 무단히 기계를 정지시키는 행위를 적발할 시는 해고 조처함――이라고 되어 있었다.

"공장장이 현장에 줄곧 붙어 있었지."

"바로 그 점이네. 미리 알구 있었던 거야."

정작 열한 시가 되자마자 약속대로 기계 스위치를 끄고 작업을 멈춘 것은 절반도 못 되었다. 경고와, 현장에 와 있는 공장장이 두려웠을 테니 당연한 결과였다. 여전히 기계 소리가 시끄럽게 들려왔다.

"갑자기 저 친구가 뛰는 걸 봤겠지."

"봤어. 우리들 사이를 해치구 지나갔으니까."

그가 사다리를 타고 뛰어 올라갔다. 처음에는 모두들 무엇 때문인지 몰랐다. 붉은 쇠상자에 생각이 미치자 그제야 말려라, 끌어내려라, 하고 소리만 쳤다. 그는 동력선을 끄려고 했었다.

"그 해골을 그린 붉은 쇠상자 뚜껑을 열었지. ……퍼런 불이 번쩍, 했어. 흰 연기가 피어오르더군. 저 친구는 콘크리트 바닥에 떨어져 있구 말이지. 기계가 멈췄더군."

"그래, 조용했지."

"누구야? 위협 공고를 써 붙이게 하구 공장장이 현장에 붙어 있도록 나발을 분 놈은…… 그놈이 끄나풀이지. 대강 짐작은 가지만, 한번 따져보자구."

모두들 한마디씩 했다.

"나는 껐어. 이십 번기야."

"나두 먼저…… 기계를 껐어. 십사 번기."

직장이 한 기능공을 향해 물었다.

"몇 번기였어?"

"잘 알잖우."

"자넨 오 번기였지."

다른 기능공이 말했다.

"참, 그렇군. 십오 번기는 수리 중이었어."

"어떻게 아나?"

"십사 번기 바루 내 옆자리거든. 지금 생각났어, 그렇군! 아침에 출근하자마자 십오 번기 자네 조수가 내 멍키를 빌려 갔어."

직장이 십오 번기 공원을 지그시 쏘아보았다. 그는 뒷짐을 지고 동료들의 뒷전을 서성대기 시작했다. 채광장이 훨씬 밝아졌다. 촛불은 벌써 빛을 잃었고, 수족관처럼 녹색 빛이 천장에서 배어들고 있었다. 문이 열리고 수군대는 소리가 나더니 문가의 사람들 중 하나가 외쳤다.

"사장이 올라왔대, 여공들하구 상담 중이야."

"알았어. 이쪽으루 오면 들여보내지 말라구."

직장은 십오 번기의 '출근하자마자'라는 말을 되씹고 있었다. 기계를 돌리기도 전에 고장이었다니 이상했다. 너무 공교로웠다.

"이봐, 저 친구 자기 기계 옆에 붙어 있었나? 그때 말이야."

"가만있어…… 없었다. 그래, 틀림없어. 지금 생각이 났군."

모두들 십오 번기 공원에게로 시선이 집중했다. 직장이 그의 앞에 서서 내려다보며 물었다.

"어디 가 있었지? 그 시간에…… 우리가 전부 기계 옆에 붙어 서서 기다리던 그 시간에 말이야."

"나두…… 거기…… 있었다니까."

"속이지 말라구."

납품반장이 직장에게 말했다.

"저 사람 생산과장네 이웃에 살지. 부인이 그 집 가서 허드렛일두 해주는 모양이라."

"생산과장은 공장장 직속이지."

모두들 슬그머니 일어나 십오 번기 공원에게로 다가섰다. 그는 뒷걸음질을 쳤다.

"미쳤어, 미쳤군. 난…… 아무것두 몰라."

"더러운 새끼."

"나는 모른다니까."

직장이 그의 멱살을 잡아 메다꽂았다.

"너 같은 벌레만두 못한 놈은 아주 밟아서 뭉개버릴 테다."

"죽여, 죽여."

사람들이 일시에 달려들었다. 주먹과 발길이 그의 조그맣게 웅크린 몸 위에 떨어졌다. 그는 어이구, 사람 치네…… 소리치면서 벽 쪽으로 엉금엉금 기어갔다. 소란한 소리에 문가에 섰던 동료들도 우 몰려왔고 상자 너머에서 자고 있던 두 여자들도 질겁을 해서 뛰쳐나왔다. 최종반 사람이 젊은 축들의 혈기를 제지하고 그를 벽 쪽에 몰아세운 채 등을 돌리도록 했다. 그는 상처에서 흐르는 피를 셔츠 자락으로 닦아내고 있었다. 모여든 사람들이 한마디씩 떠들었다.

"얼마냐, 얼마에 넘어갔어?"

"얼마에 팔았냐구."

"너 같은 놈 땜에 사람 하나 죽었다."

그는 벽에 웅크리고 기댄 채 수없이 같은 말을 되풀이했다.

"몰랐어…… 몰랐어."

한 사람이, 바닥에 뒹굴어 있는 각목을 집어 들고 달려들자, 멍청히 섰던 여자가 꺅, 하는 소리를 치며 그의 가슴을 밀어냈다.

"무슨 짓들이에요?"

여자는 손수건을 꺼내어 코피가 터진 공원의 얼굴을 닦아 주며 말했다.

"정신들 차리세요! 우리들끼리 피를 내구…… 말두 안 돼요."

공원은 얼굴을 가린 채 이럴 줄은 몰랐다고 자꾸만 중얼거렸다. 직장이 말했다.

"꼴 보기 싫어. 얼른 밖으루 꺼져. 어이, 내보내."

"그런 사고가 일어날 줄은 몰랐어."

여자가 사람들에게 물었다.

"어떻게 된 거예요?"

"저치가 우리 일을 모두 찔렀대요."

여자가 공원의 어깨 위에 손을 얹어 흔들면서 물었다.

"사실이에요?"

"이런 일이 생길 줄은…… 모르구…… 나는 그저 귀띔을……."

"말해줬군요."

"나는 과장 덕분에 살구 있는 거나 같습니다."

그는 웅크린 채 변명했다. 최종반 사람이 모여선 동료들을 밀어내며 말했다.

"자, 돌아갑시다. 지금이 제일 중요한 시간이니까."

하고 나서 그가 직장에게 말했다.

"우선 가 있겠어. 수시루 연락하지."

사람들은 흩어졌다. 직장은 넘어진 동료 앞에 우두커니 서 있었고, 밤새 지쳐버린 여자도 가운을 벗어들고 땅바닥에 쪼그려 앉았다. 모든 일을 보고 있던 누이가 고개를 처박은 공원에게 말했다.

"댁에 때문에 오빠가 죽었군요. 그래요, 당신이 죽인 거나 마찬가지야."

공원이 머리를 쳐들고 세 사람을 두리번거렸다. 그는 직장과 눈이 마주쳤다.

"자네두 알지. 우리 집사람 말일세. 이게 두 번이나 음독을 했어. 나올 적엔 바깥으루 문을 잠그고 가둬놓고서두 마음이 안 놓여."

"그게 어떻단 말야?"

"첫애를 죽이구부터 사는 재미를 잃어버린 모양이네. 아다시피…… 과장은…… 잘해줬어."

"그 사람은 사장 처남이야. 물론 좋은 사람이겠지. 하지만 이런 문제에 있어선, 우리하구 다르다는 걸 몰랐어?"

"나는 새 공장으루 그 양반을 따라가게 되어 있었어. 신임을 잃고 싶지 않았어."

"누구나 자넬 좋아했지. 친구들은 어쩔 생각이었나."

"내가 어떻게 해서 이뤄놓은 가정인데…… 그 여잔, 착한 여자야."

그는 보육원에 자라 군대의 하사관으로 어른이 된 사내였다. 제대하고 나서 이 년 동안 강원도에서 머슴질도 살았다. 그는 회사 표창장을 두 번 받았었다. 직장이 내밷었다.

"자네는 볼 장 다 본 놈이 됐군. 너 자신까지 팔아먹을 놈이지."

"나는 새 공장에 기사가 되어서 갈 작정이었지. 생각해 보게. 기사면 어엿한 사원이야. 공원이 아니지. 나는 그저…… 타협조루 과장께 얘기했을 뿐일세. 우릴 도와달라구 말이지."

"너는 친구를 팔았어. 더 이상 지껄이지 말구 밖으루 꺼져. 사무실에 가서 네 불행이나 호소해 보지 그래."

여자가 말했다.

"누구두 당신을 비난 안 해요. 용서할 권리두 없구요."

직장이 소리쳤다.

"권리라구? 쓸데없는 소리 작작 지껄이슈. 혼자서 잘살려구 여럿을 파는 권리는 있나, 그럼?"

직장은 주먹을 쥐고 당장 달려들 기세였다. 그는 생각했다. 사람이 여럿이 모이면 책임이 생기는 것은 당연한 일이 아닌가. 친구의 죽음, 비슷한 처지에 있는 사람들끼리의 동등한 이익, 불행을 함께 나눠서 감수하는 용기, 하는 모든 것들은 비겁하고 나약해진 친구에게까지도 끝까지 책임을 요구하고 보여주어야만 한다. 공원이 고개를 푹 숙였다. 그는 거의 들리지 않을 정도로 희미하게 중얼거렸다.

"나는 지쳤어. 잘해보려구 무척 애두 썼는데…… 열심히 살려구, 별짓을 다했는데 뭐가 뭔지 이젠 풍비박산이 되어버렸지."

"뭘, 열심히 살려구 해봤어?"

직장이 그를 귀찮은 듯이 내려다보았다.

"자넨 새끼줄에 끌려가는 염소 꼴이야. 질질 끌려만 다녔지. 줄을 끊으려구 한번이나 노력해 본 적이 있었나? 자넨 없는 거나 마찬가지야. 허깨비지. 자네가 바꾼 건, 자네 자신이야. 그런 몹쓸 병을 퍼뜨린 놈들이 나쁘지."

문 앞에서 누군가 안쪽에다 대고 외쳤다.

"사무실 쪽에서 사람을 보냈는데……."

"뭐래?"

"사장님 말을 전하겠다구."

"왔군. 몇 사람이야?"

"셋."

"대표루 한 사람만 들여보내."

창고 문이 덜컹거리며 빠끔히 열렸다. 말쑥하게 정장을 한 남자가 뒤에서 뭐라도 당기는 것처럼 내키지 않는 자세로 안에 들어섰다. 채광창이 천장에 있었지만 날씨가 좋지 않은 데다, 빛이 푸르스름해서 창고 안은 어두웠다. 더구나 후덥지근하고 여럿의 땀 냄새가 났다. 그는 직장에게로 걸어왔다. 안경의 콧대를 연신 밀어 올리면서 그가 정중하게 물었다.

"고인은 어느 쪽입니까?"

직장이 말없이 그를 상자 쌓아놓은 구석으로 데려갔다. 사람들도 그들 뒤로 따라갔다. 신사가 촛불이 켜진 관 앞에 가서 잠시 묵념을 올리고 돌아섰다. 그는 어둠 속 여기저기에 모여선 사람들을 어림짐작으로 둘러보며 신중하게 말을 꺼냈다.

"에…… 이번 일에 대해서는 회사로서도, 에…… 유감천만이며, 크나큰…… 에, 도의적인 책임을 느끼구 있습니다."

"우리가 내놓은 세 가지 조건을 이행하시는 겁니까?"

신사는 직장을 힐끗 쳐다보고서 적어놓았던 것을 확인하려는 듯이 수첩을 펴 들었다. 어둠 속에서 그를 향해 제각기 말을 던졌다.

"우리보다 더 잘 아실 텐데."

"그게 고인의 뜻이오."

"당신들 땜에 우리 오빠가 죽었어요."

신사는 고개를 쳐들었다. 그는 여자 목소리를 찾아 두리번거렸다. 신사는 누이 앞에 서서 인사를 했다.

"가족 되시는 분이군요. 죄송합니다. 에…… 뭐라구 위로의 말씀을 드려야 할지. 에…… 회사 측에서두 책임을 느끼구, 에…… 장례 일체를 떠맡기루 했구요, 에…… 위자료와 재해 보상금을 드리기루 결정을 봤습니다."

어둠 속에서 누군가 말했다.

"가서 전하쇼. 장례는 친구들이 치른다고 말이죠."

신사는 누이의 대답을 기다리고 있었다. 그는 마른기침을 크게 하고 나서 천장으로 머리를 쳐들고 서 있었다. 누이가 말했다.

"친구분들이 저러시니 결정을 할 수가 없네요. 저희두 보상은 바라지 않아요. 친구분들이 장례를 치러주길 원합니다. 친척두 별루 없구…… 해서, 여기서 오빠만 모시구 나갈 수가 없군요."

"허어…… 그것은 별개의 문제입니다."

신사가 손바닥을 비벼댔다.

"장례 절차가 모두 끝난 다음에 이 사람들과 우리가 상의할 문제라 그 말입니다."

직장이 말했다.

"그 친구는 쟁의 때문에 죽었습니다. 따라서 쟁의가 해결되면, 장례식은 곧 치를 수가 있습니다."

"나 혼자서 결정할 문제가 아닙니다만, 에…… 지금 공장 밖에는 경찰두 와 있습니다."

"불리한 건 오히려 그쪽일 텐데요. 우리가 범법을 하구 폭동을 일으켜서 치안을 어지럽히는 것두 아니구요. 다만, 장례식을 장례답게 치르겠다는 거 아닙니까. 고인의 뜻이 이루어져서 그가 편히 눈감을 수 있도록 원하는 겁니다."

신사가 여유 있게 웃었다. 그는 주위에 모여선 사람들을 둘러보았다.

"농담이지만, 집단 해고를 시킨다면 어쩌겠소?"

"그럴 수는 없을 걸요. 우리들 반수 이상이 기능공이니까. 아마 현재의 생산 실적을 올리려면 석 달은 걸릴 겁니다. 그만한 기간이면, 회사로서도 치명적일 테니까요."

"어쨌든, 위에 올라가서 건의는 하겠소. 에…… 그리고 어제와 같은 방임 상태의 조처를 취한 것은…… 에, 회사의 입장을 표명한 게 아니었다는 점을 밝힙니다. 우리는 에…… 어젯밤에 간신히 연락을 받았습니다."

신사가 모인 사람들을 헤치고 나갔다. 풀이 죽어버린 사람도 있었고, 피로해서 잠에 곯아떨어진 사람들도 있었다. 이십 분쯤 지나서 그들은 떠들썩한 소리를 들었다. 창고 안에 대낮같은 불이 켜졌고, 끓어오르는 듯한 기계 가동 소리가 들려왔다. 기계 소리가 정상적으로 힘차게 들려왔다. 그들은 창고의 문을 활짝 열었다. 공장 건물에서 함께 밤을 새웠던 남녀 공원들이 왁자지껄 떠들면서 마당에 몰려나오고 있었다. 직장과 몇 사람이 촛불을 끄고 관을 들었다. 여자도 한 귀퉁이를 쳐들면서 친구들에게 맞은 공원을 불렀다.

"좀 거들어요."

그가 여자 대신에 끼어들었다. 아무도 말을 하지 않았다.

그들은 관을 메고 아직도 가랑비가 내리고 있는 마당을 지나 갔다.

탑

본대로부터 R에 도착했을 때, 겨우 아홉 명의 병사가 맡은 무모한 임무를 나는 이해할 수가 없었다.

본대에서 출발할 때는 그 지역이 몹시 중대한 전략적 가치를 지니고 있을 것이라고 생각했던 것이다. 네 명의 후보자 가운데 내가 선택되었던 것은 우연에 지나지 않았지만, 다른 사람들에게는 만족스럽고 타당한 우연이었다. 나는 오랫동안 미군 혼성 지원 기지인 아메리칼 사단의 합동 기동순찰병으로서 마치 관광객과 같은 파견 생활을 하였다. 그 미군 기지는 해안을 따라서 모래밭 위에 엄청난 대도시를 형성하고 있었다. 내가 처음 LST로부터 상륙했을 때 모래 먼지가 일고 있는 광대한 벌판 위에서 경이의 눈으로 바라보았던 것은 거대한 고철의 산더미였다. 포탄 껍데기와 부서진 중장비들과 레이션의 깡통들이 벌겋게 녹슨 채로 곳곳에 쌓여 있었고, 주위에는 야전 변소의 인분과 식량 찌꺼기를 태우는 기름 연기가 검게 올라가고 있었다.

이 대륙에서의 첫 밤을 함상(艦上)에서 세웠을 때, 검고 짙은 어둠 저 너머로 아시아의 또 다른 불빛들이 명멸하고 있었는데, 집들의 창문에서 새어 나오는 빛이 아니라 탐조등과 조명탄과 작렬하는 포탄, 그리고 끊임없이 오르내리는 헬리콥터의 불빛이었다. 그때 나는 상갑판의 쇠줄 난간에 그네를 타듯 걸터앉아서, 약간의 기대와 설레는 가슴을 진정하며 파도를 타고 내게로 전해오는 저 미지의 대륙의 아우성과 고통을 감지하고 있었던 듯하다. 새벽이 되어 낯선 태양이 바다 속으로부터 솟아올랐을 때, 불어오기 시작한 바람 속에 내가 제일 처음 맡은 냄새는 소금 냄새나 대지와 숲의 냄새도 아닌 가솔린 냄새였다.

내가 순찰병의 명을 받고 파견대를 찾아가던 중 길을 잃었던 일은 잊어버릴 수가 없다. 나는 하역 작업이 한창인 부둣가에서 방황하고 있었다. 아직 위장 무늬가 선명한 새 정글복을 입고 있었으며, 여기서는 이미 구식인 엠원 소총을 느슨히 걸쳐 메고 한쪽 어깨에는 내가 지급받은 보급물로 가득 찬 촌스러운 의낭을 땅에 질질 끌 듯 짊어지고 있었다. 나는 냉동 창고가 있는 A레이션 창고 앞의 상자들 사이를 두리번거리며 오르내렸다. 철모에 눌린 이마와 관자놀이에서 땀이 철철 흘러내렸고, 어깨에서 자꾸 미끄러지는 의낭의 끈과 소총의 멜빵을 번갈아 추켜올려야만 했다. 나를 지켜보던 밤색 머리털의 앳된 위병 근무자가 다가와서 도와줄 수 있겠느냐 물었다. 내 소속과 찾아가려는 부대 이름을 말했더니 그는 웃으면서 여기가 보급창임을 알려주고 파견대는 아주 멀리 떨어져 있다는 것이었다. 주위에는 벌써 곳곳에 불이 켜지고 캡틴 컵과 프라이팬을 든 병사들이 식당을 찾아가고 있었다. 그는 친절하게도 여러 차례 애를 쓰면서 전화를 걸었고 드디어 나를 위한 차가 보내진다는 연락이 왔다. 그동안 위병은 나를 자기 근무석에서 쉬도록 해주었다. 그는 내게 샌드위치 한 조각을 나눠주며 뭐라고 말했는데 부드러운 햄을 씹어 넘기고 있는 동안 내 귀에는 로온리! 라는 말이 들렸다. 나는 그때 아이처럼 눈물이 핑 돌았고, 마실 것을 권하는 그 밤색 머리털의 위병의 얼굴도 약간 시무룩해져 있었다. 그는 한 손으로 먼 곳을 가리키듯 하면서 말했다.—여긴, 집에서 아주 멀다네.

순찰대의 한국군 책임자는 하사였는데 제일 졸병이었던 나 외에도 서넛의 대원을 거느리고 있었다. 나는 날마다 작전 차량의 TCP 근무와 1번 도로를 기동 순찰 하는 것으로 일과를 보냈다. 먼지 속에서 코끝에까지 내리덮이는 플라스틱 글라스를 쓰고 쉴 새 없이 오가는 중장비들의 행렬과 LVT, 탱크, 호송 행렬들을 안전한 도로로 안내했다. 오후에는 두 명의 미군 순찰병과 함께 나는 뒷자리의 30밀리 기관총좌에 앉아서 1번 도로를 달렸다. 우리는 촌락을 정찰 중인 수색대로부터 포로를 인계받기도 하고, 군사정보대를 찾아가는 첩자를 호송하거나, 도로에 매설된 부비트랩을 발견해서 공병대에 연락하기도 했다. 저녁에 귀대할 때쯤에는 내 드러난 팔과 목덜미와 글라스 아래편의 턱 언저리와 뺨에 두터운 붉은 흙의 켜가 덮여 있었다. 한번은 얼마큼 되나 하고 손톱으로 긁어모았더니, 큰 자두알만 한 흙덩이가 되었다. 그러나 나는 본대의 대원들과 보병들을 생각했고, 가끔 마음의 갈등이 있었을 때엔 내일은 꼭 작전엘 나가리라, 가리라, 하고 결심했던 것이다.

가슴에 뭔가 무거운 것이 얹힌 듯한 날에 나를 찾아들었던 불면의 밤이 있었다. 고향에서 좋지 않은 소식을 받았을 때, 또는 포로수용소에서 여자 포로나 소년병들을 봤을 때, 대량 살육의 흔적이 남은 밀림 속의 협로를 순찰했을 때라든가, 순찰차 위에 저격받은 아군 시체를 싣고 올 때, 그리고 가장 나를 괴롭혔던 것은 파견대의 책임조장인 하사와 나 사이에 있었던 알력이었다. 그는 내가 PX에서 위조 카드로 수없이 냉장고와 텔레비전을 사 내오기를 명했고, 모종의 구멍 뚫기를 재촉했던 것이다. 구멍이란 보급병들과의 접선을 의미했다. 그는 우리에게 본때를 보인다는 식으로 아침마다 모래펄 위를 기어가게 했고, 우리들에게 미군 녀석들의 활기 있는 사기 속에서 깊은 열등감을 느끼도록 만들었다. 나는 장교가 되지 못한 것과 작전에 지원하지 않은 것을 날마다 후회했다. 어쨌든, 기지에서의 나의 파견 생활은 전투를 하고 있던 동료들에 비해서 마음은 불편했지만 관광객과 같은 나날이었다. 깡통 식품이 아닌 요리된 뜨거운 식사를 두 끼나 먹을 수 있었고, 밤마다 샤워를 하고 나서 모기장에 친 에어 베드 위에서 잠들었다. 한 달에 두 번인 비번날은 냉맥주를 마시거나, 해변 노천극장에 위문 쇼를 보러 갈 수도 있었으며 간혹 여자를 살 수도 있었다. 처음엔 어느 정도 거리꼈지만, 낯익은 얼굴이 생기고부터는 당연한 것처럼 생각되었다. 물론 늘씬하게 빠졌다든가 달콤한 웃음을 지어낼 줄 안다거나 하는 것은 바랄 수도 없는 농촌의 피난민 부녀자들이었다. 캄캄한 판잣집의 어둠 속, 대나무로 엮은 침대 위에서 퍼덕이는 갈색의 작은 살덩이는 내 몸처럼 슬펐다. 석 달 동안의 파견 생활 중에 내가 촌락에서 겪었던 위험을 빼놓고는 호화판이었다고 말할 수 있다. 나는 실탄을 장전한 45구경 권총을 한 손에 쥐고 여자의 배 위에서 그 짓을 하며 습격의 밤을 보냈다. 적들은 마을을 샅샅이 뒤지고 지나갔으나 나는 발각되지 않았던 것이다.

내가 원대 복귀된 것은 우리 여단이 북으로 이동함으로 해서 늘어난 외곽 경비 때문에, 파견된 인원의 귀대가 절대로 필요했기 때문이었다. 곧 몬순이 닥쳐왔지만, 적의 공세가 시작되고 있어서 우리는 주요 도시의 방어를 위해서 남으로부터 북상하라는 작전 명령을 받은 것이다. 사령부가 의도하는 것은 평정된 우리 지역의 치안을 정부군으로 하여금 담당하게 하려는 것이었다. 월초부터 면밀하게 계획된 철수가 조심스럽게 시작되었고, 전 여단은 중대별로 새로운 지역에 투입되어 갔다. 정부군에게 여단본부 지역을 인계하기까지의 마지막 일주일 동안은 소속 구분 없는 2개 중대 병력의 최종 후발대가 담당하게 되었는데, 내가 받은 넘버는 재수 없이 후발대 속에 끼여 있었다.

내가 본대에 도착하기 전에 R-포인트에서는 치열한 전투가 있었다. 적은 곧 물러갔지만 몇 명의 전상자가 생겼으므로 빈

자리를 메우기 위해서 누군가 차출되어야만 했다. 파견되었던 인원은 여섯 명이었는데, 본대의 동료들은 모두 외곽 방어에 나갔거나 선발대로 떠났기 때문에 우리들 중 누군가 R에 가야 할 것이 틀림없었다. 나는 제비뽑기를 제의했고, 모두 찬성했다. 국도로 나가는 도로 정찰자가 출동하기 직전에 우리는 잠깐 카드놀이를 했다. 염병하게 재수 없는 날이었다. 내가 쥔 패는 끗발이 제일 약했고, 중대장에게 출발 신고 하러 갈 수밖에 없었다. 하지만, 앞에 말했듯이 나는 지난날의 여행자와 같던 파견 생활을 떠올림으로 해서 만족한 결론이라고 자위하지 않을 수가 없었다. 그들은 파견 생활 중에도 여러 번 작전에 참여했거나, 모두들 더럽게 조건이 나쁜 시기를 겪었던 것이다.

—잘해라, 이사 갈 때 만나자, 라고 그들은 말하면서 내가 준비하지 못했던 여분의 탄창과 연발 상태가 불량한 내 소총을 자동화기로 바꿔주었다. 내가 R지역에 관해서 아는 것은 국도가 세 갈래로 갈라지는 교통 통제소라는 것과 부근에 모두 철수해 버린 보급대대의 빈터가 있다는 것뿐이었다. 중대 선임하사가 순찰 지프 위에 나를 태우고 국도를 달려 내려갔다. 운전병은 저격이 두려워서인지 핸들 위로 얼굴을 바싹 낮추고 액셀러레이터를 한껏 밟았다. 질주하는 차 옆으로 짙은 밀림의 그늘들이 음산하게 지나갔다.

도착했을 때, 분대원들은 식사 중이었다. 마침 월남 정부군의 컨보이 행렬이 지나가고 있었는데 그들은 구름 같은 먼지에도 아랑곳없이 음식을 벌여놓은 채로 맛있게 먹고 있었다.

장갑차와 트럭 위에 올라앉은 정부군들은 국도에 외롭게 남아 있는 몇 명의 외국군 해병대를 보자 엄지를 꼿꼿이 세워 보이면서 지나갔다.

"새끼들 엿이나 먹어라!"

지프차 앞으로 다가오던 하사관이 내뱉듯 중얼거렸다. 그의 머리털은 길게 자라서 목덜미를 덮고 있었고, 찌푸려진 실눈이 번쩍였다. 검게 그은 그의 얼굴에는 소년과 같은 천진한 표정이 깃들어 있었다. 그는 나를 거들떠보지도 않았다. 선임하사는 내게로 눈을 주며 말했다.

"보충병이다."

"겨우 한 명입니까?"

나이 어린 하사관은 이빨 사이로 멋지게 침을 내쏘면서 투덜댔다.

"아시겠지만 우리는 보충병 한 사람 포함해서 겨우 아홉 명입니다. 그래도 본대는 여기보다 상황이 나을 텐데요. 저따위 쓸데없는 걸 지키는 데 겨우 아홉 명이 목을 걸구 있다 그 말입니다."

하면서 그는 뒤를 돌아보았다. 선임하사가 말했다.

"명령이다. 인원은 모자라겠지만 잘 운영해 봐."

"차라리 매복이라면 어떻게 되겠지만 이건 정말 쓸데없는 노릇입니다."

선임하사는 분대장의 불평을 건성으로 흘리면서 운전병에게 고개를 끄덕였다. 달려가는 차 위에서 그는 소리쳤다.

"꾹 참구. 앞으루 사흘만 버티라구!"

하사는 찌푸린 얼굴 그대로 절도 있게 경례를 붙였다. 우스꽝스러워 보였다. 나는 길 가운데 우뚝 서 있는 하사 옆으로 다가가서 말을 걸었다.

"파견대에서 귀대한 오 상병입니다."

그는 나를 힐끔 쳐다보고 나서, 지어낸 듯이 나직하게 말했다.

"정식으로 신고해."

"네?"

나는 아니꼬운 느낌이 들었다. 애송이 같은 신병 하사 자식.

"파견대에선 화려했겠군. 신고해!"

나는 그의 정면으로 돌아가서 꼿꼿이 부동자세를 취한 다음 소속 계급 성명을 대고 본대로부터 R에 보충 명령을 받았기 이에 신고함, 어쩌고저쩌고 길게 늘어놓았다. 그 사이에 하사는 윗주머니에서 굵다란 시가를 꺼내어 여린 입술 끝에 물었으며 주위에서 분대원들의 킥킥거리는 웃음소리를 들었다. 나는 귀 끝이 화끈 달아올랐다. 줄을 지어 달려가던 월남군의 호송 행렬이 모두 지나가자 황혼 무렵의 국도는 병원 복도처럼 텅 비어버렸고, 드높게 떠올랐던 연막 같은 먼지는 밀림 쪽으로 불려 날아가 버렸다. 나는 하사가 어슬렁거리며 내 앞을 떠날 때까지 바보처럼 꼿꼿이 서 있었다. 혀끝에 쌍소리가 얹혀서 맴돌다가 목구멍 속으로 꿀꺽 넘어갔다. 분대원들 틈에서 문 상병이 손짓하고 있는 게 보였다. 나는 그의 옆에 가서 앉았다.

"분대장은 어떤 놈이냐, 속이 틔었냐, 아니냐?"

"글쎄…… 애송이의 똘똘이 새끼라구나 말할까."

"유능하니?"

"저 새낀 융통성이라군 눈곱만큼두 없지. 하사관 교육대에서 우등한 녀석이야. 우리 생명을 보관하구 있다."

"개새끼, 여긴 교육대가 아니란 걸 잘 알 텐데."

문 상병이 웃었다.

"저치는 아마 상황만 좋아지면 제식교련이라두 시킬걸."

문 상병은 내 몫의 야전 식량을 건네주고, 내가 식사를 하는 동안 자기의 M16 자동소총을 삼등분으로 분해해서 열심히 닦았다. 그는 재빨리 먹어치우고 있는 나를 물끄러미 바라보다가 말했다.

"너 월남군 차가 지나가면, 그걸 집어타구 기지로 내빼라."

나는 어리둥절해서 농담이라기엔 아주 진지한 그의 얼굴을 쳐다보았다.

"기지에 가면 미군 수송선이 있잖나. 배를 타구 이동 지역으로 꺼지란 말야."

"무슨 소리야.

"나는 R-포인트의 대원이었지만, 넌 재수가 없어서 보충된 거 아냐."

"나중에 군재에 올라가서 총살당하면 너 책임질 테냐?"

말하고 나니 어처구니가 없어서 우리는 웃었다. 문이 말했다.

"피 보는 건 마찬가지다. 총살은 괜찮지만, 잡히면 찢겨 나무에 걸린다. 우리가 뭘 하구 있는지 아니?"

그는 한쪽 눈을 감구 총구 속을 들여다보면서 말했다.

"참모들은 미쳤어."

그가 고개를 돌리며 분해된 총대로 도로 건너편을 가리켰다.

"가서 봐라. 그리구 생각해 봐. 정신이 온전한 놈들의 짓인가를 말이지."

나는 식사를 하다 말고 깡통을 손에 든 채 일어섰다. 도로 건너편에는 블록으로 지은 세 채의 초소가 있었는데, 보급대대의 경비 초소였던 자리였다. 초소가 부대에서 따로 독립되어 지어져 있던 것을 보면 꽤 중요한 무엇이 있는 것 같았으나, 세 갈래로 갈라진 길의 한복판에 약간 널찍한 빈터와 초소 뒤로 울창하게 자란 숲이 보일 뿐이었다.

"아무것두 안 보이는데, 길을 지키려구 초소를 지었을 리는 없구."

역시 문 상병은 고개를 흔들었다.

"그러구 보니까, R의 임무는 뭐야? 도대체 모두 철수해 버린 보급대대 앞 노상을 지킬 무슨 이점이라두 있니?"

"탑이 있거든."

"탑이라니……."

"그전엔 여기 사원(寺院)이 있었어. 무너진 사원을 불도저루 밀어낼 때 주민들의 반대루 탑만 남겨놓았거든. 월남인들의 감정에 큰 영향을 준다는 이유로 부대 진주 초기부터 지켜왔던 거야. 우리는 저 탑을 적이 옮겨가지 못하도록 무사히 보존했다가 정부군에게 물려주는 거지. 저따위를 지켜야 된다구 생각해 낸 자들은 바보야. 전략적 가치와 정치적 가치가 어떻다느니 하지만, 이놈의 전쟁은 시작부터가 전략적이라 그 말이지."

장난감과 같은 작은 탑을 지켜야 하는 일이란 걸 알았을 때, 나는 지프에 실려 이곳으로 오면서 느꼈던 공포감마저도 억울하다는 생각이 들었다. 실로, 그것은 탑이라는 거창한 말을 붙이기엔 너무나도 초라한 물건이었다. 초소와 숲 사이의 마당에 사람 두 키 정도의 높이로 세워져 있는 보잘것없는 돌덩이에 지나지 않았다.

돌은 조잡한 솜씨로 여섯 모 비슷하게 다듬어졌고, 중간 중간에 희미하게 지워진 문자가 새겨져 있었다. 그러나 자세히 윗부분을 관찰하면서 나는 차츰 그렇게까지 초라한 것은 아님을 깨닫게 되었다. 탑의 위층부터 춤추는 듯한 사람들의 옷자락에 둘러싸인 부처의 좌상이 부조(浮彫)되어 있었는데, 그 꼭대기 부분만은 진짜인 듯했고, 나머지 부분은 나중에 보수한 것 같았다. 부녀들의 옷자락과 긴 띠와 손가락들의 윤곽은 아주 섬세했으며, 부처님의 거의 희미해진 조상은 그래서 더욱 신비로워 보였다. 짐작건대는 이것이 지방민의 사랑과 애착의 대상이리라는 것이었다. 아마도 포연과 총성이 없었을 때, 빛나는 햇빛 아래 나무 그림자의 옷을 입은 사원에서 종이 울려 퍼지고, 지나는 농부와 아이들과 가축들은 탑을 향하여 경건하게 무릎을 꿇었으리라.

인민해방전선은 그들의 정치적 선전을 위하여 탑의 탈환을 목적으로 할 것이라는 예상은 오래전부터 있어온 모양이었다. 월남군 수뇌부는 그 점에 착안하였고, 우리 부대가 진주했을 때, 참모들에게 건의했을 것이다. 나는 전에도 순찰 중에 여러 촌락들을 지나다니면서 그들의 종교적 열의에 놀랐었다. 곳곳마다 집 앞에는 그들의 서서히 타오르는 듯한 평화에의 염원처럼 연기를 피어 올리고 있는 향로 그릇과 내실에 불단이 마련되어 있었다. 꺼지지 않고 타오르는 향은 줄기찬 기도였을 것이다. 그들이 집과 토지를 버리고 비교적 안전한 도시로 몰려들 때에도, 가족 중의 누군가는 소중히 향로를 그의 가슴에 운반하고 있었다. 강과 교량이나 유리한 지형처럼 탑은 누가 보기에도 전략적 가치가 있었으며, 그것을 차지하는 쪽은 주민들의 신뢰와 석가여래의 가호를 받고 있다는 확신이 들었을 것이었다. 그러한 양편의 관심으로 해서 탑은 이 전쟁의 한 상징적인 물건이었다.

우리들이 모여서 식사를 하던 곳은 전에 보급대대의 외곽선이었던 모래 자루로 쌓아 올린 방벽 앞이었다. 이제 철수해 버리고 폐허가 되어 있는 대대의 건물들은 우리의 경계 대상으로서 최전방이었다. 막사로 쓰던 목조건물과 수많은 전투 벙커들은 그보다 훨씬 뒤에 빽빽이 들어찬 밀림에서 침투해 들어올 게릴라들의 확보지나 은폐물로서 이용될 가능성이 많았다. PS판과 철조망으로 차단된 대대의 남쪽을 국도를 따라 내려가면 여러 가지 무늬와 색깔이 칠해진 주민들의 백토집 마을이 있었고, 맞은편으로는 역시 국도 연변으로 낙화생 밭이 길게 이어지고 있었다. 마을과 낙화생 밭이 평행으로 가다가 끝나고 다리가 있었다. 작전 지도에 의하면 그것은 B교량이며 미군들이 LVT 세 대를 가지고 강변을 경계한다는 것이다. 우리들의 최후 방어선은 탑을 둘러싼 세 채의 초소를 중심으로 가슴까지 오도록 파인 배수로를 참호로 이용하게 되어 있었다. 거기서 보면 정남쪽으로 B교량이 있으며 서쪽으로 보급대대의 폐허, 동쪽으로는 세 갈래로 갈라진 국도의 지선 너머로 낙화생 밭의 끝이 보이고 밭 뒤로는 울창한 대숲이 보였다.

대나무 숲 후방에 고지가 있는데, 좌표상으로는 부근 평지를 제압하고 있는 지역이었다. 문의 얘기로는 분대장의 간곡한 요청에 의하여 고지에 지원 사격조가 배치되어 있다는 것이다. 동쪽의 간선도로를 따라 올라가면, 2개 중대가 지키고 있는 허술한 여단본부가 나오게 되어 있었다. 탑 뒤의 우리 최후 저지선의 후방은 낮은 바나나 숲이 띄엄띄엄 자라고 있어서 한 사람의 경계로 충분했고, 우리들이 식사를 하던 모래 방벽 앞에 두 명의 청음초병이 배치되어야 했다. 나머지 다섯 사람들은 배수로에서 말굽형의 화기 진을 치기로 했다. 나는 탄창의 용수철과 약실을 검사하고, 자동소총의 활동 부분에 기름을 쳤다.

어느 분대원이 겁도 없이 민가에서 토주(土酒)가 가득 담긴 항아리를 날라 왔다. 원래 경기관총 사수인 그는 작전 중에도 포복하면 귀대 후 탄약통에 담아 먹을 김칫거리로 배추와 고추를 가스 마스크집에 따 넣는다는 먹성이 끈질긴 친구였다. 우리는 마시다 남은 술을 수통에 하나 가득씩 나누어 채웠다. 사수 녀석이 말했다.

"마을 사람들이 목조건물을 뜯어가게 해달라구 그러더라."

"거저 뜯어가겠다든?"

"아니, 내일이 설이잖나. 닭을 잡아주겠대."

주민들은 대대의 목조건물들과 벙커의 굵직한 재목이며 철근을 탐내고 있었다. 튼튼한 방공호를 짓는다든가 땔감으로서 재목은 그들에게 귀한 것이었다. 울창한 밀림 가운데 살면서도 주민들은 나무를 가공해 볼 엄두를 내지 못해서 음식을 요리할 때에도 부대 주변에서 주워 온 레이션 상자라든가 쓰레기 종이들을 곧잘 땔감으로 사용했다. 하사가 우리들에게로 걸어왔다.

"대대 지역은 이미 정부군 재산이다. 아무도 손댈 수 없어. 접근하는 자가 있으면 발포하게 되어 있어."

"놈들의 재산이 어디 있어요. 우린 여길 뜨는데."

하사는 내게 샌드백 방벽 앞의 청음초 근무를 명했다. 그는 병사들을 곳곳에 배치했다. 도로를 가로질러 원형 철조망을 치고, 샌드백을 운반해다가 배수로 위에 쌓았다.

"그 녀석을 끌구 나와."

하사가 첫 번째 초소 안을 손짓했다. 병사 하나가 뛰어 들어가서 손을 뒤로 묶인 삼십 세쯤의 사내를 끌고 나왔다. 사내는 검은색 파자마에 타이어 고무로 만든 샌들을 신고 있었다. 그의 팔목과 다리에는 부스럼이 여러 군데 곪아 있었으며, 안질에 걸려서 눈물을 질질 흘리고 있었다. 그는 캄캄한 초소에서 갑자기 바깥으로 끌려 나오자 눈을 가늘게 뜨고 재빠르게 주위를 두리번거렸다.

"저건 뭐야, 포로냐?"

나는 함께 청음초로 배치된 소총수인 일등병에게 물었다.

"인질이죠. 어제 전투에서 잡았습니다."

"왜 수용소로 후송 안 했지?"

"수용소 같은 건 없어요. 우리두 잡히면 피차 마찬가집니다. 수용소는 멀리 이동해 버렸으니까요. R을 철수할 때 처치해두 좋다구 부대에서 연락이 왔다는군요."

"적의 사격을 막자는 셈인가."

"탑의 방패막이죠."

인질은 탑에 묶였고, 우리가 시킨 대로 얌전히 앉아서 먼 숲 속을 바라보는 것 같았다. 부대의 폐허 너머 컴컴해진 밀림 위에 적도의 태양이 잘 익은 망고처럼 떠 있었다. 습지에서는 도마뱀들의 울음소리가 끓어올랐고, 숲속에서 원숭이들의 아우성 소리가 들렸다. 날카롭고 높은 소리와 단조로운 깩깩거림이 계속해서 들려왔다.

하사가 저고리를 벗은 맨살 위에 방탄조끼만 걸치고, 머리에는 철모 대신 MARINE이라 새긴 붉은색 산악병 모자를 쓰고, 껌을 질겅질겅 씹으며 도로를 건너왔다. 그는 한 손에 PRC6 무전기를 들고 와서 우리 옆에 놓았다. 하사가 말했다.

"청음초 근무 중에 이상이 있으면, 송수화기의 통화 스위치를 눌러서 두 번 축음을 보내도록."

내가 그에게 물었다.

"언제까지입니까? 우리가 여길 지키는 게……."

"중대가 철수할 때까지."

그의 대답은 막연했다. 언제 철수할 것인가 물으면, 그는 정부군에게 인계할 때까지라고 대답할 것이고, 언제 인계하는가를 물으면 상부의 명령에 따라서라고 대답할 것이다. 꼭두각시 같은 자식.

"분대장님, HQ에서 호출입니다."

"누군데?"

"중대장입니다."

"네가 직접 교신해. 뭐야, 병력이라도 보충시키겠다는 건가, 아니면 작전이 변경됐으니 철수하라는 거냐?"

"좌표를 불러달랍니다."

"네가 지도 보구선 중요 지점을 읽어줘. 포라두 쏴 준대?"

"81밀리 2문이 배당됐다는데요."

"있으나마나야."

하사가 전방의 대대 지역 너머로 이미 짙은 어둠이 깔려 있는 숲 속을 바라보며 말했다.

"이쪽으루 들어오면 손쓸 방도가 없어."

하사가 돌아간 다음 소총수와 나는 전기 충전식 방향지뢰인 클레이모어를 샌드백의 방벽 너머 전방에다 묻었다.

"어제 전투는 아주 치열했던 모양이지?"

"전투가 아니라, 테러였어요. 우리는 총 한 방 쏘아보지 못하구 당했어요."

"밤에 그랬어?"

"아니, 대낮에…… 모여 앉아 병기 손질을 하구 있는데……."

차량도 뜨음해졌고 매미가 요란하게 울어대는 한낮에 먼 곳에서 오토바이가 질주해 왔다. 그들은 달려오는 오토바이가 일으켜놓은 높다란 먼지를 무심히 바라보면서 앉아 있었다. 뒷좌석에 착 달라붙은 듯 타고 있던 사내가 모자를 벗었는가 했는데, 그의 쳐들어진 손아귀에서 갑자기 감자 같은 것이 날아왔다. 누가 외쳤다. 수류탄이다! 폭음이 일어나자마자 남쪽 도로변의 비어 있는 민가에서 소총의 사격이 쏟아져 왔다. 몇 사람이 더 쓰러졌고, 약삭빠른 사수와 조장이 집의 배후를 우회해서 수색하고 채 달아나지 못한 포로를 잡았는데, 그는 지도와 권총을 소지한 것으로 미루어 지휘자일 거라는 얘기였다.

우리는 담배를 끄고, 탄띠에서 수통을 꺼내어 곰팡내 나는 토주를 조금씩 마셨다. 석양은 밀림의 나무 사이로 갈가리 흩어져 보이다가 금시에 어둑어둑해졌다.

"오 상병은 뭐 했어요?"

소총수가 물었다.

"순찰병이었어."

"군대 오기 전에 말요."

"글쎄. 돌아다녔지."

"장사했소?"

"아니, 그냥 집에서 나가 있었어."

"뭐 할 작정이쇼? 돌아가게 되면……."

"제대하구 봐야지, 모르겠는걸. 전쟁이라두 터지면 야단인데."

"거긴…… 이따위 전쟁은 다신 안 일어나길 바라야죠. 난 잘 모르지만 식구들이 무척 고생했답디다."

"그때 몇 살이었는데?"

"두 살, 줄곧 업혀 다녔거든요."

"나는 식구들을 걸어서 따라다녔어. 겨울에 동상이 걸려서 고생 많았지."

"좀 자두쇼. 그동안 나 혼자 근무할 테니까, 나중에 교대합시다."

"잠이 안 오겠는데."

"탈영만 안 했다면 나는 지금 제대해서 고향에 있을 텐데."

"사고자 출신이야?"

"사단 영창에서 나오자마자, 여기루 명령 났소. 가면…… 수당받은 걸루 땅을 사서 염소나 길러야지."

"자, 이젠 그런 얘기 집어치우자."

나는 어느 결에 얘기 속으로 깊이 끌려 들어간 것에 짜증이 났다. 그런 말을 지껄일 때의 허망한 느낌이란 누구에게나 마찬가지일 것이다. 만약에 돈이 많이 생긴다면, 만약에 내가 살아남는다면, 만약에 늙지 않는다면, 내가 포로가 된다면, 그래서 탈출한다면, 하는 식으로.

"오 상병은 그런 작은 일두 바라지 않는 모양이오."

"말해봤자, 김만 새지 뭐."

소총수와 나는 한참 동안 잠잠했고, 나는 여러 가지 공상들을 떠올려 그것을 껌처럼 야금야금 씹으면서 아꼈다.

"들어봐! 저게 무슨 소리야."

먼 곳에서 대통을 연속적으로 두드리는 듯한 소리가 들려왔다. 그 소리는 차츰 가까워지면서 숲 언저리에 퍼져갔다. 이곳저곳에서 목탁 때리는 것 같은 소리가 함께 어울렸다.

"적이 왔소."

소총수가 노리쇠를 후퇴시켰다가 철컥 밀어 올리면서 실탄을 잿다. 소리가 길게 연결되다가 일시에 끊기고, 잠깐 사이를 둔 뒤에 호각 소리가 삐익, 하고 날카롭게 들려왔다. 여러 사람들의 고함 소리가 한꺼번에 일어났다가 멎고 나서 아주 조용해졌다.

"어젯밤에도 저 애들은 우릴 밤새껏 놀렸어요."

다시 여럿의 고함 소리와 타악기의 연속음이 계속 들려왔다. 소리는 또 그치고, 일종의 예리하게 긴장된 정적을 사이사이에 준비하고 있었다. 그 정적이 우리를 몹시 초조하게 했다. 내가 말했다.

"어쩔 작정일까, 매일 이 모양으루 밤을 새우기만 하면……."

"적은 마지막으루 한판 겨룰 셈예요. 그때까지는 우릴 환장하게 만들자는 거겠지."

"숲 속으로 꼬여 들이려는 걸지두 몰라."

"며칠 동안 밤새껏 듣게 되면, 누구라두 새벽쯤엔 아주 돌아버릴 거요."

한 사람의 구령 붙이는 듯한 소리가 들렸고, 뒤따라 여럿의 왁자지껄하는 소리가 들렸다. 그 이상한 잔치 소리는 밀림을 넘고 우리들의 초소 위로 불안하게 덮쳐왔다. 무전기에서 축음이 들렸다. 나는 송수화기를 귀에 갖다 댔다. 통신병의 속삭임이 들려왔다.

"청음초, 말없이 듣기만 해라. 명령 내리기 전에는 절대 사격하지 말 것. 아무리 위급해도 사전에 보고하기 바람."

먼 하늘에서 번쩍이는 섬광이 지나갔고, 뇌성이 뒤를 이었다. 후덥지근한 바람이 불기 시작했다.

"또 비가 올 모양이인데요."

"우비가 있나?"

"우리가 가진 건 해군용 반우의뿐요. 모기약 바르겠소?"

"싫어, 몸에 바르는 건 질색야."

끈적한 올리브 기름기와 지독한 냄새 때문에 나는 바르는 모기약을 증오했다. 말라리아에 걸린다 해도 그걸 바르기보다는 차라리 마셔버렸을 것이다. 비가 내리기 직전은 밀림의 모기들이 제일 설칠 무렵이었다. 모기들이 악착같이 날아 덤볐다. 나는 그것들이 내 피를 실컷 빨도록 내버려둔다. 얼굴과 드러난 팔뚝이 온통 부풀었다. 가려움 때문에 팽팽히 곤두선 신경이 느슨해지는 느낌이었다. 유리알이 맞부딪치는 듯한 투명한 총소리가 났고, 숲 사이를 흘러가는 여운이 들렸다. B교량 쪽에서 미군들이 경기관총을 볶아대기 시작했다. 쌍방이 쏘아대는 소총 소리와, 자동소총의 탄환 튀는 소리가 파문처럼 그곳에 번져나갔다. 유리창이 깨어져 나가는 것 같은 총류탄의 날카로운 파열음이 장단을 맞추었다. 소총수가 말했다.

"적은 교량을 파괴하려는 거예요."

"양키들두 지친 모양이군. 적들은 포를 가지구 있나?"

"그애들이 무반동포루 우릴 쓸어버리는 일은 간단하지. 그렇지만 못 쏠 거요. 우리가 지키는 게 바루 우릴 방어해 주고 있거든."

"탑이…… 아니면 인질이냐?"

"둘 다죠. 인심을 얻으려면 탑을 파괴할 수는 없을 테니까. 그러구 재들두 전우애가 강하죠."

총성이 계속되었고 다리 부근의 숲은 탄환과 유탄의 불똥들이 휘황하게 반짝였다. 양쪽 모두 치열한 근접 사격을 벌이고 있었다. 조명탄이 계속해서 오르더니, 가느다랗게 헬리콥터의 프로펠러 소리가 머리 위로 지나갔다. 두 대의 건십이 번갈아 대지 공격을 시작했다.

전투는 계속되고 있었다. 폭음과 흰 연기가 솟아올랐으며 뭔가 한꺼번에 무너져버리는 듯한 굉장한 소리가 들려왔다. 교량 쪽의 하늘에서 불꽃이 높이 솟아올랐고, 주위가 일시에 고요해질 때까지 불빛은 하늘을 벌겋게 물들이며 타오르고 있었다. 오랫동안 상공을 맴돌던 건십은 밀림 위로 날아가서 중기관포의 불꽃놀이를 한 다음 미련이 남은 듯 천천히 선회하면서 돌아갔다. 나는 속삭였다.

"다리가 폭파됐나 보다. 적은 그게 목적이었어."

"멍청한 놈들! 이제 월남군의 이동 수송망은 마비된 거나 다름없어요. 작전은 지연될 겁니다."

"우리의 철수도 그만큼 늦어질 거야."

게릴라들은 R 근처엔 접근하지 않는 것 같았다. 타오르던 불꽃이 서서히 사그라져갔고, 밀림에서는 짐승들의 소리가 들려왔다. 파도가 아득한 벼랑 끝을 때리는 듯한 소리가 들렸다. 물결의 굽이굽이가 뒤를 이으면서 자꾸만 밀려오듯 밤바다처럼 깊고 어두운 나무 숲 위로 거센 바람이 불어왔다. 굵은 빗방울이 팔뚝과 목 위에 떨어졌다. 철모를 때리는 빗방울 소리로 귓바퀴 속이 가득 찼다. 소총수와 나는 반우의를 꺼내 입었지만, 젖어가는 바지에서 느껴지는 한기 때문에 저절로 이빨이 부딪쳤다. 소총수는 주위가 빗소리에 가득 차자 비옷 안으로 손을 넣어 상의 호주머니에 들어 있는 트랜지스터를 최저음으로 틀었다. 심야의 음악 방송이 아득하게 먼 곳에서 떠올라왔다. 꿈결 같은 여자의 목소리였다. 여자는 부드럽고 졸린 듯한 목소리로 노래했다. 철모에서 빗방울이 줄지어 떨어졌다. 전방은 온통 뽀얀 빗줄기 때문에 관측하기가 어려워졌다. 번개가 지나칠 적마다 곧게 내리퍼붓는 빗줄기와 구부러진 나무 그림자들이 나타났다. 소총수와 나는 우리가 고향에서 먹었던 온갖 종류의 음식 얘기를 무의미하게 지껄이기 시작했다. 내일은 설날이다. 고향의, 손님과 같은 함박눈이 눈앞에 흩날렸다.

"동치미 국물은 어때요?"

"지붕 끝에 달린 고드름이 생각나는군. 여기 아침은 언제나 명쾌하지가 않아. 우리네 여름 아침은 정말 아름다워."

"연애해 봤소?"

라고 소총수가 말했다.

"기억이 없는데."

"친하던 여자가 없어요?"

"잊어버렸어. 생각이 잘 안 나는걸."

"전혀."

"민간인 시절의 일은 모두 희미해. 제대하면 생각나겠지. 자꾸 생각하다간 총대를 던지구, 여기서 꺼질 거야."

소총수가 하품을 했다. 그는 무슨 생각에 잠겼다가 갑자기 웃음을 작게 터뜨렸다.

"나는 참 바보였지. 그날 먹어버리는 건데."

우리는 잠깐, 알아듣지도 못할 외국 쇼의 사회자가 지껄이는 재담에 귀를 기울였다. 여러 사람들의 미친 듯한 폭소가 트랜지스터 속에서 터졌다. 청중들의 뒤로 젖혀진 목 가운데 불뚝 솟아오른 똑같은 크기의 목젖이 아래위로 흔들리고 있을 듯했다. 트랜지스터의 음성은 딱 그쳤다. 계속해서 떨어지는 빗소리가 그친 폭소의 뒤를 이었다. 소총수는 총구를 전방으로 겨누고 자물쇠를 풀었다.

"이상한 소리가 들렸어요."

나는 머리를 내밀고 샌드백의 방벽 너머로 부대의 폐허 쪽을 노려보았다. 호흡을 끊고 땅바닥에 얼굴을 기울여 청각을 집중시켰다. 젖은 땅을 딛는 듯한 찰박거리는 발자국 소리를 들었다. 발걸음 소리는 다가오다가 그치고, 쇠가 돌에 부딪는 듯한 소리가 났다. 아주 가까운 거리였다.

"포복하고 있어."

물체가 땅에 끌리는 듯한 소리는 집요하게 다가왔다. 나는 송수화기를 잡고 축음을 넣었다. 저쪽에서도 축음이 왔고, 하사의 목소리가 들렸다.

"무슨 일이냐, 적이 왔나?"

"지금 가까이 침투해 왔습니다. 사격해 버릴까요?"

"아니, 기다려."

"클레이모어는."

"그건 낭비야. 곧 간다."

우리는 샌드백 위로 눈을 바짝 붙이고 지면을 관측하려고 애를 썼다. 도로 건너편에서 하사가 한 사람의 대원을 데리고 몸을 낮게 숙이며 뛰어왔다. 오십 미터쯤 떨어져 있는 허물어진 벙커 뒤에서 뭔가 움직인 것처럼 보였다. 야간 침투에 익숙하지 못한 녀석이었다. 그가 벙커 위로 검은 몸집을 노출시킨 채 꼼짝 않고 엎드려 있었다. 조바심이 나서 사격하려고 총구를 겨누었을 때, 적은 뒤편으로 미끄러져 숨어버렸다.

"생포하는 거다.

하사가 말했고, 나는 반대했다.

"함정인지두 모릅니다. 사격해 버리죠."

"분명히 적의 척후병이야. 한 놈이다."

"내가 해치우죠."

소총수가 방벽 위에 철모를 벗고 무장을 끌러놓고 나서 대검을 뽑았다. 그는 대검을 입에 물고 방벽을 타넘어 갔다. 소총수는 벙커의 측면을 향해 포복해 나아갔다. 번개가 번쩍이며 스쳐갔을 때, 창백하게 드러난 땅과 벙커 근처에는 아무것도 보이지 않았고 소총수가 잽싸게 벙커의 후면으로 기어 돌아가는 게 보였다. 아무 소리고 들리지 않았다. 다투는 소리라든가 비명이 들리지 않았으므로 나는 우리의 소총수가 적을 놓쳐버린 것으로 생각했다. 그러나 나는 벙커 뒤로부터 나타나지 않았으며 심상치 않은 일이 일어난 것만 같았다. 그때, 부대 안에서 고막을 찌르는 듯한 호각 소리와 시끄러운 타악기 소리가 들려왔다. 게릴라들은 벌써부터 대대의 무너진 참호와 벙커에 자리 잡고 있었다는 걸 알았다. 그들도 한 사람의 인질을 원했던 것이다. 하사는 내 팔을 억세게 잡아 죄면서 말했다.

"속았다! 포를 요청할 테니까 두 사람이 계속 경계해."

그는 본대와 교신하기 위해서 도로를 건너갔다. 잠시 후 그가 쏘아 올린 오성(五星) 신호탄이 하늘 위로 치솟았다. 다섯 개의 푸른 별이 천천히 꼬리를 끌면서 어둠에 먹혔다. 뒤이어 아군의 포탄이 휘파람 소리를 내면서 날아오기 시작했다.

본대는 R-포인트에 대해서 더 이상의 인원 보충을 해줄 수 없다는 것과, 상황의 악화에 따라서 도로 정찰부대와 순찰 차량의 근무를 그만둔다는 것이었다. 또한 R의 무모한 고립 사수에 관해서 중대장은 멀리 이동해 버린 작전상황실에 여러 차례 건의했으나, 회답을 받지 못했다고 알려왔다. 우리는 무전에 의해서 간밤에 미군들이 지키고 있던 교량이 완전히 파괴되어 버렸다는 것을 알았다.

다리의 교각은 복구하기 힘들 정도로 폭파되어서 미군들이 국도를 완전히 장악해서 부교라도 놓지 않는다면, 정부군의 진주는 언제까지가 될는지 알 수 없는 노릇이었다. 우리는 낙심했다. 뿐만 아니라, 우리는 국도의 한복판에 꽂혀서 펄럭이고 있는 해방전선의 깃발을 보았다. 선명한 진홍 바탕에 별이 그려진 깃발은 장대 끝에 매달려서 도전적으로 펄럭이고 있었다. 한 사람이 달려가서 깃대 주변에 부비트랩이 없는가를 확인한 뒤 뽑아 왔다. 아직도 하늘은 검은 구름이 뒤덮여서, 때때로 소나기를 퍼붓기도 했고 오전 내내 가랑비가 내렸다. 도로의 양쪽에 두 명의 경계병을 세워놓고, 우리는 초소 안에 모포를 깔고 누워서 잠을 자거나 잡담을 하면서 뒹굴었다. 캐터필러 소리가 요란하게 들려왔다.

"양키들이 철수한다."

창가에 서 있던 선임 조장이 바깥은 가리켰다. 우리는 밖으로 뛰어나갔다. 소대 병력이 미군이 LVT 세 대에 올라앉아 초소 앞을 통과하고 있었다. 그들은 비에 흠뻑 젖어 있었고 철모나 방탄조끼를 벗어 던진 자가 많았다. 그들은 우울한 표정으로 우리들을 내려다보며 지나갔다. 교량이 폭파되었으므로 그들이 강변에 남아 있을 필요가 없어진 것이다. 미군들은 새로운 작전 명령이 내릴 때까지 기다리기 위해서 기지로 철수하고 있는 중이었다. 누군가 불안하게 말했다.

"이제 R에는 우리뿐이다."

"집중 공격을 받겠는데."

오후에 비가 완전히 그쳤고, 더욱 뜨거워진 태양이 구름을 헤치고 빠져나왔다. 정찰조가 출발했다. 초소에는 분대장이 통신병과 두 사람의 대원과 함께 남았다. 우리는 R에서 천 야드 지점 밖으로 벗어나지 않기를 지시받았고, 전투가 벌어질 경우 가능한 대로의 신속한 동작으로 되돌아오라는 명령을 받았다. 적의 주력은 멀리 퇴각했을지도 모르지만 소규모의 정찰대가 부근에 잠복해서 우리를 노리고 있을 수도 있는 일이었다. 여하튼 좌표에 나타난 R 부근 외곽 지점들의 확인 결과를 보고하라는 중대본부의 명령이었고, 분대장은 고지식하게 그것을 실지로 답사해 보기를 원하고 있었다. 중대본부는 우리의 안전을 철저하게 믿고 있었는데, 밀림과 강변의 중간 지점에 있는 민병대의 매복 소대가 적의 활로를 끊어주리라는 것과, 적들은 사흘 후에는 철수하려는 아군을 구태여 공격하려 애쓰지 않을 것이란 점, 그리고 인민을 존중한다는 정치적 이유로서 탑 주위에 있는 우리 분대를 포격할 수 없을 것이라는 예상 때문이었다.

정찰조는 보급대대의 빈터 안에 있는 벙커와 목조건물들과 참호 속을 일일이 점검했다. 우리는 교통호 속에서 붉은 명찰이 달린 소총수의 상의를 발견했다. 문 상병이 상의를 집으려고 호 속에 뛰어들려 했을 때 선임 조장이 그의 옷자락을 잡으며 말했다.

"기다려, 조사해 보자."

선임 조장이 호 위에 배를 깔고 엎드려서 참호의 흙바닥을 열심히 들여다보았다. 그는 일어났다. 탄띠에 매여 있던 갈고리가 달린 가는 나일론 줄을 풀면서 그가 말했다.

"짐작하던 대로야. 인계 철선을 봐라."

주의해서 보니까, 상의 단춧구멍에는 잘 알아볼 수 없는 코일이 붙들려 매어져 한 발짝쯤의 거리에 묻혀 있는 게 보였다. 우리는 멀찍이 엎드려서 선임 조장이 부비트랩을 파괴하는 것을 지켜보았다. 그는 우선 갈고리를 철선 밑에 늘어뜨린 다음 줄을 잡고 안전한 거리로 가서 잡아당겼다. 두어 번 되풀이 끝에 폭음이 일어났고 파편에 맞은 나뭇가지와 잎사귀들이 떨어져 날아갔다. 우리는 대대 외곽의 숲으로 조심스럽게 전진했다. 숲으로 들어서는 초입에 물이 얕게 고인 진흙 수렁이 있었다. 진흙 위에 어지럽게 찍힌 맨발과 샌들의 자국들을 보았다. 밀림 안으로 깊숙이 전진할수록 태양은 울창한 잎새에 가려버리고 손바닥만 한 빛 조각들이 가끔씩 우리의 눈가를 스치며 지나갔다. 땅이 차츰 낮아지다가 조개껍데기처럼 둥글게 파인 저지(低地)가 나타났는데, 헤치고 내려갈 수 없을 정도로 관목 덩굴들이 뒤엉켜 있었다. 선임 조장이 말했다.

"우리가 확인해야 할 곳은 저 너머 보이는 오두막 부근이다. 너희들 갈 테냐?"

저지대가 끝나고 땅의 비탈이 평평해지면서 비교적 큰 나무들이 띄엄띄엄 자라고 있는 숲 가운데, 포탄에 파괴된 집 한 채가 보였다. 문 상병이 말했다.

"여기서두 잘 보입니다."

"그래, 적은 없는 모양이다."

우리는 아래로 내려가지 않고, 저지대를 우회했다. 갈대가 가슴팍에까지 자라 있었고, 더러운 흙탕물이 고인 웅덩이가 있었다. 웅덩이 가운데 고무공처럼 부푼 검은 물체가 떠 있었다. 화염에 그슬린 시체가 부풀대로 부풀어서 다리 하나가 커다란 나무등걸만 했다. 부패하는 시체 부근에 물매미가 새카맣게 모여서 와글거리고 있었다. 어젯밤, 건십의 폭격에 맞은 적의 시체가 틀림없었다.

숲을 등지고 국도를 향해서 걸어 나갔다. 무릎 높이쯤의 선인장들이 자라고 있는 개활지로 나섰다. 진홍빛의 칸나와 찔

레꽃들이 드문드문 피어 있었다. 국도 연변의 마을로 들어가는 샛길이 보였다. 태양이 우리 등 뒤를 따갑게 내려쪼았다. 우리는 개활지를 눈앞에 두고 모래땅 위에 엎드려 잠깐 동안 맞은편 샛길과 밀림을 관측했다. 나와 부사수는 서로를 엄호하면서 지그재그로 개활지를 건너갔다. 야자나무 숲 가운데 마을 외곽의 집 몇 채가 보였다. 나와 부사수는 마을을 가장 똑똑히 관측할 수 있는 지점에 배를 깔고 엎드려서 선임 조장과 문 상병이 다가오기를 기다렸다.

마을로 들어가기 전에 우리는 두 사람씩 갈라지기로 했다. 선임 조장과 문 상병이 마을 중심부를 똑바로 가로질러 국도가 내다보이는 우물가에서 기다리기로 했고, 부사수와 나는 마을 외곽의 숲과 서너 채의 외딴집을 수색하기로 했다. 우리는 첫 번째로 마을 맨 끝에 있는 집을 수색했다. 나는 집의 뒤로 돌아가, 넝마 같은 휘장을 들치고 안으로 뛰어들었는데, 덧문이 모조리 닫힌 집 안은 어두웠고 멍석 한 장이 깔려 있을 뿐 아무것도 없었다. 불단이 없는 것으로 보아 빈집이었다. 앞문으로 뛰어들었던 부사수와 내가 실내에서 마주쳤다. 부사수가 말했다.

"녀석들은 낮에는 멀리 철수해 버리는 모양이죠."

"적의 관측병이 남아 있을지두 몰라."

우리는 집을 나서기 전에 덧문을 약간 열어놓고 숲과 또 한 채의 외딴집 주위를 내다보았다. 부사수가 무엇을 발견했는지 내 옆구리를 쿡 찔렀다.

"저게 뭡니까?"

"뭘까, 마당에 떨어져 있는 게……."

우리는 허리를 굽혀 선인장 사이를 헤치고 뛰다가 집의 마당 앞에 이르러 엎드렸다. 그것은 밀짚으로 만든 삿갓 모양의 농라였다. 집 안에 누군가 농라의 임자가 있다. 파리가 뙤약볕 아래를 오르내리는 소리가 똑똑히 들렸다. 나는 집 뒤로 돌아가 뒷문에 걸쳐놓은 대나무 발을 총 끝으로 들쳤다. 텅 빈 부엌으로 해서 실내가 보였는데 방의 반쯤은 기다란 커튼으로 가려져 있어서 보이지 않았다. 나무 의자 두 개와 대나무로 엮은 침상이 보였다. 판자문이 요란한 소리로 부서지며 부사수가 앞으로 뛰어들었다. 나는 부엌과 실내의 통용문에 몸을 기대고 그의 수색을 엄호했다. 찰그락, 하는 쇳소리를 들었는데…… 들었다고 느끼는 것과 거의 동시에 자동소총의 탄피 튀는 소리를 들었다 부사수가 방 가운데 버티고 서서 휘장의 뒤쪽에다 긁어대고 있었다. 탄환이 뚫고 지나가는 기다란 헝겊이 거칠게 흔들렸다. 휘장 뒤에서 총대가 굴러 떨어졌다. 나는 커튼의 한끝을 힘껏 잡아당겼다. 찢어진 커튼 뒤에서 피투성이의 지금 막 숨이 넘어가려는 깡마른 사내가 우리를 멍청히 올려다보고 있었다. 그는 벌거숭이에 카키색 팬티만 입고 있었고, 다리를 부상당했기 때문에 대들보에 매어진 해먹에 누워 있었다. 사내는 흔들리는 해먹 위에서 몇 번 몸을 뒤채며 꿈틀거리다가 머리를 떨어뜨렸다. 그물 망 사이로 피가 끊임없이 흘러 떨어졌다. 해먹은 차츰 그 간격을 좁혀가면서 천천히 흔들거렸다. 아래에 바나나 잎사귀에 싼 음식과 물이 담긴 야자 껍질이 놓여 있었다.

"먼저 우릴 쏠라구 그랬지."

맥 풀린 듯한 부사수가 말했다. 우리는 잠깐 피가 번져가는 땅바닥을 내려다보며 서 있었다. 부사수가 장총을 주워 올렸다. 활대를 후퇴시키니까 장전되었던 기다란 실탄이 튀어나왔다. 내가 말했다.

"어제 폭격에 낙오된 자야."

"마을 사람들이 숨겨놓고 간호해 주던 모양이오."

우리는 장총을 갖고 집을 나섰다. 주변을 살피며 마을 외곽을 돌고 나서, 샛길로 들어섰다. 마을 가운데서 우리를 찾아오고 있는 선임 조장과 문 상병을 만났다. 그들은 총성 때문에 날카롭게 긴장해서 몸을 굽히고 접근해 오고 있었다. 우리는 총을 어깨에 걸어 메고 그들에게로 어슬렁거리며 걸어갔다.

"꼭 사냥 나온 꼴이군."

선임 조장이 안전장치를 잠그며 말했다.

"원숭이라두 쏘았나?"

"한 마리 잡았지요."

"이건 선물입니다."

라고 부사수와 내가 말했다. 선임 조장은 우리가 노획한 장총을 조사했다.

"적이 마을엔 없는 모양이야. 수색했지만 주민들뿐이더군."

우리는 산개해서 마을을 지나갔다. 주민들이 덧문을 활짝 열어젖히고 우리들이 지나가는 것을 내다보고 있었다. 그들은 우리들에게 두려움과 적의가 깃든 시선을 던졌다. 노인들은 음흉스러워 보였고, 아이들은 교활해 보였으며, 여인네들은 우리를 비웃고 있는 것 같았고, 남자들은 모두들 밤에는 게릴라로 변하는 적인 것 같았다. 그들의 고요한 마을에 침입한 것은 바로 우리들이었다. 여긴 우리의 고향이 아니다.

마을을 벗어나 대대 지역의 울타리 근처에 있는 우물가에 이르렀다. 우리는 빈 수통을 채우기 위해 잠깐 우물가에 머물렀다. 철모를 벗어 물을 떠서 머리 위에 뒤집어썼다. 한참 물을 끼얹고 있을 때 우리의 배후에서 회초리로 마룻장을 두드리는 듯한 소리가 들려왔다.

"저격이다!"

나는 우물 옆 물구덩이 속으로 상반신을 처박았다. 방향을 짐작할 수가 없었다. 벌떡거리는 가쁜 숨소리가 바로 머리 위에서 들려왔다. 가슴을 정통으로 얻어맞은 문 상병이 구덩이 안으로 기어 들어오려고 헐떡이고 있었다. 나는 손을 뻗쳐서 그를 내게로 끌어당겼다. 그는 얻어맞은 가슴 속에 손가락을 찔러 넣고 바람이 좁은 구멍을 빠져나가는 듯한 호흡을 내쉬고 있었다. 그는 두어 번 연약하게 기침을 했는데 그때마다 피가 입으로 솟아올랐다. 웅덩이에 고인 물이 차츰 붉어졌다. 우리 머리 위로 실탄이 계속해서 지나갔다. 마을에서 남쪽으로 떨어진 선인장 숲에서 경기관총이 짖어대고 있는 것을 알았다. 우리는 얼마 동안 저항했다. 그러나 우리는 기관총 사계 정면에 완전히 노출되어 있어서 대대의 울타리 쪽으로 접근할 수가 없었다. 나는 세 개째의 탄창을 갈아 끼웠다. 총구가 열을 내서 울부짖고 있는 동안은, 내가 적의 공격을 제압하는 듯한 착각이 들었다. 우리의 좌측 울타리 너머로 진출한 분대장의 목소리가 들렸다.

"엄호할 테니, 울타리를 넘어와라!"

그들이 숲을 향해서 집중 사격을 하는 동안, 나는 축 늘어진 문 상병을 들쳐 업고 울타리 앞에까지 기어갈 수 있었으나, 두 몸이 한꺼번에 넘을 수는 없었다. 몸을 반쯤 일으키며 그를 울타리 너머로 던지는 데 성공했다. 철모가 팩 돌아갔다. 실탄이 철모를 빗기며 지나간 것이다. 나는 철모를 벗어 던지고 울타리 옆을 기었다. 아군 쪽에서 M79 유탄발사기의 사격하는 소리가 들렸고 숲에 날아가서 터지는 째지는 듯한 파열음이 일어났다. 유탄이 계속해서 날아갔다. 적의 경기관총 소리가 멀어져가다가 그쳤다. 분대장이 손을 내밀어 우리를 하나씩 끌어올렸다.

"모두 무사한가?"

"한 사람 얻어맞았습니다."

참호 아래 쓰러진 문 상병의 몸을 일으켰을 때 그는 완전히 절명해 있었다. 우리가 그를 운반했을 적에는 경직이 시작되어, 그의 뻣뻣해진 다리가 땅에 질질 끌려왔다. 나는 나중에 우리 소속대인 중대에 돌아가 전사보고서를 쓰기 위해 그의 소지품을 간수하기로 했다. 호주머니에 들어 있는 것은 수첩 한 권뿐이었다. 수첩 안에 구겨진 5달러짜리 CI 군표와 검역 카드, 품목마다 모두 빈칸인 PX 카드, 겉봉이 찢겨 닳아버린 편지 몇 장, 두어 장의 가족사진이 있었다.

우리는 그를 블록 초소의 뒤편에 눕혀놓고, 파리가 날아 앉지 못하도록 개인 텐트의 반쪽으로 덮어놓았다. 텐트 자락 아래로 아주 커다랗게 보이는 정글화가 솟아올라 있었다. 나는 땅 위에 떨어진 삐죽한 그림자를 보았고, 얼굴을 쳐들어 눈부신 햇살이 그 뒤에서 빛나고 있는 검은 석탑을 올려다보았다. 포로는 더위에 지쳐 탑에 묶인 채 졸고 있었다. 이런 입체감 없는 사진 속을 누비고 보급 헬리콥터가 먼지바람을 일으키며 낮게 떠왔다.

우리는 헬리콥터가 떨어뜨린 이틀분의 C레이션과 탄약을 받고, 길게 늘어진 로프에 시체를 달아 매어 올렸다. 보충병은 역시 오지 않았다. 하사는 무전으로 한 사람이 전사했다는 것을 알렸으나, 본대의 무전병은 억양 없는 목소리로 말했다.—알았다. R-포인트는 계속 수고하도록. 라쟈 아웃!

분대는 초소 주위의 배수로를 최후 저항선으로 정하고 적의 기습을 기다리고 있었다. 오늘밤 적은 틀림없이 결전을 준비하고 있을 것이다. 황혼녘에 보급대대 부근의 마을 사람들이 간단한 짐을 짊어지고 국도의 남쪽으로 피난 가는 게 보였다. 그들은 적의 어떤 작전 계획을 알아차린 것이 분명했다. 중대 병력쯤의 집결은 관내 정규군과 지방 게릴라 몇 사람이면 충분하니까, 아무 때나 우리를 공격할 수가 있을 것이다. 일곱 사람이 중대 병력을 상대한다는 것은 이미 승산 없는 싸움이며, 며칠 전부터 같은 장소에 배치되어 있었던 우리의 위치와 화력이 이미 노출되었으므로 몇 시간 못 가서 탑은 점령될 것이다. 우리가 시간을 지연시킬 가능성을 믿고 있는 것은 본대에서 지원될 81밀리 박격포의 포격과, 적이 탑을 파괴하지 않으려고 소화기로써만 우리를 공격할 것이라는 점이었다. 무전 수신을 하고 있던 통신병이 소리를 질렀다.

"작전은 변경된다구 합니다."

"철수 명령이냐?"

"우리를 내버리는 건 아니겠지."

제각기 떠드는 우리들을 묵살하고 통신병이 하사에게 수신 내용을 보고했다.

"정부군은 예정과 달리 훨씬 남쪽으로 공격해 들어가고 있습니다. 미군 교체 병력이 명일 09시까지 여단본부를 접수합니다. 후발 중대는 미군에게 작전권을 인계하고 헬리콥터로 이동 지역에 공수된다는 하달입니다. 그리고 적의 구정 공세가 전 남부 월남에 걸쳐 개시되었습니다.

"좋아, 모두 들었나? 하루 앞당겨졌다. 오늘이 전투의 마지막 밤이다."

"기분 나쁜데."

"높은 놈들은 지도만 들여다보구 있을 거다."

"R 전원에게 무공훈장을 내리도록, 그리고 보상금과 조위금은……."

"재수 없는 소리 지껄이지 말아."

북쪽에서 포성이 계속 들려왔고, 하늘 위 사방으로 떠오른 조명탄의 불꽃들이 보였다. 편대를 지어 날아가는 무장 헬리콥터들의 프로펠러 소리가 먼 곳에서 들려왔다.

"작전 명령만 없다면 저따위 탑 같은 건 수류탄으루 당장 날려버렸으면 좋겠다."

부사수가 말했고,

"사기당하는 건 우리뿐이다."

하면서 선임조장이 말했다.

"마지막 전투라……."

도로의 남쪽을 향해 원형 철조망을 치고 클레이모어 지뢰 두 대를 매설했고, 도로 건너편을 비스듬히 가로질러 철조망을 친 다음 세 대의 클레이모어를 묻었다. 또 측면의 낙화생 밭 앞에도 철조망과 클레이모어로 차단하고 탑 뒤의 바나나 밭 쪽으로는 참호를 팠다. 사수와 2조장은 낙화생 밭을 경계했다. 낙화생 밭 너머로 높다란 담장 같은 대나무 숲이 보였다. 구멍을 기어 나온 도마뱀들이 음산하게 울고 있었다. 도로 남쪽의 마을을 향해서 M79 유탄발사기를 가진 분대장과 통신병이, 도로 건너편 대대 방향은 선임 조장과 부사수가 맡았다. 우리는 여덟 개들이 수류탄 띠를 차고 1기수의 탄띠가 다섯 탄띠씩 들어 있는 실탄통을 각자 가지고 있었다. 만일 우리의 화력이 제대로 발휘된다면 적의 중대 병력쯤은 두 시간 동안 방어할 수 있을지도 모른다. 그다음엔, 여단본부를 향해서 수단껏 탈출하는 게 상수이리라.

22시에 적의 사격이 대대 지역에서 날아왔다. 탄환이 블록 벽을 부수며 튀었다. 그들은 연이어 쏘지 않고 한 발 한 발씩, 우리를 건드려보았다. 우리는 응사하지 않았다. 대대 지역 뒤에서 호각 소리가, 마을 쪽에서는 목탁 때리는 소리가 들려왔다. 본대에 조명탄을 청했다. 아득한 곳에서 박격포가 조명탄을 쏘아 올리는 둔중한 소리가 들렸고, 달걀을 깨는 것 같은 경쾌한 소리로 점화된 5만 촉광의 조명탄이 우리 머리 위로 천천히 낙하했다. 조명탄은 간격을 두어 연달아 떠올라왔다. 낙하하는 조명탄의 섬광에 비친 나무 그림자가 길게 늘어나 잠깐 캄캄해졌다가 다시 대낮처럼 드러나곤 했다. 대대의 벙커들과 건물들 사이를 달리는 적들이 보였다. 그들은 엄폐하지는 않고 벙커 위로 가볍게 뛰어다녔다. 먹이를 요리하려는 야수처럼 그들은 자신만만했다. 적이 샌드백 가까이 접근해 왔다. 박격포의 뒷날개가 바람을 헤치는 소리가 들렸고, 포탄이 대대 지역 위에 떨어져 작렬했다. 목조건물 위에 떨어진 백린탄이 불길을 올리며 요란하게 타올랐다. 호각 소리가 짧게 두 번 들리자, 적이 일제히 방벽에 바짝 붙어서 쏘았다.

"우측 사격."

하사가 나직하게 말했다. 선임 조장과 부사수가 자동소총으로 사격하기 시작했다. 적의 배후에서는 박격포가 계속해서 터지고 있었으나 적의 사격이 점점 희미해졌다. 그들을 수류탄 투척 거리에까지 접근시킨다면 우리는 마지막이다. 적이 양끝에 자동화기를 설치하고 배수로에다 대고 집중 사격을 했다. 실탄이 배수로 앞에 쌓아올린 모래주머니를 찢고 드디어 몇 개를 넘어뜨릴 정도였다. 하사가 방벽 너머로 유탄을 날려보냈다. 이곳저곳에서 터진 유탄의 파편이 우박처럼 흩어지는 소리가 들렸다. 통신병은 계속해서 포를 유도했다. 적과 아군이 탄착점에 너무 가까이 있어서 곤란하다고 전해왔다. 하사가 송수화기를 빼앗아 들고 소리쳤다.

"야, HQ 개새끼들아, 포 하나 갖구 깔작거리면서 재는 거냐? 계속해서 쏘지 않으면 우린 전멸한단 말이다."

포탄이 조금 더 가까워졌고, 귀청이 찢어지는 것 같은 소리와 함께 흙덩이가 전신에 쏟아져 내렸다. 아슬아슬하게도 포탄은 배수로 댓 발짝 앞에 떨어진 것이다. 통신병이 욕지거리를 퍼붓고 있었다. HQ에서도 매우 절망적인 쌍소리로 회답해왔다. 적은 드디어 방벽을 넘기 시작했다. 검은 파자마를 입은 작은 몸들이 날렵하게 샌드백을 뛰어넘으면서 소리치고 있었다. 따이한 라이라이, 따이한 라이라이. 나는 배수로를 기어 돌아 하사의 옆에 붙어서 사격했고 탑 뒤의 참호 속에서 사수와 2조장이 사격했다. 하사가 외쳤다.

"전원 침착하게, 접근시키지 말구……."

도로 건너편을 차단한 철조망 위에서 수류탄이 터졌다. 동강난 철조망들이 사방으로 헤쳐졌다. 대대의 샌드백을 기어 넘어온 적들이 치열한 사격에 쓰러지면서도 엎구리총을 하고 사격하면서 우리에게 똑바로 달려왔다. 그들은 소리쳤다. 철조망을 뛰어넘고 있었다.

"A탄 눌러."

급박해진 하사의 갈라진 고함 소리. 여러 개의 드럼통이 한꺼번에 굴러가는 듯한 소리로 클레이모어가 터지고, 돌격하던 게릴라들의 몸이 위로 펄쩍 솟았다가 떨어졌다. 방벽을 넘으려던 게릴라들도 직선으로 날아간 파편에 맞아 굴러 떨어진다. 호각 소리가 길게 한 번 들리면서 적의 사격이 멎었다. 차가운 정적이 이 소강상태 속으로 스며들었다. 두개골 속이 곧 터져 나가기 직전인 것처럼 각자의 맥박 소리만이 들렸고,

갑작스런 고요함 때문에 나는 피부의 땀구멍들이 모두 막혀버릴 것 같았다. 남의 땅, 남의 어둠 속에 있는 우리는 뭐냐. 도대체 우리는 무엇이냐, 도피로 차단된 일곱 마리의 쥐새끼였다.

"손님을 죽여버립시다."

부사수가 말했다.

"분대장, 총살합시다. 저 새끼는 이용가치두 없잖소."

"포로를 도로 가운데 묶어놓자."

결국 선임 조장의 말대로 포로는 길 가운데 교통 표지판에 묶어놓기로 했다. 우측 대대 지역으로 침투했던 적의 분대는 크게 타격을 받은 것 같았다. 적들은 우리의 완강한 저항에 신중해진 모양이었다. 어둠 속에서 부상당한 게릴라의 생존자가 뭐라고 소리를 질러대고 있었다.

"보내줘라."

"수류탄 한 방 날려버려."

선임 조장이 방벽 앞으로 수류탄을 까 던졌다. 모래 먼지가 일어났고, 곧 조용해졌다. 부사수가 초소 안에서 포로를 끌고 나왔다. 그는 밖으로 끌려 나오자 허공을 향해서 뭐라고 긴 고함을 질렀다. 어둠 속에서 포로의 눈이 번들거렸다. 부사수가 그의 몸을 방패 삼아 도로 가운데로 걸어갔다. 교통 표지 앞에 앉혀놓고 붙들어 맸다. 길옆을 따라 포복하고 있는 적의 분대 병력이 보였다. 그리고 그들을 엄호하기 위해서 좌측 대숲 속으로 적들이 몸을 낮추어 달려가고 있었다. 우리의 화력과 지원포의 탄착점을 여러 방향으로 분산시키려는 것이다.

하사가 말했다.

"이젠 정면을 포로가 막아준다. 시간을 좀 끌 수 있을 거야."

"적은 저놈을 사살할지도 모릅니다."

"시간이 걸릴걸. 저쪽두 명령 계통이 있을 테니까."

적의 통신 신호로 여겨지는 목탁 소리가 사방에서 들리다가 그쳤다. 좌측 대숲의 적들도 잠잠해졌다. 포로가 길 가운데서 숲을 향해 뭐라고 자꾸만 소리쳤다. 하사가 말했다.

"저자가 뭐라는 거야?"

"아마, 자길 쏘라구 그러는 모양이오."

선임 조장이 말했다. 조명탄이 떠올랐는데 환한 빛에 노출된 것을 두려워하지 않고 민가 쪽에서 두 사람이 걸어오고 있었다. 앞에는 발가벗기운 소총수가 절뚝거리며 걸어왔고, 뒤에 적이 바싹 따르고 있었다. 소총수는 몇 번이나 쓰러지려고 했고, 그때마다 뒤에 붙어선 자가 부축해 올렸다. 우리는 눈앞에 포로 된 빈사의 동료가 다가오는 것을 무력하게 지켜보았다.

"교환하죠. 살려야 합니다."

뒤의 참호 속에서 사수가 말했다. 선임 조장이 고개를 흔들었다.

"적은 다만 침투하려는 거야."

단발로 쏘아대는 총성이 대숲 쪽으로 들려왔다. 뭔가 드높게 외치면서 표지판 앞의 포로가 쓰러졌다. 소총수를 앞에 끌어안고 다가오던 게릴라의 팔이 번쩍 치켜졌다. 우리 쪽에서 잠깐 사격했다. 적과 소총수가 함께 쓰러졌고, 던져졌으나 못 미친 수류탄이 배수로 앞에서 터졌다. 비명 소리가 들렸다. 매캐한 화약 연기가 배수로 안에 가득 찼다. 통신병이 얼굴을 감싸 쥐고 흙바닥에 뒹굴고 있었다. 침투해 온 적이 아직 절명하지 않고 철조망 가에서 움직였다. 클레이모어의 살상판을 우리 쪽으로 돌려놓으려는 모양이다. 그는 우리의 자동소총의 집중 사격을 받았다. 그러나 두 대의 클레이모어가 이쪽으로 돌려져 있었다. 안면에 파편상을 입은 통신병이 두 손으로 얼굴을 감싸 쥐고 고통에 찬 신음을 질렀다. 하사가 말했다.

"참아라, 날만 새면 우리는 살아남는다."

"틀렸어. 클레이모어를 쓸 수 없습니다."

부사수가 말했다. 하사가 부사수의 어깨를 잡아 흔들면서 부르짖었다.

"우리 정면이 뚫리면, 뒤로 퇴각할 수밖에 없다. 그렇지만, 퇴각하면 우리는 전멸한다. 모두 죽는 거야."

"아직 결판은 안 났소."

하며 선임조장이 말했다.

"저 클레이모어의 살상 방향을 바깥쪽으루 돌려놓으면, 아직 방어할 수 있으니까."

"누가, 뛰어가 돌려놓겠나?"

아무도 대답하지 않았다. 적의 십자 화력에 벌집이 될 것이다. 세 사람의 시체가 철조망 주변에 뒹굴고 있었다.

"분대장, 네가 가라!"

참호 속에서 사수가 말했다.

"이 개새끼야, 지금 보여줘. 큰소리만 치지 말구."

대숲 속에서 적의 BAR 기관총이 배수로를 훑으며 날아왔다. 우리들이 머리를 박고 잠깐 움츠린 동안 국도 연변의 분대 병력이 침투 포복을 해왔다.

"씨팔, 좋아."

하사가 이빨 사이로 씹어대며 총을 던지고 일어섰다.

"말려라."

선임 조장이 외쳤다. 하사는 도로 가운데로 뛰어나갔다. 적의 BAR가 도로 위로 두 줄의 먼지를 일으키면서 질타했다. 하사가 돌에 걸린 듯이 주춤했다가 앞으로 곤두박질쳐 넘어가는 게 보였다. 우리는 건너편 대숲 속과 도로에 대고 응사했다. 아군의 박격포탄이 이따금 생각났다는 듯이 한 발씩 날아와서 대숲 후방과 도로 위에서 터졌다. 나는 통신병을 잡아 일으키며 소리쳤다.

"싸울 수 없다면 포라두 유도해라."

"안 보여, 보이질 않아."

신병은 무전기를 껴안고 있었다. 적이 계속 포복해 왔다. 하사가 철조망 가에까지 바짝 기어가 있었다. 그는 클레이모어를 돌렸고, 다시 일어나지 않았다. 대나무 숲에서 나온 적들이 낙화생 밭을 건너오고 있었다. 대대의 방벽 너머로는 수류탄만을 양손에 쥔 게릴라들이 뛰어왔다. 참호 속에서 사수와 2조장이 대대 쪽에 사격했다. 수류탄이 날아왔고, 적들은 넘어졌다. 참호 곁에서 수류탄이 터졌다. 계속해서 연달아 터졌다. 우리의 방탄조끼 위로 후두둑거리며 날아와 박히는 파편의 소리가 들렸다. 참호에서의 사격이 멎어버리고 팔뚝에 파편상을 입은 사수가 혼자서 배수로 쪽으로 건너왔다. 낙화생 밭을 건넌 적의 분대가 수류탄으로 철조망을 제거하고 달려들었다. 도로 정면에서 포복하던 게릴라들이 들개처럼 몸을 숙이고 달려왔다. 선임 조장이 외쳤다.

"정면 A탄, B탄."부사수가 접선시켰다.

"좌측 A탄."

나는 클레이모어의 접선기를 손아귀에 쥐고 힘껏 눌렀다. 도로 위에, 밭을 향해서 방향성 지뢰의 푸른빛이 번쩍였다. 방면을 돌파하려던 적의 주공이 거의 꺾였고, 좌측으로는 뒤에 처져 있던 제2파 공격조가 밀려왔다. 우리는 수류탄을 연거푸 까 던졌다. 배수로 가까이로 뛰어왔던 자들이 사격에 얻어맞고 나뒹굴었다.

"착검!"

선임 조장이 외쳤다. 자동소총에 대검을 꽂고, 화력망을 뚫고 배수로 속으로 뛰어든 몇 명의 게릴라들을 맞았다. 어둠 속의 눈, 그들의 장총과 자동소총 끝에 꽂힌 날카로운 알루미늄의 창끝, 마주치는 첫 순간에 적을 제압해 버리지 못하면 죽는다. 적의 창끝을 위로 쳐올리면서 개머리를 휘둘러 가슴을 강타한다. 적이 뒤로 넘어진다. 군홧발로 그의 면상을 차면서 다른 자를 맞는다. 최초의 공격에 적을 찌르지 못하면…… 나는 몸을 낮추어 적의 옆구리로 파고들어 대검을 깊숙이 꽂는다. 발로 차면서 대검을 뽑는다. 적의 총검이 방탄조끼로 가려진 등을 찔렀으나 뚫지 못하고 튕겨져 나간다. 숨이 막히며 앞으로 넘어질 듯하다. 돌아서서 고함을 치며 곧장 대검을 내밀어 육박해 들어간다. 총대로 그의 총검을 막아 올리고 발로 급소를 올려 찬다.

우리 주위가 조명을 받은 듯이 환해졌다. 커다란 탐조등의 원반이 땅바닥을 핥으면서 지나갔다. 두 대의 건십이 대숲과 도로 위에 기총소사를 내리갈겼다. 저항선을 계속 넘으려면 적들이 일제히 퇴각하기 시작했다. 헬리콥터가 한곳에 머물러 빙빙 돌면서 유탄과 로켓 포탄을 내쏘았다. 적의 배후에 있던 지원 병력이 흩어져 밀림으로 쫓기고 있었다. 선임 조장이 배수로 밖으로 뛰어나갔다. 네 사람은 모두 도로 양측으로 전진하면서 쫓겨 가는 적을 사격했다. 사수가 미처 달아나지 못한 적의 부상자들을 철저히 사살했다. 우리는 도로가에 머물러 적의 퇴각을 확인한 다음, 초소로 되돌아왔다. 통신병은 배수로 속에서 무전기를 끌어안고 죽어 있었다. 우리는 모두 넋이 빠진 미친 사람이 되어 있었다. 사람다운 모든 것이 탈진되어 의식이 흐려졌다. 나는 배수로 속에 꿇어앉아 토했다. 전투가 끝나버렸는지, 아니며 다시 끝없이 시작되는 것인지 알 수 없었다. 우리는 서로 누가 남았는지 바라보기조차 귀찮았다. 그래서는 죽은 자들의 굳어진 몸뚱이 사이에 넘어져 졸기 시작했다.

"R-포인트, 감 잡고 나오라, 여기는 HQ."

무전기가 떠들고 있었다. 내가 눈을 떴을 때, 저 헤아릴 수 없는 과거의 기억들 속에 굳게 이어져 있는 것을 알았다. 바람이 여전히 불었고, 대기는 내 코를 건드렸으며 숲과 구름이 보였다. 언제나 똑같은 모습으로 적도의 태양이 떠올라 있었다. 모두 지나간 것이다.

"R-포인트, 감 잡고 나오라, 여기는 HQ."

나는 계속해서 똑같은 소리를 지껄이고 있는 무전기의 스위치를 딸깍 꺼버렸다.

국도 북쪽에서 무한궤도가 굴러오는 소리가 들려왔다. 잠시 후에, 나뭇잎과 풀을 철모에 꽂은 미군 도로 정찰대가 지뢰 탐지기를 등에 짊어지고 지나갔다. 장갑차의 포수가 머리를 내밀고 즐비한 시체들의 사진을 찍었다. 뒤로 멀리 떨어져서 교량에서 철수했던 LVT 세 대와 경비소대가 지나갔다. 2.5톤 한 대가 우리 초소 옆으로 대어졌고, 말쑥한 정글복 차림의 미군 중위가 승차 책임자석에서 뛰어내렸다. 그는 대낮에도 얼굴에 바른 흑색 위장 초콜릿을 지우지 않은 병사들을 도로변에 배치했다. 똑같은 규격으로 허리에 매달린 가스 마스크가 인상적이었다. 미군 중위가 우리를 향해 엄지를 세워 보이면서 웃었다. 대대 지역 안으로도 몰려 들어가는 차량의 행렬이 그치질 않았다. 우리는 배수로에서 기어 나와 담배를 피웠다. 멍청히 주저앉아서 잠을 깨운 자들을 아무 생각 없이 올려다보았다. 흰 펭키로 SEA BEE라고 쓴 미해군 공병대의 불도저 한 대가 멎었다. 운전석의 배불뚝이 중사가 초소를 가리키며 장교에게 물었다.

"여깁니까?"

"그래, 여길 넓혀야겠어."

불도저가 크게 회전하더니, 뒤로 멀찍이 물러섰다가 달려들면서 바나나 밭을 밀어버리기 시작했다. 불도저는 드디어 초소 뒤의 빈터를 향하여 굴러왔다. 우리는 담배를 내던지고 벌떡 일어섰다. 선임 조장이 불도저 앞으로 달려갔다. 그는 자동소총을 운전사에게로 겨누었다.

"꺼져, 이 새끼."

"갈겨버려."

미군 중사는 발동을 끄고 어처구니없다는 듯이 우리를 두리번거리고 나서 두 손을 벌리며 어깨를 으쓱했다. 내가 어리둥절해 있는 장교에게 다가가서 말을 걸었다.

"뭐 하는 겁니까?"

장교가 얼굴이 새빨개져서 말했다.

"바나나 숲을 밀어내야겠어. 캠프와 토치카를 지을 걸세. 저 해병이 막는 이유가 뭔지 모르겠네."

"우리는 작전 명령에 따라서 저 탑을 지켰습니다."

나는 초라하게 서 있는 작은 석탑을 가리켰다. 중위가 고개를 저었다.

"탑이라구? 나는 저런 물건에 관해서 명령받은 일이 없는데."

"아직 통고되지 않았을 겁니다. 아군은 월남군에게 탑을 인계하기로 되어 있었습니다. 인민해방전선은 저것을 빼앗아 옮겨 가려고 했습니다."

나는 얘기하고 싶지 않았으나, 불교와 주민들의 관계, 참모들의 심리적인 판단이며 마을에 관해서 설명하려고 애썼다. 그렇지만 말하고 나자마자 우리는 깨끗이 속아왔다는 것을 알았다. 그게 누구의 것인가. 내 말이 다 끝나기 전에 불교라는 낱말이 나오자 이 단순한 서양 친구는 으흥, 하면서 고개를 끄덕였다. 중위가 말했다.

"그런 골치 아픈 것은 없애버려야지. 미합중국 군대는 언제 어디서나 변화시키고 새롭게 할 수가 있네. 세계의 도처에서 말이지."

나는 우리가 탑과 맺게 된 더럽고 끈끈한 관계에 대해서 달리 설명할 방도가 없음을 깨달았다. 장교는 자기가 가장 실질적이며 합리적인 강대국 아메리카인의 전형임을 내세우고, 탑에 대한 견해도 그런 바탕에서 출발할 것이다. 한 무더기의 작은 돌덩어리가 무슨 피를 흘려 지킬 가치가 있었겠는가. 나는 안다. 우리가 싸워 지켜낸 것은 겨우 우리들 자신의 개 같은 목숨에 지나지 않는다는 것을. 그러나 나는 역겨움을 꾹 참고 말했다.

"중지시켜 주십시오."

중위는 내게 한쪽 눈을 찡긋 감아 보이면서 고개를 끄덕였다. 그는 기계 앞으로 걸어가서 중사에게 뭔가 일렀다. 배불뚝이 미군 중사는 불도저 위에서 뛰어내리며 투덜거렸다.

"노란 놈들은 이해할 수 없단 말야."

중위가 비워둔 2.5톤을 가리키며 여단본부까지 태워다 주겠다고 말했다. 우리는 전사자의 시체와 장비를 싣고 R을 떠났다. 차가 바나나 숲을 채 돌아가지 못해서, 나는 불도저의 굵직하게 가동하는 엔진 소리를 들었다. 불도저는 빈터의 가운데로 돌격했고, 떠받친 탑이 기우뚱했다가 무너져 자취를 감추었다. 탑의 그림자마저 짓이겨졌을 것이다. 달리는 트럭이 일으켜놓는 먼지가 시야를 차단했다.

삼포 가는 길

영달은 어디로 갈 것인가 궁리해 보면서 잠깐 서 있었다. 새벽의 겨울바람이 매섭게 불어왔다. 밝아오는 아침 햇볕 아래 헐벗은 들판이 드러났고, 곳곳에 얼어붙은 시냇물이나 웅덩이가 반사되어 빛을 냈다. 바람 소리가 먼 데서부터 몰아쳐서 그가 섰는 창공을 베면서 지나갔다. 가지만 남은 나무들이 수십여 그루씩 들판가에서 바람에 흔들렸다.

그가 넉 달 전에 이곳을 찾았을 때에는 한참 추수기에 이르러 있었고 이미 공사는 막판이었다. 곧 겨울이 오게 되면 공사가 새봄으로 연기될 테고 오래 머물 수 없으리라는 것을 그는 진작부터 예상했던 터였다. 아니나 다를까, 현장 사무소가 사흘 전에 문을 닫았고, 영달이는 밥집에서 달아날 기회만 노리고 있었던 것이다.

누군가 밭고랑을 지나 걸어오고 있었다. 해가 떠서 음지와 양지의 구분이 생기자 언덕의 그림자나 숲의 그늘로 가려진 곳에서는 언 흙의 부서지는 버석이는 소리가 들렸으나 해가 내리쪼인 곳은 녹기 시작하여 붉은 흙이 질척해 보였다. 다가오는 사람이 숲 그늘을 벗어났는데 신발 끝에 벌겋게 붙어올라온 진흙 뭉치가 걸을 때마다 뒤로 몇 점씩 흩어지고 있었다. 그는 길가에 우두커니 서서 담배를 태우고 있는 영달이 쪽을 보면서 왔다. 그는 키가 훌쩍 크고 영달이는 작달막했다. 그는 팽팽하게 불러 오른 맹꽁이 배낭을 한쪽 어깨에 느슨히 걸쳐 메고 머리에는 개털모자를 귀까지 가려 쓰고 있었다. 검게 물들인 야전잠바의 깃 속에 턱이 반나마 파묻혀서 누군지 쌍통을 알아볼 도리가 없었다. 그는 몇 걸음 남겨놓고 서더니 털모자의 챙을 이마빡에 붙도록 척 올리면서 말했다.

"천씨네 집에 기시던 양반이군."

영달이도 낯이 익은 서른댓 되어 보이는 사내였다. 공사장이나 마을 어귀의 주막에서 가끔 지나친 적이 있는 얼굴이었다.

"아까 존 구경 했시다."

그는 털모자를 잠근 단추를 여느라고 턱을 치켜들었다. 그러고 나서 비행사처럼 양쪽 뺨으로 귀가리개를 늘어뜨리면서 빙긋 웃었다.

"천가란 사람, 거품을 물구 마누라를 개 패듯 때려잡던데."

영달이는 그를 쏘아보며 우물거렸다.

"내…… 그런 촌놈은 참."

"거 병신 안 됐는지 몰라. 머리채를 질질 끌구 마당에 나와

선 차구 짓밟구…… 야, 그 사람 환장한 모양이더군."

이건 누굴 엿 먹이느라구 수작질인가, 하는 생각이 들어서 불끈했지만 영달이는 애써 참으며 담뱃불이 손가락 끝에 닿도록 쭈욱 빨아 넘겼다. 사내가 손을 내밀었다.

"불 좀 빌립시다."

"버리슈."

담배꽁초를 건네주며 영달이가 퉁명스럽게 말했다. 하긴 창피한 노릇이었다. 밥값을 떼고 달아나서가 아니라, 역에 나갔던 천가 놈이 예상 외로 이른 시각인 다섯 시쯤 돌아왔고 현장에서 덜미를 잡혔던 것이었다. 그는 옷만 간신히 추스르고 나와서 천가가 분풀이로 청주댁을 후려 패는 동안 방아실에 숨어 있었다. 영달이는 변명 삼아 혼잣말 비슷이 중얼거렸다.

"계집 탓할 거 있수, 사내 잘못이지."

"시골 아낙네치군 드물게 날씬합디다. 모두들 발랑 까졌다구 하지만서두."

"여자야 그만이었죠. 처녀 적에 군용차두 탔답디다. 고생 많이 한 여자요."

"바가지한테 세금두 내구, 거기두 줬겠구만."

"뭐요? 아니 이 양반이……."

사내가 입김을 길게 내뿜으며 껄껄 웃어젖혔다.

"거, 왜 그러시나. 아, 재미 본 게 댁뿐인 줄 아쇼? 오다가다 만난 계집에 너무 일심 품지 마셔."

녀석의 말버릇이 시종 그렇게 나오니 드러내놓고 화를 내기도 뭣해서 영달이는 픽 웃고 말았다. 개피떡이나 인절미를 전방으로 호송되는 군인들께 팔았다는 것인데 딴은 열차를 타며 사내들 틈을 누비던 계집이 살림을 한답시고 들어앉아 절름발이 천가 여편네 노릇을 하려니 따분했을 것이었다. 공사장 인부들이나 떠돌이 장사치를 끌어들여 하숙도 치고 밥도 파는 살림인데, 사내 재미까지 보려는 눈치였다. 영달이 눈에 청주댁이 예사로 보였을 리 만무했다. 까무잡잡한 얼굴에 곱게 치떠서 흘기는 눈길하며, 밤이면 문밖에 나가 앉아 하염없이 불러대는 「흑산도 아가씨」라든가, 어쨌든 나중엔 거의 환장할 지경이었다.

"얼마나 있었소?"

사내가 물었다. 가까이 얼굴을 맞대고 보니 그리 흉악한 몰골도 아니었고, 우선 그 시원시원한 태도가 은근히 밉질 않다고 영달이는 생각했다. 그가 자기보다는 댓 살쯤 더 나이 들어 보였다. 그리고 이 바람 부는 겨울 들판에 척 걸터앉아서도 만사태평인 꼴이었다. 영달이는 처음보다는 경계하지 않고 대답했다.

"넉 달 있었소. 그런데 노형은 어디루 가쇼?"

"삼포에 갈까 하오."

사내는 눈을 가늘게 뜨고 조용히 말했다. 영달이가 고개를 흔들었다.

"방향 잘못 잡았수. 거긴 벽지나 다름없잖소. 이런 겨울철엔."

"내 고향이오."

사내가 목장갑 낀 손으로 코 밑을 쓱 훔쳐냈다. 그는 벌써 들판 저 끝을 바라보고 있었다. 영달이와는 전혀 사정이 달라진 것이다. 그는 집으로 가는 중이었고, 영달이는 또 다른 곳으로 달아나는 길 위에 서 있었기 때문이었다.

"참…… 집에 가는군요."

사내가 일어나 맹꽁이 배낭을 한쪽 어깨에다 걸쳐 메면서 영달이게 물었다.

"어디 무슨 일자리 찾아가쇼?"

"댁은 오라는 데가 있어서 여기 왔었소? 언제나 마찬가지죠."

"자, 난 이제 가봐야겠는걸."

그는 뒤도 돌아보지 않고 질척이는 둑길을 향해 올라갔다. 그가 둑 위로 올라서더니 배낭을 다른 편 어깨 위로 바꾸어 메고는 다시 하반신부터 차례로 개털모자 끝까지 둑 너머로 사라졌다. 영달이는 어디로 향하겠다는 별 뾰족한 생각도 나지 않았고, 동행도 없이 길을 갈 일이 아득했다. 가다가 도중에 헤어지게 되더라도 우선은 말동무라도 있었으면 싶었다. 그는 멍청히 섰다가 잰걸음으로 사내의 뒤를 따랐다. 영달이는 둑 위로 뛰어 올라갔다. 사내의 걸음이 무척 빨라서 벌써 차도로 나가는 샛길에 접어들어 있었다. 차도 양쪽에 대빗자루를 거꾸로 박아놓은 듯한 앙상한 포플러들이 줄을 지어 섰는 게 보였다. 그는 둑 아래로 달려 내려가며 사내를 불렀다.

"여보쇼, 노형!"

그가 멈춰 서더니 뒤를 돌아보고 나서 다시 천천히 걸어갔다. 영달이는 달려가서 그 뒤편에 따라붙어 헐떡이면서,

"같이 갑시다. 나두 월출리까진 같은 방향인데……."

했는데도 그는 대답이 없었다. 영달이는 그의 뒤통수에다

대고 말했다.

"젠장, 이런 겨울은 처음이오. 작년 이맘때는 좋았지요. 월 삼천 원짜리 방에서 작부랑 살림을 했으니까. 엄동설한에 정말 갈데없이 빳빳하게 됐는데요."

"우린 습관이 되어놔서."

사내가 말했다.

"삼포가 여기서 몇 린 줄 아쇼? 좌우간 바닷가까지만도 몇 백 리 길이오. 거기서 또 배를 타야 해요."

"몇 년 만입니까?"

"십 년이 넘었지. 가봤자…… 아는 이두 없을 거요."

"그럼 뭣 허러 가쇼?"

"그냥……. 나이 드니까, 가보구 싶어서."

그들은 차도로 들어섰다. 자갈과 진흙으로 다져진 길이 그런대로 걷기에 편했다. 영달이는 시린 손을 잠바 호주머니에 처박고 연방 꼼지락거렸다.

"어이, 육실허게는 춥네. 바람만 안 불면 좀 낫겠는데."

사내는 별로 추위를 타지 않았는데, 털모자와 야전잠바로 단단히 무장한 탓도 있겠지만 원체가 혈색이 건강해 보였다. 사내가 처음으로 다정하게 영달이에게 물었다.

"어떻게 아침은 자셨소?"

"웬걸요."

영달이가 열없게 웃었다.

"새벽에 몸만 간신히 빠져나온 셈인데……."

"나두 못 먹었고. 찬샘까진 가야 밥술이라두 먹게 될 거요.

진작에 떴을걸. 이젠 겨울에 움직일 생각이 안 납디다."

"인사 늦었네요. 나 노영달이라구 합니다."

"나는 정가요."

"우리두 기술이 좀 있어놔서 일자리만 잡으면 별 걱정 없지요."

영달이가 정씨에게 빌붙지 않을 뜻을 비쳤다.

"알고 있소. 착암기 잡지 않았소? 우리넨, 목공에 용접에 구두까지 수선할 줄 압니다."

"야, 되게 많네. 정말 든든하시겠구만."

"십 년이 넘었다니까."

"그래두 어디서 그런 걸 배웁니까?"

"다 좋은 데서 가르치고 내보내는 집이 있지."

"나두 그런 데나 들어갔으면 좋겠네."

정씨가 쓴웃음을 지으며 고개를 저었다.

"지금이라두 쉽지, 하지만 집이 워낙에 커서 말요."

"큰집……."

하다 말고 영달이는 정씨의 얼굴을 쳐다봤다. 정씨는 고개를 밑으로 숙인 채로 묵묵히 걷고 있었다. 언덕을 넘어섰다. 길이 내리막이 되면서 강변을 따라서 먼 산을 돌아나간 모양이 아득하게 보였다. 인가가 좀처럼 보이지 않는 황량한 들판이었다. 마른 갈대밭이 헝클어진 채 휘청대고 있었고 강 건너 곳곳에 모래 바람이 일어나는 게 보였다. 정씨가 말했다.

"저 산을 넘어야 찬샘골인데, 강을 질러가는 게 빠르겠군."

"단단히 얼었을까."

강물은 꽁꽁 얼어붙어 있었다. 얼음이 녹았다가 다시 얼곤 해서 우툴두툴한 표면이 그리 미끄럽지는 않았다. 바람이 불어, 깨어진 살얼음 조각들을 날려 그들의 얼굴을 따갑게 때렸다.

"차라리, 저쪽 다릿목에서 버스나 기다릴 걸 잘못했나 봐요."

숨을 헉헉 들이켜던 영달이가 투덜대자 정씨가 말했다.

"자주 끊겨서 언제 올지두 모르오. 그보다두 현금을 아껴야지. 굶어두 돈 있으면 든든하니까."

"하긴 그래요."

"월출 가면 남행 열차를 탈 수는 있소. 거기서 기차 타려오?"

"뭐…… 돼가는 대루. 그런데 삼포는 어느 쪽입니까."

정씨가 막연하게 남쪽 방향을 턱짓으로 가리켰다.

"남쪽 끝이오."

"사람이 많이 사나요, 삼포라는 데는?"

"한 열 집 살까? 정말 아름다운 섬이오. 비옥한 땅은 남아돌아 가구, 고기두 얼마든지 잡을 수 있구 말이지."

영달이가 얼음 위로 미끄럼을 지치면서 말했다.

"야아 그럼, 거기 가서 아주 말뚝을 박구 살아버렸으면 좋겠네."

"조오치. 하지만 댁은 안 될걸."

"어째서요."

"타관 사람이니까."

그들은 얼어붙은 강을 건넜다. 구름이 몰려들고 있었다.

"눈이 올 것 같군. 길 가기 힘들어지겠소."

정씨가 회색으로 흐려가는 하늘을 걱정스럽게 올려다보았다. 산등성이로 올라서자 아래쪽에 작은 마을의 집들이 점점이 흩어져 있는 게 한눈에 들어왔다. 가물거리는 지붕 위로 간신히 알아볼 만한 연기가 엷게 퍼져 흐르고 있었다. 교회의 종탑도 보였고 학교 운동장도 보였다. 기다란 철책과 철조망이 연이어져 마을 뒤의 온 들판을 둘러싸고 있는 것도 보였다. 군대의 주둔지인 듯했는데, 마을은 마치 그 철책의 끝에 간신히 매어달려 있는 것 같았다.

그들은 읍내로 들어갔다. 다과점도 있었고, 극장, 다방, 당구장, 만물상점, 그리고 주점이 장터 주변에 여러 채 붙어 있었다. 거리는 아침이라서 아직 조용했다. 그들은 어느 읍내에나 있는 서울식당이란 주점으로 들어갔다. 한 뚱뚱한 여자가 큰 솥에다 우거짓국을 끓이고 있었고 주인인 듯한 사내와 동네 청년 둘이 떠들어대고 있었다.

"나는 전연 눈치를 못 챘다구. 옷을 한 가지씩 빼어다 따루 보따리를 싸놨던 모양이라."

"새벽에 동네를 빠져나간 게 틀림없습니다."

"어젯밤에 윤 하사하고 긴 밤을 잔다구 그래서, 뒷방에서 늦잠 자는 줄 알았지 뭔가."

"새벽에 윤 하사가 부대루 들어가자마자 튄 겁니다."

"옷값에 약값에 식비에…… 돈이 보통 들어간 줄 아나, 빚만 해두 자그마치 오만 원이거든."

영달이와 정씨가 자리에 앉자 그들은 잠깐 얘기를 멈추고 두 낯선 사람들의 행색을 살펴보았다. 영달이는 연탄난로 위에 두 손을 내려뜨리고 비벼대면서 불을 쪼였다. 정씨가 털모자를 벗으면서 말했다.

"국밥 둘만 말아주쇼."

"네, 좀 늦어져두 별일 없겠죠?"

뚱뚱한 여자가 국솥에서 얼굴을 들고 미리 웃음으로 얼버무리며 양해를 구했다.

"좌우간 맛있게만 말아주쇼."

여자가 국자를 요란하게 놓고는 한숨을 내리쉬었다.

"개쌍년 같으니!"

정씨도 영달이처럼 난로를 통째로 껴안을 듯이 바싹 다가앉아서 여자를 물끄러미 올려다보았다.

"색시가 도망을 쳤지 뭐예요. 그래서 불도 꺼졌고, 국거리도 없어서 인제 막 시작을 했답니다."

하고 나서 여자가 남자들에게 외쳤다.

"아니, 근데 당신들은 뭘 앉아서 콩이네 팥이네 하구 있는 거예요? 냉큼 가서 잡아오지 못하구선. 얼마 달아나지 못했을 테니 따라가서 머리채를 끌구 와요."

주인 남자가 주눅이 든 목소리로 대답했다.

"필요 없네. 아무래도 월출서 기차를 탈 테니까 정거장 목만 지키면 된다구."

"그럼 자전거 타구 빨리 가서 기다려요."

"이거 원 날씨가 이렇게 추워서야."

"무슨 얘기예요. 그 백화라는 년이 돈 오만 원이란 말요."

마을 청년이 끼어들었다.

"서울식당이 원래 백화 땜에 호가 났던 거 아닙니까. 그 애가 장사는 그만이었죠."

"군인들이 백화라면, 군화까지 팔아서라두 술을 마실 정도였으니까."

뚱뚱이 여자가 빈정거렸다.

"웃기네, 그래봤자 지가 똥갈보라. 내 장사 수완 덕이지 뭐. 그년 요새 좀 아프다는 핑계루…… 이건 물을 긷나, 밥을 제대루 하나, 손님을 받나, 소용없어. 그년두 육 개월이면 찬샘 바닥서 진이 모조리 빠진 거예요. 빚이나 뽑아내면 참한 신마이루 기리까이하려던 참이었어. 아, 뭘 해요? 빨리 가서 역을 지키라니까."

마누라의 호통에 주인 사내가 깜짝 놀란 듯이 어깨를 움츠렸다.

"알았대니까……."

"얼른 갔다 와요. 내 대포 한턱 쏠께."

남자들 셋이 우르르 밀려나갔다. 정씨가 중얼거렸다.

"젠장, 그 백화 아가씨라두 있었으면 술이나 옆에서 쳐달랠걸."

"큰일예요, 글쎄. 저녁마다 장정들이 몰려오는데……."

"아가씨 서넛은 있어야지."

"색시 많이 두면 공연히 번거로워요. 이런 데서야 반반한 애 하나면 실속이 있죠, 모자라면 꿔다 앉히구……. 왜 좀 놀다 갈려우? 내 불러다 주께."

"왜 이러슈, 먼 길 가는 사람이 아침부터 주색 잡다간 저녁에 이 마을서 장사 지내게?"

"자, 국밥이오."

배추가 아직 푹 삭질 않아서 빳빳했으나 그런대로 먹을 만하였다. 정씨가 국물을 허겁지겁 퍼 넣고 있는 영달이에게 말했다.

"작년 겨울에 어디 있었소?"

들고 있던 국그릇을 내려놓고 영달이는,

"언제요?"

하고 나서 작년 겨울이라고 재차 말하자 껄껄 웃기 시작했다.

"좋았지 정말. 대전 있었습니다. 옥자라는 애를 만났었죠. 그땐 공사장에서 별 볼일두 없었구 노임도 실했어요."

"살림을 했군?"

"의리 있는 여자였어요. 애두 하나 가질 뻔했는데, 지난봄에 내가 실직을 하게 되자, 돈 모으면 모여서 살자구 서울루 식모 자릴 구해서 떠나갔죠. 하지만 우리 같은 떠돌이가 언약 따위를 지킬 수 있나요. 밤에 혼자 자다가 일어나면 그 애 때문에 남은 밤을 꼬박 새우는 적두 있습니다."

정씨는 흐려진 영달이의 표정을 무심하게 쳐다보다가, 창밖으로 고개를 돌리고는 조용하게 말했다.

"사람이란 곁에서 오랫동안 두고 보지 않으면 저절로 잊게 되는 법이오."

뒤란으로 나갔던 뚱뚱이 여자가 호들갑을 떨면서 돌아왔다.

"아유 어쩌나…… 눈이 올 것 같애. 하늘에 먹구름이 잔뜩 끼고, 바람이 부는군. 이놈의 두상이 꼴에 도중에서 가다 말고 돌아올 게 분명하지."

정씨가 뚱뚱보 여자의 계속될 수다를 막았다.

"월출까지는 몇 리요?"

"한 육십 리 돼요."

"버스는 있나요?"

"오후에 두 대쯤 있지요. 이년을 따악 잡아 갖구 막차루 돌아올 텐데…… 참, 어디까지들 가슈?"

영달이가 말했다.

"바다가 보이는 데까지."

"바다? 멀리 가시는군. 요 큰길루 가실 거유?"

정씨가 고개를 끄덕이자 여자는 의자에 궁둥이를 붙인 채로 앞으로 다가앉았다.

"부탁 하나 합시다. 가다가 스물두엇쯤 되고 머리는 긴 데다 외눈 쌍꺼풀인 계집년을 만나면 캐어봐서 좀 잡아 오슈. 내 현금으로 딱, 만 원 내리다."

정씨가 빙그레 웃었다. 영달이가 자신 있다는 듯이 기세 좋게 대답했다.

"그럭허슈. 대신에 데려오면 꼭 만 원 내야 합니다."

"암 내다뿐이오. 예서 하룻밤 푹 묵었다 가시구려."

"좋았어."

그들은 일어났다. 문을 열고 나오는 그들의 뒷덜미에다 대고 여자가 소리쳤다.

"머리가 길구 외눈 쌍까풀이에요. 잊지 마슈."

해가 낮은 구름 속에 들어가 있어서 주위는 누런 색안경을 통해서 내다본 것처럼 뿌옇게 보였다. 바람이 읍내의 신작로 한복판에서 회오리 기둥을 곤두세우고 있었다. 그들은 고개를 처박고 신작로를 따라서 올라갔다. 영달이가 담배 한 갑을 샀다. 들판을 스치고 지나가는 바람 소리가 날카롭게 들려왔다.

그들이 마을 외곽의 작은 다리를 건널 적에 성긴 눈발이 날리기 시작하더니 허공에 차츰 흰색이 빡빡해졌다. 한 스무 채 남짓한 작은 마을을 지날 때쯤 해서는 큰 눈송이를 이룬 함박눈이 펑펑 쏟아져 내려왔다. 눈이 찰지어서 걷기에는 그리 불편하지 않았고 눈보라도 포근한 듯이 느껴졌다. 그들의 모자나 머리카락과 눈썹에 내려앉은 눈 때문에 두 사람은 갑자기 노인으로 변해버렸다. 도중에 그들은 옛 원님의 송덕비를 세운 비각 앞에서 잠깐 쉬어 가기로 했다. 그 앞에서 신작로가 두 갈래로 갈라져 있었던 것이다. 함석판에 페인트로 쓴 이정표가 있긴 했으나, 녹이 슬고 벗겨져 잘 알아볼 수도 없었다. 그들은 비각 처마 밑에 웅크리고 앉아서 담배를 피웠다. 정씨가 하늘을 올려다보며 감탄했다.

"야, 그놈의 눈송이 탐스럽기두 하다. 풍년 들겠어."

"눈 오는 모양을 보니, 근심걱정이 싹 없어지는데……."

"첨엔 기분두 괜찮았지만, 이렇게 오다가는 길 가기가 그리 쉽지 않겠는걸."

"까짓 가는 데까지 가구 내일 또 갑시다. 저기 누가 오는군."

흰 두루마기를 입고 중절모를 깊숙이 내려쓴 노인이 조심스럽게 걸어오고 있었다. 노인의 모자챙과 접힌 부분 위에 눈이 빙수처럼 쌓여 있었다. 정씨가 일어나 꾸벅하면서,

"영감님 길 좀 묻겠습니다요."

"물으슈."

"월출 가는 길이 아랩니까, 저 윗길입니까?"

"윗길이긴 하지만…… 재가 있어놔서 아무래두 수월친 않을 거야. 아마 교통두 두절된 모양인데."

"아랫길은요?"

"거긴 월출 쪽은 아니지만 고을 셋을 지나면, 감천이라구 나오지."

영달이가 물었다.

"감천에 철도가 닿습니까?"

"닿다마다."

"그럼 감천으루 가야겠구만."

정씨가 인사를 하자 노인은 눈이 가득 쌓인 모자를 들어 보였다. 노인은 윗길 쪽으로 가다가 마을을 향해 꺾었다. 영달이는 비각 처마 끝에 회색으로 퇴색한 채 매어져 있는 새끼줄을 끊어냈다. 그가 반으로 끊은 새끼줄을 정씨에게도 권했다.

"감발 치구 갑시다."

"견뎌낼까."

새끼줄로 감발을 친 두 사람은 걸음에 한결 자신이 갔다. 그들은 아랫길로 접어들었다. 길은 차츰 좁아졌으나, 소달구지 한 대쯤 지날 만한 길은 그런대로 계속되었다. 길 옆은 개천과 자갈밭이었고 눈이 한 꺼풀 덮여 있었다. 뒤를 돌아보면,

길 위에 두 사람의 발자국이 줄기차게 따라왔다.

마을 하나를 지났다. 그들은 눈 위로 이리저리 뛰어다니는 아이들과 개들 사이로 지나갔다. 마을의 가게 유리창마다 성애가 두껍게 덮여 있었고 창 너머로 사람들의 목소리가 들려왔다. 두 번째 마을을 지날 때엔 눈발이 차츰 걷혀갔다. 그들은 노변의 구멍가게에서 소주 한 병을 깠다. 속이 화끈거렸다.

털썩, 눈 떨어지는 소리만이 가끔씩 들리는 송림 사이를 지나는데, 뒤에 처져서 걷던 영달이가 주춤 서면서 말했다.

"저것 좀 보슈."

"뭣 말요?"

"저쪽 소나무 아래."

쭈그려 앉은 여자의 등이 보였다. 붉은 코트 자락을 위로 쳐들고 쭈그려 앉은 꼴이 아마도 소변이 급해서 외진 곳을 찾은 모양이다. 여자가 허연 궁둥이를 쳐들고 속곳을 올리다가 뒤를 힐끗 돌아보았다.

"오머머!"

여자가 재빨리 코트 자락을 내리고 보퉁이를 집어 들면서 투덜거렸다.

"개새끼들 뭘 보구 지랄야."

영달이가 낄낄 웃었고, 정씨가 낮게 소곤거렸다.

"외눈 쌍꺼풀인데 그래."

"어쩐지 예감이 이상하더라니……."

여자는 어딘가 불안했는지 그들에게로 다가오기를 꺼려하며 주춤주춤했다. 영달이가 말했다.

"잘 만났는데 백화 아가씨, 찬샘에서 뺑소니치는 길이구만."

"무슨 상관야, 내 발루 내가 가는데."

"주인 아줌마가 댁을 만나면 잡아다 달래던데."

여자가 태연하게 그들에게로 걸어 나왔다.

"잡아가 보시지."

백화의 얼굴은 화장을 하지 않았는데도 먼 길을 걷느라고 발갛게 달아 있었다. 정씨가 말했다.

"그런 게 아니라…… 행선지가 어디요? 이 친구 말은 농담이구."

여자는 소변보다가 남자들 눈에 띈 일보다는 영달이의 거친 말솜씨에 몹시 토라져 있었다. 백화가 걸음을 빨리하며 내쏘았다.

"제 따위들이 뭐라구 잡아가구 말구야. 뜨내기 주제에."

"그래, 우리두 너 같은 뜨내기 신세다. 찬샘에 잡아다 주고 여비라두 뜯어 써야겠어."

영달이가 여자의 뒤를 바싹 좇아가며 농담이 아님을 재차 강조했다. 여자가 획 돌아서더니, 믿을 수 없을 만큼 재빠르게 영달이의 앞가슴을 밀어냈다. 영달이는 미처 피할 겨를도 없이 눈 위에 궁둥방아를 찧고 나가떨어졌다. 백화가 한 팔은 보퉁이를 끼고, 다른 쪽은 허리에 척 얹고 서서 영달이를 내려다보았다.

"이거 왜 이래? 나 백화는 이래 뵈두 인천 노랑집에다, 대구 자갈마당, 포항 중앙대학, 진해 칠구, 모두 겪은 년이라구. 조용히 시골 읍에서 수양하던 참인데…… 야야, 내 배 위로 남자들 사단 병력이 지나갔어. 국으로 가만있다가 조용한 데 가서 한코 달라면 몰라두 치사하게 뚱보 돈 먹자구 나한테 공갈 때리면 너죽고 나 죽는 거야."

영달이는 입을 벌린 채 일어설 줄을 모르고 백화의 일장 연설을 듣고 있었다. 정씨는 웃음을 참느라고 자꾸만 송림 쪽으로 고개를 돌렸다. 영달이가 멋쩍게 궁둥이를 털면서 일어났다.

"우리두 의리가 있는 사람들이다. 치사하다면, 그런 짓 안 해."

세 사람은 나란히 눈 쌓인 길을 걸었다. 백화가 말했다.

"그럼 반말 놓지 말라구요."

영달이는 입맛을 쩍쩍 다셨고, 정씨가 물었다.

"어디까지 가오?"

"집에요."

"집이 어딘데……."

"저 남쪽이에요. 떠난 지 한 삼 년 됐어요."

영달이가 말했다.

"얘네들은 긴 밤 자다가두 툭하면 내일 당장에라두 집에 갈 것처럼 말해요."

백화는 아까와 같은 적의는 나타내지 않았다. 백화는 귀 옆으로 흘러내리는 머리카락을 자꾸 쓰다듬어 올리면서 피곤한 표정으로 영달이를 찬찬히 바라보았다.

"그래요. 밤마다 내일 아침엔 고향으로 출발하리라 작정하죠. 그런데 마음뿐이지, 몇 년이 흘러요. 막상 작정하고 나서 집을 향해 가보는 적두 있어요. 나두 꼭 두 번 고향 근처까지

가봤던 적이 있어요. 한번은 동네 어른을 먼발치서 봤어요. 나 이름이 백화지만, 가명이에요. 본명은…… 아무에게도 가르쳐주지 않아."

정씨가 말했다.

"서울식당 사람들이 월출역으루 지키러 가던데……."

"이런 일이 한두 번인가요. 머. 벌써 그럴 줄 알구 감천 가는 길루 왔지요. 촌놈들이니까 그렇지, 빠른 사람들은 서너 군데 길목을 딱 막아놓아요. 나 그 사람들께 손해 끼친 거 하나두 없어요. 빚이래야 그치들이 빨아먹은 나머지구요. 아유, 인젠 술하구 밤이라면 지긋지긋해요. 밑이 쭉 빠져버렸어. 어디 가서 여승이나 됐으면…… 냉수에 목욕재계 백 일이면 나두 백화가 아니라구요, 씨팔."

걸을수록 백화는 말이 많아졌고, 걸음은 자꾸 처졌다. 백화는 여러 도시에서 한창 날리던 시절의 얘기를 늘어놓았다. 여자가 결론지은 얘기는 결국 화류계의 사랑이란 돈 놓고 돈 먹기 외에는 모두 사기라는 것이었다. 그 여자는 자기 보퉁이를 꾹꾹 찌르면서 말했다.

"아저씨네는 뭘 갖구 다녀요? 망치나 톱이겠지 머. 요 속에는 헌 속치마 몇 벌, 빤스, 화장품, 그런 게 들었지요. 속치마 꼴을 보면 내 신세하구 똑같아요. 하두 빨아서 빛이 바래구 재봉실이 나들나들하게 닳아 끊어졌어요."

백화는 이제 겨우 스물두 살이었지만 열여덟에 가출해서 쓰리게 당한 일이 많기 때문에 삼십이 훨씬 넘은 여자처럼 조로해 있었다. 한마디로 관록이 붙은 갈보였다. 백화는 소매가

해진 헌 코트에다 무릎이 튀어나온 바지를 입었고, 물에 불은 오징어처럼 되어버린 낡은 하이힐을 신고 있었다. 비탈길을 걸을 때, 영달이와 정씨가 미끄러지지 않도록 양쪽에서 잡아주어야 했다. 영달이가 투덜거렸다.

"고무신이라두 하나 사 신어야겠어. 댁에 때문에 우리가 형편없이 지체되잖나."

"정 그러시면 두 분이서 먼저 가면 될 거 아네요. 내가 고무신 살 돈이 어딨어?"

"우리두 의리가 있다구 그랬잖어. 산속에다 여자를 떼놓구 갈 수야 없지. 그런데…… 한 푼두 없단 말야?"

백화가 깔깔대며 웃었다.

"여자 밑천이라면 거기만 있으면 됐지, 무슨 돈이 필요해요?"

"저러니 언제 한번 온전한 살림 살겠나 말야!"

"이거 봐요, 댁에 같은 훤출한 내 신랑감들은 제 입에 풀칠두 못해서 떠돌아다니는데, 내가 어떻게 살림을 살겠냐구."

영달이는 백화의 입담을 감당할 수가 없었다. 세 사람은 감천 가는 도중에 있는 마지막 마을로 들어섰다. 마을 어귀의 얼어붙은 개천 위로 물오리들이 종종걸음을 치거나 주위를 선회하고 있었다. 마을의 골목길은 조용했고, 굴뚝에서 매캐한 청솔 연기 냄새가 돌담을 휩싸고 있었는데 나직한 창호지의 들창 안에서는 사람들의 따뜻한 말소리들이 불투명하게 들려왔다. 영달이가 정씨에게 제의했다.

"허기가 져서 속이 떨려요. 감천엔 어차피 밤에 떨어질 텐데, 여기서 뭣 좀 얻어먹구 갑시다."

"여긴 바닥이 작아 주막이나 가게두 없는 거 같군."

"어디 아무 집이나 찾아가서 사정을 해보죠."

백화도 두 손을 코트 주머니에 찌르고 간신히 발을 떼면서 말했다.

"온몸이 얼었어요. 밥은 고사하고, 뜨뜻한 아랫목에서 발이나 녹이구 갔으면."

정씨가 두 사람을 재촉했다.

"얼른 지나가지. 여기서 지체하면 하룻밤 자게 될 테니. 감천엘 가면 하숙도 있구, 우리를 태울 기차두 있단 말요."

그들은 이 적막한 산골 마을을 지나갔다. 눈 덮인 들판 위로 물오리 떼가 내려앉았다가는 날아오르곤 했다. 길가에 퇴락한 초가 한 간이 보였다. 지붕의 한쪽은 허물어져 입을 벌렸고 토담도 반쯤 무너졌다. 누군가가 살다가 먼 곳으로 떠나간 폐가임이 분명했다. 영달이가 폐가 안을 기웃해 보며 말했다.

"저기서 신발이라두 말리구 갑시다."

백화가 먼저 그 집의 눈 쌓인 마당으로 절뚝이며 들어섰다. 안방과 건넌방의 구들장은 모두 주저앉았으나 봉당은 매끈하고 딴딴한 흙바닥이 그런대로 쉬어 가기에 알맞았다. 정씨도 그들을 따라 처마 밑에 가서 엉거주춤 서 있었다. 영달이는 흙벽 틈에 삐죽이 솟은 나무막대나 문짝, 선반 등속의 땔만한 것들을 끌어 모아다가 봉당 가운데 쌓았다. 불을 지피자 오랫동안 말라 있던 나무라 노란 불꽃으로 타올랐다. 불길과 연기가 차츰 커졌다. 정씨마저도 불가로 다가앉아 젖은 신과 바짓가랑이를 불길 위에 갖다 대고 지그시 눈을 감았다. 불이 생기니까 세 사람 모두가 먼 곳에서 지금 막 집에 도착한 느낌이 들었고, 잠이 왔다. 영달이가 긴 나무를 무릎으로 꺾어 불 위에 얹고, 눈물을 흘려가며 입김을 불어대는 모양을 백화는 이윽히 바라보고 있었다.

"댁에…… 괜찮은 사내야. 나는 아주 치사한 건달인 줄 알았어."

"이거 왜 이래. 괜히 나이롱 비행기 태우지 말어."

"아녜요. 불 때는 꼴이 제법 그럴듯해서 그래요."

정씨가 싱글벙글 웃으면서 영달이에게 말했다.

"저런 무딘 사람 같으니, 이 아가씨가 자네한테 반했다…… 그 말이야."

"괜히 그러지 마슈. 나두 과거에 연애해 봤소. 계집년이란 사내가 쐬빠지게 해줘두 쪼끔 벌릴까 말까 한단 말입니다. 이튿날 해만 뜨면 말짱 헛것이지."

"오머머, 어디 가서 하루살이 연애만 해본 모양이네. 여보세요, 화류계 연애가 아무리 돈에 운다지만 한번 붙으면 순정이 무서운 거예요. 내가 처음 이 길 들어서서 독하게 사랑해 본 적두 있었어요."

지붕 위의 눈이 녹아서 투덕투덕 마당 위에 떨어지기 시작했다. 여자는 나무 막대기를 불 속에 넣고 휘저으면서 갑자기 새촘한 얼굴이 되었다. 불길에 비친 백화의 얼굴은 제법 고왔다.

"그런데…… 몇 명이었는지 알아요? 여덟 명이었어요."

"진짜 화류계 연애로구만."

"들어봐요. 사실은 그 여덟 사람이 모두 한 사람이나 마찬가지였거든요."

백화는 주점 '갈매기집'에서의 나날을 생각했다. 그 여자는 날마다 툇마루에 걸터앉아서 철조망의 네 귀퉁이에 높다란 망루가 서 있는 군대 감옥을 올려다보았던 것이다. 언덕 위에 흰 페인트로 칠한 반달형 퀀셋 막사와 바라크가 늘어서 있었고 주위에 코스모스가 만발해 있어, 그 안에 철창이 있고 죄지은 사람들이 하루 종일 무릎을 꿇고 있으리라고는 믿어지질 않았다. 하루에 한 번씩, 긴 구령 소리에 맞춰서 붉은 줄을 친 군복에 박박 깎인 머리의 군 죄수들이 바깥으로 몰려나왔다. 죄수들이 일렬로 서서 세면과 용변을 보는 모습이 보였다. 그들은 간혹 대여섯 명씩 무장 헌병의 감시를 받으며 마을로 작업을 하러 내려오는 때도 있었다. 등에 커다란 광주리를 메고 고개를 숙인 채로 그들은 줄을 지어 걸어왔다.

"처음에 부산에서 잘못 소개를 받아 술집으로 팔렸었지요. 거기에 갔을 땐 벌써 될 대루 되라는 식이어서 겁나는 것두 없었구요, 나이는 어렸지만 인생살이가 고달프다는 것두 깨달았단 말예요."

어느 날 그들은 마을의 제방 공사를 돕기 위해서 삼십여 명이 내려왔다. 출감이 멀지 않은 사람들이라 성깔도 부리지 않았고, 마을 사람들도 그리 경원하지 않았다. 그들이 밖으로 작업을 나오면 기를 쓰고 찾는 것은 물론 담배였다. 백화는 담배 두 갑을 사서 그들 중의 얼굴이 해사한 죄수에게 쥐여주었다. 작업하는 열흘간 백화는 그들의 담배를 댔다. 날마다 그 어려 뵈는 죄수의 손에 몰래 쥐여주곤 했다. 다음부터 백화는 음식을 장만해서 감옥 면회실로 그를 만나러 갔다. 옥바라지 두 달 만에 그는 이등병 계급장을 달고 백화를 만나러 왔다. 하룻밤을 같이 보내고 병사는 전속지로 떠나갔다.

"그런 식으로 여덟 사람을 옥바라지했어요. 한 달, 두 달, 하다 보면 그이는 앞사람들처럼 하룻밤을 지내구 떠나가군 했어요."

백화는 그런 일 때문에 갈매기집에 있던 시절, 옷 한 가지도 못 해 입었다. 백화는 지나간 삭막한 삼 년 중에서 그때만큼 즐겁고 마음이 평화로웠던 시절은 없었다. 그 여자는 새로운 병사를 먼 전속지로 떠나보내는 아침마다 차부로 나가서 먼지 속에 버스가 가릴 때까지 서 있곤 했었다. 백화는 그 뒤부터 부대 근처를 전전하며 여러 고장을 흘러 다녔다.

아직 초저녁이 분명한데 날씨가 나빠서인지 곧 어두워질 것 같았다. 눈은 더욱 새하얗게 돋보였고, 사위는 고요한데 나무 타는 소리만이 들려왔다.

"감옥뿐 아니라, 세상이란 게 따지면 고해 아닌가……."

정씨는 벗어서 불가에다 쬐고 있던 잠바를 입으면서 중얼거렸다.

"어둡기 전에 어서 가야지."

그들은 일어났다. 아직도 불길 좋게 타고 있는 모닥불 위에 눈을 한 움큼씩 덮었다. 산천이 차츰 희미하게 어두워졌다. 새들이 이리저리로 깃을 찾아 숲에 모여들고 있었다. 영달이가 백화에게 물었다.

“그래 이젠 어떡할 셈요, 집에 가면……?”

백화가 대답을 않고 웃기만 했다. 정씨가 말했다.

“시집가야지 뭐.”

“시집은 안 가요. 이제 와서 무슨 시집이에요. 조용히 틀어박혀 집의 농사나 거들지요. 동생들이 많아요.”

사방이 어두워지자 그들도 얘기를 그쳤다. 어디에나 눈이 덮여 있어서 길을 잘 분간할 수 없었다. 뒤에 처졌던 백화가 눈 덮인 길의 고랑에 빠져버렸다. 발이라도 삐었는지 백화는 꼼짝 못 하고 주저앉아 신음을 했다. 영달이가 달려들어 싫다고 뿌리치는 백화를 업었다. 백화는 영달이의 등에 업히면서 말했다.

“무겁죠?”

영달이는 대꾸하지 않았다. 백화는 어린애처럼 가벼웠다. 등이 불편하지도 않았고 어쩐지 가뿐한 느낌이었다. 아마 쇠약해진 탓이리라 생각하니 영달이는 어쩐지 대전에서의 옥자가 생각나서 눈시울이 화끈했다. 백화가 말했다.

“어깨가 참 넓으네요. 한 세 사람쯤 업겠어.”

“댁이 근수가 모자라니 그렇다구.”

그들은 일곱 시쯤에 감천 읍내에 도착했다. 마침 장이 섰었는지 파장된 뒤인데도 읍내 중앙은 흥청대고 있었다. 전 부치는 냄새, 고기 굽는 냄새, 곰국 냄새가 풍겨왔다. 영달이는 이제 백화를 옆에서 부축하고 있었다. 발을 디딜 때마다 여자가 얼굴을 찡그렸다. 정씨가 백화에게 물었다.

"어느 방향이오?"

"전라선이에요."

"나는 호남선 쪽인데. 여비는 있소?"

"군용차를 사정해서 타고 가면 돼요."

그들은 장터 모퉁이에서 아직도 따뜻한 온기가 남아 있는 팥시루떡을 사 먹었다. 백화가 자기 몫에서 절반을 떼어 영달에게 내밀었다.

"더 드세요. 날 업구 왔으니 기운이 배나 들었을 텐데."

역으로 가면서 백화가 말했다.

"어차피 갈 곳이 정해지지 않았다면 우리 고향에 함께 가요. 내 일자리를 주선해 드릴게."

"내야 삼포루 가는 길이지만, 그렇게 하지?"

정씨도 영달이에게 권유했다. 영달이는 흙이 덕지덕지 달라붙은 신발 끝을 내려다보며 아무 말이 없었다. 대합실에서 정씨가 영달이를 한쪽으로 끌고 가서 속삭였다.

"여비 있소?"

"빠듯이 됩니다. 비상금이 한 천 원쯤 있으니까."

"어디루 가려오?"

"일자리 있는 데면 어디든지……."

스피커에서 안내하는 소리가 웅얼대고 있었다. 정씨는 대합실 나무 의자에 피곤하게 기대어 앉은 백화 쪽을 힐끗 보고 나서 말했다.

"같이 가시지. 내 보기엔 좋은 여자 같군."

"그런 거 같아요."

"또 알우? 인연이 닿아서 말뚝 박구 살게 될지. 이런 때 아주 뜨내기 신셀 청산해야지."

영달이는 시무룩해져서 역사 밖을 멍하니 내다보았다. 백화가 뭔가 쑤군대고 있는 두 사내를 불안한 듯이 지켜보고 있었다. 영달이가 말했다.

"어디 능력이 있어야죠."

"삼포엘 같이 가실라우?"

"어쨌든……."

영달이가 뒷주머니에서 꼬깃꼬깃한 오백 원짜리 두 장을 꺼냈다.

"저 여잘 보냅시다."

영달이는 표를 사고 삼립빵 두 개와 찐 달걀을 샀다. 백화에게 그는 말했다.

"우린 뒤차를 탈 텐데…… 잘 가슈."

영달이가 내민 것들을 받아 쥔 백화의 눈이 붉게 충혈되었다. 그 여자는 더듬거리며 물었다.

"아무도…… 안 가나요."

"우린 삼포루 갑니다. 거긴 내 고향이오."

영달이 대신 정씨가 말했다. 사람들이 개찰구로 나가고 있었다. 백화가 보퉁이를 들고 일어섰다.

"정말, 잊어버리지…… 않을게요."

백화는 개찰구로 가다가 다시 돌아왔다. 돌아온 백화는 눈이 젖은 채로 웃고 있었다.

"내 이름은 백화가 아니에요. 본명은요…… 이점례예요."

여자는 개찰구로 뛰어나갔다. 잠시 후에 기차가 떠났다.

그들은 나무 의자에 기대어 한 시간쯤 잤다. 깨어보니 대합실 바깥에 다시 눈발이 흩날리고 있었다. 기차는 연착이었다. 밤차를 타려는 시골 사람들이 의자마다 가득 차 있었다. 두 사람은 말없이 담배를 나눠 피웠다. 먼 길을 걷고 나서 잠깐 눈을 붙였더니 더욱 피로해졌던 것이다. 영달이가 혼잣말로,

"첫, 며칠이나 견디나……."

"뭐라구?"

"아뇨, 백화란 여자 말요. 저런 애들…… 한 사날두 시골 생활 못 배겨나요."

"사람 나름이지만 하긴 그럴 거요. 요즘 세상에 일이 년 안으루 인정이 휙 변해가는 판인데……."

정씨 옆에 앉았던 노인이 두 사람의 행색과 무릎 위의 배낭을 눈여겨 살피더니 말을 걸어왔다.

"어디 일들 가슈?"

"아뇨, 고향에 갑니다."

"고향이 어딘데……."

"삼포라구 아십니까?"

"어 알지, 우리 아들놈이 거기서 도자를 끄는데……."

"삼포에서요? 거 어디 공사 벌일 데나 됩니까. 고작해야 고기잡이나 하구 감자나 매는데요."

"어허! 몇 년 만에 가는 거요?"

"십 년."

노인은 그렇겠다며 고개를 끄덕였다.

"말두 말우, 거긴 지금 육지야. 바다에 방둑을 쌓아놓구, 추럭이 수십 대씩 돌을 실어 나른다구."

"뭣 땜에요?"

"낸들 아나, 뭐 관광호텔을 여러 채 짓는담서, 복잡하기가 말할 수 없대."

"동네는 그대루 있을까요?"

"그대루가 뭐요. 맨 천지에 공사판 사람들에다 장까지 들어섰는걸."

"그럼 나룻배두 없어졌겠네요."

"바다 위로 신작로가 났는데, 나룻배는 뭐에 쓰오. 허허, 사람이 많아지니 변고지. 사람이 많아지면 하늘을 잊는 법이거든."

작정하고 벼르다가 찾아가는 고향이었으나, 정씨에게는 풍문마저 낯설었다. 옆에서 듣고 있던 영달이가 말했다.

"잘됐군. 우리 거기서 공사판 일이나 잡읍시다."

그때에 기차가 도착했다. 정씨는 발걸음이 내키질 않았다. 그는 마음의 정처를 방금 잃어버렸던 때문이었다. 어느 결에 정씨는 영달이와 똑같은 입장이 되어버렸다.

기차가 눈발이 날리는 어두운 들판을 향해서 달려갔다.

객지(客地)

1

다섯 채의 합숙소 왼편에 잇달아 지어진 서기실에는 사흘 동안 자물쇠가 채워져 있었다,

굳게 닫힌 창구 위의 작업조의 명단이 찢겨진 채 붙어 있고 인부들은 부엌 옆의 흙벽에 기대거나 문가 툇마루에 앉아서 저녁 식사를 기다리고 있었다. 젊은 축들이 최 십장의 아내에게 식사를 재촉하자 여자는 부엌문을 소리 나게 닫고 안에서 짜증을 부렸다.

"서기들이 오기 전엔 못 줘요."

인부들은 낮은 목소리로 얘기를 주고받았다.

"전표 남은 것 있나?"

"웬걸, 나두 다 썼네, 빚이 이천 원일세, 일이 시작되기 전엔 더 이상 식사를 안 주겠다는데."

"배부른 새끼들이 헐 지랄이 없었지."

장씨는 동료들에게서 등을 돌리고 언덕 아래편의 사무실 쪽을 바라보며 앉았다. 현장 사무소의 기다란 바라크 건물 앞에 사람들이 모여 있는 게 보였다. 사람들은 오후 내내 거기 모여 있었는데 지금은 많이 줄어든 것 같다. 장씨는 밤색으로 물들인 야전잠바의 큼직한 포켓에서 비닐 주머니를 꺼냈다. 종이를 찢어 풍년초를 털어 담고 손끝으로 비비면서 말아갔다. 가죽같이 메마르고 딱딱한 손가락들이 떨려 자꾸만 흐트러졌다. 흔들리는 손가락들 사이로 종이와 담배 가루가 흘러내렸다. 그는 떨어진 종잇조각을 집으려고 손을 뻗치다가 멈추고 만다. 그러고는 무뚝뚝한 표정으로 뒷전의 동료들 쪽을 두리번거렸다.

"대위, 손 좀 빌리세."

대위라고 불린 키 큰 사내가 다가왔다. 그의 어깨는 탄탄해 보이는 반면 등이 구부정해 보였다. 강파르고 야무지게 보이는 얼굴이다. 대위가 침을 듬뿍 발라 담배 두 대를 단단하게 말아냈다. 장씨는 그가 건네준 담배를 받아 들고 자기 손으로 쥐었다 폈다 해보며 말했다.

"이젠 틀렸어!"

대위도 담배에 불을 붙이고 자기의 커다란 손바닥을 천천히 들여다보았다. 그는 혀에 붙은 담배 가루를 손끝으로 침착하게 하나하나 떼어냈다. 장씨는 담배를 태울 생각도 잊고 아직도 손가락을 움직여보고 있었다.

"한잔 걸치면 풀릴 텐데."

장씨가 중얼거렸다. 합숙소 아래로 황토가 드러난 언덕길과 모래, 개펄, 바다가 차례로 이어져 있었다. 서쪽 하늘 구석에 몰린 햇빛은 붉은색이 넓게 퍼져가고 있으며, 만(灣)의 양끝에서 직선으로 뻗어나간 궤도차의 선로가 바다 속으로 감춰지고 있었다. 밀물에 덮인 검은 개펄은 백사장과 파도를 가르는 가느다란 띠처럼 보였다. 궁형(弓形)의 만 가운데로 뗏마를 서너 척 매단 작업선이 느릿느릿 돌아왔다. 황혼 무렵에 이런 풍경을 바라보노라면 그들은 마치 누가 자기네 입속으로 모래라도 한 줌 처넣어 주는 듯한 느낌을 받았다. 그들은 날마다 이 무렵에 녹초가 되어 있었고, 땅과 개펄과 바다의 세 가닥이 이루어놓은 전경은 사실 단조롭고 답답해 보였다.

현장 사무소 직원들이 일단의 무리를 인솔하고 천천히 걸어 올라왔다. 군중은 왕모래가 하얗게 깔린 작업장을 지나서 오고 있었다. 장씨가 말했다.

"신마이들이 오는군."

대위는 대답 없이 누렇게 니코틴이 오른 담배꽁초를 길게 빨아들이고서 침을 내갈겼다. 그가 옷소매로 입술을 닦아내며 말했다.

"우린 속았시다."

장씨도 고개를 끄덕였다.

"첨부터 모르고 있었는가 어디?"

"나는 눈치를 못 챘어요."

사람들은 벌판을 가로질러 왔다. 황톳길에서부터 그들이 일으켜놓은 벌건 먼지가 땅 주위에 퍼지고 있었다. 멀리서도 그들이 한 손에 짐을 들고 있는 것을 알아볼 수가 있었다. 대위가 말했다.

"잘린 사람들만 뒤집어쓴 겁니다."

"그 작자들 너무 경솔하게 설친다 싶었지."

"나두 장씨처럼 표면에 나서지 않았죠. 그 사람들은 평소에 워낙 찍혀 있던 사람들이오."

"저쪽에서 선수를 친 게 아닐까?"

"틀림없습니다."

대위가 담배꽁초를 발로 밟아 뭉갰다. 사흘 동안의 파업이 실패로 돌아갔고, 그것은 그들이 원했던 사건은 아니었다. 어딘가 조작의 기미가 있다고 대위는 생각했던 것이다. 아니나 다를까. 그들은 보기 좋게 우롱만 당한 결과가 되어버렸다. 장씨는 감원당한 사람들의 머릿수를 입속으로 헤아려보았다. 대위가 말했다.

"따져보나마나 서른두 명이 잘렸어요. 이 집에서만 열넷이 빠졌습니다."

"얻은 게 뭔가, 깡그리 묵살되고 밥줄만 끊겼지."

대위가 뒤편의 날품들을 돌아보고 나서 목소리를 낮추었다.

"회사 측의 떡밥이 끼어 있어요."

"누군지 짐작하나?"

"하여튼 우리들 틈에 있는 게 분명합니다. 걔들이 일부러 파업을 선동했던 거요. 이제부터는 노골적으로 드러낼지 몰라요. 감독조를 중심으로 행동할 거요."

"섣부른 짓이었네. 미리 간죠를 타뒀어야 했는데…… 밑천이 없으면 오래 버티질 못한다네."

"놈들이 세력을 만들자는 눈치요. 불평꾼들의 힘이 커지기 전에 거세하자는 계획이었어요. 회사의 지시대루 주동한 놈들이 일을 벌이자마자 발뺌을 했거든요."

"이득을 본 건 사무실 측과, 선동한 놈들이 아닌가."

무리를 지은 사람들은 열 채의 함바가 언덕 가녘으로 늘어선 가운데 공터로 모여들고 있었다. 장씨가 일어서면서 말했다.

"오늘부터 작업 시작이군."

"인원을 보충 받아야죠. 우리 조에서도 세 사람 빠졌어요. 5함바가 제일 많이 잘렸는데 서기와 십장들이 뭐라고 그러는지 아쇼?"

"뭐라구 하던가?"

"5함바는 복마전이랍디다. 우린……."

대위는 말을 끊고, 텁수룩하게 수염이 자란 자기의 강팍한 턱을 두어 번 비볐다.

"콱 찍혔어요."

공터에서 이리로 모여주시오, 줄을 만드시오, 하고 연방 떠들어대는 소리가 들려왔다.

"두고 보세요, 한판 터뜨릴 테니까…… 이대로 물러서진 않겠소."

"무슨 도리가 있나."

"단결해야죠."

장씨는 희미하게 자기의 고개를 흔들어 보였는데 대위가

알아차린 것 같지는 않았다. 그는 수많은 공사판에서 객기를 부리는 젊은이들의 천작을 겪어봐서 알지만, 모두 소용없는 짓이었다. 남의 일에 관여 않는 게 나잇값이란 거였다. 개선이니 진정서니 서명이니 하는 짓들이란 그가 십여 년을 노동판에 굴러다니면서 한번도 성사하는 꼴을 못 보았다. 이번 일만 해도 실패로 돌아갔고 평소에 서기들이나 십장들에게 직접적으로 맞섰던 자들만이 족집게로 뽑히듯이 잘려나갔다. 대부분의 날품들은 이런 일에 만성이 되어 있어서 열띤 분위기가 가라앉고 나면 곧장 잊어버렸다.

공터에서 함바 아래로 다가온 땅딸한 체격의 최 십장이 두 손을 입가에 모으고 뭐라고 외치고 있었다. 그는 함바의 날품들을 대표할 연장자를 찾았다. 장씨가 그에게로 내려가자 최 십장이 수첩을 펴들고 물었다.

"몇 사람 비던가?"

"세 사람."

장씨의 대답에 그는 눈을 동그랗게 뜨고 통통한 볼을 부풀리면서 소리쳤다.

"아니, 총원에서 말야. 5함바 전체를 묻고 있잖나?"

"열넷."

"열넷이라, 옘병할, 그럼 꼭 절반이군."

신마이들이 열을 지어 쭈그리고 앉아 있는 앞에서 서기들이 책상을 날라도 놓고 인원 배당을 하고 있었으며, 본사 출장 직원인 듯한 사람이 감독에게 짜증을 내고 있었다.

"도대체 어떻게 된 겁니까, 부랑 노무자는 될 수 있는 한 줄이라고 했잖소. 공사의 성격상, 본사 하달은 현지 노동력을 최대한으로 이용하라는 거요. 우리는 노임만 지불해 주면 그만이오. 그러나 이 지방 사람들이 아니면 채무 때문에 자연히 노임 인상을 요구하게 된단 말이오."

감독은 젊은 본사 직원에게 설명하기 쉬운 말들을 찾아내느라고 진땀을 빼고 있었다. 그는 건축 공사장이 아닌데도 헬멧을 쓰고 다녔는데, 벗어서 얼굴 언저리에다 흔들어대고 있었다. 더운 모양이지만 바람이 일 것 같지는 않았다.

"농번기가 되면 여기 사람들은 모든 일을 그만두게 됩니다. 그때엔 새로 채용하기도 어려워지죠. 사람들이 자꾸 갈리면 손발이 맞질 않아서 작업 능률이 영 형편없습니다."

말을 하고 나서 감독은 너털웃음을 터뜨렸다. 직원이 고개를 치켜들고 말했다.

"보고서는…… 아십니까. 내가 쓰는 거요."

"현지 사정에 따라야 합니다. 다 조처가 되어 있죠."

감독의 말에 젊은이는 약간 어리둥절한 표정이 되었다. 그는 불쾌하고 아니꼽다는 듯 천천히 되물었다.

"조처라니……?"

"일선 실무자들과 회사 간부 측에서 알고 있는 일입니다."

"나도 실무자요."

감독은 고개를 끄덕이며,

"물론이죠. 그러나 우리가 인부들과 더 가깝습니다. 자세한 것은 현장 소장님께 물으시오."

하고 잘라 말했다. 직원은 말문이 막혔지만 뭔가 한마디라도 더 하고픈 표정으로 감독을 지켜보았다. 감독은 의기양양해져서 새로 온 인부들에게 조용하라고 호통을 한 번 내질렀다.

서기들은 인원 명부에 신규 채용자들의 인적 사항을 적고 일련번호를 매겨주고 있었다. 기능 노무자와 날품 인부들을 구별해서 각 함바에 배당했다. 모여 있던 인부들의 맨 뒤쪽에서 작은 소요가 일어나고 있었다. 인부를 배당하던 서기가 양 미간을 찌푸리고 날카롭게 소리쳤다.

"떠들지 말라구! 수틀리면 여기서 꺼지면 되잖아."

"소지품을 내줘야 갈 거 아냐."

"아니면 일을 시켜주든지 말이야."

이런 소리들이 신마이들의 줄 뒤에서 들려왔다. 그들은 채무 때문에 맡긴 소지품들을 찾지 못해 이곳을 아직 떠나지 못했던 해고된 사람들이었다. 서기가 장부를 탁 덮고 나서 한참 동안 그들을 노려보았고, 군중 사이에서 한 사람이 나서며 서기에게 삿대질을 했다.

"야, 강 서기, 떠날 사람들 짐을 돌려줘야지. 일을 안 시키려면 여비라두 달란 말이야."

"여비라니, 모두 들었나, 이건 억지 뗑깡인데."

하면서 강 서기가 주위의 동료 서기와 십장들을 둘러보았다.

"너희들 보따리 갖구는 재산이 안 돼. 도민증을 돌려 준 것만두 고맙게 생각하라구."

"짐을 내놔, 아니면 여비를 주든지."

"저 개새끼가……."

강 서기는 차라리 상대를 하려 들질 않는다. 그는 핼쑥해진 얼굴을 장부 위로 숙여버렸고, 계속해서 날품들의 번호를 매겨나갔다. 그들은 한계를 넘어서 채무를 진 인부들에게서 도민증과 소지품들을 맡아 갖고 있었는데, 감원당한 자들의 거의가 빚을 지고 있었으므로 소지품을 돌려주지 않았던 것이다. '이유 없이'라는 단서가 붙어 있긴 했지만, 인부를 공사 기간 중에 채용했다가 해고할 때에는 그가 공사지를 향해 출발했던 지점까지의 여비를 판상해 주는 것이 상례였다. 운지 읍내로 나가면 내륙으로 나가는 차를 탈 수 있었고, 육십 리 길을 가야 철도를 만나게 되어 있었다. 해고당한 인부들은 철도만을 바라고 육십 리 길을 걸어갈 엄두가 나질 않았다. 더군다나 맡겼던 소지품을 찾지도 못했던 것이다. 다른 서기가 타이르는 어조로 성난 노무자를 구슬렸다.

"빚이 워낙 많은 사람들은 우리도 어쩔 수 없어요. 쌍방이 피를 보는 겁니다. 그렇다고 작업이 지장이 되는 사람들을 무작정 써줄 수도 없지 않겠소."

"당신네들 전표 장사해서 빨아먹은 돈들 있지 않나. 적선 좀 해주지."

하면서 그 사내는 아까보다 더 유들유들하게 내뱉었다. 강은 그 길쭉한 얼굴이 핼쑥해지며 기세가 등등한 사내의 앞으로 다가섰다.

"다시 한 번 씨부려봐."

사내는 입가에 냉소를 떠올리고 침착하게 말했다.

"너는 우리네 피를 빠는…… 아주 치사한 놈이야."

"좋아, 널 붙잡아 둘 테니까 빚을 갚고 떠나라구."

사내가 입을 일그러뜨리고 갑자기 강 서기의 옷깃을 잡았다.

"지랄하면 느들 손해야."

하고 말했다. 그의 주변에 서 있던 낯선 청년들이 두 사람을 말리는 척하면서 사내를 뒤에서 붙잡았다. 코르텐 모자를 뒤통수로 젖혀 쓴 단단한 체격의 청년이 열띤 목소리로 말했다.

"좆 겉은 새끼가 어디서 깡다구야."

그가 사내의 목을 뒤로부터 껴안고 넘어뜨렸으며, 다른 자들이 발로 짓밟았다. 본사 직원은 말려들기를 두려워했는지 웅성거리는 노무자들을 불안하게 훑어보면서 언덕 아래로 내려가 버렸다. 강 서기가 머리를 처박고 주저앉은 사내를 밟았다. 그는 구두 뒤꿈치를 곧추세워 사내의 등을 내리찍었다. 강은 넘어진 사내를 잡아 일으켜서는 엉망으로 터진 면상을 또 후려갈겼다. 웅성거리는 신마이들 틈에서 청년 한 사람이 일어섰다. 그가 강 서기의 팔목을 잡았고, 강은 뒤를 돌아보며 날뛰었다.

"넌 또 뭐야, 이거 못 놔?"

"그만해 둡시다."

청년이 강을 멀찍이 끌고 갔다. 합세했던 다른 네 사람들은 최 십장과 얘기를 주고받고 있었는데 그들은 서로 잘 아는 사이처럼 보였다. 강 서기를 떼어놓은 청년은 여러 번 빨아서 푸른색이 거의 회색으로 변한 낡은 작업복을 입고 있었다. 그의 짧은 머리털은 지독한 곱슬머리였으며 얽히고 헝클어진 머리카락들이 사방으로 뻣뻣이 서 있거나 배배 꼬여 있었다. 청년이 넘어진 사내를 부축해 올렸다. 사내의 코와 입술에서 피가 흘러내렸다. 최 십장이 사내의 등을 두드리며 얼러댔다.

"빨리 떠나지. 여기서 주먹 쓰는 놈은 용서 못 해."

그는 불안하게 술렁거리는 해고된 인부들을 둘러보면서 외쳤다.

"자, 갈 사람은 어서들 가지. 뭘 꾸물대나?"

"가보쇼들!"

코르덴 모자를 쓴 자도 함께 떠들었다. 그는 사내의 팔을 부축하고 있는 청년을 못마땅한 눈길로 쳐다보았다. 열 뒤에서 있던 해고된 자들은 꾸물꾸물 움직이기 시작하다가 새로 온 인부들이 왔던 길로 똑같은 무리를 지어 몰려 내려갔다. 장씨는 청년에게 부축되어 피를 닦고 섰는 자기의 조원에게로 갔다.

"참구 어서 가게. 어디로 가려나?"

사내가 터진 입술을 찡그리고 억지로 웃어 보였다.

"뜨내기가 별수 있소. 타작거리가 걸리면 다행이구……."

그는 자기 팔을 잡은 청년의 손을 가볍게 뿌리쳤다. 사내의 몇몇 동료들이 언덕길 아래 서서 그를 기다리고 있는 게 보였다. 사내의 갈라진 나무껍질과 같은 메마른 입술 밖으로 피가 배어 나왔다. 그는 맨손을 추켜올려 가끔씩 코언저리를 훔쳐내면서 언덕을 내려갔다. 청년이 말했다.

"형편없는 고장이군."

장씨는 아무 대꾸도 하지 않고 청년을 마주 바라보았다. 그는 걸음걸이가 느릿느릿했고, 입 근처는 한쪽 위로 삐뚜름하게 올라가 있었다. 눈을 가늘게 뜨고 상대를 노려보는 게 근시인 것 같았지만, 눈초리가 만만치 않아 보였다. 최 십장이 장씨를 향해 묻는다.

"5함바 총원이 몇 명이었더라, 서른 몇이지?"

"서른여덟 명."

"스물네 명 남아 있는 셈인가."

강 서기가 말했다.

"남은 열여섯을 모두 5함바에 채우면 사십 명이 됩니다."

최 십장이 강의 의견에 찬성하고서 5함바 노무자들의 일련번호를 부르며 확인을 했다. 최는 계속해서 번호를 불러나갔고, 모인 사람들 중 자기 번호를 불린 자들이 대답하며 장씨의 주변에 끼어들었다.

"29, 29, 이동혁 어딨어?"

아까 싸움을 말리던 청년이 그들에게로 서서히 걸어왔는데 그는 한 손에 먼지가 뽀얗게 앉은 낡은 비닐백을 들고 있었다. 최 십장이 답답하다는 듯이 눈살을 찌푸리고는 다가오는 청년을 쏘아보았고, 청년은 끝까지 느린 걸음으로 최 십장 앞을 지나쳐 열중으로 들어갔다. 십장은 한참 만에 청년으로부터 눈을 떼며 투덜댔다.

"속깨나 썩이겠군."

"인원 배당이 모두 끝났습니까?"

강 서기가 인원 명부를 덮으며 말했고, 최 십장은 남아 있는 칠팔 명의 사람들을 턱짓으로 가리켰다. 감독과 최가 뭐라고 소곤거렸다. 최가 고개를 끄덕였다.

"양봉택이 누굽니까?"

신발 끈을 고쳐 매고 있던 자가 허리를 펴고 뛰어왔다. 강 서기의 편을 들어 사내를 넘어뜨렸던 코르덴 모자였다. 그는 입속에서 뭔가 우물거리며 씹고 있었다. 그의 뒤에 비슷비슷한 청년들이 따라왔다. 그들은 대체로 건장한 체격에다 활발해 보였다.

"우리는 날품 인부가 아닙니다만……."

하고 코르덴 모자가 말했다. 그는 장씨 주위로 모인 5함바 인원들을 건들거리며 둘러보았다.

"감독조로군. 경비실에 계쇼."

"이 사람들 우리 소관인가?"

라고 감독이 물었다. 최 십장이 양봉택이란 코르덴 모자에게 말했다.

"감독님과 잘 의논하슈, 앞으로 수고가 많겠시다."

강 서기가 말했다.

"함바에 있는 자들까지 합해서 백오십일 명이오. 1함바로부터 5함바까지가 우리 운영권이오."

"작업조는 먼젓번처럼 함바 중심으로 짜지 말구 방마다 분리시킵시다. 모든 함바의 1실은 날일조, 2실은 수로 작업조, 3실은 밤일조, 하는 식으로 말이오."

하는 최 십장의 말에 감독도 그 의도를 알아채고 기꺼이 찬성했다.

"같은 집 사람들끼리 일하면 엉큼해져서 말이야. 나누는 게 좋지."

하면서 감독이 외쳤다.

"고참들 잘 안내하라구."

언제나 그래왔듯이, 저녁 식사는 주위가 완전히 캄캄해졌을 무렵에야 끝났다.

휴식하고 있는 인부들은 어쩐지 맥이 풀린 것 같았다. 각 함바에 누르끄레한 등잔불이 켜지고, 유별나게 시끌짝한 방도 있었지만 대부분은 그저 두런두런하는 낮은 얘기 소리만 들려왔다. 벌판 너머 아득한 곳에 마을의 불빛들이 어둠 속에서 가물거리고 있었다.

장씨는 문가에 앉아 작업복을 꿰매고 있고 윗목에서 목씨와 한동이라는 젊은이가 담배 내기 섰다를 붙고 있었다. 3실에는 모두 열 사람이 기거하는데 그들은 같은 작업조로 편성되었다. 얼기설기 엮은 각목에 콜타르를 칠한 검은 종이로 씌운 지붕에다, 방의 벽은 흙 위에 신문지로 대강 도배가 되어 있었다. 왕골 돗자리를 깐 바닥에 축축한 군용 누비이불이 노상 펴져 있으며 신발을 윗목에 벗어두기 때문에 이불은 온통 흙과 모래 투성이였다. 장씨는 자기의 그림자로 해서 동혁의 머리맡이 어두워진 걸 보고는 물러나 앉았다. 그는 넌지시 동혁의 어깨 너머로 넘겨다보았다. 동혁이 수첩에 끼적이던 손을 멈추고 그 위를 가리면서 말했다.

"뭘 보세요?"

"아니…… 난 뭐 적고 있길래."

"아무것두 아닙니다. 치부책이죠."

동혁이란 청년은 어느 곳에 가 있거나 낯설고 두려운 느낌을 가져본 적이 없다는 듯했고, 언제나 제집에 있는 것처럼 모든 습관을 지켜나가리라 작정한 것 같았다. 그는 자리를 정하자마자 화려한 색도의 사진이 박힌 달력을 벽에 걸었고, 손바닥만 한 거울도 세워놓았다. 또한 그는 매일 날짜 위에다 ×표를 해나갈 셈이었다. 동혁이 말했다.

"여비를 따져보던 참이었어요."

"대처에서 왔다구 그랬나?"

"네, 마지막 육십 리 길을 걸어왔지요. 철로가 끊겨서 말이죠."

그는 쾌활하게 대답했으며, 장씨가 말했다.

"이런 벽지에 공사가 있는 걸 용케 알아냈구만."

"도청서 가르쳐주더군요. 공사가 꽤 길 거라구요."

장씨는 동혁을 물끄러미 바라보며 고개를 끄덕였다. 노동판에서는 자기밖에 쥐뿔도 믿을 놈이 없지만, 나이가 들고 보면 어쩔 수 없이 든든한 동료가 있어야 한다고 장씨는 생각해 왔었다. 장씨는 대위가 곧 여길 떠날 눈치인 것을 알아채고 있었다. 대위가 매일 입버릇처럼 지껄이는 말이란 대처에서 장사라도 하겠다는 소리뿐이었고, 장씨는 자기 같은 노인이 손을 떼기엔 이미 늦었다고 생각했다. 그는 목씨나 자기네처럼 늙은 자들은 부랑 노무자가 최후에 만나게 될 표본과 같은 놈들이란 걸 알고 있었다. 자기네는 젊은 축들의 비아냥거리는 말처럼 전표 벌레가 되어버린 것이다. 그는 요즘 와서 대위나 동혁과 같은 청년들의 팔팔한 패기에 은근히 기대고 싶은 마음이었다. 그는 동혁에게 물었다.

"물때 일은 좀 해봤나?"

"처음입니다."

"그럼 나라시 붙잡이는 해야겠군."

"어려운가요?"

"누구나 첨엔 그걸 하는데 별로 힘든 일은 아니라네. 헌데 자네는 취직을 하지 그랬나? 대처에서는 쉬울 텐데."

"기술이 없는 데다……."

"밑천이 없다 그거지, 땅두 없을 테구…… 나는 열 마지기나 지냈지."

"땅이 있었어요?"

"오래됐어. 떠돌이로 십 년을 넘긴다네."

"또 땅 타령인가. 왕년 끗발을 언 놈이 믿겠나."

하면서 목씨가 참견했다. 그는 익숙한 솜씨로 화투장을 겨누며 쪼아대고 있었다. 장씨는 그의 빈정거림에 상관하지 않고 동혁에게 말했다.

"자네는 날품할 사람으론 뵈지 않는데 그래."

"따루 있나…… 좀 있으면 슬그머니 썩어 내리는 거야."

목씨가 또 끼어들었다. 그는 무릎 앞에 흐트러진 한 통의 파랑새 담배들을 그러모았다. 한동이가 앳된 얼굴에 웃음을 띠고 말했다.

"그전에 철도국에 노역 다닐 때, 높으신 양반이 직접 침목 공사를 하러 나온 일이 있었지요. 밥까지 싸갖구 와선 말입니다. 흰 운동화에다 옆구리엔 새 수건을 차구…… 웃기는 노릇이지. 그 사람 잠을 못 잔대요. 게다가 위장병이라 그 말이오.

보름 동안 우리 일을 훼방 놀았어요."

"일손이 서툴렀겠군."

"서투른 정도가 아녔지. 침목의 간격이랑 방향을 모두 잘못 박아놔서 우리가 나중에 뽑아서 다시 박아야 했거들랑요."

"일을 않구 밥알을 넘기면 죄로 간다는 말이렷다."

목씨가 말했다. 장씨는 말을 끊고 잠잠히 엎드려 있는 동혁이 쪽을 살폈다.

"황소두 비빌 언덕이 있어야…… 비빈다는데 말일세."

동혁이 치부책을 접어서 윗주머니 속에 넣으며 장씨에게 물었다.

"보니까 눈치가 이상하더군요. 무슨 일이 있었나요?"

"공사판에서야 불평 없는 사람이 있겠나, 회사 측과 티격태격했지."

"그 사람들이 그랬나요? 여길 떠나던 사람들요."

"시작은 그치들이 아닐세, 사흘 동안 파업을 했었지."

"놈들 덕분에 빚이 늘었단 말이야."

하면서 목씨가 화투장을 세게 때렸다. 한동이도 말했다.

"나두 이번 간죠에는 타 먹을 게 한 푼도 없시다. 강 서기한테 모두 팔아 조졌으니까."

"사는 녀석두 나쁘지만 파는 놈이 더 나빠. 그러니까 매일 죽는 소리 아닌가?"

라고 한동이를 윽박지르는 목씨에게 동혁이 물었다.

"서기가 전표를 미리 사는가요? 한 장에 얼마씩입니까?"

"하루 일이 끝나면 백삼십 원짜리 맘보 한 장을 받는데, 매일 전표와 바꾼다네. 함바에서는 현금이 아니니까 사실상 백이십 원짜리로 써먹지. 현금을 가진 전표 장수는 이걸 백십 원에 사거든."

"도청에선 법정 노임이 백오십 원이라구 하던데요."

"그건 나리들이 쓴 글씨야."

"촌놈들 때문이오."

하고 나서 한동이는 말을 잇는다.

"농사나 지을 일이지, 놈들이 싼 값에 품을 파니까 자연히 노임이 떨어졌어요."

"농한철에만 그런가, 우리들끼리 일할 때두 언제나 그 모양인걸."

목씨는 화투장을 걷어치우고 벽에 기대앉아 양말을 벗은 다음 발을 살피고 있었다. 그는 발가락 사이에 생긴 무좀의 상처를 쥐어뜯었다. 갈라진 살 사이로 진물이 흐르고 있는데도 목씨는 시원하다는 듯이 눈을 감고 있었다. 동혁은 손가락셈을 해보면서 말했다.

"하루 숙박비 사십 원에 매끼 이십 원이면…… 백 원에다, 하루 십 원 남는가요?"

"남은 건 한 푼도 없다네. 간죠 때는 뭘 하는지 아는가. 누가 얼마 빚졌다는 걸 알려주는 일루 끝나지."

"빚이라뇨?"

"숙식비에다 서기가 경영하는 매점에서 술이며 담배, 옷, 과자 부스러기를 팔거든, 일하는 놈이면 무작정 줘두 좋다는 게야. 나중에 모두 빚에 묶여서 여길 뜰 수가 없다구."

한동이는 잠시 겨드랑이를 긁어대더니 등잔의 심지를 돋우어 올리고 웃통을 벗어 붙였다. 장씨가 혀를 찼지만 한동은 아랑곳없이 이를 죽이는 데 열중했다. 그들의 가늘고 기다란 그림자들이 신문지의 벽지 위에서 흐느적거렸고 방 안은 더욱 좁아진 것 같았다. 1실 쪽에서 여러 사람의 악쓰는 듯한 유행가 소리가 들려왔다. 장씨가 말했다.

"날일조에서 벌써 시작했군."

"소주는 매점에 얼마든지 있다네."

목씨가 발가락 사이에 침을 뱉고서 이불 위에다 쓱쓱 문지르며 일어섰다.

"긋는 거야. 객지 인부 좋다는 게 뭔가. 속 편하게 마시는 거다. 이번에 누구 차례더라."

"그만둬, 이 사람아, 나중에 갚을 생각두 해야지."

"몸이 화끈해져야 일을 하지."

목씨가 장씨의 만류를 밀어내고 신발을 꿰었다. 장씨는 누가 술을 마시자면 언제나 처음엔 말리는 척해 보이지만 그건 연장자로서의 체면일 따름이었다. 술판이 오르면 그는 까짓것 서슴지 않고 자기 앞에 긋고 술을 받아 오게 했다.

"대위 어디 갔지? 오늘 그 사람 차렌데 말이야. 자네…… 잘됐군."

목씨는 신참인 동혁에게서 소주 두 병을 긋기로 제멋대로 결정했고, 동혁도 반대할 수가 없었다. 목씨가 동혁에게 말했다.

"어디나 신입식이 있는 거라구. 오늘은 자네 차례지만, 다음엔 내가 긋지."

그는 큰소리를 치면서 밖으로 뛰어나갔다. 장씨가 동혁에게 낮은 목소리로 말했다.

"저 작자두 나처럼 주독이 올랐으니 다 틀렸지. 마시질 않으면 일을 못 한다네. 저 사람, 세 바퀴 반을 돌구 나왔지."

"세 바퀴 반은 어째서요?"

"불을 놓았다네. 판자촌이 홀랑 타버렸다는군."

"왜 불을 질렀나요?"

"모르지. 얘길 안 하니까."

문이 열리며 세탁물을 두 팔에 건 대위가 안으로 들어섰다. 그는 젖은 빨래를 자기 자리 위쪽의 못에다 걸었다. 대위는 키가 커서 등이 많이 굽은 듯이 보였다.

"나 참 드러워서 말이야."

그는 이부자리 위에 털썩 주저앉으며 한동이에게 말을 걸었다.

"비서 그 새끼 아직 안 왔지?"

"종기 걔는 최 십장에게 갔을걸."

"틈만 있으면 쫓아가서 빌붙는단 말이야. 언제 아주 버릇을 고쳐놔야겠어."

"무슨 말을 하던가?"

대위는 장씨 옆에 바싹 다가앉았다.

"좀 들어보쇼. 나도 누구한테 들었는데 5함바 감원자 명단을 뽑을 때 종기가 쏘삭거렸대요."

"뻔하지 뭘. 오죽하면 비서라겠누."

하며 한동이가 중얼거렸다. 대위는 한동이와는 대거리 않고 장씨에게 말했다.

"오다 보니 2실에 감독조 녀석이 놀러와 있습니다."

"골뗑 모자를 쓴…… 그치들은 경비실에 있을 텐데."

"그게 말요, 실상 떡밥들이오. 찍힌 5함바를 단단히 벼르자는 게 분명합니다. 연락은 아마 종기 녀석이……."

"비서가……? 내막을 모르면서 함부로 말을 하는 게 아닐세."

장씨는 대위의 다음 말을 막았다. 목씨가 막소주 두 병을 들고 돌아왔다. 다섯 사람은 소주를 양은그릇에 따라 돌렸다. 목씨가 오징어 다리를 찢으며 입맛을 다셨다.

"개장국 한 그릇을 걸쳤으면 후련하겠는데, 지난달에 운지나가서 목구멍을 달래보고는…… 거 되게 비싸더구만, 먹구나니까 아깝긴 해두, 어 그 참 매큰한 게 말이지."

"우린 기름이 좍 빠져서 밟으면 부스러질 거요."

대위가 말했고, 자기 잔을 들던 장씨가 대위의 어깨를 잡아 가볍게 흔들었다.

"누구 술인지 알구나 마시게, 서루 인사를 터얄 거 아닌가."

대위는 장씨 옆에 앉은 동혁이 쪽을 호의가 섞인 눈초리로 바라보다가 손을 내밀었다. 그들은 악수했다. 장씨가 대위에 관해서 덧붙였다.

"이 사람 유식한 걸루 사무실서두 소문이 파다하다네. 군대서 계급이 높았다구 대위라 부르지."

"장씨 아저씨가 붙여준 계급이죠. 진짜는 고작 갈쿠리 셋인데 오래전에 제대했어요."

"나는 두 달 전입니다. 사십팔 개월 동안 갑판만 닦다가 나왔어요.”

동혁이 말하자 대위가 양손으로 보트 젓는 흉내를 내 보였다.

“이거 말이오?”

동혁이 머리를 끄덕였고, 대위는 웃었다.

“나는 땅개 출신입니다. 첨부터 직업군인이 내게 맞질 않는데다 무능했어요.”

벌써 세 잔째 비운 목씨가 걸걸해진 음성으로 호통을 쳤다.

“어이 집어치우자구. 창가나 불러.”

“한 곡조 부릅시다요.”

한동이가 손뼉을 두드리며 타령 한 가닥을 뽑기 시작했다. 대위가 빈 양재기를 동혁에게 전했다. 그는 술을 따라주며 속삭였다.

“잡역 인부들의 주인이 누군 줄 아쇼? 바로 이놈이오.”

대위는 술병을 들어 보이고 나서,

“이놈이 뭉쳐진 힘살을 흥건히 풀어놔선 일을 다시 시작하게 만들지. 당신도 견뎌보시오. 꼭 하루를 살 권리가 찍힌 전표 한 장을 받게 되면 성이 치밀 거야. 군대서 뭣 땜에 제대했는지 모르겠소. 여긴 더 개판이거든. 처음엔 뿔을 올리고 발을 뽑겠다구 밑천을 모은다며 안간힘 하다가 맥이 빠져서 술이 오르기 시작하거든.”

“그런데 함바의 운영은…… 회사에서 하는 게 아닌가요?”

“원래 회사 측 소관이죠. 십장들이 함바 건축비며 권리금을 내고 맡아버린 거요. 여기 5함바만 해도 최 십장네 처가 맡고,

3함바는 과부인 그치 큰며느리가 하고 있어요. 최가는 소싯적부터 노가다 판에서 물 좀 먹은 모양이오만, 형편없는 악질이오."

동혁이 대위의 어조에 열기가 오르고 있는 듯함을 느꼈다. 그는 사실 목소리가 크고 다혈질로 보이는 대위가 마음에 들었고 어딘가 선임 하사 기질이 남아 있는 것 같다고 생각했다. 동혁은 대위에게 물었다.

"개판인 줄은 눈치 챘지요. 대단하신 모양이군."

"불만 정도가 아니오. 회사 측에서는 하급 노무자와의 직접적인 접촉을 최대한으로 피하기 위해 합숙소의 운영을 십장들에게 넘겨버린 거요. 회사는 인부들의 상부 계급인 감독과 그 밑의 십장들만 상대하면 되니까. 십장은 회사 측과의 중개역인 서기들을 통해 작업량과 노임 문제를 결정합니다. 애매한 계급 구조요. 운지 간척 공사장의 열 채의 함바 모두가 감독이나 십장들이 경영하는 형편인데 중간착취가 심해요. 서기들은 매점을 경영하고 전표 장사나 돈놀이를 해서 수지를 맞춥니다. 회사 측에서는 하급 인부들의 노임과 작업 문제를 합숙소랑 직결시켜서 일임해 버리는 게 편리한 거죠. 어째선가 아쇼?"

"작업의 능률을 위해선가요?"

"살려면 먹어라, 먹다 보니 빚을 지고, 빚을 갚으려니 끝장 볼 때까지 일을 하게 되는 꼴이지. 함바에 묵는 모든 사람이 객지 인부들인데 갚아야 할 작업량에 묶여버린 실정이오."

"야, 대위 알쏭달쏭한 소린 집어치우고 한 곡조 하라니까."

하며 목씨가 대위의 말을 막았다. 대위는 아직 흥분을 가라앉히지 못한 채 혀를 찼다.

"혼자 노래 부르시지. 이왕 찌그러진 몸, 노상 타령이나 읊으면 바다두 저절로 메꿔지구 말이오."

"바다라구 밑바닥이 없을라구야."

"바다는 아직 멀었지만 목씨한테선 벌써 바닥에 닿아서 긁히는 소리가 들리는데 그래. 쇳소리가 나요."

"어, 친목을 도모하자 그런 뜻이야."

"너무 빼지 마슈. 대위 형이 변사 뺨치게 논설 푸는 줄은 알지만 좆이나 누가 알아줍디까?"

한동이도 목씨를 거들고 나섰다. 장씨는 발길로 문을 열어젖히고 앉아서 한 곡조 부르고 있었다. 코끝에 야기(夜氣)가 끼쳐왔다. 언덕 아래 작업장 부근에는 횃대의 작은 불꽃들이 켜져 있었다. 세 사람은 목소리를 합쳐 노래했고 대위가 계속해서 말했다.

"하급 노무자에 대한 압력 세력이 생겨나 있어요. 이번 일로 눈치 채게 된 겁니다. 우리 날품팔이들도 조직이 필요하게 됐소."

그들은 노래했다. 산이라면 넘어주마 강이라면 건너주마 인생의 가는 길은 산길이냐 물길이냐. 동혁은 차츰 대위의 열띤 기분에 젖고 있는 것 같았다.

"싸우게 되겠군요."

"아직 모르시겠지만…… 맘에 맞는 사람들 몇이 있어요. 계획이 조만간에 회사 측과 한판 겨룰 셈이오."

그들은 다음 절을 노래한다. 손금에 써진 글자 풀지 못할 내 운명 인심이나 쓰다 가자 사는 대로 살아보자.

"쟁의를 할 건가요?"

"하여튼 먼저 점잖게 요구하다가 안 되면 행동으로 들어갈 작정이오. 간척지 공사는 원래 관(官)에서 시작한 일입니다. 쟁의가 확대되면 회사보다도 관리들이 먼저 해결하려고 서두를 겁니다."

열린 쪽문 사이로 희미하게 초승달이 뜬 밤하늘이 내다보였다. 목씨가 밖을 내다보며 탄식하듯 혼잣말을 했다.

"사람 사는 게 워낙 간사하거든. 어떤 때는 곧장 땅속에 뻗어버렸으면 싶은데 이런 저녁엔 기분이 느긋하단 말야."

빈 드럼깡을 때리는 소리가 들려왔다. 물이 나갔으니 일하러 나오라는 작업 개시의 종소리였다. 누군가 투덜댔다.

"빠졌나본데, 제기랄."

각 함바로부터 공터로 내려가는 인부들의 그림자가 보였다.

바다는 어둠 속에 가라앉고 있었으나 곳곳에 밝혀진 횃불빛에 드러난 개펄의 일부분이 보였다. 궤도차가 걸고 있는 소리가 끊어질 듯하다가는 이어지고 있었다.

소금내 섞인 바람이 마주쳐 불어왔고 돌 제방을 때리는 물보라가 화차 위에 떨어져 내렸다. 만의 반대쪽에도 똑같은 모양의 석축(石築)이 쌓아져 있어서 나중에는 이쪽 편과 이어지도록 되어 있었다. 제방은 서로 마주 향한 해안의 돌출부로부터 출발되어 바다를 차단할 셈이지만 아직은 가운데가 크게 무너져 나간 담과 같았다.

날일조는 주로 제방의 누수(漏水) 방지를 위하여 제방의 뒷면에 흙을 쌓는 일과 해변에서부터 차츰 수면 매립을 해가는 일들을 했다. 밤일조는 썰물 때에 급한 경사의 돌 쌓기를 했고 제방을 자갈이나 잔돌로써 굳히는 일, 그리고 수로 작업조는 담수를 끌기 위해 강안을 파고 관개를 시킬 수로와 수문을 내는 일이었다. 그 밖에도 채석장 일이라든가 바다 속에 기초공사를 하는 뱃일이라든가 제방 위에 시멘트를 입히고 물결받이와 동마루 비탈을 세우는 미장이조들이 있었다. 물때 작업은 먼저 한 조의 반수가 화차에 돌을 실어 보내면 제방의 끝에 있던 다른 반수가 돌들을 아래로 굴려 내리는 일이 계속되다가 높이가 일정해지면 급한 경사로 차곡차곡 돌을 쌓아 올렸다. 밀물 무렵부터 조가 교대되어 자갈을 실어다가 이제까지 쌓은 부분을 다지면 하룻밤 일은 모두 끝나게 되었다.

1, 2, 3, 5함바들의 3실 사람들로 구성된 물때 작업반은 2개조로 나뉘었다. 1, 2함바 사람들이 돌을 화차에 싣는 일을 먼저 하게 되어, 3함바 3실 사람들과 5함바 3실의 장씨 일행은 궤도차에 각각 올라탔다. 바닷물이 제방의 돌벽을 때려 포말을 일으켰고, 돌 위에 엉성하게 놓인 선로를 따라 궤도차는 무개화차를 길게 끌고 달려갔다. 디젤 엔진의 궤도차에서 들리는 발동 소리, 신호종 소리와 십여 칸의 무개화차 위에 가득 실은 돌 무더기에 올라앉은 인부들의 농지거리들이 시끄러웠다. 동혁은 삽일이나 등태를 해본 경험이 없어서 장씨의 권유대로 나라시의 붙잡이를 하기로 했다. 그는 화차의 맨 뒤칸에

폐유가 가득 담긴 드럼깡을 타고 앉아서 굵은 철사에 솜뭉치를 달아 교대로 기름을 묻히면서 다이마쓰[松明: 관솔] 불을 밝혔다.

하늘에는 별이 총총했다. 검은 바다 위에 야광충의 작은 인광들이 반짝였으며 다이마쓰의 일렁이는 불빛이 꼬리를 끌며 수면 위를 스쳐 가고 있었다. 한 팔 간격으로 떨어져서 3함바 사람들이 탄 궤도차가 나란히 달렸는데 기관사들은 인부들의 기분에 맞추어 서로 속력을 내어 앞지르기 내기를 했다. 화차에 올라탄 인부들이 기관사를 격려하느라고 목청을 돋우어 외쳐댔다. 선로가 한 가닥으로 합치는 곳에 가까워지자 양편 화차의 고함 소리는 절정에 이르렀다. 장씨네 일행이 탄 궤도차가 먼저 새로운 선로에 들어섰는데 저쪽은 선로 입구에서 앞선 차가 지날 때까지 기다리게 되자 우 하는 소리와 상대를 서로 야유하는 소리들이 요란했다.

"엿이나 빨다 뒤에 와라!"

"바다에 칵 꼬라박히라구."

동혁은 다이마쓰를 휘둘러 자기네가 끝에 이르렀다는 것을 뒤차에 알렸다. 바다 위를 덮은 어둠은 끝 간 데 없었지만 가끔씩 어둠 가운데서 흰 물결의 이랑이 일어나는 게 보였다. 다이마쓰에 반사된 제방 가녘의 물속이 맑게 비쳐졌다. 동혁은 이런 광경을 누군가 멀리서 바라보면 아마도 소리 있는 한 폭의 그림 같을 거라는 생각이 들었다. 장씨가 말했다.

"대위랑 내가 굴릴 테니까 남은 사람들은 돌을 운반하게. 자네는 불을 들고 아래로 내려가게."

동혁은 바지를 벗고 제방 아래로 내려갔다. 물이 허리에까지 차올랐는데 한기가 머리털 끝까지 스며오는 것 같았다. 횃불을 잡고 있는 게 그리 힘든 일은 아니었으나 위에서 바윗돌을 굴려 내리기 때문에 불을 밝히는 나라시꾼들이 때때로 다치는 일이 많아 공포감과 추위가 고통스러운 일이었다. 다른 조는 제방의 왼쪽으로 메워나갔고 장씨네는 오른쪽을 맡았다. 장씨 등 다섯 사람과, 판술이라는 젊은이, 벙어리 오가, 다른 두 사람의 신참, 합해서 모두 아홉 명인데 비서라는 자는 어찌된 셈인지 일판에 나오지 않았다. 대위와 장씨는 동혁이 불을 비춰주는 지점에다 돌을 굴려 넣었고 벙어리 오가는 화차 위에서 동료들의 등 위에 다 돌을 들어 얹어주었으며 목씨와 한동이, 판술이 또 두 사람은 벼랑 끝에 돌을 운반해 갔다. 등태질은 별것 아닌 듯 보였지만 굽힌 허리로 돌의 무게를 조절하는 요령과 발걸음을 떼어놓을 때 몸의 중심을 잡는 게 중요했다. 장씨와 대위는 돌을 등태로부터 받아서 익숙한 솜씨로 집어던졌는데 빈자리에 가서 층층으로 쌓여갔다. 가끔 혼자 운반하기 어려운 큰 돌이 남게 되면 여럿이서 삼바를 밑으로 꿰어 들어다 축대 끝에 옮겨 갔다. 장씨가 열 개 타령을 곡조를 맞추어 뽑았다. 돌을 나르는 자들은 으차 여차 하며 박자를 맞추었으며 장씨가 열 개요, 하면 모두 열이로구나, 하며 목청을 합쳤다. 동혁은 하반신뿐만 아니라 양쪽으로부터 튀어 오른 물을 머리에 뒤집어쓰고 추위에 이빨을 덜덜 떨었다. 두 대의 궤도차가 번갈아 돌을 실어 나르고 있었다. 최 십장이 채석장과 제방을 감독하게 되어 있었지만 최 십장은 시작한 지 두어 시간이 지나서야 나타났다. 그는 돌 실은 궤도차를 타고 와서 운전석 옆에 매달려 끊임없이 고함을 질렀다.

"기운들 다 어디루 간 거야. 저쪽에선 싣느라구 눈코 뜰 새 없단 말이야. 빨리 비워야 실어 오잖나."

위에서 돌을 던질 때마다 물보라가 솟구쳐 올랐으며 물속의 바위틈에 처박히는 둔중한 소리가 들렸다.

"꾸물대다가 날 새지 말구 빨리들 해치워요."

최 십장은 소리쳤다 대위와 장씨가 등태를 지구 목씨와 한동이가 돌 던지기로 교대했다. 장씨는 십장이 오고 나선 타령을 그쳤다. 최 십장은 날품 인부들이 일하며 타령조를 씨부리는 걸 보면 태만하다고 호령하기 때문이었다. 그들의 박자에 맞춘 느린 발걸음이 지켜보기에 답답한 이유이기도 했을 것이다. 판술이가 십장 곁을 지나며 한마디했다.

"십장님이 오니깐 일이 잘 안 되는구먼요."

"개판 곤조 때문에 그냥 놔둘 수 없어. 닦달이 싫으면 도급을 맡으란 말이야."

"웃개조를 모집해얄 말이죠."

"뽑으라구 말이 내려올 거야."

"사실이오?"

대위가 일손을 멈추었다.

"날품 인부들도 웃개를 시켜줍니까?"

"공사 진척이 늦어져서 성적이 좋은 작업조 순서대로 맡길 거야. 작업 보고는 각 십장들이 하게 될 걸세."

"잘 봐주, 빚 좀 갚게."

대위가 심사 틀린 어조로 대꾸했다. 뜯어먹자는 수작이군, 하고 그는 생각했다. 웃개 일을 하게 되면 노동자는 스스로의 휴식을 절약하고 최대한의 능력을 발휘해서 초과 달성을 할 수가 있었다. 초과량에 수당이 붙게 되지만 노임은 어디까지나 주는 편만의 권한에 달려있었다. 주면 주는 대로 받을 뿐이다. 노임이 많건 적건 나오는 만큼 똑같이 나눠 먹게 되어서 작업량을 노동자는 능력껏 늘릴 수 있는 노동 규약이었다. 시간 노임이 정확하게 계산된다면 저쪽이 요구하는 과대한 양의 웃개를 하며 고생할 필요가 없었으나 열 시간이나 한 시간이나 노임은 언제나 겨우 숙식비를 치를까 말까하는 정도였으니 웃개를 하지 않곤 배겨날 재간이 없었다. 빚을 갚고 나서 여비와 약간의 술값을 벌어 이곳을 떠나려면 웃개라도 자주 차례가 돌아와야 하는 것이었다. 착암기잡이나, 미장이, 남포꾼, 도자꾼 같은 기능 노무자들은 거의가 도급인 웃개 일을 하고 있었는데 날품 인부들이 하게 되는 경우란 공사 기일이 촉박해질 때뿐이었다. 인부들의 남은 휴식 시간을 이용하고 적절한 능률을 격려하기 위해서 회사로서는 비교적 높은 노임을 지불하는 대신 시간을 벌자는 얘기였다. 남은 시간을 판 날품 인부들은 그들 노임의 몇 할을 십장에서 받쳐야만 했다. 웃개 일에는 십장이 따라붙을 필요가 없는 것이지만 청부를 맡도록 알선한 십장에 대한 보수로서 인부들의 윗손과 십장이 미리 가격을 정하는 것이었다. 하급 인부들도 풍문으로 들어서 알고 있는 일이지만, 저 까마득히 높은 나리들도 비슷하게 거래한다는 모양이었다. 애초에 놀라 자빠지도록 싼 공사비로 낙

찰되어 순전히 회사의 예산으로 착공한 바나 다름없는 간석지 공사는 실상은 졸(卒) 주고 차(車) 먹자는 꿍꿍이속이라는 거였다. 이번 공사건 대신이 큼직한 다른 구찌를 물었을 거라는 쑥덕공론들이었다. 저쪽은 떡값을 먹고, 이쪽은 구찌를 물었다는 얘기다. 대위는 등으로부터 돌을 거세게 내려놓으며 혼자 씨부렸다.

"지미 붙을!"

목씨가 돌을 받으려다가 잽싸게 발을 비키며 투덜거렸다.

"야, 이거 정신 나갔나? 발 깨질 뻔했구나."

"장씨, 우리 웃개합시다."

대위는 돌을 지고 따라온 장씨에게 말했다. 장씨가 숨을 헐떡이며 대답했다.

"한결 낫지만 누가 시켜주나?"

"장씨가 십장이랑 타협을 보쇼, 그런 눈치를 보입디다."

"십장이? 그럼 얼마루 할까?"

"모두에게 물어봐야죠. 내 생각으론 이팔제 이상은 주지 말아요."

"칼자루 잡은 건 저쪽인데, 그게 맘대루 되는가?"

"이팔제론 어림없을걸. 아무려나 웃개가 훨씬 부드럽지."

하고 나서 목씨가 대위의 성깔을 나무랐다.

"빡빡해 봐야 우리 손해라구."

"기껏 뼈 빠지게 일해서 남 존 일 시킬 필요 없잖소. 게다가 십장은 초과량을 정량으로 깎아서 또 뜯어 갈지도 모르는데……."

"그래도 할 수 없잖은가."

"장씨, 내 시키는 대루 이팔 위론 않겠다구 말해두세요. 그 담에 널름거리면 씨팔 진짜, 즈들 죽구 나 죽는 거야."

"거긴 왜 꾸물거리나."

십장이 궤도차 위에서 뛰어내려 제방 가녘으로 가다왔다. 그는 제방의 왼쪽에서 일을 하는 3함바 사람들에게도 호통을 쳤다.

"물 들어오면 일하다 물귀신 될 참인가들?"

그는 장씨에게로 다가와서 아까부터 굴려지지 않고 얹혀 있던 커다란 돌을 가리켰다.

"이런 건 뒀다가 회쳐 먹으려나. 사람들이 일에 순서가 없어."

낮에 채석장 놈들이 덜 깨어 부순 게 잘못이었고, 이런 돌을 미욱하게 실어 보낸 놈들도 잘못이었다. 큰 돌에 대위를 선두로 장씨와 목씨가 매달렸는데 워낙 높다랗게 솟은 돌 틈에 걸려서 꼼짝도 하지 않는다. 십장이 손가락질하며 말했다.

"밑에 돌을 잡아 뽑아. 머리를 써요. 머리를."

"이쪽으로 와서 받쳐주게."

하며 목씨가 돌 아래를 무릎으로 밀었다. 장씨와 대위가 두 팔로 돌을 들었을 때, 목씨는 밑에 걸린 돌을 움직였다. 돌은 두 사람이 밀어대는 힘으로 낮춰진 돌멩이를 타 넘고 기우뚱했다. 고통에 찬 비명 소리가 들렸고 쿵쿵거리며 돌이 굴러 내려갔다. 동혁은 위에서 급작스레 굴러 내려오는 돌을 피해서 횃불을 손에 쥔 채 제방을 차며 물 가운데로 몸을 내뻗었다. 돌이 물속에 요란한 소리로 처박히는 소리가 들렸다. 그는 물

위에 떠올라 흠뻑 젖은 얼굴을 내리훑었다. 다이마쓰 불이 꺼져서 사방은 코끝도 안 보일 만큼 어두웠다.

"어디 다쳤나?"

"움직일 수 있소?"

하고 떠드는 소리들이 들려왔으므로, 동혁은 자기의 다리와 머리를 만져보고 나서 마주 대답했다.

"말짱합니다."

아무 반응이 없다. 동혁은 온몸을 떨면서 물 밖으로 나와 제방 위로 엉금엉금 기어 올라갔다. 물속에 오래 잠겨 있은 탓인지 하반신이 쥐가 난 듯 뻣뻣해져서 자기 살인지도 분간할 수가 없었다. 사람들은 궤도차 주변에 웅성거리며 모여 있었다. 동혁은 춥고 어두워서 폐유깡 뚜껑을 열어 돌바닥 위에 몇 깡통을 쏟아 붓고 우선 불을 지폈다. 여러 개의 기름 적신 솜뭉치에서 하나를 골라 다이마쓰를 밝혔을 때, 궤도차가 엔진을 걸고 뒤로 주춤주춤 물러가고 있었다. 동혁은 폐유의 모닥불에서 일어난 그을음을 온몸에 뒤집어쓰면서도 불에 바싹 다가앉아 살을 비벼댔다. 한동이가 불에다 담뱃불을 댕기기 위해 동혁의 옆에 쭈그려 앉았다. 그는 불을 쬐는 동혁의 젖은 꼴을 쳐다보고 담배 한 대를 권하며 말했다.

"목씨 아저씨가 다쳤어요."

"사고가 났던가요?"

동혁이 불가를 떠나 일어서려는데 장씨와 대위가 가까이 왔다.

"십장이 도로꼬에 태워 갔네."

"돌에 무릎을 찍혔소."

라고 그들은 말했다. 어둠 속에서 바퀴가 레일에 걸리는 소리와 종소리가 가늘게 들려왔다. 불빛 주변에 모인 사람들의 얼굴이 검붉은 색깔로 일렁거렸다. 먼 마을에서 개가 짖었고 새벽이 가까워진 듯하였다.

2

유충들처럼 모여 일하는 인부들과 길게 뻗은 개펄은 비교할 수도 없을 것 같았다. 그들은 수평선 쪽을 내다보게 되면 애초에 자기들의 일이 무의미하고 어리석은 듯이 여겨졌다. 여하튼 바다는 어느 결엔가 하루하루 메워지고 있었다. 만의 양쪽으로 튀어나온 바위산이 하루에도 수십 번씩 폭파되는 남포와 채석 작업에 평평한 언덕으로 변해갔다.

날일조는 확실히 다른 조보다 작업량이 과중했다. 날일조의 담당은 1번 2번 제방의 안 석축에다 중심 흙받이를 쌓는 일과, 수로가 시작되는 수문 아래부터 그어진 매립선에서 성토하여 해상을 차츰 높여가는 일들이었다. 개펄은 무릎까지 빠지는 진수렁이었고, 해가 독산 등성이에서 떠서 개펄 너머로 지건만 일에 지친 인부들은 언제 일이 끝나는지도 모를 정도로 노역에 시달렸다. 빈혈과 일사병으로 쓰러지는 약골들도 몇 명 생기기 마련이었는데, 간혹 영리한 자들은 창고의 그늘로 가서 십장 몰래 쉬고는 돌아왔다.

하루 온종일을 외바퀴 달구지에 흙삽질을 퍼붓는 일이나, 달구지를 끌어다 개펄 위에 쏟아 다지는 똑같은 작업은 경험 많은 날품 인부들도 못 견딜 정도로 권태로운 일이었다. 하루하루 붉은색의 해안이 길어져갔고 바다는 서쪽으로 조금씩 물러났다. 작업하기가 싫어지는 때가 있었는데, 삽질에 이력이 날 때에 사람이 삽인지 삽이 사람인지도 분간할 수 없을 정도로 되는 경우였다. 잡생각할 틈도 없는 인부들은 온종일 말이 없고 십장이 핏대를 올려가며 혼자서 높은 자리를 다 해먹는 것이었다. 그들은 저녁에 노란색 맘보 딱지를 한 장 받아다가 강 서기에게서 부지런히 전표와 바꾸지만 식비로 몽땅 빨리고 남는 게 한 장도 없었다. 3실 사람들이 날일조로 교대되기 훨씬 전에 십장을 통해 신청했던 웃개 일은 일주일이 지났어도 감감무소식이었다. 사무실에서는 그들의 작업 성과를 그리 신통치 않게 여기는 게 틀림없었다.

날일에 하루내 시달린 저녁은, 심지가 낮은 석유 등잔 빛이 비치는 함바의 삭막한 방 안과 마찬가지로 어둡고 축 늘어진 분위기였다. 거울을 마주 대하고 앉아 머리 손질에 여념이 없는 종기 한 사람을 빼놓고는 모두가 사지를 뻗고 더러운 군용 누비이불 위에 엎어져 있었다. 동혁은 며칠 전에 이 비서라는 작자와 인사를 텄던 것이다. 처음 보는 동혁을 기죽여 놓자는 건지 왕년의 한 가락 솜씨를 지루하게 늘어놓았다. 교활해 보이는 녀석이었다. 고향에서 사고를 치고 떠돌이가 되었다는데, 하루걸러 한 번씩 빈둥빈둥 놀면서 어디 가서 뭘 하다가 저녁 늦게야 술에 만취가 되어서 돌아왔다. 그치는 감독조로 옮길 거라고 말했는데, 대위의 말에 의하면 감독조는 인부들의 적이라는 거였다.

막소주에 취한 장씨가 혼자서 주절대며 주정을 하기 시작했고 거울을 향해 돌아앉아 있던 종기가 신경질을 올렸다.

"왜 이래, 쥐약 잡쉈나? 남 심란하게 흔들어놓지 말구 주무시지."

"좆 겉은 새끼들아, 에끼 이 쓰레기만도 못한 새끼들, 모조리 뒈지는 거야, 모조리…… 몽땅!"

"아니 정말 속 썩이겠소?"

종기는 머리빗을 내던지고 장씨에게로 고개를 팩 돌렸다. 팔베개를 하고 누운 동혁이 말했다.

"내버려둡시다. 저러다 잠드시겠지."

"낫살이나 먹은 치가 쓴물 켰으면 얌전히 자야지. 주책없이 웬 놈의 주정인가, 술은 혼자 마시구 말이야."

"남의 일 같지 않소. 달랩시다."

판술이가 말했으나 동혁이 눈짓을 하며 말렸다. 바보 같은 헤설픈 웃음소리가 들려서 장씨의 기분이 아주 유쾌한 줄로 알았던 3실 사람들은 그 웃음이 낮은 오열로 바뀌자 잠잠해졌다. 종기까지도 고개를 숙이고 잠자코 장씨의 흔들리는 등을 내려다보았다.

"아이구 울 엄니, 내가 떠나올 때에 객지 나가 고생 말라구 하시더니…… 아이구 울 엄니……."

어쩌고 하면서 장씨의 푸념은 소리를 하듯 구성지게 넘어갔다. 동혁도 오늘 밤은 유난히 사지가 무거웠는데 입술 양끝이 갈라지고 딱지가 두텁게 앉았다. 그는 천장을 노려보며 스스로 다짐했다. 희망을 잃지 말자, 세월이 좀먹나, 생각을 말아야지, 하는 식으로 군대에서 수병 모자에 적어두었던 격언들을 머릿속에 떠올렸다. 또는 항상 신경을 날카롭게 곤두세우고 분통이 터지기 직전의 기분을 유지하는 것도 한 방법일 것이었다. 대위라는 사내가 팔팔하게 보이는 것도 그런 이유일 것 같았다. 목씨가 다쳤을 때에도 대위는 사무실 측에 직접 따져서 회사가 치료비를 부담해 주고 직원 식당의 식사를 제공하겠다는 확답을 얻고야 물러났다. 공사장에는 의무실도 응급실도 없어서 임시 조처로 운지의 제세의원에 입원을 시켰는데, 목씨는 관절 뼈가 으스러져 당분간 노동을 하기는 힘들게 된 모양이었다.

"손님들이 왔소, 좀 일어납시다."

하면서 대위가 문을 열었고, 그 뒤에 세 사람이 들이밀었다. 동혁은 일어나 벽에 걸린 바지를 주섬주섬 꿰었다. 번듯이 드러누웠던 판술이와 한동이, 오가도 기지개를 켜고 일어나 앉았으나, 장씨는 잠잠해져서 낮게 코를 골며 곯아떨어져 있었다. 종기는 아직도 머리 손질에 열중하고 있었는데 문이 열리자 힐끔 돌아보고 나서 한마디 던졌다.

"손님 좋아하는군."

그는 일을 끝내고 함바에 돌아오면 언제나 깨끗이 빨아서 걸어둔 와이셔츠를 걸치고 지냈다. 칼라의 목 닿는 부분이 닳아 터지긴 했어도 종기는 그것을 걸치면 하급 노무자의 때를 벗는 것처럼 보였다. 대위는 종기가 방안에 있는 걸 보자 잠시 망설이는 듯 방문을 잡고 선 채 종기를 바라보았으며, 아마 언저리를 덮은 잔머리털을 뽑고 있던 종기는 거울 속에서 실실 웃고 있었다.

"아따, 왜 그러구 섰수? 손님덜 모시구 왔으면 한잔 살 거 아뇨. 나도 오랜만에 한번 빨아봅시다."

"하여간에……."

대위가 그를 상대하지 않고 뒷전의 손님들에게 말했다.

"들어들 오쇼. 매점에 가봐야 술판들 벌일 텐데, 여기가 낫겠소."

그는 종기 옆에 바싹 붙어 앉았고, 뒤를 따라온 사람들도 머뭇거리며 들어와 문가에 자리를 잡고 앉았는데 모두들 얼굴에는 취기가 보이지 않았다. 대위가 작업복의 단추를 풀고 가슴 속에서 노란색의 봉투를 꺼내어 무릎 위에 놓았다.

종기가 이마를 양쪽으로 넓히려는 것은 팔자소관을 고쳐 보기 위해서인 듯했으며 누군가 그의 초년 운과 이마 넓이의 관계에 대해서 귀띔을 해준 게 분명했다. 모두들 침묵을 지키며 굳어진 얼굴로 서로를 마주 보고 앉아 있었다. 종기가 옆에 앉은 대위에게 말했다.

"어째 술렁술렁하는 게 뭐 존 일 있는 거 같은데…… 요 며칠 새 매일 손님 아냐."

"숙소를 경비실로 옮긴다더니 안 갈 작정인가?"

"아무려나 정든 데가 제집이라구, 나는 5함바에 정이 들어서 말이야. 형이 못마땅하다면 별수 없지만, 내 뭐 잘못한 게 있어야지."

대위는 시비조인 종기의 이죽이는 말에도 대답이 없었다. 등잔의 심지에 기름 오르는 소리가 들릴 정도로 방 안은 조용했고, 누군가 침을 꿀꺽 삼켰다. 대위가 혼잣말이 비슷이 말했다.

"어딜 가나 혼자서만 살려구 남을 꼬나박는 놈들이 있긴 하지만, 끝판에 가선 젤 먼저 망하더군."

종기는 웃기만 했으나, 얼굴빛은 달라져 있었다. 그는 양말을 손바닥 위에 탈탈 털고 나서 발을 끼우고 팽팽히 잡아당겼다. 종기도 지지 않고 한마디 뱉는다.

"거 누굴 빗대구 말하는 모양인걸. 하긴 설치던 놈들도 나중엔 하나같이 노동 뿌로카나 해 처먹더란 말이야."

"사람 나름이지만, 간사한 놈들 땜에 죄 없는 여러 사람이 대우를 잘 못 받고 있거든. 젤 먼저 그런 분자를 제거해야 절차가 빠르고 옳게 되지."

종기가 대위의 빈정거리는 말을 곱씹어 보다가 어딘가 마음 한구석에 건드림 받은 바 있었던지, 질린 얼굴로 턱을 치켜들고 대위를 노려보았다.

"그냥 두고 보자니까, 이건 갈수록 태산 아냐? 께름칙한 데가 있으면 솔직히 터놓구 타협적으로 나올 거지, 사람을 앉혀 놓구 쪼다를 잡나, 뭐야?"

"타협…… 좋지, 빨리 자리를 좀 피해줬으면 하는데. 우린 의논할 얘기가 있으니까."

"얘기라야 뻔한 거 아냐."

"좋도록 생각해. 알건 모르건 너하군 상관없는 일이야."

"미움 안 받고 적당히 살자는 게 뭐…… 나빠? 남에게 못할 짓은 저지르지 않았다구."

"노가다판에 발을 담갔으면 양심이라도 솔직해야 쓰지. 이쪽인가 저쪽인가 확실히 해두는 게 몸에 좋을 거야. 벼르는 사람들이 있을지도 모르잖나."

대위의 말에 종기는 입속으로 쌍말을 씹어대며 분연히 일어났다. 그는 사람들이 둘러앉은 방 한가운데를 성큼 뛰어넘고 문밖으로 나서면서 말했다.

"아무 쪽이든 좆도 참견하고 싶지 않아, 다만 고깝게 대하는 놈들은 똑같이 상대해 주겠어. 나두 곤조통이 있던 놈야. 씨팔, 노동판에서 언 놈이 잘났나 두고 보라구."

문짝이 호된 소리로 닫혔으며 등잔불이 펄럭였다가 차츰 곧아져갔다. 대위가 낮게 중얼거렸다.

"드러운 새끼, 저 새낄 맨 먼저 뽀개놔야 해."

소지품 배낭 위에 기대고 앉아 있던 손님 한 사람이 고개를 좌우로 흔들며 말했다.

"자네 너무 노골적으로 나가지 말게. 비서가 양심을 먹으면 불리하잖은가."

"종기가 내막을 눈치 챈 거 같우. 제때 최가나 맴통패들 귀에 들어갈걸."

한동이도 말했지만 대위는 입술 끝에 얹힌 건웃음소리를 냈다.

"제깐 게 붙어봤자지. 당분간은 무턱대고 해고시킬 건덕지가 없을 테고, 모가질 잘라봐야 어디가 일손 놓고 밥 굶을라구. 한판 후딱 벌이구 치워버리는 거야."

대위와 함께 온 사람들은 팔짱을 끼고 묵묵히 생각에 잠겨 있었다. 옆방인 2실 사람이 한 사람, 또 다른 두 사람은 3함바의 고참 인부들이었다. 대위는 날일조로 교대된 이튿날부터 저녁마다 각 함바의 믿을 만한 고참들을 찾아다니며 설득하느라고 분주했던 것이다. 처음에 그들은 대위를 회사 측에서 보낸 떡밥이 아닌가 하여 믿질 않았으나, 차츰 그의 충실한 열성에 납득을 한 것 같았다. 각 함바의 몇몇 방에서는 이미 뒷전에서 날품들의 서명을 받는 일이 은밀하게 시작되고 있었다. 노임 인상에 관한 요구 사항이 적힌 건의서 밑에 함바의 순서대로 서명만 하면 되는 일이라 그들은 별로 주저함이 없었다. 그러나 사실은 서명을 받아 모은 다음에 그것을 근거로 쟁의를 일으키려는 계획이 대위와 고참 인부들을 중심으로 미리 짜여지고 있었다. 속임수라고 반대하는 3함바 고참의 주장은 이곳 인부들의 애로 사항이나 알릴 겸, 일단 본사와 도청에 경고하는 뜻으로 건의서를 내는 데서 그치자는 것이었다. 동혁의 생각으로는 건의서를 본사에 보내는 경우엔 다시 현장 사무소로 되돌려져 인부들 의견과 접해보라는 소극적인 대답이 고작일 테고, 따라서 서명자의 이름이 원활한 건설 행정에 지장을 주는 대상 분자로서 찍히는, 불리한 결과밖에 남는 게 없을 것이었다. 또한 도청에 보낸다면 관이란 게 워낙 느림보에다 노사 분쟁과 같은 사건에는 되도록 개입을 꺼리는 편이니까 미결 서류함이나 보류철에 끼워 썩을 테니 그야말로 벽에다 달걀 던지는 격이 될 거였다. 대위 역시 동혁의 사려 깊은 의견에 동의했다. 워낙에 닳아빠진 떨거지 인생들이 어느 결에 요령은 터득해 가지고 남의 장단에 춤추며 손해 보기는 싫다는 판국인지라 쟁의를 선동할 때에는 일단 속임수가 필요하고 그들을 억지로라도 가담하게 해야 한다는 주장이었다. 그들 주동자들은 건의서와 연서장을 배짱으로 사무실 측에 직접 통고함과 동시에 파업으로 들어갈 테니까, 서명을 한 날품 인부들은 어차피 찍히는 몸이 될 테고 주저하다가도 막상 일이 터지면 관철시키기 위해 행동을 함께할 것이 뻔했다.

해변을 스쳐 올라오는 바람결에 섞여 먼 하늘 속의 천둥 치는 소리가 들려왔다. 방 안에서 듣는 천둥소리는 거대한 징 소리가 아주 섬세한 밀도로서 퍼지다가 사라지는 것 같았다. 동혁은 머리를 기울이고 다소곳이 듣고 있다가 말했다.

"비가 올 거 같습니다. 우리 일이 쉬워지겠군요."

"어째 거긴 비를 기다리슈?"

한동이가 물었고, 판술이도 혀를 찼다.

"무슨 말이오, 비가 오면 모두 망하는 판국인데. 일두 공을 치지, 매점이 문을 닫으니 담배 한 대 술 한 잔을 마실 수 있나, 빚만 자꾸 늘어가구 말요."

"비가 와야 해요. 한 사나흘 좍좍."

동혁은 봉투에서 건의서를 꺼내어 대충 읽고, 그 뒷장의 빈칸들을 채우고 있는 인부들의 연서를 하나씩 짚어보았다. 그는 대위에게 물었다.

"오늘 여섯 사람 늘었으니 모두 스물여덟 명이 서명했군. 1함바와 2함바 사람들은 의향이 어떻습디까?"

"아직 우리를 믿지 않고 있어요. 전번 일 때문인데, 당분간 그대로 내버려둘 작정이오."

"감독조 애들이 횡포를 부릴수록 우린 이로워요. 비서를 통해 저쪽 놈들을 슬슬 자극시켜 놓는 것두 좋겠지. 우리들 중 누군가를 묵사발 만들어주면 더욱 고맙고."

"쟁의를 일으킬 시기는 서명을 반수 이상 받은 다음이 좋지 않겠소?"

라는 대위의 말에 동혁은 볼펜을 눌러 간간이 소리를 내며 생각에 잠겼다가 얘기했다.

"우리가 서명을 받는 건 동조해 줄 사람들을 끌기 위한 명분에 지나지 않겠죠. 그건 일을 터뜨린 다음부터 효력이 있는 거요. 시기가 일에 맞아 떨어지는 수도 있고, 우리가 적당한 시기를 잡아내는 수도 있지만 억지로 하면 실패하고 말 겁니다."

"더 이상 질질 끌기만 하다가는 저쪽에 해고시킬 이유와 기회만을 주게 될 텐데."

"고집만 가지곤 안 됩니다. 오늘밤부터라도 비가 와주면 척척 맞아 들어갈 거요."

"비가 오면?"

"첫째는 날품 인부들의 빚이 늘어날 테니, 일기가 개일 때쯤엔 불평불만이 그만큼 더 커질 거요. 둘째, 회사 측의 작업 계획량이 밀려서 웃개를 시키지 않을 수가 없게 되지. 셋째, 웃개를 하게 되면 목돈이 들어옵니다."

한동이가 동혁의 말을 가로챘다.

"누가 현금을 맘대루 만지게 하는 줄 아슈? 작업량만큼 맘보 한 장이 나오면 바꿔봐야 고작 개인 전표뿐이오."

"장사꾼이 있잖아요?"

"그렇지, 강 서기가 있었군 그래."

하며 대위는 스스로의 이마를 두드렸다.

"그치는 자기 장삿속만 생각할 테니까, 가격만 적당히 붙여주면, 열나게 사들일 거야."

"따라서 쟁의 기간 동안의 자금이 확보되는 셈이죠. 간죠날이 어디 인부들 돈 만져보는 날입니까? 서기와 십장들이 외상값 수금하는 날이지…… 기회는 연달은 웃개 일을 하고 난 며칠 안쪽입니다."

동혁의 조리 정연한 말을 듣고 대위의 침울했던 얼굴은 금방 밝아진 것 같았다. 인부들은 현금을 손에 쥐면 비록 보잘것없는 금액에도 믿는 배포가 생길 것이며 빚을 갚고 싶은 자는 한 사람도 없을 게 분명했다. 핑곗김에 쟁의에 참가할 것이다. 빚이 많다손 치더라도 일이 성사되어 노임이 오르면 보다 손쉬운 방법으로 자연히 갚게 되리라 믿을 것이다. 그는 머리를 끄덕였다.

"이씨 생각이 옳군."

"누구든 얼마간의 현금이 모이면 어쩐지 앞날에 희망이 있어 보일 겁니다."

2실 사람이 자신 없는 투로 중얼댔다.

"글쎄, 워낙에 별별 사람들이 다 모였으니 단결이 쉽게 될까 모르겠소."

"우리들 가운데 아무나 본보기로 피를 본다면…… 더욱 쉽죠. 여기처럼 조직이 없는 공사판에선 개인적인 감정이 중요할 것 같아요."

하고 나서 동혁은 약간 흥분한 어조로 덧붙였다.

"모두 밟히고 있다는 걸, 당하는 사람이 직접 보여주는 겁니다."

"좌우간 한판 벌일 수 있다면 나는 개피를 봐도 좋소."

대위가 들뜬 음성으로 말했다. 묵묵히 듣기만 하던 3함바 고참 인부 중의 하나가 입을 열었다.

"기간은?"

"요구 조건만 들어준다면야…… 닷새를 못 넘길 거요. 감독조 새끼들은 사그리 쓸어버려야겠어."

"폭동으로 변해선 안 됩니다."

동혁이 말했다.

"개선을 위해 쟁의를 해야지, 원수 갚은 심정으로 벌이다간 끝이 없어요."

이러한 동혁의 말투는 오랫동안 노가다판에서 분쟁을 겪어 선택의 감각이 예민해진 고참 인부의 말처럼 들렸다. 그러나 그것은 단순히 그의 성격일 따름이었다. 그는 대위처럼 스스로가 사건을 만들고 추진해 나가는 편이라기보다 차라리 결정적인 영향을 주는 성품을 가진 것 같았다. 대위는 무턱대고 밀고 나가는 성질이어서 인부들을 선동하고 일을 벌여놓기엔 적합할지 모르지만 일단 터진 뒤에는 어중이떠중이가 모인 인부들의 뜻을 하나로 모을 소질이 별로 없어 보였다. 대위는 고지식하고 다혈질인 반면에 동혁은 성격상으로 용의주도하고 조직에 대한 이해가 빨랐다고나 할 수 있을 것이었다. 동혁이 잇달아 말했다.

"방법은 파업으로 충분합니다."

대위가 언성을 높였다.

"순진한 생각 마쇼. 현지 인부들은 노임만 조금 더 준다 해도 새카맣게 모여들 거야. 농번기라도 매일 들에 나가는 건 아니거든. 일 없는 날엔 여기 와서 어슬렁거릴 수가 있을 테니 말이오. 게다가 공사란 게 농토를 넓혀주는 일 아닌가? 우리네야 좆도 땅뙈기 한 뼘 돌아올 게 없지만. 그러니, 일으키면 내친김에 아예 사무실을 점령하는 거요."

"회사 측에서 워낙 노임을 짜게 잡았으니 그렇지 우리가 이로운 공살 하구 있는 건 사실이오. 허나 현지 인부들도 노임이 워낙 형편없다고 일손을 놓아버리고 있는 실정입니다. 그 사람들이야 일거리가 생기면 하는 것뿐이지 우리처럼 목구멍에 걸린 게 아니란 말요. 우리가 파업에 들어가면 그동안 모내기나 슬슬 따라다니든지 밭에 김이나 매러 다니며 노임이 오를 꿈이나 꾸면 되는 겁니다. 두고 보쇼, 틀림없이 그 사람들 중립을 지키면 지켰지 일부러 작업하런 안 나올 거요."

2실 사람도 동혁의 말에 찬성했다.

"사실 그렇소. 우리네도 소싯적에 흙 파먹고 살다가 손 털구 객지로 나선지라 잘 알지. 농사꾼이란 게 겉보긴 멍청해도 사람들이 의심이 많구 사리 판단이 조심스럽수다. 여기서 쟁의가 나면 이씨 말대루 아마 그날부터 얼굴도 안 비칠 겁니다.”

대위가 말했다.

“1함바는 우리 5함바에서 맡을 거니까, 그쪽 3함바 한 분이 2함바 사람들이랑 타협을 보쇼. 그래, 아주 날짜를 잡아놓읍시다.”

“저쪽 10함바까지의 다섯 채는 어떻게 할 작정요?”

“끌어들여야죠. 웃개 하게 되는 첫날 가서 미리 알려줍시다.”

“우린 그만 가겠소.”

“매점에서 한 번 더 모이기로 하고…… 자꾸 5함바로 모이면 낌새를 알아챌지도 모르겠소.”

손님 세 사람은 자리를 털고 일어났다. 맨 먼저 밖으로 나섰던 사람이 목덜미를 움츠리고 손바닥으로 내밀어 보며 말했다.

“어라, 한 방울 떨어졌어. 틀림없이 비가 오겠군.”

바다 위의 하늘 속에서 번개가 번쩍였고, 투정하는 아이의 볼멘소리같이 천둥이 울었다. 바람이 세차고 불어오고 있었다. 한동이가 대위에게 말했다.

“잊고 있었수. 목씨 저녁밥은 누가 갖다 줬지요?”

“새로 온 아이 어디 갔어? 식사를 갖다 줄 차롄데.”

“보나마나 그 녀석은 매점에 있을걸. 술내기 쪼이나 붙겠지.”

판술이가 말했고, 한동이는 걱정이 되는 모양이었다. 목씨가 운지로 가기 전에 그들 두 사람은 삼촌과 조카 사이라도 되는 것처럼 붙어 살았던 것이다.

“늦게 가면 직원 식당 놈들이 목씨 밥을 안 남겨놔요.”

"형은 운지 나갈 일 없소?"

"글쎄 한번 나가볼까…… 이씨, 같이 안 나가랴오?"

"그럴까요. 목씨 뵌 지도 오랬으니 함께 나갑시다."

동혁은 대위를 따라 일어섰다. 장씨가 억지로 먹인 소주 한 잔에 취해서 벽을 향해 잠들었던 벙어리 오가는 눈을 비비며 일어나 앉았다 그는 판술이와 같은 고향 사람이었고 둘의 우정은 대단해 보였는데 오가는 판술이보다 훨씬 착실하고 속셈이 깊어 보였다. 대위가 잠깬 오가에게 고개를 끄덕여 보이고 손짓으로 문 반대쪽을 먼 느낌이 가도록 가리켰다. 그리고 네모진 모양을 그려 보였다. 판술이가 옆에서 참견을 했다.

"운지, 운지에 나가는데…… 너 편지 부탁했던 거 달라 그 말이야."

오가는 무릎걸음을 해 오더니 가슴에서 편지 봉투를 꺼내어 내밀었다. 두 사람은 같이 끄덕이고 웃는다. 대위가 봉투를 앞뒤로 뒤적여보며 말했다.

"판술이 너, 괴발개발 잘도 그려놨구나. 오인순이라……."

"이씨가 담부터 대필 좀 하쇼."

판술이가 말했다. 한동이가 동혁에게만 들릴 정도로 목소리를 낮추어 넌지시 일렀다.

"누이동생이 식모를 산다는데, 오라비 생각을 무던히 한다대요."

오가는 벗어 건 작업복 윗도리에서 꽁꽁 뭉친 손수건을 꺼냈다. 옹쳐 매고 또 맺던 매듭을 풀어헤치자 오래 간직해서 헌털뱅이가 되어버린 현금이 꼬깃꼬깃 뭉친 채 떨어졌다. 오가의 비상금인 모양인데 돈 천 원은 될 성싶었다. 한동이가 깜짝 놀라서 돈 가까이 머리를 처박으며 소리쳤다.

"야, 이 친구 돈 되게 많은데, 이거 어서 났을까?"

"왜 생각 있어? 빚은 져두 비상금만은 요 모양으로 꼬불치자 이거지. 머리 쓰는 게 우리네 위야."

대위는 오가가 집어 가는 나들나들한 십 원짜리 한 장을 편지와 함께 받아 넣었다. 함바를 나와 언덕을 내려가다가 대위가 동혁에게 불쑥 말했다.

"식모살이가 아닌 모양입디다."

"뭐가요……."

"벙어리의 누이 말이오. 전번에 판술이가 술좌석에서 주절거리는 걸 우연히 들었소. 거길 판대."

"팔다니."

"똥치라니까. 쏭쏭으로 몇 푼씩 모았다가, 객지에 오라비 고기라두 사 먹어보라구 보내는 모양인걸. 답답한 얘기지."

"온 세상이 갈보인데요 뭘."

그들이 사무실 옆길을 지나고 있을 때, 빗방울이 후드득거리며 떨어져 내리기 시작했다.

베어 넘기지 않고 남겨둔 아카시아 숲 사이로 직원 식당의 불빛이 환하게 비쳐왔다. 불빛을 향해 걸으면서 동혁이 대위에게 물었다.

"장가는…… 드셨소?"

"누구, 나요? 건 왜 물으시지?"

"군에 있을 때 보니까 중사급들은 거의가 영외 거주를 하던데요."

나뭇잎 위에 떨어지는 빗방울 소리와 나뭇가지 흔들리는 소리가 좌우에 가득 차 있었다. 대위가 픽 하고 웃었다.

"꼴에 술집 강아지라두 한 마리 얻어 걸리면 적당히 꿰차구 살았소."

대위는 더 이상 입을 열 눈치가 아니었다. 동혁은 자기가 공연한 말을 꺼낸 것 같아 미안한 마음이 들었다.

식당 문은 좌우로 활짝 열어젖혀져 있었으며 식탁 위에 걸상들을 올려놓고 두 사내가 청소를 하는 중이었다. 그들은 양동이에 물을 퍼다가 바닥에 쏟고 있었다. 식당 정면 벽에 식사 시간표가 붙어 있었고 '건설은 국력의 상징이다'라든가 '아세아 산업의 건설 실적표', '인위적 자연을 제2의 천성으로……' 라고 쓴 종이들이 붙어 있었다. 물을 붓던 사내가 빈 양동이를 요란한 소리로 내던졌고, 다른 자는 모두 벗어 붙이고 시멘트 바닥을 솔로 닦아냈다. 그들은 일하는 즐거움을 만끽하고 있는 듯이 보였다. 동혁이 말을 건네자 두 사람 중의 하나가 완전히 기분 잡쳤다는 얼굴을 했다.

"뭐야 도대체, 나라님의 수랏상인 줄 알아 이거? 식사 때가 언젠데……."

"작업이 늦어져서요."

"반찬은 아마 없을 거요. 나물이나 얹어줄 테니 되겠소?"

그가 주방에 대고 환자밥, 이라고 소리치자 아직도 앞치마를 풀지 못한 사람이 밥그릇 위에 신문지를 덮어 내주며 변명하듯 말했다.

"보다시피 바빠서 말이오. 지금 대청소 중이오."

"늦어서 안됐습다."

"애놈들이 환경 정리 한다는 걸 뻔히 알면서 몽땅 빵소니를 쳤으니, 이 지경이라오."

대위가 물었다.

"환경 정리라뇨?"

"소장이 예비 시찰인가 지랄인가를 돈다구 법석이죠."

"누가 오는 모양이군요."

"다음 주에 국회에서 답사를 온대요."

두 사람은 식당 부근의 아카시아 숲 사잇길을 지나 강을 따라서 이어진 자갈길 위에 들어섰다. 가늘게 떨어지던 빗줄기가 제법 굵어지고 있었다. 앞서 걷고 있던 대위가 걸음을 멈춰 동혁이 나란히 오기를 기다리고 나서 말을 꺼냈다.

"들었어요? 국회의원들이 온다는걸."

"네, 그렇지만 정확한 날짜는 아직 모르잖아요. 또 연기될지도 알 수 없구요. 높은 사람들 일은 예측할 수 없습니다."

"날짜를 알아내는 건 쉽죠. 한 사나흘 전에 터뜨려놓구 버팁시다. 좋은 기회요."

양봉택이는 제 몫의 바둑돌을 다 잃고 나서 담요 밑에 깔아두었던 여분의 전표를 투전판에 내던졌다.

"제길, 벌써 여섯 장 꼬라박았다."

종기 못지않게 모은 봉택의 아우가 자기 전표를 궁둥이 밑에 깊숙이 찔러 넣으며 짓궂게 웃었다. 그는 왼쪽 팔의 알통 옆에 일심(一心)이라는 푸른 문신을 새겼는데 삼두박근이 팽팽한 게 기운깨나 쓸 성싶었다.

"열 장만 날리구 손 터시구랴."

"새꺄, 열 장이 누구 똥개 이름인 줄 알아. 인부들 열흘 목숨야, 열흘."

봉택은 오늘따라 끗발이 센 비서 녀석과 아우놈이 못마땅했다. 그는 팬츠 바람에 코르덴 모자만을 뒤로 젖혀 쓰고 패를 노려보기에 여념이 없었으며, 종기는 연달아 끗발을 올려 긁어모았는지 구겨진 전표를 추리고 있었다.

해변에 자리 잡은 경비실의 길쭉한 바라크 건물은 통째로 날아갈 듯이 뒤흔들렸고 폭우가 함석지붕을 줄기차게 두드리며 퍼부었다. 나무 문짝이 거센 바닷바람에 덜컹대고 있었으며 바다 쪽으로 면한 창문에서 들이치는 비바람에 실내의 마룻바닥은 반나마 젖어 있었다. 좌우로 대용 유리를 댄 겹창이 틔어 있는데 비바람을 막기 위해 군용 판초를 쳐놓았다. 빗발이 들이치지 않는 정면 벽 쪽에 여러 개의 나무 침대를 바짝 이어놓고 네 사람이 모여 앉아 섰다에 골몰하고 있었다. 벌거숭이 젖은 가슴들이 의자 위에 놓인 대형 랜턴에 비쳐 번들거렸다. 일심의 문신을 가진 자가 전표 위에 침을 퉤퉤 뱉고 나서 말했다.

"구찌 좀 더 틉시다요, 형님. 겨우 두 구찌 갖구선 목구멍에 날림 쑤실 자리두 없겠수. 감독 그치 너무 짜다구요."

"나두 세 구찌밖에 못 받았어, 당분간 참는 거야."

"지난번 울산서는 말유, 쨰쨰하게 전표 꼽사리 같은 건 안 붙었다구. 진짜 깜상 형은 가오 세웠지요."

"나두 조건이 좋았으니까 청부 붙은 거야. 내가 느들더러 깜상한테서 떨어지라구 불렀을 땐 채산이 수수했으니까 그랬을 거 아냐?"

"저쪽 작은 형네 열 함바 편이 훨씬 좋겠던데, 북새통 쑤셔 갖구 먼저 한탕 쳤대요."

"그 새끼두 나한테 헛바퀴 돌리면 청부는 다 해 처먹었어. 그때 모두 몇 명이 붙었어?"

"여덟이우. 경기 좋았지 씨발. 깜상 형이 입찰판에서 쓸던 솜씨에 배짱 꼴리는 대루 업자들이랑 놀았소. 쐬보다두 장물이 좋았다구요."

"야꾸샤가 도둑질하게 됐어 이거? 현금을 먹어야지 새꺄."

"어디 현금이 보여야 먹든가 잡숫든가 하잖우."

봉택은 공사판에 나온 이래로 차츰 자신을 잃어가고 있었는데, 자기가 옛날 같은 배짱을 부릴 수가 없게 되었다는 사실을 아우들이 눈치 채고 있다는 것 때문에 더욱 그러했다. 그는 맥 풀린 어조로 심드렁하게 뇌까렸다.

"깜상이 요새는 업자들한테 좀 팔린 모양야."

"면상 넓어졌지. 그 형은 이젠 이따위 벽지엔 안 와요."

"빌빌 싸던 쑈리가⋯⋯ 내 제주도 가서 콱 문드러지는 동안에 용 됐지."

그들 감독조는 각 십장들이 임의로 배당해 준 작업조의 유령 번호로써 매일 공짜 전표를 타내는 것이었다. 그러나 전표는 그들의 수당에 불과했다. 그들은 감독과 서기들의 묵인 아래 두어 개씩의 유령 번호를 맡을 수가 있었고, 결과적으로 그들의 일을 누군가가 대신 해주고 있는 것이다. 아홉 사람이 일한 작업이면 노임 대장에는 열이나 열한 사람으로 되어 있는 식이었다. 공사장 주변에선 널리 알려진 사실이지만, 착공할 때부터 노무자 간부급들은 유능한 주먹들을 날품 인부들의 압력 세력으로서 데려오는 것이 상례였다. 그들은 치안 유지를 맡는다는 구실로 공사판을 전전하는 동안에 건설 회사 현장 요원들의 입에 오르내리게 되는 것이었다. 쟁의가 일어났을 때, 솜씨 좋게 진압한다거나 타협을 붙여 먹는 등으로 그들의 실적에 따라 관록이 붙어가기 마련이었다. 봉택이네 땜통파는 아직 급이 낮은 편이었다. 봉택이는 피어오르는 담배 연기 때문에 한쪽 눈살을 잔뜩 찌푸리고 호기 있게 아우의 등을 두드렸다.

"느들, 술값은 만지게 해줄 테니깐 쐬 걱정은 하지 마라."

"기한 끝날 때 공평하게나 분빠이해 주쇼."

"물론이구, 또 있어. 날씨가 이 지경인데 도급 안 시키겠냐? 작업 감사는 엄연히 우리 권한이다. 깎아먹는 거야."

"눈치가 이상합디다."

하면서 종기가 넌지시 말을 꺼냈다.

"5함바 말요. 짐작하시는 줄 알았는데."

"개들 시초부터 아예 싹수가 글러먹었다면서?"

"대위라는 병신 새끼가 겁 없이 설쳐요. 인부들을 들쑤시고 다니는 모양이오. 좀 밟아놔야겠습니다."

"나도 강 서기한테 귀띔을 받았다구. 전번에 다친 사람을 입원시키라며 직원들이랑 입씨름했다는 새끼지? 키가 크고 삐쩍 마른……."

"그 새낄 언제 날 받아놓고 반쯤 죽입시다."

다른 자가 흥분해서 뇌까렸고 봉택이는 침착하게 말했다.

"아냐, 당분간 그냥 두는 거야."

종기는 대위의 얼굴을 머릿속에 떠올리자 분통이 터져서 견딜 수가 없었다. 그는 참견할 일거리만 생기면 젠체하며 나서는 대위가 어쩐지 얄미웠다. 노가다판에 와서 제가 무슨 상전 노릇이라도 해먹겠다는 건지 남을 이래라저래라 하는 게 되먹질 않은 것이다. 그리고 종기는 대위의 옆에 붙어 다니는 동혁이란 곱슬머리의 신참자도 어쩐지 자기 체질에 맞지 않는다고 느껴왔다. 쥐뿔도 모르는 것들이 유식한 척하며 어울리지 않는 논설이나 풀어놓는 게 못마땅했었다. 봉택이가 말했다.

"뒀다가 어느 날 감쪽같이 말이야. 타관에서 혈기 부리면 어떤 꼴이 되는갈 보여줘야지. 바다 속에 처박은들 언 놈이 알아나 줄 거냐? 야, 말두 마라. 내 제주도 가서 밟힌 생각 하면 치가 떨린다. 정말 독불장군 따루 없더라."

평소부터 봉택에게 기어오르기를 잘하는 일심이 비웃음이 깃든 어조로 말했다.

"미련하니까 딸려 들어가지, 왜 잡히우? 제주도 아니라 호텔두 그렇지."

"새끼 너두 정신 들 날 멀었다구. 발은 언제 씻나? 그때 나는 얌전하게 맘 잡구 서독 광부로나 가볼까 하던 참이었다. 폭행으루 피아노 너댓 번 찍었지만 짭깐에는 한번두 안 갔어."

"형은 매일 맘 잡는다구 입으로만 그랬잖우. 누군 안 잡아 본 놈 있나? 세상이 알아줘야 말이지."

"발 씻었다구 쌔리들한테 턱까지 썼단 말이야. 요놈의 새끼 덜이 폭력배 명단에 감쪽같이 올려논 걸 몰랐거든. 저녁 먹는 데 찾아와서 잠깐만 같이 가자는 데야 안 따라나설 재간이 있나. 직업두 없었겠다, 그날루 국토 건설단에 직통 들어갔지. 누가 알았나, 새카만 아래뻘 아이들이 줘깨구 날른 걸 몰랐지. 내 다 덮어썼다구. 바가지를 써두 오뉴월 구데기 바가지를 옴팡 뒤집어쓰구 제주도 앞바다에 폭 가라앉은 거야."

"육지루 토껴버리지……."

"도망가? 어디루 가, 새꺄. 누구든지 우리 시퍼런 단복이랑 모자를 보구 알아채구선 신고할 텐데. 후릿갈이에 걸려든 건 나같이 맘 잡은 아니께가 고작이구 거진 다 똘마니들뿐야. 하여간 오가지 잡놈들이 팔도 각처에서 모였는데 말이야. 나 혼자서 두 번이나 토꼈다가 한번은 성산포 부근에서 뱃놈들한테 걸리구, 또 한번은 귤밭에 이틀 꼬박 숨었다가 부산 가는 배터까지 나갔더랬다. 잡혀서 구 대장 새끼한테 완전히 묵사발 됐지. 내가 이 벙거지를 노냥 쓰구 다니는 걸…… 비서 너 보면 놀랄 거다."

봉택은 랜턴 가까이 머리를 디밀고 코르덴 모자를 벗었다. 뒤통수에 손바닥만 한 화상이 번져 있었는데 살이 일그러졌고 머리털이 듬성듬성한 게 과히 보기 좋은 꼴은 아니었다.

"야간에 패권 다툼 하다가 발각돼서 끓는 물을 뒤집어썼다.

구 대장 새끼, 호텔 출신인데 성질이 개차반이었거든."

일심이 팔 근육을 부풀렸다가 주먹으로 손바닥을 치면서 말했다.

"나 같으면 그런 걸 그냥 둬? 콱 쑤시구 말지."

"야, 나두 독하게 맘먹었다구. 옘병할 지랄 같은 놈의 세상, 거슬리면 모조리 때려잡는 거야, 내 무슨 면목으로 집 동넬 돌아가냐? 공사판 일거리를 잘 잡았지."

문이 활짝 열리며 판초를 뒤집어쓴 사람 하나가 뛰어 들어왔다. 밖에서는 폭우가 쏟아지는 모양이었다. 뇌성이 요란했고 번개가 온 하늘을 태울 듯이 번쩍이고 있었다. 최 십장이 얼굴을 타고 흘러내린 빗물을 훑어 내리면서 판초를 벗어 던졌다. 그는 번들거리는 눈망울을 더욱 크게 뜨고 방 안의 사람들을 살펴보다가 물이 가득 찬 장화를 철버덕거리며 봉택이 곁으로 다가왔다.

"재미들 좋소?"

"안 그래두…… 잘 만났시다. 이렇게 조건이 엉망인 일판은 첨 겪었어. 전표 꼽사리나 바라구 어디 밥술 먹겠소? 구찌 좀 틉시다. 용돈 얻어 쓰게."

"괜히 또 엄살 피우는군."

"웃개 나오면 좀 깎읍시다."

"내놓고 해먹긴 곤란할걸. 요새는 인부들도 많이 깼다구."

"최 십장 험 안 듣게 후리면 될 거 아뇨? 책임은 우리가 진다구."

"그야 뭐 감독께서 어련히 선처하실 텐데."

"다른 십장들도 다 찬성을 했소. 노골적으루, 우리 없으면 말썽 많아 웃개 떠기도 못 해 잡수실 걸."

최 십장은 상대편이 은근히 협박조로 나오는 것 같아 뱃보가 심히 뒤틀렸다. 자기로 말하면 이런 따위 애송이들과는 비교가 안 될 만큼 쓴맛 신맛 다 본 노장 아닌가. 비록 늙어 힘꼴이야 쇠했다고는 하지만 아직도 쌩쌩한 노가다 곤조가 남아 있었다. 그는 봉택이의 딱 바라진 어깨를 대견하다는 듯 어루만지며 말했다.

"나는 산전수전 다 겪은 사람이오. 노가다 물 먹은 게 벌써 반평생인데, 세상엔 무선 게 많시다."

"최 십장이 우린 젤 무섭소."

봉택은 입술 사이로 바람 터져 나오는 듯한 웃음을 터뜨렸다. 그는 웃음을 그치자마자 표독한 눈초리로 애꿎은 아우에게 성깔을 부렸다.

"이 머저리 같은 새끼들. 땜통네 체면이 있지, 어떤 지랄 하구 다녔길래 시세가 폭락이야? 일광대를 못 올라 봤지? 맛 좀 봬줄까. 옆에다 꾸정물 한 바께쓰를 놓구 철사로 줘터지면서 한번 마셔볼래. 죽느니만 못 하다구. 옛날엔 계통이 무서웠지만, 니들은 몰라."

최 십장은 난처한 빛이 되어 담배 한 대를 붙여 물었다. 그는 자꾸 바깥을 내다보며 서성이다가 종기의 옆에 털썩 주저앉았다. 그는 혼잣말 비슷하게 들으라는 듯 뇌까렸다.

"내 솔직히 말해서 여태 따라지 잡아본 적이 없는데, 최소한 족보는 잡았지."

"그럼 우리 식구는 망통만 잡았단 말이오? 괜히 가오 빛내지 마슈."

하며 봉택이는 넉살 좋게 물고 늘어졌다.

"좀 같이 삽시다. 웃개 벌이면 덤을 줄 거요, 안 줄 거요?"

"젠장 한 개씩만 떼슈, 저쪽에서 원하는 게 이팔제니까 나하구 반반이오."

"어떤 골 빈 십장이 겨우 이팔제로 떨어지겠수? 최소한 삼칠은 되겠지."

"아니 사실인걸."

하며 눙치고 나서 최 십장은 종기의 팔을 은근히 잡아끌며 불빛 언저리에서 벗어나 구석으로 데려갔다. 최 십장이 속삭였다.

"자네 아나? 국회의원들이 내주에 여길 온다네."

"본사에서도 내려오겠군요."

"서명 받고 있단 소문 못 들었나?"

"무슨 쑥덕공론들이 있는 게 분명합니다."

"주동자 몇 명만 알아내라는 걸세."

두 사람은 잠깐 말을 끊었다가, 최 십장이 계속해서 속삭였다.

"저치들을 부추겨서 몇 놈을 반쯤 죽여 쫓아버리자구. 곧이곧대로 회사 측에서 시키느니보다는 자연스럽게 싸움을 붙이는 게 훨씬 낫지. 뒤에 가서 시끄런 일이 없을 테니까."

종기가 말했다.

"젤 먼저 대위를 찍어야 합니다."

석교를 건너자마자 초가지붕의 꼴을 벗지 못한 주점과 점포들이 잇달아 나타났다. 대위와 동혁은 비가 와서 더욱 낯설어 뵈는 읍내의 중심가로 들어갔다. 운지 읍내의 중심가엔 그들이 사볼 엄두도 못 낼 갖가지 상품들을 가득히 벌여놓은 잡화상이 이곳저곳에 보였다. 여러 색깔로 포장된 식료품들, 스웨터, 잠바, 전기용품, 접시, 찻잔…… 동혁은 어느 가게 앞에서 발을 멈췄다.

"야, 벌써 나왔구나."

그들은 줄기차게 내리는 비에 흠빡 젖어 후줄근한 모습으로 유리문 앞에 서 있었다. 창 너머 환한 불빛 아래 가공해 놓은 듯한 과일들이 열 지어 놓여 있었다. 물이 흘러내리는 얼룩진 유리를 통해 여러 가지 색깔의 신선한 과일들이 들여다보였다.

"봐요, 참외가 나왔단 말이오."

"세월 빠르군."

창틈으로 설익은 풋과일의 향기가 스며 나와 노역에 찌든 두 사람의 메마른 후각을 건드리는 것만 같았다. 향기는 마치 아득하게 잊었던 날의 기억에 연관되어 그들이 비어 흠씬 젖은 것과 똑같은 만큼 그들을 적셔주는 것처럼 느껴졌다. 귀심(歸心)은 화살과 같다던가. 동혁은 화끈한 감각이 눈시울을 덮는 것을 느끼고, 얼굴을 치켜들어 기분이 나아지기를 기다렸다. 동혁의 하는 양을 지켜보던 대위가 말했다.

"객지 생활 초년이라 그렇소. 하긴, 나두 환절기마다 어쩐지 육실하게 썰렁해지긴 합디다마는."

그들은 청과 상회 앞을 지나쳤다. 이번에는 대위가 동혁의 팔소매를 잡았다. 그는 분홍색의 엷게 비치는 여자 잠옷을 가리켰다.

"저 봐! 잠옷 좀 보시오. 기가 막히군, 저걸 감구 잠이 올까 모르겠는데."

비록 초라한 진열장의 옷걸이에 걸려 있었으나 가슴 부근에 수놓은 국화 무늬와 레이스가 달린 잠옷은 금방 날아갈 듯 아름다웠다. 대위는 어깨를 움츠리고 젖은 머리를 털며 부르르 떨고 나서 잠옷을 지나쳐버렸다.

"세상에 자기 집이 있는 게 제일 좋은 거야."

그들은 붉은색 외등이 켜진 커다란 한옥의 솟을대문 앞을 지나갔다. 읍내의 유일한 요릿집인 모양인데 재건복을 입은 관리라든가 지방 유지들로 보이는 양복장이들이 문 앞에서 배웅 나온 작부들과 희롱하고 있었다. 여자들의 풍만한 한복의 고운 색깔과 양산의 요란한 무늬들이 빗줄기 속에 아른거렸다.

"뭘 보슈. 빨리 갑시다."

동혁이 멈춰선 대위를 잡아당겼다. 돌계단 위에 퍼질러 앉아 먹은 것들을 온통 토해내는 자도 있었다. 선술집, 시계포, 다방, 그리고 무선사에서는 스피커를 통해 유행가가 흘러나왔다. 두 사람은 흙탕물을 피하지 않고 철벅철벅 밟으며 걸어갔다. 그들은 묘한 감회 때문에 서로 내색을 않으려 하고 있었으나, 이런 마을이 자기들을 황량한 공사판의 흙벽 속으로 밀어 처넣었던 게 아닌가 하는 착각에 사로잡혀 있었다. 그들이 마을의 찬란한 진열장 속을 넘겨다보았을 때, 거기 비쳐 왔던 것은 손에 넣을 수 없는 상품들 위로 비치던 자신들의 젖은 꼬락서니였었다. 그 희미한 윤곽은 잠옷 위로, 색깔들 위로, 가구나 찻잔들 위로 망령처럼 떠올랐었다. 그들은 얇은 유리창 위에 흐르고 있는 낯익은 집 동네의 생활을 훔쳐보고 있었던 것 같았다.

제세의원은 극장 옆 샛길 모퉁이에 있었다. 젖빛 유리 위에 적십자가 그려 있는 문을 열자, 간호원이 가로막고 나섰다. 그녀는 약솜과 주사를 들고 한창 바쁜 모양이었다.

"공사장 환자 어딨습니까?"

"오늘 퇴원했는데요."

"퇴원요?"

"회사 사람이 데리고 갔어요. 잠깐 기다리세요."

간호원이 안에 들어가서 의사와 뭔가 얘기를 주고받고 나서 다시 나왔다.

"건너편 여인숙에 가보세요."

그들은 병원에서 나오자 맞은편에 '길' 여인숙이란 작은 간판을 찾아낼 수가 있었고, 목씨가 묵고 있다는 불 꺼진 방문 앞에 이르렀다. 안에서는 인기척이 없었다. 대위가 문을 열고 어둠 속에다 대고 불러보았다.

"목씨 계슈, 주무세요?"

"아냐, 들어오게."

하다 힘없는 소리가 들려왔고, 대위가 방 안으로 들어서서 불을 켰다. 목씨는 깁스붕대로 감싼 다리를 이불 밖에 내놓은 채 멍청히 천장을 올려다보며 누워 있었다. 그는 눈이 부신 듯 두 눈을 가리고 있다가 잠시 후에야 서 있는 동료들을 멀뚱하니 올려다보았다. 비가 더욱 세차게 내리는지 물받이 홈통에서 쏟아지는 물소리가 마당으로부터 들려왔다.

"저녁 드셨소? 식사하슈, 좀 늦었시다."

"아닐세. 먹구 싶지 않구먼, 여러 사람들한테 폐만 끼치네그려."

벽에다 등을 기대고 일어나 앉은 목씨는 몰라볼 정도로 초췌해 있었다. 동혁이 물었다.

"다리가 벌써 다 나았습니까?"

목씨는 힘없이 고개를 젓고,

"자네 담배 있건 한 대 주게나."

담배 한 대를 붙여 문 그는 문을 활짝 열어달라고 부탁하고 나서도 한참 뒤에야 퇴원의 내막에 관한 얘기를 꺼냈다.

"뼈가 그냥 부러져도 아물어 자리가 잡히려면 두 달이 족히 걸린다네. 더구나 나는 무릎이 부서졌다는군. 앞길이 막막해서 고연시리 심란헌 생각만 나잖는가?"

"염려 마세요. 회사에서 책임을 지겠다는 다짐을 받았어요."

"책임이랬자 별것 있겠는가. 그 뭣인가, 산업 재해 보상두 우리네들은 조합이 없어서 혜택을 못 받는다네, 도의적인 책임만 지면 된다는 걸세."

"낮에 사무실서 왔었어. 내일 회사차루 도립 병원까지 실어다 준다더군."

"영세민을 치료해 주는 무료 진료소루 데려갈 겁니다. 당치 않은 말요."

"어차피 노동일은 다 해먹었네. 늙마에 타관에서 이 꼴이 되고 보니……."

그들은 낙숫물이 마당에 괸 물 위로 떨어져 작은 돌기들이 솟는 모양을 한참이나 내다보았다. 도랑을 흘러 내려가는 물소리가 더욱 고즈넉하게 들리는 것만 같았다. 빗소리에 귀를 기울이고 있던 대위가 말했다.

"아내가 해산을 치른 다음 출혈이 심해서 거의 죽게 됐을 때, 할 수 없이 무료 진료소엘 찾아간 적이 있었어요. 내가 길에 나서기 직전 일인데, 좌우간 약이 없다구 손을 안 써줘서……."

"뼈만 제대로 아물어주면, 난 대처루 나가려네. 죽나 사나, 도회지가 견디기에 좀 낫다네."

"나두 곧 떠날 각오를 하구 있어요. 이씨는 어쩔 생각이오?"

대위가 물었다. 자기 혼자만의 생각에 깊이 잠겨 있던 동혁이 고개를 들고 어리둥절한 표정으로 대위를 바라보았다.

"글쎄요. 뚜렷하게 생각해 둔 곳두 없구요. 내년 봄까지만 이럭저럭 버틸 작정입니다."

"숙부라나 하는 분의 편지를 믿고 있는 거요?"

동혁은 단호하게 자르는 기분으로 대답했다.

"아뇨, 절대로 기대하지 않습니다. 위안의 소리에 지나지 않거든요."

말하고 나니까, 동혁은 숙부의 엽서를 대위에게 보여주었던 게 후회가 되고 부끄러워졌다. 그는 제대하기 전부터 그 편지를 읽고 또 읽었던 것이었고, 운지에 와서도 저녁마다 꺼내 읽곤 했었다. 처음엔 봉함엽서에 적힌 사연들의 한 줄 한 줄에 매달렸으며 참말인가 싶어 불안하기까지 했었다. 그러나 요즘 와서는 어쩐지 사기 비슷한 느낌이 들었다. 자기를 길러준 그분이 한편으론 얄밉고 원망스러웠다. 편지는 동혁의 작업복 윗주머니 속의 치부책 갈피에 끼어 있었는데, 하도 여러 번 폈다가는 접곤 해서 네 귀가 둥글게 닳아빠져 있었다.

—출구 수속 한답시고 외무부로 이민국으로 뛰어다니다 보니 네게 면회 한번 가지 못하고 떠나온 거시 내내 마음에 걸닌다. 제데하면 당분간 고모집에나 가서 기둘루고 잇거라. 내 엇떠케 하든지 거기 가서 수속 절차하야 널 들오라고 불으겠다. 도착 직후에 바삐 뛰어다닌다 하드라도 아마 반년은 조키 걸닐 거신즉 넉넉잡고 내년 봄까지만 고생하야라. 사변 때부텀 줄것 내미테서 고생만 해온 너니까 구든 의지로 난간을 극복하리라 미더 의심치 않은다만 육친이나 다름없는 내가 그 한심한 바닥에 너 혼자만을 떨구고 온 거 가타 가슴이 앞흐다. 떠나올 적에는 정부 요인들과 학생들이 태극기와 부라질 기빨을 번가라 흔들며 환송해 주었는데 애국가를 부를 저게는 감개무량하얏다. 구슬픈 악대의 아리랑을 드르면서 어쩐지 후련한 기분이 들드라. 시장에 점포며 땅은 파랐다. 고모집에 가면 반겨줄 터이다. 낼 오후에는 싱가뽀르에 도착한다니 거기 내려 이 편지를 부치고저 한다. 배 안에서는 부라질 교양 강자를 듯거나 영화를 보면서 시간을 보낸다. 각끔 낫잠을 자다가 고향이 잇난 듯한 착각에 깨고 내가 이민선 안에 잇다는 거슬 알고 안심할 때가 많다. 나는 꿈나라에 잇난 거

시 안인가 하는 생각이 드는구나. 너도 알다시피 두동강이가 나서 가난이 닥찌닥찌 안즌 고국산천을 생각할 때 마음속으러 슬퍼만지는구나. 그 좁은 땅떵이에서도 헐뜻고 못살게 굴고 서로 속이면서 고통밧는 거보다 더 널븐 곳에서 마음것 민족의식을 발휘하야 내 자손들을 보담더 널고 크게 활약시키고 시픈 마음 하루라도 맘편하게 키우고시픈 마음뿐이다. 너이 부친도 살아 계시다면 나를 이해라리라 의심치 안으며 조상님께서도 용서하시리라 믿는다. 이 배에는 우리뿐 아니라 일본인, 중국인, 피리핀인들이 잇난데 서로 잘 지나고 잇다. 정부인솔자가 식당에서 회이가 잇다 하니 상륙 즉시 또 하기로 하고 오늘은 이것으로 그만 필을 노키로 한다. 조국대한이요 동혁아 모쪼록 무시하기를. 일천구백 육십삼년 일월 초사흘, 숙부──.

"아니, 그건 왜 찢소?"

대위가 놀란 음성으로 말했다. 새삼스럽게 치부책을 펴들고 있던 동혁이 갑자기 엽서를 움켜쥐고 자디잘게 찢기 시작했던 때문이다. 동혁은 종이 부스러기를 비 오는 마당 밖으로 날려 보냈고, 그것들은 땅 위에 떨어져 젖거나 빗물을 타고 도랑으로 흘러 내려갔다.

"공연히 짜증이 나는데요. 하두 여러 번 읽었더니……."

"마음에 작정이 서야 살아볼 생각이 나는 법이오. 이씨, 우리 농가에나 얹히러 갑시다."

"농살 지어봤어야죠."

하면서 동혁은 입 끝으로 빠져나오려는 욕지거리를 삼키며 말을 이었다.

"사실 말이지 공장이나 많았으면 좋겠습니다. 나처럼 고등과나 겨우 마친 놈이 지금같이 난감한 때에 기술이나마 없는 게 되게 후회스럽소."

목씨가 담배 연기를 길게 내뿜고서,

"기술이 다 뭔가. 당치두 않은 말일세. 소문 들어보면 공장이 서봐야 요새는 우리네 같은 건 견습공 노릇을 하려두 그리 필요가 없다는구먼. 나이두 많지만서두."

"글쎄 이러니저러니 해두 부농에 고용 살면 밥술은 안 놓친다구요."

라구 대위가 말했으나, 목씨는 고개를 흔들었다.

"누구나 객지 나올 땐, 그렇게 시작한다네. 나도 머슴살일 해봤다구. 부농이나 호농이나 매한가지야. 소작붙이 해먹는 사람들도 마찬가질세. 토지 수득세, 수리비, 공과금, 뭐 어쩌구 하는 터에 곡가는 형편없이 싸지, 거기다 어디 땅 파먹는 놈들이 한둘인가. 식구 작은 집에서도 쉴 틈 없이 부업으로 잔푼벌이를 해야 되네. 땅을 더 사야지, 자기 땅을 말이야. 부농도 별수는 없지. 농번기 핑계로 우리네 같은 뜨내기들이 붙어 있긴 하지만 오래 못 가. 인근의 품팔이 농군들이 많거든. 그 사람들도 얼마 안 가 우리네처럼 대처로 꺼질 게 뻔하단 말일세. 날품팔이를 해야 할 촌놈들이 많으니, 아무려나 대처엘 가든 공사판엘 가든 마찬가지가 아니겠나."

"수지가 안 맞는 모양인데 어째 그럴까? 나는 지금 농번기만 바라보구 있단 말입니다."

"수지 안 맞는 걸 내가 어찌 알겠나, 실제 겪어보니 그렇더란 얘길세. 비싼 비료를 사서 써야지, 퇴비에 세월을 보내갖구선 수확은 많아지는데 일손이 엄청 들어야지. 온 식구며 이웃이 모여서 며칠 내내 타작을 하는데 기껏 거둔 담에 똥값으로 팔리는 보리란 말야."

"그럼 어디선가 단단히 수지맞는 거 아뇨?"

"현금은 빠듯하다네."

"거 참 알 수 없군. 기차 타고 댕기면서 지나다 보면 들판이 굉장들 하던데요."

"글쎄 우리 같은 뜨내기들이 촌에서 촌으로 얹혀 다니는 걸 보면 신통하지. 세 끼에다 샛밥까지 제대로 찾아 처먹고 일당 백 원이면 요즘 시절에 호박 잡는 걸세."

"그게 정말이오?"

"일거릴 쉽게 잡기만 한다면 말이지, 메뚜기도 한철 아닌가베."

동혁은 목씨에게 물었다.

"밑천 쬐끔만 모으면 촌에서 행상 다니면 좋겠군요."

"요새는 큰 공장이나 회사에서 직접 이동 판매차가 간다네. 동네 처녀들이 쌀 됫박 족히 들고 나와 화장품이랑 바꾸는 모양이데. 도회지 소매상보다 조금 더 얹어서 팔지."

"벽지 찾아간 수고비 아닙니까?"

"현금 내도 마찬가지야. 세면도구라도 일습 사보라지, 품삯의 사흘쯤은 작살이 날 걸세. 밑천 큰 놈들 재간에 당할 수가 있는가. 물건은 비싸지, 품삯은 형편없이 싸잖은가. 촌에 가 땅

파나 공사판에 오나 피차일반일세."

셋은 한참이나 아무 말도 꺼내지 않았다. 한 몸 세상에 붙이고 살기가 이렇게도 어려웠던가, 하고 동혁은 생각했다. 그러나 아직은 별로 급한 마음이 들질 않았다. 목씨가 대위에게 불쑥 말했다.

"자네 내자 소식은 들었는가?"

"일 년이 넘었어요. 작년 이맘때 편지 한 번 받고는…… 어디 가서 갈보짓이나 해 처먹겠지."

"살았으면 모일 날두 있는 걸세."

"운지 나오니 맥이 쑥 빠집니다."

"내야 불 내구서 삼 년 육 개월을 살구 싶어 살았겠나? 죽을 방도가 없으니 살아남았네. 술김에 석유를 냅다 뿌리고는 춤을 덩실덩실 추면서 돌아다녔다네. 미친놈으로 취급받았지만 정신은 말짱했다구."

대위가 물었다.

"불은…… 왜 질렀소?"

"죄 받았지. 농군이 그나마라도 땅뙈기를 팔구 대처엘 갔으니 되는 일이 있겠나. 하꼬방을 허물지 않겠다구 보름이나 실갱일 하다가 지쳐빠졌던 모양일세. 알구 보니 몇 놈이 짜구선 말야, 연고권으로 밑천 잡자는 수작에 놀아난 걸세. 혈기 땜에 앞뒤 모르고 설치다가 쫄딱 망한 셈이지. 혼자 누웠자니요 꼴루 비는 오는데 어찌나 심란헌지 모르겠데."

"낼 떠나세요?"

"아침에 시로 가는 스리쿼터가 태우러 올 거야."

말하면서 목씨는 눈빛이 흐려졌다. 어떤 방에선가 취한 여자가 구성진 가락을 뽑아대는 소리와 낙수받이에 규칙적으로 떨어지는 투명한 물방울 소리가 걸맞아 들려왔다.

3

햇볕이 들자마자 예상대로 웃개 일이 시작되었는데 현지 인부들만이 계속해서 날품을 팔도록 되었고, 각 함바 사람들 전원은 웃개조에 편성되었다.

함바로 오르는 길의 흔적이 벌판 속에 먹혀버렸으며 함바의 흙벽돌이 무너졌거나 종이 지붕이 날아간 곳도 있었는데 여기저기 파인 웅덩이에는 물이 가득 괴었다. 비가 오는 동안 온통 젖어 후줄근해진 공사장 주변과, 밀리게 된 빚이며 계속적인 술추렴으로 해서 비롯된 인부들의 객쩍은 감상이 햇볕에 갑자기 바싹 말라버린 것 같았다.

양쪽 제방이 밀물 위로 간신히 솟아올라 있었고 두 제방 사이의 간격은 훨씬 가까워졌다. 바닷물의 가녘이 수로를 통해 흘러 들어간 흙탕물로 말미암아 붉은색으로 물들었는데 제방 쪽으로 나아가면서 차츰 거무튀튀한 색으로, 그 다음은 질푸른 색, 먼 바다 쪽은 연둣빛과 은빛으로 층을 이뤄 보였다. 제1채석장에서 남포 터뜨리는 소리와 함께 흰 석진(石塵)이 구름처럼 피어오르고 있었다. 인부들은 외바퀴 수레에 실어온 넓적한 돌들을 져다가 뗏마에 직사각형으로 쌓았다.

5함바의 장씨 일행은 최 십장 아내가 날라온 점심도 먹는 둥 마는 둥 하고 나서 모두들 끈질기게 일에 달라붙어 있었다. 석양 무렵이 되기 전까지 웃개의 규정량을 채워야만 했으며 초과 노임을 위해서는 아무도 쉴 수가 없었다. 한 뼘이라도 더 높게 넓게 쌓으면 돌아오는 배당이 그만큼 많아지므로 모두들 선창으로 가는 좁다란 부교 위를 정신없이 오르락내리락 거렸다. 뗏마를 뒤에 매단 견인선에 현지 인부들이 타고서 바다 가운데로 나아가 돌을 부리고 돌아오곤 했으며 그들이 돌을 바다 속에 가라앉히고 돌아오는 사이에 웃개조는 비워 남게 되는 뗏마가 한 척도 없이 될 수 있는 한 많은 돌을 실어 보내야만 했다. 장씨가 부교 위를 허청대며 내려와 무릎을 꺾고 주저앉았다. 그는 백태가 엷게 낀 혀가 보이도록 입을 벌리고서 아직 높이 떠 있는 해를 올려다보았는데, 뺨과 이마는 땀이 말라붙은 소금의 결정으로 얼룩져 있었다. 그는 등을 받치는 부대 자루를 머리 위에다 얹고 구부린 두 다리와 어깨로서 이루어진 짙은 그늘 속에 고개를 처박으려고 애썼다. 대위가 돌을 지고 지나다가 한마디 던졌다.

"무리하지 마슈."

장씨는 머리를 쳐들지 못한 채 헛구역질을 했다. 선창에서 내려오던 한동이가 장씨의 어깨를 잡아 흔들었다.

"소금 잡숫구 그늘에 가서 쉬세요."

새로 온 인부들이 돌을 지고 지나가며 불만스런 얼굴로 장씨의 꼬락서니를 내려다보았다. 장씨는 숨을 헐떡이며 한동이에게로 손을 내밀었다. 이끌어 올렸으나, 하늘을 지켜본 장씨는 다시 주저앉았다. 그는 눈을 가늘게 뜨고 상대방의 얼굴 윤곽을 더듬으려 애썼고, 마른 입술을 핥으면서 거친 호흡에 거의 삼켜진 듯한 음성으로 말했다.

"그, 근기가…… 말일세."

하면서 장씨는 끈끈하게 늘어진 기다란 침을 발 사이에 떨구었다.

"모두…… 사그라진 모양이야. 한 바퀴쯤 쉬어도 괜찮을까?"

한동이는 장씨 옆을 떠나며,

"쉬쇼, 불편한 사람보고 누가 뭐라겠어요, 어디?"

라고 말했다. 장씨는 비틀거리며 물가로 가서 발끝부터 잠긴 물이 차츰차츰 허리에 차오를 때까지 바다 속으로 걸어 들어갔다. 손바닥으로 물을 퍼서 머리와 가슴께에 끼얹었다. 열기가 어느 정도 내린 것 같았지만, 작업 도중에 이런 짓을 하면 더욱 쉽게 지쳐버리는 걸 그는 잘 알고 있었다. 판술이가 선창 위에 서서 장씨에게 말했다.

"누가 장씨 모가치루 일해준답디까? 어지간히 쉬쇼."

그는 이마에서 흘러내린 땀이 눈에 들어가지 않도록 연방 눈썹 위를 소매로 훔치며 서 있었다. 판술이는 입술을 옆으로 팽팽히 당겨 헐떡이는 숨결을 가까스로 가라앉히고 있는 듯했다. 장씨가 지쳐빠진 음성으로 대답했다.

"미안하네그려, 점심 먹고부터 온 삭신이 저려서 움직이지 못하겠는걸. 한 바퀴만 쉬겠네."

"보쇼, 배가 돌아오는군."

장씨는 희게 반사된 수면을 어지럽히며 다가오고 있는 견인선과 판술이의 찡그린 얼굴을 번갈아 바라보았고, 외바퀴 수레로 실어다 쌓아놓은 돌무더기 앞으로 돌아갔다. 부대 자루를 등에 쓰고 잠깐 기다리고 섰던 동혁이 웃저고리를 벗어 뭉친 똬리를 어깨에 얹으며 허리를 굽혔다. 장씨가 말했다.

"오늘도 전표를 파는 건가?"

"팔아야죠."

"최가네 안사람이 웃개에서 숙식비를 까겠다던데 어떡헐 참인가들?"

"최 십장한테 사정해 봅시다. 당분간 숙식빌 봐달라구 말이죠. 셋을 얹어 처먹었으니 심하게 독촉은 못 할 거요."

"모두들 장차 어쩌자는 건지 모르겠구만."

하면서 장씨가 돌을 들어 동혁의 어깨 위에 얹어주었다. 동혁은 돌이 얹힐 때 등이 휘청했으나, 이젠 제법 중심을 조절하는 데에 숙달이 되어 있어 발을 재게 놀릴 수가 있었다. 그는 관자놀이가 발딱이며 입천장의 굳은살을 두드려대는 듯한 소리와,

"단체 행동두 좋네만, 뒷일도 생각해야지."

라고 말하는 장씨의 푸념을 함께 듣고 있었다. 동혁은 열 발짝도 채 못 가서 등을 짓누르는 돌의 무게가 두 발목을 자갈밭 속으로 비집어 넣으려는 걸 느꼈다. 돌을 운반하는 일을 하고부터 그는 양쪽 어깻죽지 끝에 생겨난 멍울이 부대 자루에 쓸려서 살이 벗겨지고 있었는데, 나중엔 손바닥이나 손가락 끝처럼 굳은살이 생길 모양이었다. 뿐만 아니라 장딴지에 달걀만 한 근육이 불쑥 치켜 올라 허벅지 근육이 늘어져 끊

길 정도로 당기는 것 같았다. 그의 눈꺼풀 위로 땀이 흘러내려 콧마루를 스치고 턱 밑의 땀과 합쳐져 가슴패기로 흘러내렸다. 그는 부교 앞에 이르러 한 발을 나무판자 위에 올려놓다가 갑자기 돌을 내동댕이치고 싶은 충동을 떨쳐버리느라고 힘을 쓰는 동안에 곧 혈관이 터져버릴 것만 같았다. 두 발을 얹고 허리를 더욱 깊숙이 수그리며 몸을 앞으로 넘어질 듯이 이끌었다. 호흡이 혀뿌리를 타 넘고 굳게 다문 이빨을 비집고 새어 나왔다. 그는 부교를 건너, 여러 개의 빈 드럼통을 연결한 선창에 올랐다. 그가 돌을 내던지자 난간 없는 뱃전에까지 찰랑대고 있던 뗏마의 바닥이 넘쳐든 물에 젖으며 출렁거렸다. 그는 앞사람이 놓은 다음 자리에다 돌을 얹었다. 뗏마 바닥에 붉은 페인트로 그어놓은 직사각형 속에 돌이 거의 같은 면적으로 쌓아 올려져 있었다.

"여섯 층이오."

동혁의 뒷사람이 직사각형의 마지막 빈자리에 돌을 채우고서 외쳤다 물결이 거세지면서 가까이 온 견인선이 선창에 닿기 위해 측면으로 우회를 해왔다. 날품조의 현지 인부들은 빈 뗏마 위에 다리를 늘어뜨리고 앉아 느긋하게 담배를 피우고 있었다. 그러나 장씨네는 견인선이 돌 실은 뗏마를 끌고 가기 전에 한 층이라도 높게 쌓느라고 더욱 조급한 동작이 되었다. 지고 갔던 돌을 얹어놓고 뗏마에 남은 대위가 동료들에게 말했다.

"만판 둘, 뗑뗑이 하나에 여섯 층 하나요."

네 척 중에 두 척은 가득 찼고. 빈 뗏마가 한 척, 그리고 가득 쌓은 것이 열 층이라면 네 층 모자라는 여섯 층짜리 한 척이 되었다는 말이었다. 동혁이 돌무더기 위에 올라앉아 대위가 외친 작업량을 수첩에 적어 넣었다.

"내 여기서 두고 볼 테니, 잠깐들 쉬시오."

돌을 지고 가던 판술이가 등으로부터 땅에다 돌을 미끄러뜨리고서 허리를 폈다.

"무슨 소리, 이번엔 하나 반이나 모자라는데……."

"감독조 새끼가 깎아치기하는 걸 지켜야겠어."

대위는 물에 빠지지 않으려 조심하며 뗏마의 돌에 붙어 서서 배가 닿기를 기다렸다. 배가 엔진을 끄고 물거품을 일으키며 선창 옆으로 미끄러졌고 재빨리 뛰어오른 기관 조수가 말뚝 위에 삼줄을 걸었다. 조타실의 전망창에서 감독조 녀석의 머리가 쑥 올라오는 게 보였으며, 잠시 후에 축 늘어진 헐렁한 수영 팬티 차림으로 그는 갑판에 나섰다. 찌그러진 밀짚모자를 쓰고 작업 기록장을 펼쳐 들고서 그는 뗏마로 옮겨 탔다. 견인선의 조수가 뒤에 달고 온 빈 뗏마의 양쪽에 달린 쇠고리에서 사슬을 벗겼다. 배는 앞으로 조금 더 전진해서 돌 실은 뗏마 앞에 대어져 사슬로 이어지고 빈 배의 사슬은 벗겨졌다. 감독조원이 앞칸부터 한 층씩 세어보았다.

"열 층, 만판 둘이로군. 이건 몇 층인가……."

그는 입속으로 혼자서만 우물거리며 기록장에다 적어 넣었다. 대위가 그자의 등 뒤에서 고개를 빼내고 어깨 너머로 넘겨다보았고, 그가 기록장을 가슴에 탁 붙이며 화를 냈다.

"뭘 봐? 기록장은 왜 기웃거려."

"그런 법이 어딨소?"

"무슨 법?"

"어째서 끝엣 배가 여섯 층인데 네 층으로 적었소?"

"그래서……?"

"장부를 보여주쇼, 확인 좀 합시다."

"건방지게…… 뭘 보자는 건가. 다 알 만한 사람이 이거 왜 이러지?"

"열 층이면 여덟 층 정도로 깎아 적는 걸 알고 있소. 지난 나흘새 계산 차질이 많았시다."

조원의 얼굴이 붉어지고 숨결이 거칠어졌다. 그의 인상은 곧 대위를 때릴 듯이 험악해졌다.

"우린 작업량대로 맘보를 떼어주기만 하면 그뿐야. 맘보 계산은 십장이 하는 거 아닌가. 깎아봤자 득 볼 거 없다구."

"감독이랑 십장이 묵계한 거 아뇨?"

"둥글둥글 살아야지 괜히 혼자 뾰죽하면 꺾어져 이거, 생떼 쓰면 좋을 거 하나두 없을 텐데."

"생떼가 아니라니까. 사실상, 우리 십장도 아닌 당신 지시를 받을 필요가 없단 말이오."

"웃개 떨구기 싫으면 국으로 가만히 처박혀 일이나 하라구. 하소연두 못 하구 피 보기 전에."

"누가 피를 보나 두고 봅시다."

대위가 말했으나, 조원은 견인선 갑판으로 오르며 여유 있게 웃어젖혔다. 견인선에 발동이 걸리자 대위는 뗏마로부터 선창으로 올라서서 그들이 쌓은 돌이 실린 뗏마가 물을 가르고 움직여나가는 것을 지켜보았다. 한참 후에 배가 제방 쪽으로 멀어져갔다. 대위는 다시 자기의 맨발 위에 눈을 떨구고 있다가, 부교의 나무판자 관솔 뚫어진 구멍 틈으로 빠져나간 빛살이 바다 속에 꽂혀 있는 것을 집중해서 노려보고 서 있었다.

"참읍시다. 웃개 끝날까지……."

아까부터 선창 위에서 두 사람의 하는 양을 지켜보던 동혁이 대위의 옆으로 나란히 다가와 말했다. 그는 제방의 툭 터진 바다 위에 가물대며 떠서 작업을 시작한 배를 내다보았다. 평온하고 한가로워 보이는 풍경이었다. 대위가 말했다.

"서명도 이제 반나마 받은 셈이오. 의원단의 답사는 멀어봤자 앞으로 한 사날 안쪽일 거요. 오늘 당장 벌입시다."

"오늘이나 내일이나 마찬가지죠. 단결만 된다면…… 국회의원단이 오는 날, 과시하는 게 아마 효과가 많을 거요. 간부들이 손쓸 바를 모를 것이고, 회사 측도 요구 조건을 의원들 앞에서 공적으로 수락하지 않을 수가 없게 됩니다."

"제기랄, 매일 입으로만 찧고 까불어봤자……."

장씨가 돌무더기 앞에서 두 사람을 부르며 손짓했다.

"막배 오기 전에 어서 많이 채워야지, 자네들 뭘 보고 있나?"

그들의 돌 나르는 고역은 작업 끝종이 치고 나서도 똑같은 상태로 계속되었고, 막배가 다시 들어와 돌을 열 층으로 가득 쌓은 네 척의 뗏마를 뒤에 매달았다.

완전히 지쳐 파김치처럼 온몸을 축 늘어뜨린 웃개조 사람들은 선창 판자 위에 저녁 숲의 참새들 모양으로 나란히 앉아 있었다. 그들은 자기네가 네 척의 초과 작업량을 악착같이 채워놓은 것을 대견하게 생각하고 있었다. 대위가 동혁에게 물었다.

"우리가 얼마치나 했소?"

동혁은 수첩을 꺼내서 펴 들었다. 한 척당 이백 원짜리에, 둘반, 셋, 셋, 넷, 셋반, 넷, 합이 스무 척, 하고 그는 계산해 보고 나서

"사천 원에 십장 천 원 떼기 삼천 원, 일인당 삼백 원짜리요."

"개새끼, 천 원이면 배가 다섯 척 아닌가 말야. 혼자서 한 척만 실어보라지……."

라고 대위가 투덜거렸다. 장씨는 흐릿한 눈두덩을 문질러 눈곱을 떼어내고 안면에 거칠게 덮인 염분을 손바닥으로 털어냈다. 메마른 입술과 쇠진한 눈빛으로 보아서 그가 다른 젊은 인부들과 똑같은 양의 웃개 일에 혹사당했다고는 전혀 믿을 수 없는 몰골이었다. 그는 이미 환자처럼 보였다. 판술이가 장씨의 꼴을 바라보더니 한마디했다.

"장씨도 글렀구만요. 웃개 나흘에 송장 꼴이 웬 말이오."

"닥쳐, 이 사람아."

대위가 판술이를 윽박지르자, 장씨는 고개를 끄덕였다.

"맞네, 쓸모없게 됐지. 나이 든 인부란 바로 도급일에 썩어내리기 시작하는 법야. 뺏골이 당해내질 못한다네. 늙어지면 곧바로 증험이 드러나는 거야."

막배가 선창을 떠나고, 감독조원은 견인선에서 내려와 그들에게로 걸어왔다. 아무도 그를 거들떠보지 않았다. 그들은

무릎이 뻐근하고 궁둥이가 무거워져서 일어나지지가 않았다. 조원은 처음에 뒷전에 앉은 벙어리 오가를 불렀다가 그가 말을 못 알아먹는 걸 보자 분통을 터뜨렸다.

"씨팔, 이러기야 증말? 좋다구, 맘보를 받기 싫으면 내가 꼬불치겠어."

"자네 좀 가보게나."

장씨가 눈짓으로 뒤를 가리키며 대위에게 일렀다. 연장자인 장씨는 애송이의 불한당 녀석에게서 반말지거리와 힐난을 듣게 될 것이 거북살스런 모양이었다. 대위는 몇 시간 전에 조원과 말씨름을 벌인 일도 있었지만 꿈짝도 하지 않는 동료들을 둘러보고 나서 혼자 투덜거리며 감독조원에게로 걸어갔다. 판술이가 말했다.

"좆 빠지게 일해봐야 금은보화가 쏟아져 들어오는 것두 아니구, 자수성가할 밑천이라두 잡는 게 아닌 바에야……."

판술이 옆에 붙어 앉은 한동의 머리를 툭툭 두드려주면서 말을 이었다.

"이 뻘물 속에다 대가릴 푹 박아야 맘 편하지."

"그것보담 나는 말야. 요렇게 몸이 녹적지근하고 만사가 귀찮아질 땐, 채석장에서 남포라두 하나 쌔벼다가 불을 붙여갖구설랑 주둥아리에 물구 터져 날아가 버렸으면 싶은데……."

한동이가 지껄였다. 해변가 각 작업장의 인부들은 맘보를 받느라고 십장들이나 감독조를 중심으로 둥그렇게 몰려서서 법석거리고 있었다. 동혁이 한동에게 말했다.

"남포 구해줄께 한번 물고 터지시랴오? 사무실 앞에 가서……."

"아예 터지는 것까지 대신해 주시구려."

동혁은 지금 자기가 실없는 농담을 주고받는 게 아니라는 생각이 들었다. 인부들 중, 누군가의 희생이 잘 이용되기만 한다면 모두들 필사적으로 쟁의에 가담할지도 모를 일이었다. 그런데 누가 희생을 원할 것인가. 모두들 어떤 자가 대신 해주기를 기다리는 동안에 기회는 지나가 버릴 것이다. 또한 누군가 희생한다 하더라도 요구 조건이 확실히 실현되리라고는 믿지 못할 노릇이며, 임시로 수락을 받게 된다 할지라도 그 조처가 얼마 동안이나 적용될지 알 수 없는 일이었다. 부교 건너편 모래사장에서 대위가 거친 목소리로 조원에게 대들고 있었다.

"우린 뭘 바라구 일을 하란 말요?"

그는 조원이 떼어준 노랑 맘보 딱지를 손끝에 들고 흔들어 보이면서 말하고 있었다.

"당신네들까지 또 깎아치면 우린 개인당 고작해야 이백오십 원 벌이 아니오?"

"이 새끼가 정말 죽고 싶어 환장을 했나, 어따 대고 삿대질하며 지랄야?"

조원이 뒤로 몇 발짝 물러섰는가 하자, 대위의 뺨을 거세게 후려갈겼다. 대위가 볼을 감싸 쥐며 비켜섰고, 옆에 서서 두 사람의 험악한 얼굴을 부지런히 지켜보던 벙어리 오가는 조원에게로 달려들어 붙안고 넘어졌다. 장씨가 벌떡 일어나 부교를 뛰어 건너가며 멍청히 섰는 대위에게 소리쳤다.

"여보게, 뭘 보고 섰나? 떼어 말리지 못하구선……."

"그냥 둬요. 새끼들이 개 맞듯이 좀 터져야 정신 차리지."

한동이가 장씨의 옷자락을 잡고 늘어졌다. 대위는 모래 위에 주저앉아 물가에서 뒹구는 두 사람을 바라보았다. 오가가 조원을 타고 앉아서 목을 조르고 있었다. 판술이가 주먹을 쥐어 흔들며 외쳤다.

"죽여, 물에다 처박으라구."

해변가의 다른 작업장에서 인부들이 웅성거리며 모여들기 시작했고, 수로 작업조의 감독조원 서넛과, 채석장의 십장 두 사람이 선창으로 달려 내려왔다. 오가는 짐승 같은 소리를 지르며 조원의 머리를 끌어다 개펄 물에 자맥질시키고 있었다. 조원이 사지를 늘어뜨렸고, 벌떡 일어난 오가는 커다란 돌멩이를 머리 위로 힘껏 쳐들었는데 정신이 하나도 없는 사람 같았다.

"붙잡아라, 사람 죽인다."

누가 다급하게 외쳤다. 모래 언덕을 달려 내려오던 감독조원 하나가 오가의 다리를 끌어안고 넘어졌다. 돌은 굴러 물에 처박혔다. 오가는 계속해서 뛰어 내려온 감독조원들과 십장들에게 사지를 붙잡혔다.

"이 미친 새끼를 경비실루 데려가."

조원 하나가 말했다. 오가는 아직도 제정신이 들질 않았는지 알아들을 수 없는 신음소리를 내며 날뛰었다. 한 사람이 오가의 배를 구둣발로 내질렀다.

"때리지 마라."

"그냥 안 둔다."

선창 위에서 5함바 인부들이 외쳤다 한동이, 판술이 등은 선창 나무판자를 빼개고 각목을 뽑아 들었다. 조원들은 주위의 인부들을 놀란 눈으로 힐끔거리면서 물에 처박혀 기진맥진한 자기네 동료를 잡아 일으켰다. 조원이 말했다.

"모두 얼굴을 봐줄 테다. 각오하라구."

하면서 그는 오가를 부축하고 섰는 대위의 가슴을 밀쳐냈다.

"비켜!"

십장 하나가 언덕 위에 삥 둘러선 다른 작업장 인부들에게 말했다.

"전부들 돌아가요."

그들은 꾸물거리며 흩어질 줄을 몰랐다. 인부 한 사람이 뒤틀린 어조로 말했다.

"참견하지 마슈, 일 전부 끝났시다."

"한꺼번에 몰매를 놔봤자, 누가 그랬는지 알 게 뭐야."

"패버려!"

그들은 웅성댔다. 선창에 서 있던 3실 사람들은 부교를 건너갔다. 감독조원과 십장들은 돌을 들고 방어할 태세를 갖추며 뒷걸음질 쳐 갔다. 오가는 대위를 뿌리치고 달려가 십장 한 사람의 궁둥이를 호되게 걷어찼다. 그는 고꾸라 박혔다가 얼굴이 벌겋게 되어가지고 사람들 틈을 빠져나갔는데, 사방에서 야유 소리가 들려왔다. 그들은 황급하게 선창 주변을 빠져나가 경비실을 향하여 달려가고 있었다. 모였던 인부들도 하나둘씩 흩어져 함바로 돌아갔다. 대위의 옆을 따라 나란히 걸으면서 장씨가 말했다.

"자네 어쩌려구 저 병신이 일 저지르는 걸 그냥 뒀나? 이제 큰일 났네. 땜통네며 사무실서 그냥 둘 것 같은가, 이 사람아."

"노임이나 톡톡히 받게 해줄 테니 염려 놓으쇼. 장씨도 봤죠? 자신이 있습니다."

"오늘, 일이 터질 것 같습니다."

동혁이 두 사람 사이에 끼어들었다.

"땜통 식구들이 보복하러 올 겁니다. 십장들도 가만있지 않을 거요."

"맞서 싸울 만하오. 수적으로 우리가 열 곱은 되니까……봤소? 모두들 들떠 있단 말요."

"만약에, 그치들이 오가만을 데리러 온다면 내버려둡시다. 말리거나 도와줘선 안 됩니다."

"이런 형편없는 의리 봤나?"

대위는 어이없다는 듯 말하고서 침을 내뱉고,

"이씨는 입만 살았어. 당신은 노동 브로커처럼 이쪽저쪽 눈치만 살피는 거 같은데."

동혁은 안색이 변했고, 그의 입술이 가늘게 떨리고 있었다.

"말조심하시지, 당신은 사람 몇 명 줘패구 유감이나 적당히 풀자는 거요? 누가 죽도록 맞으면 어떻단 말요? 한 사람쯤 머리가 깨져 죽은들……."

"식구가 고스란히 당하는 꼴을 앉아서 보겠단 말요?"

"남포두 불을 붙여야 터지게 되어 있어요."

그들은 창고 앞을 멀찍이 돌아 함바로 오르는 황톳길에 들어섰을 때 예상대로 감독조원들이 길목을 지키고 있는 게 보였다. 대위가 동혁에게 속삭였다.

"단 세 사람뿐인데, 무슨 속셈일까?"

"저쪽도 신중하게 나올 모양이오."

조원들이 장씨네 일행에게로 마주 걸어왔다. 그들 중의 하나가 말했다.

"볼일이 좀 있는데, 여럿이 참견하지 맙시다."

3실 사람들은 그 자리에 굳어진 채 아무 대답이 없었고, 오가는 일행의 뒤에 섰다가 돌을 양손에 집어 들고 앞으로 뛰어 나섰다. 그러나 상대편은 오가의 맹렬한 기세에 당황하지 않았다. 조원 하나가 오가의 앞에 한팔 거리만큼 가까이 다가서며 돌을 놓으라는 듯 손짓을 해 보였다. 벙어리는 상대가 너무 가까이 다가오자 씨근거리기만 했을 뿐, 돌 든 두 손을 아래로 늘어뜨리고 서 있었다. 상대편이 벙어리의 두 팔을 끌어안았다. 다른 쪽이 뒤에 감춰 갖고 있던 짤막한 철봉으로 오가의 어깨를 내리쳤다. 한동이가 달려들 태세를 보이자, 대위가 가로막으며 모두에게 들릴 만큼 소리쳤다.

"패 죽이라구 놔둬!"

벙어리가 한쪽 무릎을 꿇고 옆으로 넘어졌다. 맨 뒤에 섰던 자가 발길로 오가의 턱주가리를 돌려 찼고, 일어서려 용을 쓰던 오가는 뒤로 개구리처럼 나자빠졌다. 그는 몸을 돌려 엉금엉금 기어서 해변을 향해 몇 발짝 움직였다. 철봉을 든 자가 잰걸음으로 따라가 오가의 허리를 후려쳤다. 벙어리가 뭐라고 긴소리를 질렀다. 철봉이 서너 차례 그의 허리와 등을 두들겨 대자 그는 붉은 흙먼지 속에 코를 박았다. 처음에 말을 붙였던 조원이 그의 머리털을 잡아 뒤로 젖혀보았다. 철봉을 가진 자가 물었다.

"상처는 없지?"

"미련하게 얼굴에 발질을 했잖아."

조원은 그의 다른 동료에게 핀잔을 주고 나서 오가의 머리털을 놓았다. 그가 장씨네를 향해 돌아서서 오가를 발끝으로 건드리며,

"데려다 찜질이나 해주쇼."

라고 말했다. 판술이가 축 늘어진 벙어리를 추켜올렸으나 그는 고개를 처박고 사지를 늘어뜨린 채였다.

그들은 벙어리를 교대로 업고 언덕길을 올라 함바 앞 공터에 들어섰다. 곳곳에서 인부들이 그들의 꼴을 내려다보고 있었다. 1함바와 2함바 사람들이 마당으로 몰려나왔다. 누군가 두 손을 입가에 모으고 물어왔다.

"뭐요, 왜 다친 거요."

"감독조 놈들한테 몰매를 맞았소."

동혁이 마주 대답했다.

"누구한테요?"

"감독조."

"사무실에서 시킨 짓요."

대위가 감독조라고 한 번 더 대답했으며, 동혁은 사무실 측에 관련이 있다는 것을 밝혔다. 그는 낮은 소리로 대위에게 말했다.

"천천히 지나면서 될 수 있는 한 많은 사람들에게 보입시다."

"사람이 다 죽게 됐소."

하면서 대위는 소리쳤다.

"쇠뭉치로 온몸을 맞았어요."

"무슨 일루 맞은 거요?"

"깎아치기하는 걸 못 하게 대드니까, 놈들이 무조건 사람을 팼어요."

"사무실에서 꾸민 일입니다. 우리를 누르기 위해 외지에서 사들인 놈들이죠. 감독조가 있는 한, 우리는 마음 놓고 일도 할 수가 없습니다."

동혁은 계속해서 소리를 질렀다.

"웃개는 누구 좋은 일 시켜주고 있습니까? 우리는 빚에 묶여 있으면서 뼈 빠지게 일해서 누굴 먹여 살리는 거요?"

대위가 말했다.

"당장 건의서를 사무실에 전하고 쟁의에 들어갑시다."

"우리 함바도 거진 다 서명했소. 이왕 하려면 감독조 놈들부터 때려 쫓아냅시다."

"나는 건의하자고 서명했지, 쟁의 벌이라구 서명한 게 아니외다."

"말로 대들었다구 몰매를 가하는 놈들이 글로 쓴 걸 읽기나 할 줄 아쇼?"

라고 동혁이 말했다. 인부들은 대위의 등에 업힌 오가의 꼴에 많이 동요가 된 듯싶었다.

"나도 서명하겠소."

"우린 손발이 없는가, 해골을 모조리 쪼개버리자구."

모여든 군중 사이를 헤치고 5함바 사람들이 달려왔다. 2실의 고참 인부가 한 손에 들고 있는 소지품 꾸러미를 내어 보이며 대위에게 말했다.

"최 십장과 감독이 땜통네를 끌구 올라왔소. 5함바는 전원 해고라며 빚두 안 받겠다는 거야."

"떠날 사람은 모두 떠나라며 소지품을 모조리 내주고 있어요."

"빚이 많았던 사람들 일부가 독산을 넘어 여길 떠나고 있소."

대위는 오가를 한동에게 옮겨 업히고 다비끈을 조여 맸다. 그가 2실 고참 인부에게 물었다.

"그래, 여길 떠날 생각요, 이 판국에?"

"천만에 강제로 쫓아내니 나왔을 뿐이지, 그치들 실상은 당신네를 기다리고 있어요. 비서란 놈이 그럽디다. 주동자인 당신만 반죽음시켜 놓으면 끝난다구 말야."

"모두들 여기서 기다리쇼. 혼자 놈들과 담판하고 오겠소."

대위는 사람들을 헤치고 나아갔다.

"같이 가서 그 새끼들을 함바 밖으로 몰아냅시다."

"삽이나 곡괭이들을 들구 나오라구."

뭇입들이 무섭게 들끓는 말을 내뱉고 있었다. 동혁이 사람들을 가로막고 나섰다.

"혼자 가도록 내버려둡시다. 그보다 우리는 먼저 할 일이 있소. 당분간 맞서 싸우려면 현금이 있어야 됩니다. 오늘 일한 맘보를 전표가 아닌 현금으로 바꿔둡시다."

"여보쇼, 오늘은 간죠 날이 아니잖소?"

"어제는 간죠라서 전표를 샀던가? 강 서기 새끼는 전표를 살 돈이 언제나 두둑하다구."

"서기실로 가자."

동혁이 그들의 무리 중에서 고참 인부가 누구냐고 묻자 1함바 사람이 나섰다. 동혁은 그에게 말했다.

"여러분, 각 작업조의 맘보를 직접 현금으로 계산해 달랩시다. 한 푼이라도 뗄 기세가 보이면, 놈이 가진 돈을 우리 작업량만큼만 빼앗아 와도 좋소."

"그런데 우리 조는 어제까지도 그 새끼한테 전표를 깎아 팔아왔소. 그것도 받아내야지."

"지난 일은 할 수 없습니다. 그리고 3함바 분들 중에……."

동혁은 안면이 있는 3함바 윗손 인부가 눈에 띄었다.

"아저씨는 저쪽 10함바 쪽에 가서 우리 일을 알리고 협조를 구하세요."

"가담해 줄까?"

"고참 인부들 몇 명만 움직이면 될 겁니다."

대위는 5함바 쪽으로 걸어 나갔다. 앞마당에는 아무도 보이질 않는다. 그는 수틀릴 땐, 도망칠 생각으로 함바 뒷길을 눈짐작해 두었다. 그가 마당에 들어서자,

"임자가 오셨구만."

하는 최 십장의 목소리가 들렸다. 툇마루에 십장과 감독이 앉아 있었고, 봉택이는 아우들과 함께 부엌 앞에 서 있었다. 종기가 방문을 열고 나왔는데, 그는 동료들의 소지품을 마당에 내던지고 있었다. 최 십장이 대위에게 말했다.

"자네를 위시해서 5함바 전원을 해고시키기로 되었네. 말썽

일으키지 말구 여길 떠나도록 해."

대위는 대답하지 않고 마당에 내팽개쳐진 백들과 세면도구, 군용 배낭 등을 방심한 듯 내려다보았다. 감독이 말했다.

"특히 자네 식구에겐 여비를 줄 테니까 말야. 전화만 걸면 읍내 유치장에서 자네들을 몽땅 쓸어 넣을 수도 있어."

봉택의 아우가 손목에 감은 쇠사슬로 부엌문의 나무판자를 두드려 보이며 중얼거렸다.

"우린 말야…… 너한테 유감이 많지만, 고분고분 물러나면 눈감을 수도 있거든."

대위는 그를 거들떠보지도 않고 감독을 향하여 물었다.

"유치장이라니, 무슨 죄가 있소? 우리가 도둑질을 했습니까, 강도나 사기를 해 처먹었단 말요?"

"잘 알고 있을 텐데."

감독이 십장들에게로 동의를 구하려는 듯 얼굴을 돌리며 말했다.

"공사장에서 인부들을 선동해서 함부로 쟁의를 하는 건 위법이란 말야."

"어째서 위법이오?"

봉택이가 뒷집을 지고 어깨를 재며 마당으로 나섰다.

"몰라서 묻나, 그건 말이지 빨갱이 새끼들이나 할 짓이거든."

대위가 주먹을 불끈 쥐었다.

"우리가 느이 패들같이 공사장 간부들에 빌붙어 인부들 피나 빨아먹데, 아니면 입찰판에서 떡값을 뜯더냐, 요정에 앉아 공사 거래건을 수표루 주고받더냐, 공사비를 잘라먹더냐, 이 개새끼들아. 느이 똥걸레 같은 새끼들이 나더러 빨갱이라구? 느이 놈들 구린 밑구멍 닦을 생각은 않고 피땀 흘려 억척같이 옳게 살아보려는 사람들보구 빨갱이라니, 네 따위 새끼들이 여길 꺼지면 나두 얌전히 물러날지 모르지만…… 그 전엔 저 개펄 속에 파묻혀두 못 떠나겠다."

대위는 감정이 격해져서 말을 못 이은 채 목이 메었다. 종기가 툇마루를 내려서며 최 십장에게 말했다.

"저치를 붙잡구 백 년을 얘기시켜 봐야 설교조루 나옵니다."

감독이 분명히 일어서서 대위의 옆을 지나 마당을 나서면서 으름장을 놓았다.

"전화를 거는 수밖에 없군."

봉택이가 대위의 앞에 서서 조소가 가득 담긴 얼굴로,

"개펄 속에 파묻히는 게 네 소원이냐? 거 참 별스런 소원도 다 있군."

하며 빈정댔다. 종기가 소지품들을 발로 차서 한데 모으며 말했다.

"그런 식으로 살다간 개펄 속에 묻히는 게 똑 알맞지."

종기는 대위의 얼굴에 입김이 부딪칠 정도로 얼굴을 가까이 들이대며 소곤거렸다.

"맞서지 말구 여비 두둑이 받아 떠나라구, 아니면 감독조에나 끼든지……."

대위가 종기의 가슴을 발로 내질러 버렸고, 그는 뒤로 궁둥방아를 찧으며 주저앉았다. 쇠사슬과 몽둥이, 곡괭이 자루 등을 들고 있던 봉택이네 식구들이 한꺼번에 대위를 덮쳤다. 대위는 머리를 두 팔로 감싸 안고 나뒹굴었다.

서기실로 달려간 인부들은 문을 닫고 나와서 쇠를 채우려는 강 서기의 뒷덜미를 잡고 안으로 밀려들어 갔다.

"맘보를 전표로 뗄 것 없이 직접 환전해 주셔야겠어."

"제 값에 사기만 하면 된다구."

강 서기는 이미 사태를 짐작하고 질린 얼굴이 되어 의자에 앉아 장부를 뒤적이는 척했다. 인부 하나가 삽자루로 책상을 호되게 내려쳤다. 그는 어깨를 움츠리며 놀랐고, 여남은 명의 성난 인부들 얼굴을 두리번거리며 사정했다.

"현금이 다 나갔어요. 내야 회사에서 시키는 대루 일하는 사람 아니오?"

인부들은 그가 보통 때의 권위를 잃어버리고 있는 것에 대단히 만족하고 있었다. 질서를 지키지 않는다고 짜증을 부리고, 시간이 늦었다며 밖으로 내쫓던 당당한 표정은 어디로 가고 지금은 그저 한 푼이라도 손해 볼까 절절매는 옹졸하고 치사한 작은 체구의 사내였다.

"가방에 있을 거요. 그걸 엽시다."

인부 중의 한 사람이 강 서기가 늘 옆구리에 끼고 다니는 검은 가죽 가방을 빼앗았다. 그는 손을 내밀었다.

"열쇠를 내놔."

"맘보 딱지를 모두 걷어서 계산해 봅시다."

1함바의 고참 인부가 제의했으며, 그들은 구겨진 종잇조각들을 책상 위에 모두 내던졌다.

"일만 천 원어치로군."

"오늘은 간죠 날이 아닌데요. 이래 가지고 뒤탈이 없을 줄 아쇼?"

강 서기를 자못 기세를 올려보았다. 인부가 강 서기의 볼때기를 잡아 비틀며 대꾸했다.

"좆퉁수 불지 말고 어서 가방 열쇠나 내놔, 이 새꺄."

"이전에 우리 전표 살 때 내밀던 거드름은 이젠 안 통해. 피차에 끝판이다. 너 전표 사뒀다가 간죠 날 바꿔서 이 남겨 처먹은 건 안 받는다 이거야. 오늘 작업한 것만 편리를 봐달라는 거야."

"단 하루다. 이 벌레 같은 놈아."

인부가 강 서기를 잡아 메어꽂을 듯 이끌어 올리자, 그는 잔기침을 하며 열쇠를 꺼내어주었다. 고참 인부는 가방 속에서 현금 뭉치를 털어내 보였다. 인부들이 목소리를 합쳐 신음소리를 내고 휘파람을 불었다.

"이것 봐라. 우린 아예 쬐하군 인연이 없었던 거야. 드러운 거머리 같은 새끼의 가방에 와서 그득히 고여 있으니, 그동안 우린 소처럼 여물만 처먹고 부림당한 거야."

"그뿐인가, 이놈은 우리에게 엄청 바가지를 씌워서 상품을 팔았어. 석유 냄새 나는 막쐬주를 폐품병에 담아다 팔았어."

"빨아먹은 내 노임 내놔라."

"자, 전부들 나갑시다. 오늘치로 환전한 돈 외에는 절대로 손대면 안 되오."

라고 말하며 고참 인부가 동료들의 등을 밀었다. 그는 문 앞에서 안쪽의 서기 면상을 향해 가방을 내던졌다. 공중에 돈다

발이 흩어져 날리자 강 서기는 그제야 정신이 돌아왔는지 허리를 꾸부리고 분주하게 돈을 주워 모았다.

4

"퇴근 안 하시렵니까?"

하면서 기사(技師)는 뒷짐을 지고 유리창 밖을 내다보고 있는 소장의 큼직한 체구를 올려다보았다. 소장은 창밖에다 시선을 준 채 대답했다.

"오늘은 아무래도 좀 늦을 것 같소. 며칠 전부터 인부들 공기가 심상치 않다는 보고를 받아놔서……."

"웬만한 조건을 들고 나오거든 아예 저들이랑 규약을 맺어서 평화 의무를 지키도록 하시죠."

"조건이 맞을 턱이 있나."

하며 그는 기사에게로 돌아섰다. 그는 땀을 흘리고 있었으며, 손수건을 꺼내어 목덜미께를 훔쳐냈다.

"다른 공사장보다 많이 줄 수야 없지. 지금 일할 사람은 쌨다구. 우리가 하루에 몇 명이나 돌려보내는지 모를 거요. 또 워낙이 이런 성질의 공사는 자체 부담도 벅차니까…… 노임도 여럿이 되고 보면 무시 못 하는 거요."

"제방의 기초 석축이라도 완공이 되었어야 할 텐데요. 국회의원들의 답사가 정확히 언젭니까?"

"모레 오전 열한 시에 간단한 행사를 갖기로 했소. 본사에서도 내려올 테고, 지사님두 올 텐데, 면목 없게 됐는걸."

"인부들이 미리 눈치 채구 엄포를 놓는 게 아닙니까?"

"엄포를 놓았댔자, 노임 외에 별게 아닐 거요. 우리는 저 사람들을 적당히 긁어줄 방안도 가지고 있고, 한꺼번에 쓸어버릴 조처도 다 해놨지만 말야. 아무리 극렬분자가 주동 세력에 끼어 있다 해도 적당히 세부 원칙을 개선할 기미만 보여주면 시들게 되어 있거든."

"그 사람들 작업 능률이 영 형편없었습니다. 석축도 아직 그대로에다, 수로는 엉망인 형편이죠. 진작 도급을 시키는 건데 그랬습니다. 작업량에 따라 노임을 지불했더라면야……."

"아니, 나는 반대로 생각하는데, 하루 먹고 지내기조차 급했을 땐, 그런 움직임이 없었던 걸로 아오. 자기네 조건에 대해서 무감각했달까, 그런데 도급을 하면서 고노임의 혜택을 받게 되니 갑자기 알게 된 거요."

"전체적인 구조로 본다면, 그들이 받는 대우가 별로 부당하지 않으리라 생각되는데요. 실상 어쩔 수 없는 현실 아닙니까?"

"우리네 공사장뿐만 아니라 어디나 감독조 애들을 밖에서 데려다 쓰고 있지만, 이 이유는 단 한 가지 때문이오."

소장은 다시 땀을 닦아내고 유리창 앞으로 걸어갔다.

"이런 실정에 우리가 직접 개입하지 않기 위해서요. 우리 대신에 십장들을 통해 인부들을 조정해야만 되거든. 한편으로 주동자들과 접촉을 시켜서 회유하고 그 밖에 어중이떠중이들은 눌러버리거나, 잘 선도해야지."

"어째, 이번 답사는 시효가 맞질 않은 것 같습니다."

"뭐 그야, 건설 상황만 보여주고 간단한 브리핑만 해주면 될 텐데, 만약에 시끄럽게 쟁의라도 일어나면 우리 현장 위신은 쑥밭이 되는 거지."

"이상합니다. 어디…… 잘못된 거 같은데."

상의를 걸치고 나갈 채비를 하던 기사가 유리창에 얼굴을 가까이 대면서,

"저기…… 감독 아닙니까?"

라고 말했다. 소장은 눈살을 찌푸리고 기사와 함께 내다보았다.

"뛰어오는 사람이 감독이오?"

"틀림없습니다."

뿐만 아니라, 그들은 황토 언덕 위에 새카맣게 집결되어 있는 군중들을 보았다. 언덕 아래로 십여 명의 무리가 뿔뿔이 흩어져 뛰어오고 있었다.

"파업 정도가 아닌 모양인가?"

소장은 초조하게 말했다. 그는 사무실 문을 열고 감독이 가까이 오기를 기다렸다. 숨이 턱에 닿은 감독은 사무실 앞에 거의 와서야 빠른 보행으로 다가왔다. 그가 손을 휘저으며 소장을 향하여 외쳤다.

"다 틀렸습니다."

"주동자를 보내라구 했잖나?"

"저길 보세요. 몰려옵니다."

"서명을 했다는 작자들인가?"

"서명 따윈 문제가 안 된다니까요."

그는 헐떡이며 무너내리듯 의자에 주저앉았다.

"양봉택이 녀석이 인부들을 설 때린 게 잘못입니다. 나는 물론, 달래보려고 했지만 전번과는 경우가 틀립니다."

"대위라는 자는 갔나? 떠났는가 말일세."

"보통 끈질긴 놈이 아닙니다. 제가 먼저 자리를 뜬 게 잘못이었지요. 봉택이네 애들이 초죽음시켜 논 모양입니다."

"뭐라구, 사람을 죽여?"

"아뇨, 기절한 모양입니다. 인부들이 지금…… 저 보세요. 환장을 했다구요."

"전화, 전화를 걸어! 공사장에……."

소장은 쉴 새 없이 흐르는 땀을 씻었다. 그는 바깥을 연방 내다보았다.

"공사장에 폭동이 일어났다구 말야. 경관들 이십 명만 보내라구, 아주 악질적인 폭동이라구 말야."

"운지에선 열 명도 어려울 겁니다."

기사가 말했다. 소장은 수화기를 붙잡고 악을 쓰고 있는 감독에게 다시 덧붙였다.

"봉택이네만 가지곤 어림두 없겠네. 조원을 늘려야겠어. 제3 간척 공사장까지는 얼마나 걸리겠나?"

"왕복 반시간 나마 걸릴 겁니다."

"좋아, 누굴 시켜서 거기 감독조 애들을 데려와야겠네. 난동을 일으킨 인부들이 줄잡아 몇 명쯤 되겠나?"

"5함바까지 한 백여 명과, 10함바 쪽에서도 오십 명쯤 넘어왔답니다."

그때 문이 요란한 소리로 열리며 머리를 싸쥔 자를 선두로 감독조원들이 한꺼번에 밀려들었다. 봉택이는 머리의 흉측한 화상을 가렸던 코르덴 모자도 어디론가 날려버렸고, 정신이 올바로 건잡아지지 않는 듯한 꼬락서니였다. 그들은 서로의 상처를 확인시키고, 속셔츠들을 찢어서 손이나 머리에 감았다. 봉택이가 말했다.

"돌팔매가 무섭게 날아옵디다. 함바에서 가까스로 빠져나왔어요."

"몽둥이를 휘두르며 그 새끼들 틈을 뚫었죠."

소장이 마룻바닥을 쾅 구르며 그들에게 손가락질을 했다.

"듣기 싫어요. 도대체 뭘 하러 여길 온 거야. 누가 맘대루 사람을 패라구 그랬어? 방법이 틀렸어요, 방법이 아주 졸렬해."

봉택이도 그에 못지않게 발끈했다.

"뭐가 틀렸단 말요? 우리도 이젠 막가는 판이오. 언제는 수단껏 눌러놓으라더니 일이 터지니까 발뺌하는 겁니까? 씨팔, 우리 조원이 먼저 묵사발 됐는데 가만있으라는 겁니까?"

"남이 안 볼 때, 조용히 처리할 수도 있잖나 말야. 일이 확대되기 전에 개인을 상대루 진작 눌러버렸으면 이 꼴이 안 됐을 거야."

구석에 처박혀 고개를 숙이고 앉았던 최 십장이 얼빠진 얼굴을 들며 말했다.

"면목 없습니다. 그렇지만 보십쇼, 폭동이라니까요. 순순히 설복당할 놈들이 아닙니다요."

감독이 수화기를 들고서 한숨을 내리쉬는 소리가 들렸다. 그는 소장에게 말했다.

"경찰에선 개입을 꺼립니다. 우리끼리 잘 타협해서 자체 해결하는 게 어떠냐구요. 몹시 곤란하다구 그러는데요."

"이리 줘."

하며 소장은 수화기를 빼앗았다.

"계장이오? 아, 나요. 소장입니다. 치안을 유지하기가 어려우니 부탁한 거 아니겠소. 창고엔 회사 자재도 많고, 부상당한 직원들도 있어요. 사건이 커지면 당신네 책임 아니오? 난동자 몇 명만 데려가면 끝날 것 같소."

인부들은 모두가 삽이나 몽둥이 같은 것을 들고 천천히 다가오고 있었다. 그들은 말 한마디 없이 조용히 움직여 왔다. 사무실 가까이 이르러 인부들이 멈춰 서자, 안에 있는 사람들은 더욱 초조해지고 있었다. 기사가 말했다.

"소장님이 나가서 타이르죠."

"내가? 저 녀석들 너무 흥분한 것 같은데……."

"저는 나가서 제3간척 공사장으로 가겠습니다. 조원 애들을 데려와야죠."

하며 감독이 나섰다. 기사도 퇴근하겠다며 이 자리를 빠져나갈 눈치였다. 소장과 감독은 밖으로 나와 인부들 앞으로 걸어갔고, 그들과 열 발짝쯤의 거리를 두고 멈췄다. 맨 앞의 연장을 들지 않은 동혁과 3함바의 고참 인부가 서 있었는데, 오히려 그들은 사무실 사람보다 훨씬 침착해 보였다. 동혁과 고참이 인부들 틈을 떠나 소장에게로 걸어갔다. 소장은 다가오는 두 사람을 보고 감독에게 작은 소리로 말했다.

"처음 보는 작자들인데 자네 아나?"

"지난번 사건 이후 채용된 놈입니다. 한 놈은 대위랑 같이 들어왔구요."

"저자가 서명을 받고 돌아다녔나?"

"아마 일을 꾸민 건 대위와 저 곱슬머리가 틀림없을 겁니다."

동혁은 그들과 마주 서자 작업복 윗주머니에서 낡아빠진 봉투를 꺼내어 소장에게 내밀며 말했다.

"우리는 오늘부터 파업에 들어가기로 했습니다."

소장은 받아 든 봉투로 동혁의 뒤쪽을 가리키며 말했다.

"파업도 좋지만, 삽과 곡괭이들을 들고 몰려와선 사무실을 부수겠다는 건가, 아니면 사람들을 치려나. 아무리 벽지라지만 경찰권이 미친다는 걸 잘 명심해 두게."

"우리는 감독조의 횡포를 막자는 것뿐입니다. 그 봉투 속에 건의문과 우리들의 연서장이 들어 있습니다."

"요구 조건은……?"

하며 소장은 봉투를 찢어볼 생각도 않고 손에 든 채 거만하게 물었다. 그는 자기의 당당한 모습을 절대로 허물어뜨려서는 안 된다는 것을 잘 알고 있었다. 평상시대로 애써 그들을 위압해야만 했던 것이다. 인부들이 무서운 형세로 연장들을 쥐고 굳어져 서 있지만, 소장의 눈에는 그들은 공사장의 제방이나 바윗돌, 바다나 개펄처럼 고정된 풍경의 일부분같이 느껴졌고, 그들 개개인이 화를 낸다거나 울거나 웃거나 하는 것들은 상상도 해보질 않았던 것이다. 고장 난 트랙터, 또는 터져 물이 밀려드는 석축 정도의 위험을 떠올리는 것이 고작이었다. 착각에 지나지 않았으나, 사무실 창으로 내다보던 황토 언덕 위에 드문드문 지어진 흙집들과 그 주변에서 오물거리고 있는 인부들의 떼는 해변의 모래나 조개껍데기 같은 자연의 일부분처럼 보여졌었다. 노임 대장을 펼치면 눈에 들어오는 것은 함바 번호와 인부들의 일련번호뿐이었다. 소장은 귀찮은 듯이 땀이 흐르는 턱 아래를 손등으로 문지르며 말했다.

"요구 조건이 뭐냐니까?"

"뜯어보시지, 보면 알 거 아뇨."

고참 인부가 말했다. 소장은 그제야 봉투를 찢고 두툼한 종이 뭉치를 꺼냈다. 감독이 말했다.

"우리…… 사무실 들어가서 얘기합시다."

"당신은 좀 빠져."

하며 3함바 사람이 험악해진 얼굴로 감독을 쏘아보았다. 감독은 우물쭈물하다가 그들이 자기에게 관심이 없는 걸 알자 사무실 뒷길로 돌아갔고, 소장이 낮은 목소리로 건의문을 중얼중얼 읽기 시작했다.

—존경하는 '아세아건설' 회장님 귀하. 저희들은 운지 간척 공사장의 일용 인부로 고용된 사람들입니다. 애초에 우리는 이것이 어쩔 수 없는 현실이리라 생각하고 말없이 일만 해왔습니다만, 그냥 참고 견디기엔 너무나도 부당하다는 생각이 들어 궐기하기로 하면서, 몇 가지 건의 말씀을 드립니다. 노임을 법정 임금에 미달된 액수로 받으면서 게다가 간죠가 보름 간격인지라 현금 없는 대부분의 우리 부랑 인부들은 전표를

헐값에 팔아 일용품을 사든지 전표를 본가격보다 싸게 함바의 숙식대로 치르고 있습니다. 서기들은 전표로 부당한 이윤을 취하고 함바는 거기대로 노임을 착취합니다. 대부분의 객지 인부들은 함바와 서기, 그리고 그들이 경영하는 매점에 이삼천 원 정도의 빚을 지고 있는 실정입니다. 때문에 우리가 다른 일터를 찾아 뜨고 싶어도 마음대로 갈 수가 없어서 묶여버린 것입니다. 또한 일은 건축 작업에 비할 바 없이 고되고, 비교적 손쉽고 허술한 일터는 현지 인부들의 차지가 되어 있습니다. 썰물과 밀물 때 어림짐작으로 치는 작업종에 따라 작업을 시작하고 그치기 때문에 뚜렷한 휴식 시간이나 고정된 일정량의 노동 시간이 없이 해만 보인다면 일에 시달려야 합니다. 또한 노사를 이간시키는 원인으로서 감독 이하 십장 등, 노무자 간부급들이 감독조라는 이름으로 외지의 깡패들을 앞잡이로 내세워 그나마 박한 노임을 착취하고 노동의 자유 분위기를 억압하고 있습니다. 함바의 조건은 마치 가축의 우리 같은 데다가 십여 명 이상씩 때려넣고, 각 집에서 형편없는 식사를 제공해 주고 있습니다. 물론 함바는 회사의 운영에 속해야 함에도 불구하고 이러한 대규모의 공사를 벌이는 작업장에 개인의 권리금 내지는 소유권에 의하여 함바가 운영되고 있다는 것은 언어도단이올시다. 그러므로 우리는 다음의 네 가지 문제를 시정해 주십사 건의하는 바입니다. 첫째, 노임을 현재의 도급 임금과 같은 액수로 올려줄 것. 단, 노동량에 상관없이 날품일 때에도 적용할 것. 둘째, 정확한 시간 노동제를 확립할 것. 셋째, 감독조를 해산시키는 대신 인부들이 교대로 자치 담당하게 할 것. 넷째, 함바를 개선하고 식당을 통합하여 회사가 운영할 것. 그래서 일일 전표를 식권과 직결시키고 나머지는 현금으로 지불해 줄 것. 위와 같은 우리의 요구가 실현될 때까지는 다음의 서명자들은 여하한 투쟁이라도 불사하겠음을 알려드리겠습니다. 운지 간척 공사 현장 일용 인부 일동.

소장은 못마땅하게 건의서 뒷면의 연서장들을 들춰보고 나서 고개를 들었다.

"투쟁이라는 건, 파업을 의미하는 건가."

동혁이 잠시 사이를 두었다가,

"파업도 포함됩니다."

"그렇다면 폭동이로군."

"개선하기 위해 우리도 조직을 갖춰야겠다는 말입니다."

"어떤 조직을?"

소장은 동혁을 향해 조소를 가득 떠올리며 말했다.

"자네들은 공장 노동자와 다르네. 어쨌건, 임시 고용인에 지나지 않네."

"우리는 서명을 받으며, 시작할 때부터 각오를 하고 있었습니다. 모두들 한꺼번에 해고되는 것두 아닐뿐더러, 또 다른 인부들이 오겠지만 최소한 인계를 하고 떠날 여유는 있을 겁니다."

"어쩌면 자네들은 혜택을 못 받게 될지도 모를 텐데? 돈이 생겨, 술이 생기는가, 도대체 뭘 바라구 이런 짓을 벌이나? 덮어놓고 불평불만을 터뜨려 보자는 식이로군."

"우리가 못 받으면, 뒤에 오는 사람 중 누군가 개선된 노동

조건의 혜택을 받게 될 거요."

"우리가 노사 관계를 떠나 인간 대 인간으로 얘기해 봄세. 자네들 의견을 존중해서 터놓구 얘기하구 싶군. 노가다는 솔직하랬다구 얼마를 요구할 텐가? 자네들 심정 다 알지, 우리 바꾸는 게 어떤가?"

"그따위 말에는 대답하고 싶지 않소, 최소한 두 가지의 조건만이라도 확답을 하고 각서를 써주시오. 두 가지 사항은 노임과 감독조에 관한 것 말입니다."

동혁의 옆에 묵묵히 서 있던 3함바 고참 인부가 소장에게 달려들 태세로 말했다.

"당신에게 일러두는데, 십 분 내로 감독조 새끼들을 우리들한테 인도하라구. 안 되면 우리가 사무실로 밀구 들어가겠소."

소장은 몇 걸음 뒤로 물러났다. 그는 초조하게 시계를 들여다보고, 직원 식당 앞으로 뚫린 아카시아의 숲 사잇길을 바라보곤 했다.

"부탁이 있습니다."

동혁이 사무실로 돌아가려는 소장의 소매를 잡으며 말했다. 소장은 팔을 빼고 또 몇 걸음 물러섰다.

"인부 두 사람이 몹시 맞아서 상처가 심한데요. 입원을 시켜주십시오."

"어디에 있는데?"

"함바에서 동료들이 간호하고 있습니다만, 머리를 다친 사람도 있어서 위험합니다."

"알겠네. 시간 여유를 주었으면 좋겠는데……."

"환자는 쟁의와 별개의 문젭니다."

"그 사람들을 데려온다면, 자네들은 인부들을 무마시켜 함바로 돌아가겠나?"

"그렇겐 안 되겠는데요."

"시간을 달라 이걸세. 나 혼자 결정할 문제가 아니라 직통 전화로 본사에도 알아봐야 하니까. 사무실은 보다시피 모두들 퇴근하고 노무 담당자들뿐일세."

고참 인부가 소장의 가슴팍을 떼밀며 소리쳤다.

"당장 돌아가서 새끼들을 몽땅 불러들이쇼. 빨리 해결하자구."

"우린 진작부터 알고 있습니다."

사무실로 돌아가고 있는 소장의 뒤통수에다 대고 동혁이 소리쳤다.

"국회의원들이 온다는 걸 말요."

소장이 뒤를 돌아보았다. 그는 초조한 얼굴로 동혁과 멀찍이 떨어져 서 있는 인부들의 무리를 재삼 훑어보고서 총총히 사무실 안으로 돌아갔다. 소장이 꺼지자마자 협상에 나섰던 두 사람은, 기다리기에 지루해져 몰려온 동료 인부들에게 둘러싸였다. 인부들은 이제 흥분이 가라앉은 대신 자기들이 얻은 상황에 자신만만해 보였고, 어떠한 짓이라도 해낼 수 있다는 기세들이었다. 그들은 몰려서서 제각기 떠들었다.

"노임을 올려주는 거야, 어떻게 하겠다는 거야."

"감독조 놈들을 내주겠답디까?"

"내주길 기다려, 밀구 들어가 끌어내야지."

"어쨌든 우리는……."

하면서 동혁이 앞으로 나가려는 인부들의 몽둥이를 손으로 잡아 내리며 말했다.

"기다려야 합니다. 시간 여유를 달라는데, 여태 기다리고 살아온 우리가 한두 시간, 하루 이틀을 못 기다리겠습니까. 무턱대고 사람을 치거나 기물을 부수면 저쪽을 유리하게 만들어주는 결과가 되고 맙니다."

고참 인부가 외쳤다.

"여러분, 어떤 일이 있어도 요번에는 성과를 얻어내야 합니다. 파업이 끝날 때까지 함께 행동하겠소?"

"발을 빼래야 뺄 수가 없게 됐잖소? 우리는 서명했던 사람들요. 이렇게 복장이 시원해 보긴 처음요."

"10함바 쪽의 우리들은 가서 더 많은 인원을 데려올 수가 있습니다. 깡그리 참가시키겠소."

"수틀리게 되니까 떠나는 사람이 많습디다. 지난번 파업 때도 보니까 말요. 우리가 여기서 이런 짓까지 벌여놓고 쫓겨 간다면 다른 공사판엘 찾아간댔자, 속이 뒤틀려서 일도 제대로 못 해낼 거요. 십 년 묵은 체증을 화끈하게 풀고 가야지."

동혁이 떠들어대는 인부들에게 일일이 앉기를 권했고, 인부들은 사무실로 밀고 들어갈 태세를 풀고 일단 땅바닥에들 주저앉았다.

봉택이네는 기력을 잃고 사무실 구석에 모여 앉아 사람들의 눈치를 부지런히 살펴대고 있었다. 봉택이가 우물쭈물하며 말을 꺼냈다.

“저쪽에서 우리만을 믿고 일을 그치겠다면, 당장이라도 나가겠습니다.”

소장은 경찰서에 전화를 거느라고 그들을 거들떠보지도 않았으며 최 십장이 경멸하는 눈초리로 봉택이를 훑으며 말했다.

“어림도 없는 소리 하지 마쇼. 만약에 당신네들이 저치들에게 꿀리고 들어간다면 우린들 무슨 꼴이 되는 거요? 저놈들의 기를 더 이상 살려준다면 앞으론 아예 공사장을 폐지해 버려야지.”

“깨지든 터지든 밀고 나가 맞붙어 봅시다.”

종기가 창밖을 내다보며 혈기를 올렸다. 봉택이가 대꾸했다.

“비서 네 새끼두 큰소리칠 건덕지가 없어. 인마. 네가 빨리만 알려다 줬던들 우리가 미리 손을 쓸 수 있었을 거 아닌가 말야.”

“내가 진작부터 기미가 이상하다구 몇 번이나 귀띔을 했수? 당신네가 날 믿어준 적이 한번이나 있었소.”

“시끄러, 잠자코 있으라구.”

소장의 고함 소리에 두 사람 다 잠잠해졌다. 소장은 초조하게 기다리다가 통화가 시작되자 대뜸 큰소리로 나왔다.

“아니, 어떻게 된 거요? 나중에 중앙에서 인책받지 말구 알아서 하쇼. 기동 경찰은 출동했는가 말요. 글쎄 알겠다니까. 서로 편리를 보아가며 살아야잖겠소? 사실 나중에라도 아쉬운 건 어느 쪽인지 잘 생각해 봅시다. 좋아요, 공사장 밖으로 몰아내 주기만 하면 되겠소.”

소장은 수화기를 요란하게 내던지고 사무실 밖을 힐끔 돌아보았다. 그는 뒷짐을 지고 실내를 우왕좌왕하다가 혼자 중얼거렸다.

"경찰들이 와두 문제란 말야. 놈들이 사나흘이고 버티다가는 꼼짝없이 우리가 당할 형편인데……."

"우선 밖으로 몰아낸 뒤에 함바에 남은 인부들을 시켜서 회유 공작을 시키는 게 어떻습니까?"

최 십장이 말했다. 소장은 분주한 동작을 멈추고 잠깐 생각해 보는 듯했다.

"함바에 남은 인부들이 얼마나 되겠나?"

"난동을 일으킨 자들은 전체의 절반 정도밖에 안 됩니다요."

"빠진 자들 중에 매수할 수 있는 자들을 가려낼 자신 있나?"

최 십장이 종기를 바라봤고, 종기는 전번 사건 때도 이런 일을 맡았었으므로 자신만만하게 반문했다.

"몇 명쯤 필요하십니까?"

"다섯이면…… 족하지."

"다섯 정도라면 문젯거리도 안 됩니다. 말발깨나 쓰는 약은 인부들이 몇 명 있습니다."

"젊은 축보다는 나이가 듬직한 고참일수록 좋아. 자네가 이 일을 잘 해낸다면…… 알고 있겠지?"

"네, 해보겠습니다."

"지금 뒷길루 돌아서 함바로 가도록 하게. 될 수 있는 한 빨리 손을 써야 되네."

종기는 인부들이 자기에게 신경을 쓰지 않도록 태연하고

유유하게 사무실 앞을 돌아 뒷길로 들어서서 함바를 향하여 우회하고 있었다. 내다보던 최 십장이 말했다.

"됐어요. 주의하는 녀석이 한 놈도 없습니다."

"서명자 명단을 잘 보관해 두도록 하게. 나중에 필요한 때가 있으니까. 그리고 환자가 있다는데, 상처가 악화되면 괜히 송장 치구 살인 난다구."

"이런 혼란에 사람 몇 명 다친 것쯤 걱정하지 마시죠. 안타까운 건 저쪽입니다. 환자가 있다면 협상의 구실이 될지도 모르는 겁니다."

"내걸고 나온 네 가지 조건이란 게 도대체가 허황하단 말야. 현실을 몰라도 분수가 있지. 애초에 이런 따위 공사는 회사의 명분 때문이 아닌가. 우리가 이득을 바랄 수 없는 형편인데, 게다가 노임을 올려달라?"

"본사에 보고하나마납니다."

"우리가 무능한 소치라고 여길 게 뻔하거든. 하여간 이번 일은 현장 이상으로 확대되지 않도록 최선을 다해서 무마시키는 것뿐일세."

3함바의 고참 인부가 사무실 가까이 오더니 손을 입가에 펴 모으고 소리쳐 왔다.

"이젠 더 기다릴 수 없소. 오 분 후에 아무런 대답이 없으면 행동을 개시할 테니 알아서 하쇼."

"저 새끼 콱 밟아버릴까 부다."

"나가게 해주쇼, 소장님."

봉택이가 각목 몽둥이를 잡고 벌떡 일어났다. 소장은 그의 객쩍은 행동에 화가 치밀지만 애써 참는다는 듯 자기 가슴을 쳐 보였다.

"큰소리 좀 치지 마시지, 그렇게 속속들이 막혔으니 일이 요꼴이 됐지. 자네들 앞으론 여기서 일할 수 없을 테니 제3공사장 조원들과 교대시켜야겠어. 여긴 노련한 사람들이 필요하니까."

"들리죠? 오는 모양입니다."

최 십장은 말하고서 고개를 기울이고 있었다. 자동차 바퀴가 자갈을 튕기며 달려오는 소리가 들렸다. 그들은 사무실 오른편 창문가에 몰려서서 내다보았다. 식당 앞 아카시아의 숲 사잇길을 돌아 나오고 있는 경찰 스리쿼터의 흰 차체가 보였고, 뒤에는 경봉과 철망이 쳐진 헬멧으로 무장한 경찰들이 빽빽이 타고 있었다.

우두커니 앉아서 잡담을 주고받던 인부들이 경찰차를 발견하고 급히 일어나 어수선하게 들끓었다.

"속았다."

"시간을 끌려는 수작이었어."

"씨팔, 부시구 들어가 끌어내라. 경찰에 겁을 내겠나."

격노한 젊은 인부 한 사람이 동혁의 멱살을 잡아 흔들며 떠들었다.

"쪼다 같은 놈이 뭘 안다구, 나서서 떠벌리다가 일을 이 꼴루 만드니?"

다른 인부들도 함께 격노했다.

"그 새끼, 돈 처먹겠다구 약속했을 거다."

"놈들은 우선 경찰과 짜놓구 타협을 붙는 척하면서 올 때까지 기다린 것뿐이다."

"이젠 어떤 놈두 믿지 않겠다."

하며 인부는 동혁을 밀어젖혔다.

"누구의 지시도 안 받는다. 이제부텀 각자 배짱 꼴리는 대루 하는 거야."

"다 틀리기 전에 사무실을 확 쓸어버려라."

사무실의 유리창들이 인부들의 돌팔매로 깨어져나갔고, 속력을 내어 달려온 경찰차는 급한 반동에 의한 제동 소리를 내면서 사무실 뒷길에 멈추어 섰다. 운전대 옆에서 경위 한 사람이 뛰어내려 기동 경찰들에게 지시했다.

"몰기만 해, 나중에 경찰이 현장 측에 합세해서 인부들을 탄압했다면 골치 아프니까……."

사무실 안에 있는 자들은 책상이나 의자로 문을 받치고 넘어뜨린 책상 뒤에 고개를 처박고 숨어 있었다. 돌팔매를 그친 인부들이 사무실로 달려왔다. 경찰들은 화살표 대형으로 늘어서서 경봉을 꼬나들고 발을 맞추어 흥분한 인부들 앞으로 비집고 나아갔다. 인부들의 측면으로 경찰들이 밀어닥쳐 대형의 간격을 넓히며 포위할 기세였다.

"함바로 물러갑시다. 함바로……."

인부들은 일단 뒤로 밀려났고, 경찰들 때문에 용기를 되찾은 감독조들과 사무실 사람들은 밖으로 몰려나왔다. 그들에게로 인부들의 돌팔매가 날아들었다. 감독조원들도 마주 돌을 던졌다. 대형을 일렬횡대로 바꾼 경찰들이 돌팔매 사이로 뛰어들어 양쪽 사람들을 모두 해산시키기 위해 갈라섰다. 소장이 외쳤다.

"이거 왜 이래? 먼저 인부들을 몰아내야지. 함바로 쫓으란 말요."

경위가 휴대용 확성기를 통해 인부들에게 말했다.

"전부 함바로 돌아가요. 요구 조건은 질서 있게 타협적으로 해결하기로 하고 일단 합숙소에 돌아가 기다리시오. 불응하면 모두 체포하겠소."

인부들이 마주 떠들었다.

"무슨 명목으로 우릴 체포하는가, 우린 방어했을 뿐이다."

"잡아가야 할 놈들은 저쪽이다."

확성기에서 경고의 말이 연거푸 흘러나왔다.

"법은 누구에게나 공정합니다. 이성을 되찾고 해산합시다. 법은 누구에게나……."

"공정한 거 좋아하지 마라."

"해산을 거절한다면?"

"경찰들도 저쪽 편을 들 거야, 우리야 돈이 있나, 빽이 있나, 천하에 믿을 놈들이 어딨나. 우리가 우릴 믿어야지."

"창고를 열러 가자, 창고엔 맞설 만한 물건들이 많을 거야."

이리저리 휩쓸려 패가 갈리기 시작한 와중 사이를 해치며 고참 인부가 동혁에게로 달려왔다.

"어쩔 작정이오? 맞서겠소, 아니면 타협하겠소?"

동혁이 말했다.

"타협은 우리가 행동을 벌여놓고 있을 때만 가능합니다. 기왕에 이렇게 된 이상 버티는 수밖에 없어요."

"함바가 어떨까?"

"거긴 사방으로 트여 있어서 하룻밤도 농성하지 못할 거요. 이따위 상태로 저쪽이 조금만 강경하게 나온다면 우리 요구는 다시 공전되고 말 겁니다."

"일단 함바로 물러납시다. 버티다가 불리하면 다시 무슨 방도를 강구하든지……."

벌써 일단의 인부들 무리가 새카맣게 창고로 몰려가고 있었다. 나머지는 조원들과 대치해서 서서히 물러나고 있었는데, 경찰들은 한쪽에 늘어서서 사태를 관망하는 눈치였다. 소장이 경위에게 말했다.

"보시오. 저게 단순한 쟁의로 생각되쇼? 불순분자가 선동한 폭동이오. 나중에 도경으로 항의하겠소."

"우리는 절대로 사건 개입을 하지 말라는 상부의 엄명을 받고 왔어요. 큰 사고가 발생하지 않도록 방어에 주력할 뿐입니다."

"폭도로 변한 놈들이 창고를 약탈하려 가는 저것이…… 작은 사고란 말요?"

"나중에, 위법한 자들을 입건하겠어요. 우리는 노사 관계를 잘 알지도 못할뿐더러 이번엔 특수한 경우라서……."

"뭐가 특수하오? 그게 항간에서들 말하는 관료주의란 거요. 책임 회피를 해놓고, 적당히 하자는 거요?"

"이 양반이…… 국회에서 답사를 온다는데 그때까지 끌게 되면 누가 불리하겠소? 경찰이 쓸데없이 관권을 발동했다구 사방에서 떠들지도 모르죠."

하고 나서 경위는 경사 한 사람을 불러 경찰의 일부를 창고로 보냈다. 벌써부터 창고로 몰려갔던 인부들은 이미 퀀셋 건물의 양철 문짝을 두드려 부수고 안으로 들어가 있었다. 그들은 폐유를 스페어깡에 담아 폭약 상자와 여덟 자 매듭의 철조망 뭉치들과 함께 운반했다.

다른 인부들은 함바로 오르는 황톳길을 막고 서서 돌팔매를 던지며 감독조와 경찰이 접근하지 못하도록 방어하고 있었다. 퇴근했던 사무직원들과, 운지로 나가 있던 십장들을 태운 삼륜차가 먼저 도착했고, 이어서 아세아건설의 노란색 덤프트럭에 제3공사장의 감독조원들이 타고 왔다. 조원들은 철근과 몽둥이 같은 것들을 손마다 들고 있었다.

여태껏 궁지에 몰렸던 봉택이네는 패거리들이 증강되자 기가 나서 인부들 앞으로 밀고 들어갔으며 제3공사장의 조원들은 창고 방향과 황토의 언덕 사이를 끊기 위해 오른쪽으로 돌았다. 조원들의 저돌적인 기세에 인부들은 돌팔매와 야유로 응수하면서 언덕길 위로 차츰차츰 후퇴해 갔다. 언덕의 측면으로 오른 제3공사장 패들은 무기들을 휘두르며 인부들의 뒤로 협공해 들어갔다. 인부들의 대열이 일시에 무너지기 시작하며 삽자루와 몽둥이가 부딪히고 넘어지고 뒤에서 치며 앞에서 박는 난장판이 벌어졌다. 쌍방에 부상자가 서너 명씩 불어났고, 인부들은 동료들을 부축해서 언덕 위로 몰려 올라갔다. 메가폰이 소리쳤다.

"더 이상 접근하지 마시오. 인부들이 함바로 완전히 돌아갈 때까지 절대로 접근하면 안 됩니다. 경고합니다……."

인부들은 이제 경찰도 믿을 수 없고, 회사에 조정된 적이 바로 눈앞에 있었으며, 함바는 아무래도 방어가 허술한 상태여서 누가 제의하기도 전에 함바 뒤의 독산으로 쫓겨 올라갔다.

동혁이 우선 환자들이 걱정이 되어 5함바 쪽으로 뛰었다. 장씨는 어디론가 가버리고 판술이와 한동이만이 함바 툇마루에 맥을 놓고 앉아 있었다. 판술이가 황망히 지나쳐 가는 사람들을 질린 얼굴로 두리번거리며 중얼댔다.

"일이 크게 벌어진 거 같은데."

"대위 형은?"

"정신이 들었어요."

"오씨는 어떻습니까?"

"오가는 바로 일어서질 못해요. 완전히 허리를 망가뜨린 모양이데, 이제 큰 힘을 못 쓸 거요."

"독산으로들 가십시다. 환자는 그 애들도 손대지 못할 거요. 감독조 놈들 악이 받쳐 있소."

"우리보다 수가 훨씬 적지 않은가요?"

"3공사장 패들이 한꺼번에 몰려왔어요. 경찰들까지 합세해 있소."

"그렇다고 백오십 명이 넘는 사람들이 독산으로 쫓겨 올라가요?"

"워낙 밑바닥에서 굴러다닌 신세들이라, 관의 제복만 보면 힘을 쪽 빼버리고 마는 모양입니다. 모두들 단단히 켕겨 있어요."

"산꼭대기서 도대체 뭘 한대요."

한동이가 투덜댔다. 동혁이 말했다.

"국회의원들이 올 때까지 버티는 수밖에요. 만약 우리가 끈질기게 버틴다면 회사 체면두 있으니, 타협을 안 붙곤 못 배길걸, 우릴 산 위에 그대로 방치해 뒀다간 이번 공사로 노렸던 의미는 무효가 될 테니까."

방 안에서 대위의 가냘픈 음성이 들려왔다.

"이씨 거기 있소?"

동혁이 그제야 쪽문을 열어젖혔다.

"정신이 좀 들었어요?"

대위는 캄캄해진 방 안에 셔츠 조각으로 감싸고 누워 있다가, 문이 열리자 툇마루 쪽으로 안간힘하며 기어 왔다. 그의 얼굴은 말라붙은 피를 닦아내지 못한 채 평퍼짐하게 부어올라 있었다.

"날 여기 남겨둘 작정이오?"

한 시간 전까지만 해도 팔팔하게 성이 나서 날뛰던 대위는 이미 눈에 초점을 잃어 흐리멍텅하게 보였다. 동혁은 대위를 달랬다.

"형은 중환자요. 산 위에서 아무래도 노숙을 할 모양이니, 그런 몸으론 지탱하기 어려울 겁니다. 여기 남아 있노라면 저희들도 사람이니 손을 못 댈 거요. 또 외부의 눈도 있으니까 읍내 병원에라도 입원 시킬 테지……."

"싫소, 나는 첨부터 쟁의만 바라고 여기 눌러 있었시다."

동혁은 연방 공터 쪽을 바라보다가 어슬렁대며 여유 있게 올라오고 있는 서너 명의 감독조원들을 보자, 재빨리 대위를 끌어안아 툇마루에 앉혔다. 대위는 흔들려진 두개골의 아픔을 참느라고 상을 몹시 찡그리고 입을 벌렸다.

"자, 업히쇼."

오가도 남지 않겠다며 손짓으로 애원했으므로 판술이가 그를 업었다. 그들 다섯 사람은 인부들의 뒤를 따라 독산으로 올라갔다. 경찰들은 공터를 막아 10함바의 끝에까지 진을 벌렸고, 감독조원들이 독산 쪽으로 다가들고 있었다.

땅거미가 내려 덮어 사방은 컴컴해졌으며 어둠은 재빨리 짙어졌다.

산 위에서는 인부들이 작업을 벌여놓기 시작했다. 정상 부근의 바위를 따라서 돌로 담을 쌓았으며, 쉽게 오를 수 있는 등성이 쪽에는 여덟 자 매듭의 철조망을 풀어 차단하고 있었다. 그들은 바위 뒤편 안전한 곳에 함바에서 가져온 이불을 깔고 난투 중에 부상단한 사람들 눕혀놓았다. 돌팔매로 쓸 자갈을 배낭이나 부대 자루 속에 가득 넣어 힘들여 끌고 올라온 인부들도 있었다. 어떤 자는 창고에서 가져갔던 폭약의 포장 상자를 뜯고 밀초처럼 생긴 남포를 십여 개나 꺼냈다.

경찰은 함바에 도착해서 양쪽의 사태를 관망하고 있었고, 기세가 등등한 감독조원들이 주위가 어둡기 시작하자 독산 위로 기어올랐다. 한 인부가 말했다.

"맛 좀 보여주자!"

폭약을 갖고 있던 인부 몇 사람이 심지에 불을 붙여 등성이 아래로 던졌다 몇 군데서 요란한 폭음과 흙먼지가 일어나며 잔돌들이 사방으로 튀어 날았는 데다가 바위까지 굴러 내렸다. 의외에도 그 위력은 상대편들을 겁주기에 충분했으며 조원들은 기가 죽어 독산 아래로 재빠르게 쫓겨 내려갔다.

주위가 완전히 캄캄해지자 인부들은 자기들이 고립되어 있다는 걸 실감했고, 군데군데 그들이 지피기 시작한 폐유의 모닥불이 벌겋게 타올랐다. 강 건너 마을로 내려갔던 사람들이 함지에 주먹밥을 가득히 해갖고 돌아왔다. 그들은 전표팔이에 남았던 현금을 각 함바마다 공평하게 식비로 털어 내놓았던 것이다. 인부들은 이곳저곳에 모닥불을 중심으로 모여 앉아 두런두런 얘기를 주고받았다. 한동이가 3실 몫으로 타온 다섯 개의 주먹밥을 한 사람씩 돌렸다. 머리를 싸매고 이불을 말아 깔고 덮고 한 대위는 한동이가 내미는 주먹밥을 보자 고개를 저으며 낮은 신음 소리만 냈다. 대위가 힘없이 말했다.

"그보다 물이 먹고 싶다."

"몇 사람이 강으로 길러 갔으니까 곧 물이 올 거야. 조금만 참으슈."

"상처는 어떻습니까?"

동혁이 묻자 대위는 억지로 몸을 뒤채어 돌아누우며 말했다.

"글쎄 몹시 쑤시고 출혈이 그치지 않는 것 같소."

대위는 다시 소지품 꾸러미에서 수건을 꺼내주기를 부탁했다. 그는 피가 계속해서 배어 나오는 머리를 동여맨 셔츠 조각 위에 수건을 덧붙여 싸맸다.

강 건너 어둠 속에 마을의 불빛들이 가물가물 흔들리고 있었다. 왼편으로는 운지 읍내의 환한 불빛이 바라보였고, 바람

소리에 섞여 해조음이 먼 곳에서 들려왔다. 돌아누운 대위가 혼자 중얼거렸다.

"참 먼 데루 흘러왔구먼……."

주먹밥을 베어 물던 동혁이 대위에게 물었다.

"뭐요…… 뭐라구 그러셨수?"

"동네 집 불빛이 무척 멀어 보여서 말요."

동혁은 강 건너 어두운 벌판 위에 찍힌 마을의 불빛들을 물끄러미 바라보았다. 그는 한참을 보노라니까 불빛의 빛살들이 씨앗의 잔털처럼 퍼져 눈앞에 아주 가까이 다가온 듯했고, 불점 사이의 간격들도 좁아진 것 같은 착각을 했다. 나지막한 처마 밑에 하나둘씩 불이 켜지고 가까워진 창문들이 자기의 귓전에 와서 두런대는 소리라도 들은 것 같았다. 동혁이 말했다.

"코끝에 닿을 듯이 보이는데……."

"나는 아주 멀어 보인단 말요."

말하면서 대위는, 마을의 불빛들이 들판을 밤 열차처럼 요란한 고함을 지르며 미끄러져 달아날 것 같다고 생각했다. 그는 자기가 낯선 곳에 강제로 하차되었으며, 모든 불빛들은 지정된 땅으로 저희들끼리만 발차해 가는 듯한 느낌이었다. 대위가 중얼거렸다.

"정말 내 한 몸 살기두 어려운 세상이오."

동혁은 대꾸 없이 식사에 열중했다. 대위는 집 동네를 머릿속에 떠올리려고 애썼으나, 그가 아내와 헤어진 후 잠깐씩 얹혀 살아온 지방 공사장 부근의 삭막한 마을들이 떠오를 뿐이었다. 그가 돌아다니게 된 건 미장이 시다 노릇을 하던 때 미장이로부터 뜨내기 일꾼에 대한 그럴듯한 경험담을 듣고서였다. 미장이의 말은 사는 걸 어렵게 생각 말고 쉽게 살려고 애쓴다면 부랑 노무자처럼 속 편한 게 없다는 거였다. 막상 겪고 살아온 이제 와서 그자의 말이 입에 발린 헛나발이란 걸 대위는 알고 있었다. 그렇게 절후가 꼭꼭 맞아떨어지며 일거리가 가는 곳마다 기다린다면 그는 평생을 객지로 떠돌아다녀도 여한이 없을 거였다. 대위는 지금 굳게 닫힌 철문이나 성벽에 머리를 부딪고 피를 흘리고 있는 게 아닌가 하는 생각이 들었다. 문과 담벽은 어느 곳에서나 요지부동이었던 것이다.

"누가 올라오는 모양이군."

동혁이 일어서서 등성이 아래쪽 어둠 속을 내려다보았다. 인부들은 양쪽 등성이에 철조망을 늘여놓고 그 끝에 다이마쓰를 가진 망보기를 한 사람씩 세워놓았는데, 그가 아래에 대고 누구냐고 소리를 치고 있었다. 밑에서는 함바에서 오는 사람들이라고 대답해 왔다. 횃불 빛에 가까이 온 장씨와 서넛의 낯익은 인부들 모습이 비쳐 왔다. 그들은 산 위에 올라 동료들의 살벌한 모습들을 보자 처음엔 어리둥절한 모양이었다. 함바의 윗손 인부가 말했다.

"채 못 올라오고 함바에 남았다가 간신히 빠져나오는 길이오."

동혁이 장씨에게 물었다.

"아래 눈치는 어때요?"

"함바에 남은 사람들에겐 특식이 나왔대. 술판을 벌여놓구 법석일세."

"쓰레기 같은 개새끼들!"

하고 누군가 옆에서 욕을 씹어 뱉었다. 1함바 인부가 계속해서 상황을 얘기했다.

"감독조들은 산 아래를 지키고, 경찰들은 모두 매점에서 밤을 새울 모양입디다. 직원들두 거기 같이 있어요."

"소장이 무슨 말 없습디까? 남은 사람들에게 몇 마디 했을 텐데."

"내일 저녁까지 농성을 하도록 내버려둘 순 없대요. 요구 조건을 사정이 닿는 대루 받아들일 눈치요."

듣고 있던 인부들이 일시에 와글거리며 환성을 질렀다.

"그거 봐. 우리가 이겼다. 이젠 밟지 못할걸."

"감독조 새끼들이 먼저 떨려나야 해."

"이제부텀 뼛골이 빠져두 보람이 있겠구나."

장씨가 말했다.

"모래 오전에 국회 답사단이 오는데, 내일 저녁까지 내려오지 않는 인부들은 해고하고 경찰에서도 구속한다던데."

"뚜렷한 보장이 서야만 내려갈 거 아닌가. 뭣 빨라고 산꼭대기서 노숙을 하며 고생하는 바에야……."

"소장이 낼 아침에 각서를 써서 올려 보낸대요."

"그 새낄 어떻게 믿어?"

"저쪽에서 부드럽게 나온다면 내일 저녁 때쯤에 슬슬 내려가 봅시다. 여차하면 다시 올라오면 될 거 아닌가."

3함바의 고참 인부가 훨씬 누그러진 태도로 말했고, 동혁이 코웃음을 치며 말했다.

"한번 내려가면 다신 못 올라올 겁니다. 사무실 측이 현재 꿀리는 건 모레 오전 때문이오. 그다음부터 칼자루는 저쪽이 쥐게 됩니다."

"모두 함께 일으켰다구 그럴 테니 걱정 마쇼. 보복하지 말라는 확답을 얻게 되면 무슨 상관이 있겠소?"

라고 3함바 인부는 말했다. 동혁은 그들을 떠나 대위가 있는 모닥불가로 되돌아가며 말했다.

"이렇게 맞서고 있는 상태를 잃으면 말짱 헛것이 될 거요. 잘 생각해서 행동합시다."

동혁은 인부들이 소장이나 감독조와 맞대어 이제까지 당해 온 수모에 대한 불평을 한탄조가 아닌 직접적인 행동으로 터뜨린 것은 우연한 일이 아니라고 믿고 싶었다. 그는 인부들 각자가 지나치게 부당한 스스로의 조건들을 깨달았기 때문이라고 생각했다. 그들은 삽자루나 등태가 아니었던 것이며, 빚을 지고 있는 피로한 날품 인부였다. 동혁이 대위의 옆에 가서 털썩 주저앉았다. 대위가 가까스로 머리를 쳐들어 아래편을 보려 애쓰며 동혁에게 물었다.

"무슨 일이 생겼소?"

"사람들이 흔들리고 있어요. 난 어째야 좋을지를 모르겠소. 하루도 못 가서 믿을 만한 사람들까지 어리석은 말을 하구 있어요."

"누가 온 모양이던데……."

"함바에 남았던 사람들이 몇 명 올라왔는데, 회사 측이 내일 저녁까지 선을 긋고 조건을 받아들이겠다는군요, 나는 국회의원들 앞에서 공식적인 타협을 할 생각이었는데요."

동혁은 지글대며 타오르는 기름불을 멍청히 들여다보았다. 대위가 말했다.

"저기…… 장씨 아니오?"

"늙은 사람들은 줏대가 다 말라비틀어져서, 함바에 남아 있는 게 차라리 나을 텐데."

"혹시!"

대위는 머뭇머뭇하며 말했다.

"떡밥 아닐까? 나중에 올라온 치들……."

"모르죠, 매일 희망 없다는 소리나 입버릇처럼 뇌까리는 늙은 인부들이니…… 그렇지만 애초에."

동혁은 희미한 동작으로 고개를 저으며 말했다.

"여기 올라온 것부터가 우리 각자의 자유의사 아녔습니까? 모두들 내려가도 버티고 싶으면 버텨야지."

"저치들 도루 내려보내요."

"내가 뭔데요?"

"지금 저 사람들 아무것두 모르구 기분에 따라 갈팡질팡하는데 알게 해줘얄 거 아뇨?"

동혁은 잠시 말을 끊었다가 대위의 어깨 위로 흘러내려온 이불깃을 여며주고 나서 말했다.

"무서운 생각이 자꾸만 들어서……."

"어린애처럼 뭐가 또 무섭소?"

"내 마음대로 할 수는 있는데, 어떻게 해야 좋을지를 아직 모르겠군요. 그렇지만 누가 알아나 줄지 모르겠소."

라고 동혁은 말했다. 그는 구부려 세운 무릎 위에 팔을 걸쳐 턱을 괴고 앉아 깊은 생각에 잠겼다. 모닥불의 윗부분은 엷은 감색 테가 둘려 있고, 그 아래편은 보다 엷은 암황의 그늘이 져 있으며 더욱 아래는 불기의 공간이 있었다. 바람이 불리는 방향으로 불꽃이 몰릴 때마다 엷은 그늘이 짙은 노랑으로 변했다. 땅바닥을 핥고 있는 부분은 정결하고 고운 푸른색이었다. 불길이 땅바닥에 부은 기름 흔적대로 타올라 위로 솟으면서 곧 땅을 떠나 날듯이 날름거렸다. 서로 핥고 비벼대는 불꽃 머리가 격랑처럼 보였다. 동혁은 폐유깡을 들어 불길 위에 조심스럽게 부었다, 불길이 확 퍼져 올라 그의 눈썹을 그슬렸다. 퍼져 오른 불꽃이 다시 낮아지며 아까처럼 끊임없이 춤추고 있었는데, 일정한 공간에 갇힌 새의 날갯짓 같았다. 동혁은 자꾸만 기름을 붓고 싶었다.

초여름의 폭양(曝陽)이 그들의 벗은 등을 줄기차게 내리쬐고 있었고, 산 위에는 머리통 하나 가릴 한 점의 그늘도 없었다. 그들은 긴 거리를 달려온 개처럼 헐떡였다.

"노무자 여러분, 나는 현장 소장입니다. 지난밤 산 위에서 얼마나 고생이 많았습니까? 우리는 이제까지의 행정적 과오를 깨닫고 여러분들의 요구대로 무조건 시정하기로 결정했음을 알려드립니다. 첫째로, 노임은 여러분이 건의한 바와 같이 도급 임금과 동일하게 인상해 드리겠습니다. 둘째로, 시간 노동제를 실시해서 정오 휴식 시간을 한 시간 동안 배정하고 정한 시간에 일제히 작업 종료를 시키겠으며 부득이한 경우, 노동 시간이 초과될 때에는 초과 수당을 지불해 드리겠습니다. 셋째로, 감독조를 해산시키겠습니다. 넷째 번 사항은 아직 시간이 걸리므로 현상대로 두고 차차 시정하되, 전표를 식권과 직결시켜서 남는 액수는 현금으로 지불해 달라는 여러분의 요구를 이행할 수 있으리라 믿습니다. 노무자 여러분, 듣고 있습니까? 지금 다른 노무자들은 모두 개선된 상태 아래 즐겁게 작업에 임하고 있습니다. 여러분들의 요구가 이같이 철저하게 이루어진 이상 무엇을 또 기다리십니까? 여러분 중에 환자가 있다고 알고 있습니다만, 그분들을 한 시각이라도 빨리 치료해 줄 의무와 책임이 우리와 여러분 양쪽에 있다고 생각되지 않습니까? 빨리 내려와 주세요. 잠시 후에 허심탄회하게 얘기해 보고 나서 결단을 내립시다. 환자를 데리고 내려오시기 바랍니다."

대형 스피커에서 간간히 삑삑거리는 잡음 소리를 내며 소장의 책을 읽어대는 듯한 단조로운 말이 들려왔다. 다른 자의 카랑카랑한 목소리가 뒤를 이었다.

"방금 회사 측에서 밝힌 바와 마찬가지로 여러분의 요구는 정당하게 이루어졌다고 아는 바입니다. 아시다시피 우리 경찰은 처음부터 절대 중립을 지켜왔고, 앞으로도 또한 적극적인 개입을 하지 않을 것입니다. 경찰은 어떠한 보복 조처라도 없어야 될 것을 회사 측에 당부하고, 주동한 사람들에게까지 최대한으로 관대하게 대우할 것을 약속합니다. 쟁의에 참가한 여러분의 신념을 존중하고 심적인 여유를 드리는 의미에서 오늘 저녁까지 시간을 정하였습니다. 그 전에 농성을 중지하고 내려온다면 다시 이곳 작업장에서 건설에 임할 것이며, 만약에 끝까지 농성을 벌여 치안을 혼란시킨다면 관의 명예를 위해 한 사람도 남김없이 준엄하게 다스릴 것입니다. 현명한 판단으로 농성을 중지하기 바랍니다."

독산 위의 인부들은 아무도 움직이지 않고 스피커에서 흘러나오는 모든 말들을 하나도 빼놓지 않고 들으려는 듯했다. 매점의 지붕 끝에 스피커가 달려 있었는데, 사무실 사람들과 경찰은 안에 있는 모양이었다. 공터에는 햇볕만이 내리쬐어 황토가 더욱 붉어 보였고, 함바는 집집마다 텅 빈 것 같았다. 웅웅거리는 요란한 스피커 소리가 꺼지자 합숙소 주변에는 햇볕만이 남아 있는 것처럼 보였다.

멀리 제1채석장 편에서 암벽을 뚫는 착암기의 발동 소리와 돌 깨는 소리가 희미하게 들려왔다. 산 위에서는 훨씬 드넓게 보이는 바다 위에 게딱지만 한 견인선이 하얀 포말을 일으키며 움직이고 있는 게 보였고, 현지 인부들은 해변에서 전과 다름없이 객토 작업을 하느라고 꼬물거렸다. 그들은 외면한 채 작업은 평상시와 마찬가지로 진행되고 있었으며, 인부들은 어쩐지 산 위에서의 농성이 어리석지나 않은가고 생각했다. 갈증과 무더위로 말을 잃은 인부들은 정상의 여기저기에 흩어져 앉아 서로 얘기 나누기를 꺼리는 눈치였다. 그들은 각자가 떨어져 앉아서 서로 간에 참견하고 싶지 않은 듯 보였다.

대위의 얼굴이 콧날을 구별할 수 없을 정도로 부어올라 전혀 딴 사람이 누워 있는 것 같았다. 그는 간밤에 밤새껏 신음소리를 내며 앓았다. 대위는 이마 위에 식은땀이 송골송골 맺혀 있었는데도 오한으로 이불을 말아 쓰고 끊임없이 떨고 있었다. 게다가 쉬파리가 안면으로 날아 앉아 그를 괴롭혔다. 사실, 인부들 외에도 산에는 쉬파리가 있었던 것이다. 새벽부터 어디선가 줄기차게 모여들었고, 그 수는 점차로 증가되었다. 하룻밤 새 배설한 분뇨의 냄새와 밥 찌끼 땀에 젖은 사람의 살냄새가 그것들을 모아온 게 틀림없었다. 동혁이 대위의 옆에 지켜 앉아 가끔씩 파리를 날려주고 있었으며, 대위가 순대 거죽처럼 말라붙은 입술을 움직거렸다. 동혁은 그가 물을 찾는 걸 알고 물이 담긴 소주병을 기울여 입술을 적셔주었다. 대위는 쉰 목소리로 더듬더듬 말했다.

"오늘이 마지막…… 고비인 것 같소."

"상처가 덧나지 않았는지 모르겠는데…… 참을 만하쇼?"

대위가 고개를 저었다.

"상처가 아니라, 농성…… 말요."

"오늘밤만 넘기면 될 텐데, 모두들 맥이 풀려버린 것 같아요. 저쪽이 너무 순순하게 나오니까 어리둥절한 겁니다. 오래 버티다가 손해를 본다는 생각들인 모양이오."

"그러게…… 초장 끗발은 똥끗발이지."

"아직까지는 우리가 유리합니다."

장씨는 등 뒤로 날아 붙은 파리들을 웃저고리로 휘휘 날리며 바위에 기대앉아 있었는데, 주변에 한동이와 판술이 그리고 5함바 다른 방의 몇몇 인부들이 모여 앉아 작업장 쪽을 내려다보고 있었다. 장씨가 동혁이 쪽을 힐끗 보고 나서 심드렁하게 한마디했다.

"젠장…… 더 기다릴 거 있는가?"

수로 작업조가 삼태기에 흙을 날라 가는 모습이 보였고, 활기차게 장단 맞추는 가락이 선명하게 들려왔다. 정오에 전에 없었던 휴식 종소리가 울렸을 때, 각 작업장의 현지 인부들은 그늘을 찾아서 흩어졌으며, 참가하지 않은 그들의 동료 인부들이 함바에 점심을 먹으러 올라오던 광경을 그들은 똑똑히 보았었다. 작업하는 사람들의 단조로운 장단 타령 소리를 듣고 있던 한동이가 불만스런 목소리로 투덜댔다.

"우린 뭐야…… 남 좋은 일만 시켜줬잖아, 저기선 신나게 돈벌일 하는데……."

"휴식 시간이 꽤나 길던걸, 줄곧 지켜봤는데 그늘에서 낮잠을 자는 녀석들두 있었어."

판술이도 말했다.

"기왕에 나왔으니 말이지만…… 이런 데선 가만 앉아 주는 떡이나 받아먹는 놈들이 약은 거야."

"감독조 새끼들만 없었더라두 해볼 만했었지, 그 새끼들이 미워서 한번 붙어보자는 거였지."

장씨가 그들의 말끝에 덧붙였다.

"봤나들? 저런 정도라면 호화판일세, 내 여태껏 여러 공사판엘 다녀봤지만, 이렇게 큰 성과를 본 쟁의는 없었네."

2실 사람이 말했다.

"성과가 있을지 없을진 두고 봐야 하구요. 모두들 생각이 있을 거니까 따라서 같이 행동하면 되겠죠."

장씨가 담배를 말고 있다가 흐트러뜨리며 2실 사람을 핀잔

했다.

"내 원 참, 답답하기는…… 이 사람아 뭘 두고 봐? 눈이 없는가? 귀가 없는가, 저기 작업장을 보란 말일세."

"저쪽에서 속임수를 쓰는지 어찌 알아요?"

"귀찮아서 말하기도 싫으이, 우리네는 성미가 유해놔서 이런 짓은 내키질 않았네만, 노임이 올라주기만 기다렸네."

"저 늙은이가……."

대위가 두 팔을 쳐들어 몸을 일으키려다가 옆으로 쓰러졌다.

"아직 뒈지지 못하구선…… 저 꼴이니 아직도 공사판엘 붙어 있지."

장씨가 곧 잠잠해졌다. 동혁은 아무 말 없이 장씨의 연초 쌈지를 끌어다 담배 한 대를 말아 돌려줬다. 장씨가 입에 물자 동혁은 불을 붙여주며 다정하게 말을 걸었다.

"아저씨 심정은 잘 알겠어요."

"나는…… 뭐, 모두 무사하게 끝나 같이 일하게 되길 바라구 하는 얘기 아닌가, 저 사람 기분을 건드릴 생각은 없었다네."

"알겠어요."

그들은 기분이 언짢아져서 묵묵히 함바를 내려다보기만 했다. 대위가 잔뜩 쉰 목소리로 장씨를 향하여 긴 욕설을 내씹고 나서 반응이 없자, 손가락질을 하며 말했다.

"저…… 송장 같은 늙은이, 떡밥이다!"

장씨는 등을 돌리고 앉은 채 대꾸하지 않았다. 판술이가 말했다.

"거 무슨 소리요? 노인 양반한테…… 환자면 누워나 있으슈."

"아닐세……."

하고 나서 장씨는 일어섰다. 장씨가 그들 곁을 떠나며,

"자네가 내 깊은 속을 알 턱이 있겠나? 그렇잖아두 종기랑 놈이 찾아왔더라만……."

하는 알쏭달쏭한 말을 대위에게 던졌다. 대위가 중얼거렸다.

"비서가 무슨 일로 장씨를 찾아갔는지는…… 뻔한 일이지."

그러나 동혁은 장씨가 협상을 붙이려 올라온 것처럼 보이는 다른 인부들과 똑같다고는 믿지 않았다. 장씨는 다만 그들을 염려하고 있는 것 같았으며 새로운 사태를 두려워하는 모양이었다. 동혁에게는 장씨가 쟁의에 대한 확신을 일찌감치 포기해 버린 사람인 것만은 분명한 듯이 느껴졌다. 1함바 윗손 인부가 무더위에 헐떡이며 앉아 있는 주위 인부들에게 못 견디겠다는 듯이 소리쳤다.

"내려갑시다. 더 있어야 할 명분이 없지 않소?"

"저쪽에서 임시방편으로 넘어가고 보자는 수작인지…… 어찌 알겠소?"

"고지식한 소리 하네! 저쪽도 체면이 있는데, 우리들 앞에 공적으로 말하고 나서 취소할 수 있겠소."

그의 곁에 있던 사람도 내려가자는 의견에 마음이 흔들린 어조로 말했다.

"기다려봤자…… 사장님 대우를 받을 것도 아니겠구. 개인적인 유감이라야 조원 새끼들한테 나중에라도 풀 수가 있으니까."

스피커의 잡음 소리가 커지더니 또 말이 흘러나왔다.

"여러분, 나는 2함바의 인부요. 방금 사무실 측에서 감독조원들을 해고시켰어요. 모두 떠날 거라고 합니다. 여러분들 덕택에 우리는 인상된 노임을 받으며 편하게 일을 하게 되어 각 작업장에서 열심히 일하고 있습니다. 많은 일거리가 여러분들을 기다리고 있어요."

딸깍, 끊어졌다가 직원인 듯한 자의 목소리가 들려왔다.

"환자를 데리고 내려와 주세요. 환자만이라도 내려 보내야 되겠습니다. 밑에 의사와 간호원이 기다리고 있습니다. 지금 우리는 노동력이 상당히 부족한 데다 작업 진척이 늦어져 한시가 급합니다. 내일부터라도 정상적인 작업에 임하려면 농성을 그쳐야 하겠습니다. 소장님께서 직접 산으로 올라가진 못하니까, 인부 대표는 환자와 함께 내려와 타협해 주십시오."

정상에서 똑바로 위치한 곳에 매점이 내려다보였는데, 문으로부터 노랑 헬멧을 쓴 대여섯 명의 사무실 사람들과 아침에 돌아가지 않고 남아 있던 십여 명의 경찰들이 몰려나왔다. 매점 옆의 5함바에서도 사람들이 몰려나와 공터를 지나 언덕 아래로 내려갔다. 한동이와 몇몇 인부들이 떠들었다.

"봐요! 감독조 새끼들이 짐을 싸들고 쫓겨 가는 걸."

"차를 탔어."

"공사장 밖으로 아주 꺼질 모양인데."

어제 동혁과 함께 인부들의 앞장을 섰던 3함바 고참 인부가 동혁에게로 걸어왔다. 그는 웃는 낯이었다.

"어떻게 할 셈이오?"

"글쎄요. 여러분들 내키는 대루 해야겠지만, 내 생각은……

내려가면 또 달라질 수도 있을 거란 말입니다. 저 사람들은 임시 조처로 우릴 꾀어내려는 게 분명합니다. 그리고, 나는 나중에 올라온 사람들 말을 의심하구 있어요."

"떡밥이 분명하다니까."

하며 대위가 말했다. 그는 오한으로 헛구역질로 거의 녹초가 되어 있었으나 보통 때의 성깔은 죽지 않은 듯했다.

"떡밥이구 뭐구, 우리가 속지 않으면 될 거 아닙니까? 형씨 말고도 환자가 셋이나 되는데 출혈이 심하오. 우선 치료를 받아야지."

"내일까지 버티지 못한다면 저쪽의 놀림감이 될지도 모릅니다."

"환자는……."

하며 고참 인부가 주저했다. 동혁은 떨고 있는 대위를 한동안 내려다보고 나서,

"내려 보내야죠."

"싫소!"

대위가 눈을 크게 부릅떴다. 고참 인부가 짜증을 냈다.

"그건 헛깡이오, 이 친구야."

"내려가쇼. 형이 할 일은…… 이제 아무것도 없잖아요."

"이씨까지 그러긴가?"

"형은 여기선 쓸모가 없어요."

동혁은 단호하게 말했다. 대위는 한마디 더 하고 싶은 듯했으나 힘을 잃은 듯이 쳐들었던 머리를 뒤로 떨어뜨렸다.

"내려가서 확실한 보장을 얻어갖구 올라오겠소."

"마음대로 하십시오."

고참이 환자들을 나를 사람들을 찾자, 인부들이 우르르 뛰어왔는데, 그는 네 사람을 지명했다. 그들은 대위를 이불 째로 들어 올렸고, 대위가 동혁을 마주 바라보았다. 동혁은 그에게 고개를 한 번 끄덕였다. 대위가 입술을 움직거렸지만, 뭐라고 말하는가 들리지는 않았다. 소장은 네 사람의 환자를 떠메고 산비탈을 내려오는 인부들의 작은 무리를 흡족하게 바라보았다.

"제깟 것들이……."

소장은 혼자서 빙긋 웃었다. 감독조를 짐짓 3공사장으로 보내길 잘했다고 그는 생각했다. 사실은 그들이 없으면 인부들을 통솔하기가 매우 어려운 실정이었다. 원하는 대로 모두 수걱수걱 들어주고 나면 길 잘못 들인 강아지 새끼처럼 또 무엇을 달라고 보챌지 몰라 불안할수록, 더욱 감독조는 필요했다. 그래서 잠잠해질 때까지 당분간 보냈다가 인부들과는 낯선 다른 패들로 교대시킬 뿐이었다. 현재 노임도 올렸고 시간노동제도 실시하고 있는 척할 수밖에 없지만, 우선 내일의 행사를 위해 숨 좀 돌려보자는 게 그의 속셈이었다. 그다음엔 주동자를 먼저 아무도 모르게 경찰에 데려다가 책임을 물어 따끔하게 본때를 보인 후, 여비나 두둑이 주어 구슬리며 딴 지방으로 쫓아 보낼 작정이었다. 그의 손에는 쟁의에 참가했던 인부들의 명단이 저절로 들어와 있는 셈이었다. 그들 불평분자의 절반쯤은 3공사장 인부들과 교대시키고, 나머지는 남겨두되 각 함바에 뿔뿔이 흩어지게 배당할 거였다. 점차로 시간을 보내면서 하나둘씩 해고해 나갈 것이었다. 차츰차츰 작업량을 늘리고 작업장을 줄여가면 남은 인부가 많게 될 테니 열흘도 못 가서 감원할 구실이 생길 거였다. 따라서 인상되었던 노임을 차츰 낮추며 도급을 계속시키면 인부들이 모르는 사이에 전과 같이 만들 수가 있을 게 뻔했다. 한편 감원시키고, 날마다 공사장을 찾아드는 뜨내기들을 한편 채용해 나가면 어항에 물 갈아 넣는 것처럼 인부들은 모두 새 사람으로 바뀔 것이었다. 소장은 이 모든 일들을 열흘 안으로 해치우고 원상 복구를 해놓을 자신이 있었다. 그는 어느 누구도 엄연한 현실을 뛰어넘을 수는 없다는 것을 잘 알고 있었다. 인부들이 가까이 다가오자 그는 옆의 직원들에게 지시했다.

"저 사람들과 환자를 데리고 사무실로 내려가게."

인부들은 약간은 불안하고 어리둥절해 보였다. 3함바의 고참 인부도 몹시 계면쩍어하는 빛으로 소장과 마주 섰다. 직원들과 내려온 인부들은 환자를 떠메고 사무실 쪽으로 내려갔으며 고참 인부만이 남아 소장과 얘기했다.

"위에서는…… 의심하는 사람들이 아직 많습니다. 보증이 될 만한 각서 같은 걸 원하구 있는데요."

"각서……?"

"건의했던 조건이 앞으로 변경 없이 실시되리란 걸, 우리는 확실히 믿을 수가 없으니까요."

"좋아, 써주겠네."

"또 한 가지 있습니다. 곧 내려올지도 모르지만, 경찰들을 물러가게 하셔야죠."

"그 대신 저녁 전까지 모두 내려올 수 있겠나?"

"소장님의 처사에 따라서 위에 있는 사람들은 움직일 겁니다."

소장은 호탕하게 껄껄 웃어젖혔다.

"알았네, 경찰들을 모두 돌려보내도록 하지."

3함바 인부는 산 위로 되돌아갔고 환자를 운반하여 사무실로 간 인부들은 돌아오지 않았다. 그들은 새삼스럽게 산꼭대기로 올라가기가 쑥스러워진 모양이었다. 3함바 고참 인부는 돌아가자마자 동료들에게 소장이 써준 각서를 보여주며 말했다.

"내일 국회의원들이 온다 해도 기왕에 오늘 경찰과 사무실 쪽의 뚜렷한 행동을 본 이상, 뭘 기다리겠소? 의원들 앞이라고 별다른 게 없을거요."

"저 사람들 정해놓은 시간이 저녁때까진데 우리도 저쪽 체면을 봐줘야지……."

그들 곁에 있던 장씨도 한마디 거들었다.

"내 경험상으로 미뤄봐서…… 일이 이렇게까지 결정됐는데 더 버틴다면 그만큼 우린 손해요. 어디 노가다판에서 한두 번 봤어야지, 다 뻔한 이치라구."

"내려갑시다."

"술이나 한잔 걸치구 늘어지게 잤으면 좋겠구나!"

"정말 컬컬해 못 견디겠는데."

그들은 서로의 눈치를 살피고 있었는데, 환자와 함께 내려갔던 인부들이 오지 않은 이유를 여러 가지로 상상해 보고 있었다.

작업 종료를 알리는 종소리가 들려왔다. 일터에 나갔던 인부들이 함바로 모여들고 있었으며 그들은 무심하게 공터 주위를 어슬렁거리고 있는 듯이 보였다. 3함바 고참 인부가 혼자 떨어져 앉아 생각에 잠긴 동혁의 등 뒤로 가까이 왔다.

"우린 지금, 내려가기로 결정했는데……."

그는 잠깐 동혁의 뒤에서 서성거렸다. 동혁이 침울하게 대답했다.

"우리가 회사 측에 관해서 생각하는 것처럼, 저쪽이 우릴 생각하는 줄 아시오? 저 사람들은 그동안 우릴 어떻게 취급해 왔는지 잘 알거요. 나는 내려가지 않겠소."

"좋을 대루 하슈, 그건 당신 자유니까."

"당신도……."

하며 동혁이 벌떡 일어섰다.

"만일 나와 생각을 같이하는 인부가 한 사람이라도 있다면 나는 함께 행동하겠소."

"내일까지 기다릴 작정이오?"

동혁은 그에게 대답하지 않고 바위가 우뚝 선, 보다 높은 쪽으로 올라갔다. 그는 앞으로 어떻게 될지는 알 수 없었으나, 이젠 이미 마음을 내일로 활짝 열고 있었으므로 자기에게 맞서 올 어떠한 조건에 대해서도 자유로이 응할 수가 있을 것 같았다.

그의 발길에 뭔가 채어서 굴러갔다. 동혁은 무심결에 그것을 주워 올렸다. 붉은 종이로 포장된 한 개의 남포였다. 그는 어제 한동이가 지껄이던 농담을 생각해 냈고, 그것을 심지가 바깥쪽으로 가도록 입에 물어보았다. 꺼끌꺼끌하고 두터운 종이 포장 때문에 입 안이 건조해졌다.

그는 바위를 등지고 함바를 향해 앉았는데, 독산을 내려가는 인부들의 모습이 몇 명씩 그의 눈앞에 아른거리곤 했다. 제방이 보였고, 그 너머로 무한하게 펼쳐진 바다의 수평선이 보였다. 숙부가 타고 있던 이민선이 바다 바깥을 다시 지나가고 있을지도 몰랐다.

그는 자기의 결의가 헛되지 않으리라는 것을 믿었으며, 거의 텅 비어버린 듯한 마음에 대하여 스스로 놀랐다. 알 수 없는 강렬한 희망이 어디선가 솟아올라 그를 가득 채우는 것 같았다. 동혁은 상대편 사람들과 동료 인부들 모두에게 알려 주고 싶었다.

"꼭 내일이 아니라도 좋다."

그는 혼자서 다짐했다.

작품 해설

체험과 상상력*

—황석영론

권오룡

인간은 있는 그대로의 세계를 거부하면서서도
세계를 벗어나려고 하지는 않는다는 데에 모순이 있다.
—알베르 카뮈, 「반항하는 인간」

문학이란 그것을 산출케 한 세계에 대한 일정한 수준의 이해를 바탕으로 작가와 독자 사이에 주고받은 대화의 한 형식이라 생각할 수 있다. 그렇다면 우리는 문학이 담고 있는 세계에 대한 이해의 유효성을 풀어냄에 있어 그 한 가지 기준으로서 일반적으로 대화를 가능케 하는 기본적 동의를 형성하는 몇 가지 상호 인식 중에서 말하는 주체로서의 작가의 진정성을 내세울 수 있다. 더구나 『일차원적 인간』에서 마르쿠제가 오늘날의 예술에 대해 밝히고 있듯, 문제성의 껍질은 그대로 잔존하나 그 내용은 기실 부정 아닌 긍정을 함축하고 있을 수 있다는 우려할 만한 사실을 염두에 둘 때 현실적 관심을 강하

* 이 글은 1980년에 출간된 이 책의 1판에 실렸던 해설이다.

게 표명하는 듯이 보이는 작가에 대해 그 작가의 실생활의 궤적과 작품이 담고 있는 의미의 그것을 동시에 검토의 대상으로 삼아 작품의 진실성 여부를 가늠해 본다는 것은 매우 필요한 작업이라 생각한다. 이것은 경험적 사실들을 체험화하는 것과 또 그것을 상상력에 의해 문학적 현실로 재구성하는 것이 의식의 범주 속에서 행해지는 동일한 기능이라는 점에서 그 타당성을 부여받을 수 있는데, 논의 도중 예술이 갖는 부정의 기능이 보다 근본적으로 발휘될 때 그것이 어떤 양상을 띠게 되는가라는 문제의 실마리를 찾아보는 것이 이 글의 부차적인 관심이기도 하다.

본론에 들어가기 앞서 문학과 체험의 상관성에 관해 간단히 살펴보는 작업이 필요할 것이다. 과연 체험은 어떤 맥락 위에서 문학 작품의 진정한 의미를 보장해 줄 수 있는 것일까? 이 물음을 달리 바꾸면 부분적으로, 한 작가의 개인적 표현물인 체험을 통해 독자에게 이해될 수 있다 함은 체험의 어떤 성격에 의해서인가라는 물음과도 통한다고 할 수 있겠는데 간단히 말해서 그것은 작가와 독자의 체험의 기반이 되는 삶의 공동체성에 의해서라고 할 수 있다.

한 개인이 그의 실제적 삶의 세계에서 받아들인 감각적·관념적 경험의 의식화된 총체가 체험을 구성하는 것이라 할 때 체험이란 삶을 의식의 범주로 포용하려는 반성적 노력의 과정과 또 그것에 의거하여 앞으로의 일을 예기(豫期)하려는 의지 전부를 지칭하는 동적(動的) 개념으로 파악된다. 그것은 삶을 그 전체성 속에서 이해하고 구성하려는 의지의 핵심을 이룬다. 그런데 한 개인이 처해 있는 삶의 세계란 그의 내면에서만 구성된 관념적 세계가 아니라 현실적으로 그가 말하고 행동하면서 타인과의 부단한 접촉을 통해 영위하는 실제적인 구상적 공간이기 때문에 그것은 다른 사람들의 생활 공간과 공유되는 부분, 즉 사회성을 필연적으로 지니게 마련이다. 물론 사람들의 삶을 횡적인 방향에서 규정하는 사회성을 이렇게 경험적 차원에서만 단순하게 논의할 수 없는 것이긴 하지만 아무튼 아무리 고립된 듯 보이는 개체적 삶이라 할지라도 그 삶을 가능케 하는 최소한의 공간을 통해 이미 세계 속으로 참여되게 마련인 것이라는 사실은 분명하다.

이렇게 본다면 어떤 문학 작품의 계기(그것이 직접적이든 간접적이든)를 이루는 체험 내용이란 이미 표현 이전의 상태에서부터 작가와 독자 간의 상호 소통 관계에 놓여 있는 것임을 알 수 있다. 한 작품의 궁극적 의미의 실현은 삶의 공동체성에 기반을 둔 작가와 독자 사이의 상호 동의에 의해 가능해진다. 다시 말해 서로 간에 공통되는 체험의 장을 통해 작가는 작품 활동을 하는 것이고 독자는 또 체험에 비추어 그것의 의미를 받아들이거나 거부하게 된다.

어떤 체험 내용을 전달하거나 받아들이는 방식을 놓고 이야기할 때 그것은 문학의 담론적 성격에 보다 접근해 있는 것인데 이 같은 파악은 우리를 자연스럽게 언어에 의한 의사소통의 문제를 고찰하도록 이끌어 간다.

우리가 말을 주고받을 때 상대방의 말하고자 하는 의미를 정확히 이해하고 또 나의 말을 분명히 전달하기 위해서는 화자와 청자의 대립이 통주체적(通主體的) 차원으로 지양되어야 한다는 사실은 일련의 심리학적 연구가 밝혀낸 바와 같다. 즉 서로가 자신을 상대방의 입장에 놓아보는 주체 이동(transubstantiation)에 의해 의사소통이 가능해진다는 것이다.

이 같은 과정은 구체적인 대화의 상황에서는 비교적 쉽게 성립된다고 하겠지만 문학 작품을 매개로 한 화자와 청자 사이의 관계에서는 훨씬 간접적인 방식에 의존하게 된다. 그런데 언어의 습득 과정에 있어 중요한 요인으로 작용하는 환경이란 순수하게 말로만 이루어진 사변적인 공간이 아니라 구체적이고 일상적인 환경, 즉 삶의 세계 그 자체라는 사실을 아울러 고려하면 문학을 통한 작가와 독자의 관계에서 통주체적 차원은 바로 삶의 세계 속에서 빚어지는 것이 된다. 이렇듯 언어에 의한 표현은 한 작가의 체험이 포함하는 삶의 공동체성을 능동적으로 재구성한다. 다시 말해 체험을 통한 삶에의 참여는 표현에 의해 확대된다. 체험은 따라서 작가의 표현의 원리임과 동시에 독자의 이해의 기반이기도 한 것이다.

'심판의 집'이라는 제목의 창작집에서 황석영은 자신의 성장 과정을 비교적 소상히 밝혀놓고 있다. '자신과 외부에 대한 치열한 모순의 출발점'이 된 중·고등학교 시절, 그러나 그는 '나의 내부에 지닌 것과 외부의 것이 조화되게 해주소서'라는 갈망에 사로잡혀 '재주 자랑' 같은 글쓰기를 계속했다. 그러다가 '우등생이 싫었고, 일류 학교의 체제가 지겨웠고 집에 있는 것이 못 견디게' 느껴진 그는 결국 '명문 학교에서의 점수와 등수' 때문에 빚어졌던 '홀어머니와의 마찰'에 종지부를 찍고 가출한다. 외부의 가치관에 길들여지는 것보다는 자신의 내부에서 싹트는 가치를 고집하기로 결단을 내린 것이다. 그 후 10대에서 20대까지의 그의 일대기를 점철하는 체험들이란, 여기저기를 전전하다가 한 차례 귀가, 다시 가출, 그러고는 귀가, 해병대 자원 입대, 베트남 출병 등이며, 베트남에서 돌아온 후에는 '심한 자기혐오감'에 빠졌다가 비로소 '글쓰기'를 통하여 그 '삭막한 생활'을 이겨낼 수 있었음을 밝히고 있다.

그의 성장 과정에 대한 간략한 개괄을 통해 우리는 대략 두 가지 사항을 임의로 추출할 수 있다. 우선 알 수 있는 것은 반항의 의지화이며, 둘째로는 그러한 반항의 동기이기도 하며 또 필연적 결과이기도 한 고립을 예술에 입각한 삶의 보편성을 통해 벗어나고 있다는 사실이다.

반항의 의지화라는 표현이 약간 과장된 듯한 느낌을 줄지도 모른다. 그러나 구태여 장황한 논의를 거치지 않고서도 한 예로서, 어머니로부터 버림받았다는 두려움이 보들레르나 프루스트 같은 작가들을 의지 박약적 성격으로 만들었다는 해석에 일단의 타당성을 부여할 수 있다면 어머니와의 마찰 끝에 가출하는 황석영의 모습에서 의지의 일면을 파악해 낸다는 것이 결코 과장만은 아닐 것이다. 거듭되는 가출을 계기로 그가 품었던 반항적 기질은 사춘기 때 누구나 한 번쯤은 가져보는 일시적 충동이 아니라 그 후 줄곧 그를 따라다니는 의지적 성격으로 굳어진 듯하다.

'내부에 지닌 것과 외부의 것이 조화'되기를 간절히 바랐던 그에게 반항이란 자신과 현실 사이의 간극에 대한 위기감의 표출이다. 그러나 반항의 몸부림을 통해 고수한 자신의 가치는 여전히 개인적 성격에서 벗어나 있지 못하다. 오히려 그것은 현실적 가치를 거부한 개인이 쉽사리 택할 수 있는 방도 중의 하나인, 개인의 내면적 세계로의 위축이라는 성격을 보다 강하게 지니는 것인데, 그를 '심한 자기혐오'로 몰고 간 것은 바로 이 같은 사실에 대한 자각이었으리라는 추리가 가능하다.

그러한 '개인적인 어설픈 고통'에서 벗어나는 계기가 된 것이 글쓰기, 즉 예술이었다는 사실은 의미심장하다. 사실 글이란, 그것이 반드시 문학 작품이 아니라 하더라도 그것을 쓴다는 행위만으로도 그 글을 쓰는 사람으로 하여금 그가 처한 고립된 상황에서 벗어날 수 있게끔 해주는 신기한 힘을 지니고 있는 것이다. 출가한 딸에게 보낸 수천 통에 달하는 편지만으로 프랑스 문학사에서 그 위치를 확고히 한 세비네 부인(madame de Sévigné)의 경우는 그 좋은 보기이다. 남편과 일찍 사별하고 유일하게 애정을 쏟았던 딸마저 시집을 간 후 홀로 남게 된 그녀가 쓴 편지들의 대부분이란 과연 그런 걸 쓰는 것이 무슨 소용이 있을까 하는 의문이 생길 정도로 사소한 신변잡기들과 개인적 상념만으로 채워져 있다. 그러나 정작 세비네 부인에게 중요했던 것은 무슨 내용을 써서 보내는가보다는 쓰고 있음을 통해 그것을 읽게 될 딸과 상상적 교감을 이룰 수 있다는 것, 그리하여 자신의 외로움을 조금이나마 달랠 수 있다는 사실 그 자체가 아니었을까?

예술은 작가만의 개성적 표현의 범위에만 머물지 않고 타인에게 확산되어 하나의 공동체적 공간을 이룬다. 또 예술 작품은 그것을 받아들이는 사람이 부여하는 동의의 폭에 의해 궁극적으로는 삶의 보편적 가치를 획득하는 경지에까지 나아간다. 황석영에게도 문학이란 자기의 홀로 있음의 표출 방식인 동시에 그것으로부터의 벗어남이라는 두 가지 기능을 한데 포용한다. 이러한 내용을 우의적으로 형상화하고 있는 소설이 바로 「가객(歌客)」이다. 따라서 「가객」의 주인공 수추의 성격 및 행동의 변모 과정을 대략 3단계로 구분하여 작가 자신의 변모 과정과 대비해 볼 수 있다. 첫째 개인적 삶의 테두리에 머물러 있으면서 탐미적인 태도로 예술에 임하는 단계, 둘째 예술로부터 등을 돌리는 단계(황석영에게 이것은 8년 동안의 절필 시기에 해당한다.), 셋째 보편적 삶의 가치와 질서를 체득한 후 예술을 그 같은 보편성의 기반 위에 위치시키는 단계. 결국 이런 과정을 거쳐 확인되는 것은 '문학이란—인생과 따로 떨어진 어떤 별스런 세계, 또는 재주 자랑이 아니라—삶의 전체성 내지는 보편성 속에 있는 것이며, 우선 어떻게 사느냐가 가장 중요한 일 같았다.'라는 작가 자신의 문학관이다. 여기서 우리가 주목하는 것은 '전체성'과 '보편성'이라는 용어인데, 과연 「가객」에서 이 같은 과제는 어떻게 수행되고 있는가를 살펴보자.

「가객」의 배경은 저자, 즉 시장이다. 거기서는 예술에 대한 보상이 돈을 통해 이루어지고 있다. 이 소설이 우의적 수법에 의거한 것임은 앞서 밝힌 바와 같지만 이러한 배경 및 그것과 인물 간의 관계 설정은 바로 오늘날의 사회와 그 속에서의 성격을 가리켜 보이고 있는 것이라 할 수 있다. 시장은 경제적 가치가 지배하는 곳이다. 그러나 예술만을 고집하여 그곳에서 추방되었던 수추는 어느 날 자신의 노래를 포기함으로써 깨닫게 된 '삶의 경이로움'과 '만물의 소멸'에 대한 '겸손'을 지니고 돌아온다. 그 후 수추가 보여주는 행위들이란 어떤 것들인가?

> 내가 진무른 종기 때문에 잠들지 못하고 뒤척이노라면 그는 엎드려서 종기의 고름을 입으로 빨아내곤 했다. 나는 그가 고름을 빨아주고 상처를 핥는 동안에 잠들었다. 수추는 내가 추워 떨면서 신음하면 뒤에서 감싸고 체온으로 나를 녹여주었다. 나는 수추와 함께 지내는 동안 줄곧 앓아누워 있었다. 그는 날마다 나를 다리 밑에 남겨두고 저자로 나가서 일을 했다. 나룻가에서 그가 짐을 부리거나 수레를 끄는 일을 해서 떡과 고기를 사 들고 돌아온다는 것을 알았다. 그는 또 저녁마다 아픈 사람들을 찾아 다녔고, 잔치가 있는 집이나 슬픈 일이 일어난 집을 찾아가서 주인께 공손히 청하여 조심스럽게 노래를 불러주는 것이었다.

수추의 행위들이 보여주는 것은, 사람이란 결코 홀로 사는 것이 아니라는 것, 사람들과 더불어 같이 살아가는 것이라는 윤리적 가치에의 신앙이다. 아울러 예술 또한 이 같은 윤리적 기반 위에 설 때라야 비로소 그것을 즐기는 사람들이 '살아 있는 환희'를 느낄 수 있는 심미적인 가치를 지닌다는 사실이다. 이리하여 수추는 윤리에 근거를 둔 삶과 예술의 가치를 통해 삶의 전체성에까지 이르게 된다.

그러나 그 저자(시장)의 장자(長者)의 입장에서 본다면 수추의 신념적 행위들은 자신에 대한 명백한 도발이다. 그가 장자의 지위에 오른 것은 저자를 지배하는 경제적 가치에의 무조건적 신봉을 통해 비로소 가능했던 것인데, 그것을 부정하고 그것을 초월하는 삶의 보편적 가치의 전파란 자기의 기반을 송두리째 붕괴시키려는 행위나 다름없기 때문이다. 그리하여 수추는 끝내 죽음에 처해지고 만다.

수추의 죽음은 그러나 그가 터뜨린 예술의 참된 정신마저도 사라짐을 의미하지는 않는다. 꺼꾸쇠라는 관찰자의 시점을 통해 펼쳐지는 이 소설은 바로 그 같은 이유에 의해 상황의 선취가 가능해지기 때문이다. 그리하여 '나는 아직도 수추의 팔딱이는 혓바닥을 품에 지니고서 새로운 새벽이 밝을 때마다 강변으로 마중을 나가는 것이었다.'라는 시제 관념이 해체된 결말은 오늘날 예술이 현실적 가치관에 대한 반항과 부정을 통해 집요하게 추구하는 보편적 삶의 가치의 영속성을 드러내 준다.

현실을 지배하는 경제적 가치관과 예술이 추구하는 심미적이고 윤리적인 가치관 사이의 대립의 일상적 치환이 바로 황석영의 많은 작품들에 있어 표면으로 노출되는 반항과 부정의 참된 의미이다. 이 같은 대립 관계에 있어 예술이 추구하는 가치의 보편성에 대한 확신으로부터 황석영의 작가적 특성이 비롯한다. 그렇기 때문에 사회적 관심이 강하게 표명된 작품에서조차도 반항은 어떤 현실적인 이익의 획득을 위한 행위라는 좁은 의미의 틀을 벗어난다. 가령 「객지」에서 우리가 확인할 수 있는 것도 현실적 정의의 승리가 아니라 시적 정의(poetic justice)에 대해 작가가 보여주는 경사이다. 부당한 방법으로 자기네들을 혹사하고 얼마 돌아오지 않는 품삯마저도 온갖 간교한 방법으로 착취하는 회사 측의 처사에 반발하여 노동자들은 쟁의를 벌인다.

단순하게 파악할 때 이것은 노·사 관계, 나아가서 좀 더 확대 해석 하면 못 가진 자와 가진 자, 피지배자와 지배자의 대립 양상이라는 이분적 도식화가 가능하다. 이 중 어느 쪽이 현실적 악을 대변하고 있는가는 명백하다. 아무리 외따로 떨어져 있는 간척지 공사장이라고 하더라도 합리성에 근거를 둔 최소한의 노동 기준만큼은 지켜져야 할 것이라는 당위적 관점에서 볼 때 이를 무시하고 오히려 '웃개일'을 얹어 노동자들을 가일층 혹사하는 회사 측은 현실의 악 그 자체이며 이에 반발하여 벌이는 노동자들의 집단 행위는 스스로 정의를 되찾으려는 도덕적 행동이라는 성격을 부여받을 수 있다. 정(正)과 사(邪), 선과 악의 선명한 대립을 바탕에 깔고 있으면서 「객지」는 동일한 현실을 바라보는 여러 시각과 그 배후에 자리 잡고 있는 이해관계를 교차시켜 현실의 이면에 위치하는 치부를 노출시킴으로써 노동자들의 행위에 한결 정당성을 부여해 주고 있다.

그러나 「객지」의 이 같은 구성은 다른 한편으로는 노동자들이 벌이는 쟁의의 동기를 점차 약화시킴으로써 소설적 긴장을 해체시킨다는 역작용을 하고 있는 것도 사실이다. '꼭 내일이 아니라도 좋다.'는 마지막의 동혁의 다짐은 「객지」가 취하고 있는 반(反)클라이맥스 구조가 도달하는 필연적 귀결이다. 「객지」와 비슷한 소재를 다루고 있는 「야근」에서 쟁의를 벌이고 끝내 자기네들의 주장을 관철시키고야 마는 기능공들의 적극적 태도에 비교해 볼 때 「객지」의 결말은 일견 맥 빠진 듯한 느낌을 주기에 알맞다.

그러나 바로 여기에서 황석영의 진정한 관심의 소재가 어디인가가 분명히 드러난다. '개선을 위해 쟁의를 해야지 원수 갚는 심정으로 벌이다간 끝이 없어요.'라는 동혁의 말에서 그 편린을 엿볼 수 있듯 작가의 진정한 관심은 현실을 두 개의 세력으로 분리시켜 보았을 때 그 한 쪽씩에 각각 위치하는 세력들 사이의 자리바꿈이 아니라 그들 모두를 같은 보편적 삶의 기반 위에 올려놓아야 할 것이라는 신념에 근거하고 있는 것이다. 따라서 「객지」가 보여주는 결말은 상이한 여러 시각의 종합을 통해 추출된 필연적 귀결이라는 점 때문에 현실의 이분적 파악이 자칫 조장하기 쉬운 계층 간의 위화감 대신에 폭넓은 휴머니즘으로 확대되어 나간다. 이는 「산국(山菊)」 같은 작품에 있어서도 변함없이 간직되어 있는 작가 정신이다.

황석영의 작품들에 있어 계층 간의 대립 같은 문제들이 표면화되어 있다 하더라도 그것은 종국에 가서는 보편적 삶의 질서를 회복하기 위한 하나의 방법적 우회일 뿐이지, 그 같은 대립을 투쟁의 양상으로 극단화시켜 현실의 사회 질서 자체를 전복함으로써 어떤 정의가 이루어질 수 있으리라는 단순한 믿음에 근거를 두고 있기 때문은 아닌 것이다. 노동자들의 쟁의에 대해 그것이 도대체 어떤 현실적 이익을 보장할 수 있느냐라는 작업소장의 힐난에 대한, '우리가 못 받으면 뒤에 오는 사람 중 누군가가 개선된 노동 조건의 혜택을 받게 될 거요.'라는 동혁의 대꾸는 작가 자신의 믿음의 한 반영이다.

현실과 예술 사이의 대립이라는 점만을 놓고 살펴볼 때황석영 작품 세계의 기본 구조는 표면적으로 이제하나 이청준의 작품들이 기초해 있는 구조와 매우 흡사하다. 그러나 이제하의 경우는 현실에 대한 부정이 극단화되어 종국에 가서는 내용은 사라지고 표현으로서의 예술만이 남게 되고 이청준이 현실에 대한 가치 판단적 태도를 노골적으로 드러내지는 않은 채 현실의 아날로지로서의 문학적 표현의 가능성에 대해 깊이 천착하는 반면, 황석영에 있어 예술과 현실은 표리 관계로 긴밀하게 맺어져 있다. 따라서 이제하와 이청준의 현실에 대한 태도를 각각 김현 교수와 오생근 교수의 용어를 빌어 '광태(狂態)'와 '시선(視線)'으로 규정한다면, 황석영에게 현실의 세계란 '방법적 부정'의 태도로서의 조소의 대상이 된다. 혹은 헤겔식으로 말하면 예술의 가치를 부각시키기 위한 대립항이다. 현실에 대한 우회적 부정을 통한 진정한 삶의 가치의 창달이라는 테두리 속에서 현실의 희극적 면모들에 대한 황석영의 야유와 조소가 펼쳐진다. 「섬섬옥수(纖纖玉手)」의 미리는 그 대표적인 경우이다. 「섬섬옥수」는 황석영의 여러 가지 특징적 요소들을 잘 보여주는 작품이기 때문에 좀 자세히 볼 필요가 있다.

「섬섬옥수」는 시상(時相)을 달리 하는 두 개의 플롯으로 짜여 있다. 즉 미리와 만오, 장환의 삼각관계에서 빚어지는 갈등으로 엮이는 플롯과 미리와 상수 사이에서 일어나는 사건을 추적해 나가는 것이 그것인데, 시간적으로 볼 때 이 두 개의 플롯 사이에는 '거의 한 달' 정도의 간격이 있으므로 앞의 것을 제1플롯, 뒤의 것을 제2플롯이라 부를 수 있겠다. 이 두 개의 플롯에서 미리는 각각 상이한 성격을 부여받고 있다.

1) 우리 아버지는 지방 소도시에서 유지 노릇을 하는 흔한 부자였다. 흔하다고는 하지만 극장과 백화점을 경영하는 성공한 사업가라고 말할 수 있다.

2) 나는 스물세 살의 여자대학교 문과 학생이다. 나는 실업가의 외동딸답게 아무 불편 없이 자라났고, 얼굴도 남들이 말하는 대로 '드문 미모'에 속한다.

인용 1)은 상수와 더불어 전개해 나가는 제2플롯의 서두에 나오는 인물 묘사이다. 여기서 미리는 그를 둘러싸고 있는 환경 조건들에 의해 성격을 부여받고 있다. 반면에 인용 2)가 보여주고 있는 제1플롯 서두의 미리에 대한 묘사는 그의 개인적 됨됨이만을 말해주고 있을 따름이다. 이 같은 대조는 인용 2)에서 아버지를 인용 1)에서처럼 '성공한 사업가'라고 두드러지게 부각시키지 않고 간단히 '사업가'라고만 밝히고 있음을 통해서도 알 수 있다. 이렇게 볼 때 제1플롯에서의 미리는 사회적 자아의 면을, 제2플롯에서는 개인적 자아의 측면을 각각 강하게 드러내 보이는 것으로 이해할 수 있다.

미리가 갖는 양면적 성격은 각각의 플롯 속에서 어느 한 면만이 특징적으로 나타나는데 그때 결여된 측면은 미리를 둘러싼 주위의 인물들에게 상대적으로 분배되어 만오, 장환 같은 인물을 사회적 자아의 상수를 개인적 자아의 모습으로 고정시킨다. 인물 간의 관계를 이렇게 설정해 놓고 보면 미리를 중심으로 하여 한편에는 상수, 다른 한편에는 만오, 장환이 펼쳐져 작품 전체의 의미의 장을 이루게 되며 각 플롯의 의미는 사회적 자아와 개인적 자아 사이의 갈등을 통해 드러나게 된다.

인물의 성격에 있어 아울러 한 가지 더 고려해야 할 사항은 만오, 상수가 그 성격면에서 아무런 변화도 보여주지 않는 반면, 미리, 장환은 어떤 변화의 모습을 보여주고 있다는 사실이다. 제1플롯 속에서 장환은 그가 미리에게 가하는 행위들과 그것이 유발하는 반작용을 통해 이르게 되는 결말에서 급격한 전환을 연출해 내며 또 미리는 제1플롯과 제2플롯을 표면적으로 연결시켜 작품에 통일성을 부여한다는 소극적 역할 외에도, 제2플롯에서 상수에게 던지는 '심리적 놀이'가 그에게 부딪쳐 되돌아오는 과정을 통해 심리적인 변화를 보여줌으로써 결말을 유도해 내는 적극적인 역할을 담당하고 있다.

인물의 성격에 관한 논의를 통해 볼 때 각각의 플롯 사이에는 내용을 드러내는 방식에 있어 구조적 상동 관계가 존재함을 알 수 있는데, 제1플롯이 시간적으로 앞서 있다는 사실을 더불어 고려하면 우리는 제1플롯이 제2플롯의 복선으로 작용하며 제2플롯은 제1플롯의 내용상의 의미를 보완하는 관계에 있음을 알 수 있다. 따라서 제1플롯에서 장환이 다다르는 결말은 제2플롯에서의 미리의 결말을 예고, 암시하는 것이 된다. 여기서 한 걸음 더 나아가 살필 때, 그렇다면 두 플롯 사이의 관계는 어떤 의미 내용을 지니는 것인가를 응당 묻게 된다. 작품을 자세히 분석해 나가면 그것은 귀납적으로 해명될 수 있는 문제이겠으나 그런 과정을 거치지 않고서도 그 대강을 짐작할 수 있게끔 하는 단서를 「섬섬옥수」는 첫머리에서 던져주고 있다.

나는 파혼을 하기로 결심했다.

파혼은 직접적으로는 만오와의 약혼을 파기하는 것이므로 제1플롯 속에서만 이해하면 그것은 만오에 대한 거부의 의미로 읽힌다. 그러나 두 플롯을 이어주는 직접적인 계기가 되는 사건이 바로 파혼이고 보면 두 플롯 사이의 관계를 동시에 고려하게 되고 그때 파혼은 복합적인 의미를 지니는 것으로 파악된다.

파혼이란 무엇인가? 동기야 어쨌든 그것은 결속의 약속에 대한 배반이다. 여기서 우리는 「섬섬옥수」가 배반의 모티브 위에 자리 잡고 있을 것이라는 암시를 받을 수 있는데 구체적 내용과 결부시켜 볼 때 두 플롯 사이의 의미의 배반 관계는 이 소설의 전체적 의미를 어떻게 규정하는가? 이 소설의 작중 인물들을 살필 때 우선 만오는 오늘날 우리 주변에서 대부분의 사람들이 추구하는 현실적 가치의 표상이다. '공대를 나와 유학 가서 석사가 되어 돌아온 훌륭한 집안의 도련님'인 그는 현실적 삶의 테두리 속에서 아무런 불편함도 느끼지 않고 안주해 있을 수 있다. 많은 사람들의 '사회적 인정'을 받을 수 있는 기성 가치의 소유자인 그는 따라서 '현실 원칙'에만 사로잡혀 있는 인물이다. 만오와 정반대의 성격의 소유자는 상수다. 그는 남으로부터 존경받을 수 있는 사회적 신분도 없고 경제적 부유함도 없으며 그렇다고 해서 학력이 높은 것도 아니다. 그래서 그는 미리—사회적 자아로부터 '상대를 피차의 입장대로 인정'해야 하는, '소와 닭'의 관계에 놓인 인물로 간주된다. 그러나 이 같은 파악은 현실 원칙에 입각한 자의 관찰일 따름이다. 현실 원칙으로부터 완전히 자유로운 상수 측에서 볼 때 이 같은 '약속'은 하등의 의미도 지니지 못하며, 오히려 그에게 미리란 '같이 자고 싶은' 충동을 불러일으키는 평범한 여자에 불과하다

만오와 상수가 펼치는 이 같은 대립 공간 사이에서 장환은 변신의 파노라마를 전개해 나간다. 그에게도 만오가 지니고 있는 현실적 가치들은 모두 결여되어 있다. 단지 대학에 다니고 있다는 사실만이 표면적으로 그를 상수와 구분 지어준다. 가치 지향의 차원에서 상수와는 달리 사회에서의 성공에 강한 집착을 지닌 그에게는 자기의 노력만이 유일한 무기로 여겨지지만 그러나 그 '최대한의 노력'을 통해 얻을 수 있는 성공에는 한계가 있다는 자각은 그 한계를 뛰어넘을 수 있는 발판으로 미리를 선택하게끔 하는 동기를 이룬다. 그는 만오가 머

물러 있는 세계에 발붙이고 있지는 못하지만 그것을 동경한다는 의미에서 또한 현실 원칙을 추종하는 인물이다.이렇듯 현실적 가치에 대한 완고한 집착을 보이던 그가 만오의 친구들로부터 집단 구타를 당한 뒤 급격한 전환을 연출해 낸다.

> 밤하늘의 별을 보니까 어느 틈에 모든 일이 또렷해졌습니다. 쉬러 고향에 갑니다. 다시는 뵙지 못할 것입니다. 요전에 말을 잘못 썼기에 바로잡습니다. 목적이 아니라 사랑입니다.

장환의 이 같은 깨달음은 「섬섬옥수」 전편을 통해 가장 극적인 감동을 가져다준다. 사실 이 소설의 중요한 의미는 바로 여기에 있는 것이라 할 수 있는데, 그러나 이것만으로는 그 진정한 의미를 획득하지 못한다. 그것은 장환의 깨달음이 기성 가치의 소유자들로부터 완전히 배척당한 뒤에 이루어진 것이라서 오히려 모든 성취 동기를 박탈당한 자의 자기 합리화에 불과한 변명으로 몰리기 십상이기 때문이다. 또 이 소설에 있어 표면적인 주인공은 미리이기 때문에 이 소설의 전체적 의미를 지배하는 것이 되기 위해서는 그것이 미리의 깨달음으로 보완되어야만 한다. 앞서 밝힌 바와 같이 각 플롯의 기본골격이 개인적 자아와 사회적 자아 사이의 갈등 관계 위에 놓여 있다는 사실을 다시 떠올릴 때 사회적 자아의 모습이 해소된 장환에 대한 미리——개인적 자아의 거부는 이 같은 의미 구조의 견고함을 파괴하는 것이 되므로 상수에 대한 사회적 자아인 미리의 깨달음의 의미를 통해 그 초월적 성격이 부각되어야만 한다는 것인데, 두 플롯 사이의 의미의 배반 관계는 바로 이 깨달음의 차이를 통해 작품 전면에 노출된다.

> 나는 관능의 입구를 활짝 열어놓고 내가 여태껏 잘못 길들여 왔던 세상의 찌꺼기를 씻어낸 것 같았다. (……) 생각은 다시 단절되었던 요 조그만 물을 건너 신작로로 달려갔고 여러 가지 책무며 세상에서 내게 요구하는 사항들이 떠올라 왔다. 나는 다시 찌꺼기를 주워 모아서 내 전신에 휘감았다. 나는 자기가 정말로 볼품없는 여자라는 것을 깨달았다.

정환의 급박한 변모가 현실적 가치 체계로부터의 초월을 의미하는 것이라면 미리의 깨달음은 그러한 자유를 추구하는 척하면서도 실제에 있어서는 여전히 그러한 가치 체계에 집착하는 초라함에 대한 확인이다. 그리하여 상수가 내뱉는 '똥치 같은 게 겉멋만 잔뜩 들어가지구'라는 욕설은 이제껏 미리가 보여준 행위들의 정체를 폭로하여 미리의 모습을 정말 초라하게 만듦으로써 역으로 장환의 깨달음에 진정한 가치를 부여한다.

「섬섬옥수」에서 미리에게 던져지는 작가의 비웃음은, 현실의 부패한 풍속의 일면을 고발하려는 작의(作意)가 역력히 드러나는 「장사(壯士)의 꿈」에서조차도 큰 차이를 보이지 않는다. 소돔과 고모라처럼 타락한 풍속의 현장으로 끌어들여 삶의 건강성을 좀먹는 현실의 치부에 대해 백치 같은 덤덤한 어조로 진술하고 있는 이 소설은 현실로부터 벗어남으로써 건

강한 삶을 회복할 수 있을 것이라는 낙관적 의지를 그 기반에 놓고 있음으로 해서 목청 높은 고발에만 그치지는 않는다.

현실에 대한 직접적 분노보다 간접적 야유의 방법을 가능하게 하는 것은 오늘날 대부분의 사람들이 얽매여 있는 삶의 조건들이란 것이 결국 '파충류의 허물'과도 같은 가상(假像)에 지나지 않는다는 작가의 현실관이다.

> 일 년 반 만에 서울을 찾아가 다시 확인했던 것은 나의 무엇이었을까. 그것은 파충류의 허물과도 같은 것이고, 나는 그 허물을 주워서 다시 뒤집어쓰고 돌아온 건 아닐까.
>
> —「몰개월의 새」

따라서 그 허물을 벗어버린 사람들에 대한 작가의 시선은 매우 부드럽고 자애스럽기까지 하다. 일종의 '궁핍에의 선호'라고 부를 만한 측면이 바로 이것인데, 그러나 여기서도 간과해서는 안 될 점은 가난에 대한 미화가 경제적인 부유함을 누리며 살아가는 사람들에 대한 반감이나 그에 따른 보상 의식에서 기인하는 것은 아니라는 사실이다. 한 개인의 내면적 삶과 외부 세계로 열려 있는 외향적 삶 사이에 경제적 여건에 의해 개입하는 중간 단계의 삶의 체계에서 벗어나 있는 것이 가난의 참된 의미이며 그것이 삶의 전체성과 보편성에 보다 접근해 있을 때 가난은 필연적으로 아름다운 것이다. 삶, 그 자체가 아름답고 소중한 것인 까닭에서이다.

> 몰개월 여자들이 달마다 연출하던 이별의 연극은 살아가는 게 얼마나 소중한가를 아는 자들의 자기 표현임을 내가 눈치챈 것은 훨씬 뒤의 일이다. 그것은 나뿐만 아니라, 몰개월을 거쳐 먼 나라의 전장에서 죽어간 모든 병사들이 알고 있었던 일이었다. ―「몰개월의 새」

그러나 여기에는 간단히 넘어갈 수 없는, 다분히 논란의 소지를 지닌 문제가 개입해 있는 것이 사실이다. 우리가 '궁핍에의 선호'라 이름 지은 측면은 현실을 덮고 있는 물질적, 경제적 관심이 삶의 총체적인 가치의 실현에 장애가 되는 것이라 파악하는 작가의 입장에서 보면 물론 타당한 것이다. 그러나 그러한 작가의 관점을 전폭적으로 지지하고 승인하기만 할 수 있을까? 다시 말해 물질적 제 요소에 의해 이루어지는 삶의 한 측면의 가치를 반드시 부정할 수만 있을까? 길게 논의하지 않더라도 이에 대한 긍정적 답변은 상당한 유보를 전제로 하지 않으면 곤란한 것이 사실이다. 물질적 진보가 사람들의 삶에 보다 넓은 해방의 가능성을 열어준다는 견해에도 쉽사리 부정할 수 없는 타당성이 엄연히 도사리고 있기 때문이다.

그러나 서로 간에 쉽사리 타협될 수 없는 반대론의 제시는 그만두고 작가의 관점을 그대로 용인한다 하더라도 문제는 여전히 남는다. 그것은 작가가 동정적으로 채색하고 있는 인물들의 직업과 그다음 작품의 배경으로 나타나는 도시와 시골의 성격을 연관시켜 볼 때 드러나는 문제이다. 우선 앞서 인용한 글에서 알 수 있듯 황석영에게 서울이나 도시는 물질적 관심에 지배당하는 곳으로 특징지어져 있으며 시골은 그 반대로 나타난다. 그에 따라 인물들에 대한 작가의 편애도 두드러지게 부각된다. 그러나 이 같은 대립은 오히려 작가가 자의적으로 재단한 현실의 왜곡된 모습에 불과하다는 커다란 약점을 갖는다. 하루아침에 천지가 개벽하여 사람들이 일을 통해 돈을 벌어서 살지 않아도 되는 상태가 이루어지지 않는 한 현재의 사회 구조의 모순을 모순으로 인정하면서도 최소한의 생활 부분은 거기에 의존하지 않을 수 없는 제약에서 자유로울 수 있는 사람은 그리 많지 않다고 보는 것이 보다 진실에 가까울 것이다.

그런데 이 같은 점과 연관시켜 볼 때 황석영의 작중 인물들은 대부분 가난하다고 하더라도 반드시 한 군데 정착해서 살아야 할 필요는 없는 직업을 갖고 있는 인물들로 그려져 있다. 그들은 작가나 예술가(「한등(寒燈)」, 「가객」)이거나 또는 작부, 품팔이 노동자(「객지」, 「삼포 가는 길」, 「몰개월의 새」 등)이거나 군인들이다. 군인에 대해서는 필요 이상으로 논의가 복잡해지는 것을 피하기 위해 논외로 치더라도 나머지 직업을 가진 인물들은 어떤 필연에 의해 반드시 그곳에 처해 있지 않아도 되는 인물들이다. 그들은 자기 의사에 따라 얼마든지 옮겨 다닐 수 있는, 그런 의미의 자유로움을 가진 인물들이다. 그렇지만 실제 현실에서 직장을 중심으로 한 생활이란 결코 이렇게 자유롭지 않다. 또 반드시 물질 숭배에 현혹되어 있지 않다 하더라도 사람들이 먹고살기 위해 일을 찾아 도시로 몰려들게 되는 것이 오늘날 사회 구조의 실상인 것이다. 더구나 우리는 작가 스스로 한적한 시골로 이사해서 살고 있다는 사실도 알고 있다. 작가 자신의 이 같은 행적은 일견 삶의 실제와 문학적 이념을 일치시키려는 고귀한 의지의 발로라 할 수도 있겠으나, 작가의 현실관의 경직을 초래할 위험 인자를 내포하는 것일 수도 있다 해야 할 것이다.

그렇다고 해서 작가가 현실적 관심의 전면에 내세워 강조하는 어떤 보편적 삶의 가치(우리가 통틀어서 예술적 가치라 부른)의 정당성을 부인하는 것은 아니나, 지적하고자 하는 것은 그 가치가 현실적 가치와 대립됨으로써만 그 진정성을 획득할 수 있는 것은 아니라는 것, 오히려 현실적 가치와 끊임없는 긴장관계를 유지할 때 보다 값진 것이라는 사실일 뿐이다.

그러나 이 같은 지적은 경제적, 물질적 관심마저도, 예술적 가치가 그러한 것처럼 공동체적 차원에서 해방에 대한 관심을 공유하는 것일 때라야만 정당성을 지닐 수 있다는 것 또한 사실이다. 우리가 살아가는 현실이 아직 이 같은 이상과 많은 거리를 지니고 있고 또 이처럼 타락한 현실을 더욱 경직시켜 항구화하는 중요한 장애 요소가 바로 물질숭배라 보는 태도가 타당성을 지니는 한 황석영의 이 같은 발상은 삶의 신성함을 회복하려는 시도라는 점에서 여전히 유효할 것으로 남는다.

다시 우리의 본래의 논의로 돌아오면 화려한 현실로부터 소외되어 있기는 하지만 바로 그런 이유 때문에 보다 진정한 삶의 가치를 실천하며 살아가는 사람들이 등장하는 「돼지꿈」, 「삼포 가는 길」, 「몰개월의 새」 같은 소설들은, 발생론적 관점에서 볼 때 소설 양식의 구조적 특성을 이루는 주인공과 세계

사이의 구성적 대립 관계가 현저히 약화되어 결과적으로 농도 짙은 서정적 분위기를 배경으로 깔고 있거나(「돼지꿈」, 「삼포 가는 길」), 주인공의 완결된 체험 속에서 회고적으로 서술되는 서사적 공간을 배경으로 하게 된다(「몰개월의 새」). 이러한 작품들이 도달해 있는 높이는 황석영의 주된 문학적 관심이 이미 현실적 차원에서의 선·악, 빈·부의 대립이 아니라 현실과 이상 사이의 간극에 대한 극복 의지임을 밝혀준다.

그의 작품들을 현실의 단순한 반영물이 아니라 작가의 세계관의 상징적 표현물로 해석할 수 있게 되는 것도 바로 이런 까닭에서이다. 이 같은 파악을 결여할 때 그의 작품들에 대한 해석은 오늘날 우리 주변에 만연되어 있는 도식적 이분법의 수준을 넘어설 수 없으리라. 현실의 이분적 파악에 입각한 감정적 대립만의 지속은 그것을 지양할 수 있는 창조적 계기를 제공할 수 없다는 의미에서 가장 저열한 수준의 현실 파악일 뿐이다. 더구나 문학의 경우에 그 같은 태도는 문학에서 빼놓을 수 없는 중요한 요소인 상상력의 포기에 다름 아니다.

그러나 황석영은 현실의 대립을 대립으로만 끝내지는 않는다. 「섬섬옥수」, 「장사의 꿈」, 「삼포 가는 길」 등의 소설들에 있어 중요한 의미 단위로 놓여 있는 '귀향'의 의미는 현실의 대립을 종합할 수 있는 계기를 제공해 준다. 그러나 「섬섬옥수」나 「장사의 꿈」에서 장환이나 일봉이 돌아가는 고향은 그것이 단지 현실의 때가 묻지 않은 곳이라는 사실에의 암시로 그칠 뿐, 보다 구체적인 것은 보여주지 않는다. 이에 있어서는 「삼포 가는 길」로부터 많은 시사를 받을 수 있다. 삼포는 정씨의 고향이다. 오랜 객지 생활을 하다 고향을 찾아가는 정씨에게 역에서 만난 노인은 삼포가 몰라보리만큼 변했다는 것을 말해주고는 다음과 같이 덧붙인다.

> 바다 위로 신작로가 났는데 나룻배는 뭐에 쓰오. 허허 사람이 많아지니 변고지. 사람이 많아지면 하늘을 잊는 법이거든.

황석영의 고향은 '하늘'이다. 노인의 말을 듣고 '마음의 정처'를 잃어버린 정씨에게 삼포, 즉 고향이란 공간의 일점을 차지하는 구체적인 지명으로서의 성격을 벗어난다. 그것은 작가의 문학적 동경의 대상인 이상적 삶을 가능케 하는 공간의 상징적 대치물이다. 마찬가지로 고향의 대척점에 놓여 있는 '객지'에 대해서는 사람들이 서로의 이해관계에 의해 얽힌 채로 '아득바득' 살아가는 현실 세계에 대한 상징적 표현이라고 해석하는 것이 가능하다고 할 때 황석영의 대부분의 작품들은 고향과 객지 사이에 펼쳐진 여정에서 고향을 찾아가는 사람들의 이야기가 엮어가는 일관된 체계로 정리될 수 있다. 고향을 잃은 자의 쓰라린 일대기를 그린 것이 「한씨연대기」라면, 전쟁을 소재로 한 여러 소설들은, 고향을 떠나온 사람들이 처한 삶의 세계라는 것이 근본적으로는 죽느냐 사느냐의 문제에만 매달려 있는 전쟁터나 다름없는 생존 경쟁의 수라장이라는 것을 암시한다. 그리고 비록 고향은 아니지만 우리가 몸담고 살아가는 현실을 보다 정의로운 곳으로 만들려는 노력을 「객지」 계열의 작품들이 보여주고 있다.

그러한 노력 과정에서 구체적으로 요구되는 윤리를 제시해 주고 있는 것이 「아우를 위하여」와 「심판의 집」이다. 「아우를 위하여」에서는 '용기'라는 개인의 윤리가, 그리고 내용적인 면에서 볼 때 우의적 수법에 의거한 작품인 「심판의 집」에서는 '사랑'이라는 공동의 윤리가 제시되어 있다. 이처럼 일관된 작품 세계의 첫머리에 놓이는 것이 바로 황석영의 처녀작인 「입석 부근(立石附近)」이다. 이 소설에서 두드러지게 나타나는 상승 의지를 통해 작가는 산다는 것의 궁극적 의미를, 그리고 삶의 구체적 과정이 답습하게 되는 원형적 지도를 그려 보여 주고 있는데, 초기작부터 자신의 주된 문학적 관심을 예고하고 있다는 의미에서 「입석 부근」은 다른 작가들의 처녀작과는 다른 중요한 비중을 차지한다.

황석영에게 귀향의 이미지는 현실과 이상을 조화시키려는 작가의 종합 의지의 표현이다. 또 '고향'과 '객지', 하늘과 땅 사이에 펼쳐진 상징 공간은 작가가 꿈꾸고 있는 상상적 현실의 무한한 폭을 함축하는 것이기도 하다. 거의 무한대로 펼쳐진 초월의 여정에 끊임없는 긴장을 불어넣는 것은 그의 많은 소설들에서 또 하나의 중요한 의미 단위로 놓여 있는 '깨달음'이 맡고 있는 몫이다.

> 나는 그제야 글 쓰는 일과 삭막한 시대와의 관계를 떠올리고 내 가난을 긍정하는 것만으로 당당한 일이 아님을 깨달았다.
>
> —「한등」

수추는 아무도 찾아오지 않는 밤 가운데서 진실로 오랜만에 평화로운 잠을 잤다. 그는 노래로부터 놓여난 것이다. 수추는 파괴된 악기와 버려진 노래를 회상할 뿐이었다. 수추는 죽음과 같은 휴식 안에서 비로소 노래만을 사랑하고 모든 것을 미워했던 제 모습이 이제는 변화된 것을 알았다. —「가객」

밤이 되었고 이튿날 새벽이 되었지. 애자가 이 세상에서 사라졌음을 느끼자, 나는 거세되어 버렸다는 걸 알았고, 내가 노예였다는 사실을 깨달았어. 나는 몇 근의 살덩이에 지나지 않았어. —「장사의 꿈」

밤하늘의 별을 보니까 어느 틈에 모든 일이 또렷해졌습니다. 쉬러 고향에 갑니다. 다시는 뵙지 못할 것입니다. 요전에 말을 잘못 썼기에 바로잡습니다. 목적이 아니라 사랑입니다.

—「섬섬옥수」

나는 자기가 정말로 볼품없는 여자라는 걸 깨달았다.

—「섬섬옥수」

몰개월 여자들이 달마다 연출하던 이별의 연극은, 살아가는 게 얼마나 소중한가를 아는 자들의 자기 표현임을 내가 눈치챈 것은 훨씬 뒤의 일이다. 그것은 나뿐만 아니라, 몰개월을 거쳐 먼 나라의 전장에서 죽어간 모든 병사들이 알고 있었던 일이었다. —「몰개월의 새」

그분에 대한 자각이 왔을 때 아직 가망은 있는 게 아니겠니.
너의 몸 송두리째가 그이에의 자각이 되거라.

—「아우를 위하여」

깨달음이란 본질적으로 새로운 대상에 접했을 때 자기반성을 통해 얻어지는 인식의 초월 계기이다. 삶의 매순간 사람을 둘러싸는 새로운 세계에서의 진정성은 깨달음을 통해 보장받을 수 있다. 그것은 본질적 삶의 전체성과 보편성을 지향해 가는 황석영의 문학에서 성숙의 단계를 구분 짓는 단위 설정의 기준이 된다. 따라서 그 각각의 깨달음은 표면적으로 제각기 다른 의미를 지닌다. 「한등(寒燈)」이나 「가객」에서의 깨달음은 작가의 문학관의 새삼스런 천명이라 더 이상 언급할 필요를 느끼지 않거니와, 「섬섬옥수」에서의 장환이나 미리의 깨달음, 「장사의 꿈」에서의 일봉의 깨달음은 현실적 가치의 무의미함을 깨우쳐주는 것이며, 「객지」에서 동혁의 다짐의 기반이 되는 깨달음의 의미는 휴머니즘의 확인이며, 「아우를 위하여」에서는 용기에 입각한 삶의 실천이, 「몰개월의 새」에서는 보편적 삶의 가치의 소중함에 대한 인식이 깨달음의 직접적 의미로 표면화된다. '깨달음'이 갖는 여러 상이한 의미들은 그것이 사람들을 둘러싸는 외부 조건에 의해 즉아(卽自)의 상태로 전락하려는 삶의 하강 충동을 불식시키고자 하는 어려운 노력을 떠맡고 있음을 보여준다.

이 같은 논의를 종합하여 황석영의 작품 세계를 관류하는 관심을 정리하면 그것은 인간 존재의 차원에서 근본적으로 결핍되어 있는 것, 그러나 그것을 회복하지 않고서는 참다운 삶의 가치, 즉 삶의 전체성에 도달할 수 없는 그 어떤 것에 대한 동경이라 할 수 있다. 이는 그의 작품 세계가 갖는 지향성의 구조이기도 하다. 있는 것과 없는 것, 나타난 것과 감춰진 것 사이에 걸쳐 있는 황석영의 소설 미학은 바로 그런 의미에서 낭만주의적 미학에 접근해 있다. 따라서 황석영의 작품에 있어 이 '없는 것', 또는 '감춰진 것'에 대한 동경은 현실의 구체적 반영이라고는 생각하기 어려운, 차라리 그런 것들을 회복하려는 의지의 형상화라고 보는 것이 타당할 성싶은 인물의 형태로 종종 등장한다. 시적 정의에 대한 경사를 보여주는 「객지」의 동혁만 해도 현실적 관심의 테두리에서 한 발 벗어나 있는 인물로 간주될 수 있거니와 거칠기 그지없는 환경 속에서도 삶의 소중함을 느끼며 살아가는 「몰개월의 새」의 미자, 현실적 가치관으로부터 완전히 자유로운 「섬섬옥수」의 상수 같은 인물이 그 대표적인 보기이다.

이상은 황석영의 작품들을 한 폭의 캔버스에 담았을 때, 그 전체가 지니는 구도를 개관해 본 것이다. 좀 더 근접하여 관찰할 때 그의 소설들을 일관된 체계로 묶어 이해한다는 것은 적어도 두 가지 이유에서 그 타당성을 인정받을 수 있다. 첫째 독립된 작품들 사이의 의미의 연관성, 둘째 인물의 순환이다.

우선 독립된 작품들 사이의 의미의 연관성이란, 한 예로서 「돛」→「탑」→「낙타 누깔」→「한씨연대기」의 작품들 사이에서 추적될 수 있는 의미의 연쇄적 발전 관계이다. 「돛」에서 우리가 피상적으로 읽을 수 있는 것은 전투 지휘관과 일선 전투병

사이의 이해의 배치 및 단절이다. 이것은 「탑」에서 미군이 진주하자마자 그들에 의해 무너지고 말 탑을 위해 치열한 야간 전투까지도 불사하게끔 만드는 바로 그 역학 관계인데 여기에는 공동의 명분에 따라 임한 전쟁에 있어 연합군 간에도 개입하는 내셔널리즘이라는 요소의 암시가 덧붙여진다. 이것이 명확히 드러나는 것은 「낙타 누깔」에서이다. 전투 소대장을 지냈던 중위가 전투 의지를 상실하게 된 계기는, 한 베트남 청년이 흑인 미국 병사에게 미국의 월남 참전이 어떤 정책적 이유를 가졌는가에 대해 폭로한 일인데 그때 이데올로기 대립의 허위성이 동시에 폭로된다. 이데올로기 대립이라는 껍질을 두른 채 정작 그 내용물을 이루는 것은 국가적 이익이거나 국민적 긍지라는 내셔널리즘의 두 측면 간의 대립이다. 그러나 귀국 후 다시 보는 고국의 풍경이란 여전히 내용물을 내팽개친 채 껍데기로만 잔존하는 상황뿐이다. 「낙타 누깔」에서 중위로 하여금 구역질이 나게끔 하는 이 상황은 「한씨연대기」에서 의사 한영덕을 비참한 일생으로 몰고 가는 바로 그 폭력적 힘의 정체인 것이다.

각 소설들 간의 의미의 순차적 발전과 밀접한 관련을 맺고 있는 것이 바로 인물의 순환이다. 인물의 순환이란 발자크의 『인간 희극(Comédie Humaine)』을 이루는 그의 전 작품들에 있어 한 작품에 등장했던 인물을 다시 다른 작품에 출현시키는 방법을 일컫는 것인데 이는 개별적인 작품들 전체가 거대한 하나의 통일적 주제—발자크의 경우 그것은 당대 프랑스의 사회상을 이루는 풍속, 철학, 결혼 등의 제도에 대한 탐구인데——로 수렴될 때 비로소 그 성공적인 실현을 기대할 수 있는 것이다. 황석영의 소설들에서도 이와 흡사한 면이 발견된다는 것은 그의 작품들 역시 단일한 주제 속에 용해될 수 있으리라는 가능성을 암시한다. 물론 그의 작품들에서는 인물 간에 약간씩 변주가 가해지고 있지만 이는 그의 작품 세계가 입각해 있는 선(線)의 구도 속에서 그 각각의 작품들이 차지하는 자리가 어디인가에 따라 결정되는 필연적인 편차이다. 그 같은 인물들을 예거하면, 동혁(「객지」)→영달(「삼포 가는 길」), 「한등」의 주인공인 나와 「가객」의 수추, 「탑」과 「낙타 누깔」의 중위이다. 여기에 한 가지 덧붙일 것은 「섬섬옥수」에서는 한 작품 속에서 순환이 이루어진다는 사실이다. 즉 상수는 깨달음 이후의 장환의 모습을 나누어 갖는 인물인 것이다. 결국 이 같은 사실들은 황석영의 작품들 대부분이 작가 자신의 체험의 결정(結晶)이라는 사실에 의해 결정적으로 뒷받침된다. 실제 작품들에서 일어나는 사건들이 작가 자신의 실생활의 체험과 얼마나 밀접하게 연결되어 있는가는 작가 자신의 창작 과정에 대한 다음과 같은 토로를 인용하는 것만으로 충분할 것이다.

> 예를 들면, 「객지」는 내가 신탄진 공사장에서 체험한 것과 친구의 섬진강 간석지 공사장의 체험을 복합시켜 본 것이다. 또 「한씨연대기」는 모친의 구술을 토대로 한 것이며 「아우를 위하여」는 유년 시절의, 「이웃 사람」은 어느 기자의, 「탑」은 월남에서의 철수 작전, 「입석 부근」은 등반에서의, 「삼포 가는 길」은

조치원에서 청주까지 걸어가는 어느 때의 기억에서, 「돼지꿈」은 공업 단지에서의 공원 생활을 토대로, 등등이다.

체험과 작품 사이의 관계를 염두에 둘 때 우리는 황석영이 보여주고 있는 몇몇 이례적인 작품들에 대한 논의의 근거를 얻게 된다. 구체적으로 그것은 「산국」, 「철길」, 「가화(假花)」, 「고수(苦手)」, 「밀살」, 「야근」 등의 작품들을 가리키는데, 이 소설들은 과연 어떤 면에서 다른 작품들과 구분되는가? 그 결론을 미리 이야기하면 그것은 체험을 수용하는 방식상의 차이라 할 수 있다. 작가 자신의 체험에 바탕을 두고 있음으로 해서 작가의 삶의 관심에 뿌리박은 일관된 주제 속에 용해될 수 있었던 작품들에서, 체험은 미처 가공되지 않은 날것 그대로인 채 작품의 소재가 되어주었다. 그 단편적 체험들에 작가는 아무런 조작도 가하지 않고 작품을 에피소드화하고 있으며, 이로써 그 체험 내용들의 파편적 의미를 통괄하는 이차적 의미가 비로소 한 작품의 통일적 의미로 떠오를 수 있었던 것이다.* 앞서 밝힌 「객지」의 구성은 이 같은 논의를 뒷받침해

* 어떤 이유에서건 종래 황석영에 대한 대부분의 논의는 그를 리얼리스트로 규정하는 데 그 일치된 태도를 보이고 있는데, 그러나 정작 그의 주된 문학적 관심이 현실과 이상 사이의 간극의 극복 의지라는 것이 밝혀짐으로써 이상주의자로서의 면모가 부각된 이제 와서는 그를 리얼리스트라고 부르는 것은 그의 창작 기법상의 범위에만 엄격하게 국한되어야 할 것이다. 또 구태여 그를 리얼리스트라고 부르기 위해서는 그의 리얼리즘이란 바슐라르가 말하는 것과 같은 '비현실성의 리얼리즘(realisms de l'irrealite)'이라는 단서를 반드시 붙여야 할 필요가 있다.

준다.

그러나 위에 열거한 소설들을 특징짓는 것은 한마디로 말해서 작가의 주제 의식의 선행이다. 달리 말해 그것은 현실과 예술의 대립이라는 관계에서 예술 의지의 우선을 뜻하는데 결과적으로 현실 감각의 상대적 약화라는 심각한 문제가 그로부터 야기된다. 구체적으로 살필 때 우선 「야근」이나 「산국」에서 지적할 수 있는 것은, 의지의 측면인 종국적 화해를 위해 현실적 대립을 수단화할 때 그 현실 감각의 유효성은 일단 의문시된다는 것이다. 더구나 「산국」에서는 역사적 거리라는 베일마저 내려져 있어 작품은 더욱 모호해진다. 또 「철길」이나 「밀살」, 「고수」에 대해서는 극단적으로 말해 한 편의 에피소드 수준을 크게 벗어나지 못하는 것이라 할 수 있을지 모른다. 그것은 인간의 본성이라는 문제나 현대 사회에서 왜곡되어 가는 인간 심리의 메커니즘이라는 문제에 지나치게 추상적으로 접근해 들어간 것이나 아닌가 하는 의문에서 비롯하는 것이다. 그 추상성은 필경 애매성을 유발하는데 「가화」의 경우 그 애매성이 극단화되어 있는 것 같다. 그렇다고 해서 추상성이나 그로 인한 애매성 자체가 일반적으로 좋지 않다는 것은 아니다. 단지 「가화」의 경우 그 애매성이 과연 어떤 기능을 하고 있느냐에 대한 일말의 회의일 뿐이다. 그러나 이러한 논의는 그 대상이 된 작품들에 대한 유보일 뿐 단언은 결코 아니다. 작가의 방향 전환, 또는 의식의 변모라 단정 짓기에는 아직 그런 경향의 작품들은 총체적인 검토의 대상으로 떠올려질 만큼의 축적을 지니지 못하고 있기 때문이다. 단지 우리가 우려하는 바는 체험의 수용 과정에 있어 주제 의식의 선행은 필경 현실의 추상화를 유발하고 그 결과 예술이 추구하는 세계가 현실의 전면적 진실을 포용할 수 없게 될지도 모른다는 것이다. 그러나 우려는 우려에서 그치는 것이 옳으리라. 그 같은 문제를 장황하게 떠들기에는 황석영의 문학은 현대 사회에서 나날이 매몰되어 가는 진정한 삶의 가치를 회복하기 위한 실천적 과정에 대한 중요한 성찰들을 너무 많이 보여주고 있기 때문이다.

황석영의 문학의 기초를 이루는 현실과 문학의 대립에서 현실은 문학이 지향하는 이상적 상태에 대한 결손을 지닌 것으로 나타난다. 문학은 그 결손을 메움으로써 현실이 스스로를 초월할 수 있는 계기를 만들어준다. 그러나 현실은 그 넘어서는 과정에서 또 새로운 결손을 저지르며 그때 문학은 또 새로이 개입하게 된다. 이렇게 본다면, 현실과 문학은 서로 간에 논리적인 선후 관계 없이 마구 엉켜 있는 셈이 된다. 참으로 상상적인 문학은 현실로부터 유리되기는커녕 그것과 하나가 됨으로써 문학이 꿈꾸는 이상적 상태를 실현시킬 수 있는 실천적인 힘을 사람들에게 제공해 준다. 참으로 상상적인 문학만이 지상의 현실을 천상의 현실로 끌어올려 그때 비로소 모든 현실적인 것은 이상적인 것이 된다. 황석영의 작품들을 통해 이러한 사실을 파악해 낼 수 있었음은 곧 그의 실생활의 체험과 문학적 상상력이 결코 별개의 것이 아니었음을 입증해 주는 것에 다름 아닐 것이다.

작가 연보

1943년 만주에서 아버지 황기련(黃基連)과 어머니 전경도(全敬道) 사이의 4남매 중 장남으로 태어났다.

1945년 해방과 함께 본적지인 황해도 신천군(信川郡)으로 옮겼다.

1947년 38선 넘어 월남, 영등포에 정착했다.

1950년 영등포국민학교에 입학하나 한국전쟁 발발로 대구 중앙국민학교로 전학했다.

1954년 전국 어린이 백일장에서 「집에 오던 날」로 입상했다.

1956년 경복중학교에 입학했다.

1959년 경복고등학교에 입학했다. 경복중고교 교지 《학원(學苑)》에 수필 「나의 하루」, 시 「구름」 등을 발표했다. 청소년 잡지 《학원(學園)》의 학원문학상에 단편 「팔자령

(八字嶺)」이 당선되었다.

1960년 교지《학원》에 단편 「의식」, 「부활 이전」을 발표했다. 4·19 당시 경찰의 총에 맞아 희생된 교우 안중길의 유고 시집 「봄·밤·별」을 편집하고 간행했다.

1961년 단편 「출옥일(出獄日)」이 전국고교문예 현상 공모에 당선되었다.

1962년 봄, 경복고등학교를 자퇴했다. 가출하여 남도 지방을 방랑하고, 10월에 돌아왔다. 11월,《사상계(思想界)》에 단편 「입석 부근」을 응모하여 신인문학상 수상을 수상했다.

1964년 한일회담 반대시위에 참가했다. 즉결재판소에서 건설 노동자와 사귀게 되어 신탄진 연초 공장 공사장에서 노동했다. 청주, 진주, 철원, 마산 등지를 돌다가 동래 범어사를 거쳐 금강원에서 행자(行者)로 수도하다가 어머니를 만나 상경했다.

1966년 해병대에 입대하여 이듬해 베트남전 참전했다.

1969년 5월, 제대 후 한국으로 귀국했다.

1970년 《조선일보》 신춘문예에 단편 「탑」이 당선되었다. 「돌아온 사람」을 발표했다.

1971년 단편 「가화」, 「줄자」, 중편 「객지」를 발표했다.

1972년 단편 「아우를 위하여」, 「낙타 누깔」, 「밀살」, 「기념사진」, 「이웃 사람」, 중편 「한씨연대기」를 발표했다.

1973년 구로공단에서 연합노조준비위를 구성하여 견습공원으로 3개월간 근무했다. 르포 「구로공단의 노동 실태」를 발표했다. 단편 「잡초」, 「삼포 가는 길」, 「야근」, 「북망, 멀고도 고적한 곳」, 「섬섬옥수」, 중편 「돼지꿈」을 발표했다.

1974년 단편 「장사의 꿈」을 발표했다. 사북 탄광에 대한 르포 「벽지의 하늘」, 공단 여성 근로자의 삶을 취재한 「잃어버린 순이」를 발표했다. 4월, 첫 창작집 『객지』를 출간했다. 7월부터 1984년 7월까지 『장길산』을 《한국일보》에 연재했다. '자유실천문인협의회' 창설과 현장문화운동 조직위에 참여했다.

1975년 단편 「가객」, 희곡 「산국」을 발표했다. 소설집 『북망, 멀고도 고적한 곳』, 소설선 『삼포 가는 길』을 출간했다. 《서울신문》에 「심판의 집」을 연재했다.

1976년 단편 「몰개월의 새」, 「한등」, 「철길」, 르포 「장돌림」을 발표했다. 가을에 전남 해남으로 이주했다.

1977년 단편 「종노」를 발표했다. 11월부터 이듬해 7월까지 《한국문학》에 『난장』(이후 『무기의 그늘』의 바탕이 됨)을 연재했다. 『심판의 집』을 출간했다. 해남에서 '사랑방 농민학교'를 시작했다.

1978년 소설집 『가객』을 출간했다. 문화패 '광대'를 창설했다. '민중문화연구소'를 설립했다. 광주로 이주했다.

1979년 민중문화연구소를 확대 개편한 '현대문화연구소' 활동을 시작했다.

1981년 희곡집 『장산곶매』, 소설선 『돼지꿈』을 출간했다. 시나리오 「날랑 죽경 펄에나 묻엉」을 발표했다. 제주도로 이주했다. 제주에서 문화패 '수눌음'과 소극장을 창립했다. 4·3 항쟁 연구 모임 '제주문제연구소'에 참여했다.

1982년 광주로 돌아와 '자유광주의 소리'를 시작했다.

1983년 광주항쟁의 진상을 알리기 위한 문화기획팀 '일과 놀이'에 참여했다. 산문 「일과 삶의 조건—문학에 뜻을 둔 아우에게」를 발표했다. 1월부터 이듬해 3월까지 《월간조선》에 「무기의 그늘」 1부를 연재했다.

1984년 대하소설 『장길산』을 전 10권으로 완간했다. '민중문화운동협의회'를 창설하고, 공동 대표를 역임했다.

1985년 광주항쟁 기록 『죽음을 넘어, 시대의 어둠을 넘어』를 지하 출간했다. 산문집 『객지에서 고향으로』를 출간했다. 서베를린에서 열린 '제3세계 문화제'에 아시아 대표로 참가했다. 유럽, 미국, 일본에서 '통일굿'을 공연했다. 미국에서 문화패 '비나리', 일본에서 문화패 '한우리'와 '우리문화연구소'를 창립했다.

1986년 10월부터 이듬해 8월까지 「백두산」을 《중앙일보》에 연재했다.

1987년 단편 「골짜기」를 발표했다. 소설선 『골짜기』, 『아우를 위하여』를 출간했다. 9월부터 이듬해 3월까지 《월간조선》에 「무기의 그늘」 2부를 연재했다.

1988년 단편 「열애」, 산문 「항쟁 이후의 문학」을 발표했다. 장편 『무기의 그늘』을 출간했다. 9월부터 이듬해 2월까지 《신동아》에 「평야」를 연재했다. '한국민족예술인총연합'을 창립했다.

1989년 소설선 『열애』를 출간했다. 3월, 북한의 '조선문학예술총동맹'의 초청으로 방북했다가 귀국하지 못하고 독일 예술원 초청 작가로 1991년 11월까지 베를린에 체류했다. 북한방문기 「사람이 살고 있었네」를 《신동아》와 《창작과비평》에 나누어 연재했다. 『무기의 그늘』로 만해문학상을 수상했다.

1990년 2월부터 7월까지 《한겨레》에 「흐르지 않는 강」을 연재했다. 8월, 평양에서 개최된 제1차 범민족대회에 참가했다. '조국통일범민족연합' 창립에 참여하고, 대변인을 역임했다.

1991년 베를린 '남·북·해외 3자 회담'에 참가했다. 11월 미국 롱아일랜드 문화예술 프로그램에 초청받아 미국에 체류했다.

1992년 뉴욕에서 '동아시아문화연구소'를 창립했다. 부정기간행물 《어머니 대나무》를 발간했다.

1993년 4월, 귀국 후 방북 사건으로 징역 7년형을 선고받았다. 『사람이 살고 있었네』를 출간했다.

1998년 3월, 석방되었다.

1999년 1월부터 2000년 2월까지 장편 『오래된 정원』을 《동아일보》에 연재했다.

2000년 『오래된 정원』을 출간하여 단재상, 이산문학상을 수상했다. 산문집 『아들을 위하여』를 출간했다. 『사람이 살고 있었네』의 개정판 『가자 북으로, 오라 남으로』를 출간했다. 10월부터 2001년 3월까지 《한국일보》에 장편

『손님』을 연재했다.

2001년 소설집 『모랫말 아이들』, 장편 『손님』을 출간했다. 『손님』으로 대산문학상을 수상했다.

2002년 《한국일보》에 『심청, 연꽃의 길』을 연재했다.

2003년 장편 『심청』을 출간했다. 『삼국지』 번역을 출간했다.

2007년 장편 소설 『심청, 연꽃의 길』, 『바리데기』를 출간했다.

2008년 장편 소설 『개밥바라기별』을 출간했다.

2010년 장편 소설 『강남몽』을 출간했다.

2011년 장편 소설 『낯익은 세상』을 출간했다.

2012년 장편 소설 『여울물 소리』를 출간했다.

2015년 장편 소설 『해질 무렵』을 출간했다.

2020년 장편 소설 『철도원 삼대』를 출간했다.

세계문학전집 125

돼지꿈

1판 1쇄 펴냄 1980년 12월 15일
2판 1쇄 펴냄 2005년 10월 10일
2판 24쇄 펴냄 2023년 2월 9일

지은이 황석영
발행인 박근섭, 박상준
펴낸곳 (주)민음사

출판등록 1966. 5. 19. (제 16-490호)
서울특별시 강남구 도산대로1길 62(신사동) 강남출판문화센터 5층 (우편번호 06027)
대표전화 02-515-2000 팩시밀리 02-515-2007
www.minumsa.com

ISBN 978-89-374-6125-5 04800
ISBN 978-89-374-6000-5 (세트)

* 잘못 만들어진 책은 구입처에서 교환해 드립니다.

세계문학전집 목록

1·2 **변신 이야기** 오비디우스·이윤기 옮김 서울대 권장도서 100선
3 **햄릿** 셰익스피어·최종철 옮김 서울대 권장도서 100선 | 미국대학위원회 선정 SAT 추천도서
4 **변신·시골의사** 카프카·전영애 옮김 서울대 권장도서 100선
5 **동물농장** 오웰·도정일 옮김 미국대학위원회 선정 SAT 추천도서 | 《타임》 선정 현대 100대 영문소설
6 **허클베리 핀의 모험** 트웨인·김욱동 옮김 《뉴스위크》 선정 100대 명저
7 **암흑의 핵심** 콘래드·이상옥 옮김 미국대학위원회 선정 SAT 추천도서 | 《뉴스위크》 선정 10대 명저
8 **토니오 크뢰거·트리스탄·베니스에서의 죽음** 토마스 만·안삼환 외 옮김 노벨 문학상 수상 작가
9 **문학이란 무엇인가** 사르트르·정명환 옮김
10 **한국단편문학선 1** 김동인 외·이남호 엮음 국립중앙도서관 선정 청소년 권장도서
11·12 **인간의 굴레에서** 서머싯 몸·송무 옮김
13 **이반 데니소비치, 수용소의 하루** 솔제니친·이영의 옮김 노벨 문학상 수상 작가
14 **너새니얼 호손 단편선** 호손·천승걸 옮김
15 **나의 미카엘** 오즈·최창모 옮김
16·17 **중국신화전설** 위앤커·전인초, 김선자 옮김
18 **고리오 영감** 발자크·박영근 옮김
19 **파리대왕** 골딩·유종호 옮김 노벨 문학상 수상 작가 | 《타임》 선정 현대 100대 영문소설
20 **한국단편문학선 2** 김동리 외·이남호 엮음
21·22 **파우스트** 괴테·정서웅 옮김 서울대 권장도서 100선 | 미국대학위원회 선정 SAT 추천도서
23·24 **빌헬름 마이스터의 수업시대** 괴테·안삼환 옮김
25 **젊은 베르테르의 슬픔** 괴테·박찬기 옮김 논술 및 수능에 출제된 책(1998~2005)
26 **이피게니에·스텔라** 괴테·박찬기 외 옮김
27 **다섯째 아이** 레싱·정덕애 옮김 노벨 문학상 수상 작가
28 **삶의 한가운데** 린저·박찬일 옮김
29 **농담** 쿤데라·방미경 옮김
30 **야성의 부름** 런던·권택영 옮김
31 **아메리칸** 제임스·최경도 옮김
32·33 **양철북** 그라스·장희창 옮김 노벨 문학상 수상 작가 | 서울대 권장도서 100선
34·35 **백년의 고독** 마르케스·조구호 옮김 노벨 문학상 수상 작가 | 서울대 권장도서 100선
36 **마담 보바리** 플로베르·김화영 옮김 서울대 권장도서 100선
37 **거미여인의 키스** 푸익·송병선 옮김
38 **달과 6펜스** 서머싯 몸·송무 옮김
39 **폴란드의 풍차** 지오노·박인철 옮김
40·41 **독일어 시간** 렌츠·정서웅 옮김
42 **말테의 수기** 릴케·문현미 옮김
43 **고도를 기다리며** 베케트·오증자 옮김 노벨 문학상 수상 작가 | 서울대 권장도서 100선
44 **데미안** 헤세·전영애 옮김 노벨 문학상 수상 작가

45 **젊은 예술가의 초상** 조이스 · 이상옥 옮김 서울대 권장도서 100선
46 **카탈로니아 찬가** 오웰 · 정영목 옮김
47 **호밀밭의 파수꾼** 샐린저 · 공경희 옮김 《타임》 선정 현대 100대 영문소설 | 미국대학위원회 선정 SAT 추천도서 | 《뉴스위크》 선정 100대 명저 | BBC 선정 꼭 읽어야 할 책
48·49 **파르마의 수도원** 스탕달 · 원윤수, 임미경 옮김
50 **수레바퀴 아래서** 헤세 · 김이섭 옮김 노벨 문학상 수상 작가 | 국립중앙도서관 선정 청소년 권장도서
51·52 **내 이름은 빨강** 파묵 · 이난아 옮김 노벨 문학상 수상 작가
53 **오셀로** 셰익스피어 · 최종철 옮김 서울대 권장도서 100선
54 **조서** 르 클레지오 · 김윤진 옮김 노벨 문학상 수상 작가
55 **모래의 여자** 아베 코보 · 김난주 옮김
56·57 **부덴브로크 가의 사람들** 토마스 만 · 홍성광 옮김 노벨 문학상 수상 작가
58 **싯다르타** 헤세 · 박병덕 옮김 노벨 문학상 수상 작가
59·60 **아들과 연인** 로렌스 · 정상준 옮김 《뉴스위크》 선정 100대 명저
61 **설국** 가와바타 야스나리 · 유숙자 옮김 노벨 문학상 수상 작가 | 서울대 권장도서 100선
62 **벨킨 이야기 · 스페이드 여왕** 푸슈킨 · 최선 옮김
63·64 **넙치** 그라스 · 김재혁 옮김 노벨 문학상 수상 작가
65 **소망 없는 불행** 한트케 · 윤용호 옮김 노벨 문학상 수상 작가
66 **나르치스와 골드문트** 헤세 · 임홍배 옮김 노벨 문학상 수상 작가
67 **황야의 이리** 헤세 · 김누리 옮김 노벨 문학상 수상 작가
68 **페테르부르크 이야기** 고골 · 조주관 옮김
69 **밤으로의 긴 여로** 오닐 · 민승남 옮김 노벨 문학상 수상 작가 | 미국대학위원회 선정 SAT 추천도서
70 **체호프 단편선** 체호프 · 박현섭 옮김
71 **버스 정류장** 가오싱젠 · 오수경 옮김 노벨 문학상 수상 작가
72 **구운몽** 김만중 · 송성욱 옮김 서울대 권장도서 100선 | 국립중앙도서관 선정 청소년 권장도서
73 **대머리 여가수** 이오네스코 · 오세곤 옮김
74 **이솝 우화집** 이솝 · 유종호 옮김 논술 및 수능에 출제된 책(1998~2005)
75 **위대한 개츠비** 피츠제럴드 · 김욱동 옮김 《타임》 선정 현대 100대 영문소설
76 **푸른 꽃** 노발리스 · 김재혁 옮김
77 **1984** 오웰 · 정회성 옮김 《타임》 선정 현대 100대 영문소설 | 《뉴스위크》 선정 100대 명저
78·79 **영혼의 집** 아옌데 · 권미선 옮김
80 **첫사랑** 투르게네프 · 이항재 옮김
81 **내가 죽어 누워 있을 때** 포크너 · 김명주 옮김 노벨 문학상 수상 작가
82 **런던 스케치** 레싱 · 서숙 옮김 노벨 문학상 수상 작가
83 **팡세** 파스칼 · 이환 옮김
84 **질투** 로브그리예 · 박이문, 박희원 옮김
85·86 **채털리 부인의 연인** 로렌스 · 이인규 옮김
87 **그 후** 나쓰메 소세키 · 윤상인 옮김
88 **오만과 편견** 오스틴 · 윤지관, 전승희 옮김 미국대학위원회 선정 SAT 추천도서
89·90 **부활** 톨스토이 · 연진희 옮김 논술 및 수능에 출제된 책(1998~2005)
91 **방드르디, 태평양의 끝** 투르니에 · 김화영 옮김
92 **미겔 스트리트** 나이폴 · 이상옥 옮김 노벨 문학상 수상 작가
93 **뻬드로 빠라모** 룰포 · 정창 옮김

94 **차라투스트라는 이렇게 말했다** 니체 · 장희창 옮김 국립중앙도서관 선정 청소년 권장도서
95·96 **적과 흑** 스탕달 · 이동렬 옮김 국립중앙도서관 선정 청소년 권장도서
97·98 **콜레라 시대의 사랑** 마르케스 · 송병선 옮김 노벨 문학상 수상 작가 | BBC 선정 꼭 읽어야 할 책
99 **맥베스** 셰익스피어 · 최종철 옮김 서울대 권장도서 100선 | 미국대학위원회 선정 SAT 추천도서
100 **춘향전** 작자 미상 · 송성욱 풀어 옮김 서울대 권장도서 100선
101 **페르디두르케** 곰브로비치 · 윤진 옮김
102 **포르노그라피아** 곰브로비치 · 임미경 옮김
103 **인간 실격** 다자이 오사무 · 김춘미 옮김
104 **네루다의 우편배달부** 스카르메타 · 우석균 옮김
105·106 **이탈리아 기행** 괴테 · 박찬기 외 옮김
107 **나무 위의 남작** 칼비노 · 이현경 옮김
108 **달콤 쌉싸름한 초콜릿** 에스키벨 · 권미선 옮김
109·110 **제인 에어** C. 브론테 · 유종호 옮김 BBC 선정 꼭 읽어야 할 책
111 **크눌프** 헤세 · 이노은 옮김 노벨 문학상 수상 작가
112 **시계태엽 오렌지** 버지스 · 박시영 옮김 《타임》 선정 현대 100대 영문소설 | 《뉴스위크》 선정 100대 명저
113·114 **파리의 노트르담** 위고 · 정기수 옮김 미국대학위원회 선정 SAT 추천도서
115 **새로운 인생** 단테 · 박우수 옮김
116·117 **로드 짐** 콘래드 · 이상옥 옮김 《뉴스위크》 선정 100대 명저
118 **폭풍의 언덕** E. 브론테 · 김종길 옮김 미국대학위원회 선정 SAT 추천도서
119 **텔크테에서의 만남** 그라스 · 안삼환 옮김 노벨 문학상 수상 작가
120 **검찰관** 고골 · 조주관 옮김
121 **안개** 우나무노 · 조민현 옮김
122 **나사의 회전** 제임스 · 최경도 옮김 미국대학위원회 선정 SAT 추천도서
123 **피츠제럴드 단편선 1** 피츠제럴드 · 김욱동 옮김
124 **목화밭의 고독 속에서** 콜테스 · 임수현 옮김
125 **돼지꿈** 황석영
126 **라셀라스** 존슨 · 이인규 옮김
127 **리어 왕** 셰익스피어 · 최종철 옮김 서울대 권장도서 100선 | 《뉴스위크》 선정 100대 명저
128·129 **쿠오 바디스** 시엔키에비츠 · 최성은 옮김 노벨 문학상 수상 작가
130 **자기만의 방 · 3기니** 울프 · 이미애 옮김
131 **시르트의 바닷가** 그라크 · 송진석 옮김
132 **이성과 감성** 오스틴 · 윤지관 옮김
133 **바덴바덴에서의 여름** 치프킨 · 이장욱 옮김
134 **새로운 인생** 파묵 · 이난아 옮김 노벨 문학상 수상 작가
135·136 **무지개** 로렌스 · 김정매 옮김
137 **인생의 베일** 서머싯 몸 · 황소연 옮김
138 **보이지 않는 도시들** 칼비노 · 이현경 옮김
139·140·141 **연초 도매상** 바스 · 이운경 옮김 《타임》 선정 현대 100대 영문소설
142·143 **플로스 강의 물방앗간** 엘리엇 · 한애경, 이봉지 옮김 미국대학위원회 선정 SAT 추천도서
144 **연인** 뒤라스 · 김인환 옮김
145·146 **이름 없는 주드** 하디 · 정종화 옮김
147 **제49호 품목의 경매** 핀천 · 김성곤 옮김 《타임》 선정 현대 100대 영문소설

148 성역 포크너 · 이진준 옮김 노벨 문학상 수상 작가 | 퓰리처상 수상 작가

149 무진기행 김승옥

150·151·152 신곡(지옥편 · 연옥편 · 천국편) 단테 · 박상진 옮김 《뉴스위크》 선정 100대 명저

153 구덩이 플라토노프 · 정보라 옮김

154·155·156 카라마조프가의 형제들 도스토옙스키 · 김연경 옮김

157 지상의 양식 지드 · 김화영 옮김 노벨 문학상 수상 작가

158 밤의 군대들 메일러 · 권택영 옮김 퓰리처상 수상 작가

159 주홍 글자 호손 · 김욱동 옮김 서울대 권장도서 100선 | 미국대학위원회 선정 SAT 추천도서

160 깊은 강 엔도 슈사쿠 · 유숙자 옮김

161 욕망이라는 이름의 전차 윌리엄스 · 김소임 옮김

162 마사 퀘스트 레싱 · 나영균 옮김 노벨 문학상 수상 작가

163·164 운명의 딸 아옌데 · 권미선 옮김

165 모렐의 발명 비오이 카사레스 · 송병선 옮김

166 삼국유사 일연 · 김원중 옮김 서울대 권장도서 100선

167 풀잎은 노래한다 레싱 · 이태동 옮김 노벨 문학상 수상 작가

168 파리의 우울 보들레르 · 윤영애 옮김

169 포스트맨은 벨을 두 번 울린다 케인 · 이만식 옮김

170 썩은 잎 마르케스 · 송병선 옮김 노벨 문학상 수상 작가

171 모든 것이 산산이 부서지다 아체베 · 조규형 옮김 《타임》 선정 현대 100대 영문소설

172 한여름 밤의 꿈 셰익스피어 · 최종철 옮김 미국대학위원회 선정 SAT 추천도서

173 로미오와 줄리엣 셰익스피어 · 최종철 옮김 미국대학위원회 선정 SAT 추천도서

174·175 분노의 포도 스타인벡 · 김승욱 옮김 노벨 문학상 수상 작가 | 《타임》 선정 현대 100대 영문소설

176·177 괴테와의 대화 에커만 · 장희창 옮김

178 그물을 헤치고 머독 · 유종호 옮김 《타임》 선정 현대 100대 영문소설

179 브람스를 좋아하세요... 사강 · 김남주 옮김

180 카타리나 블룸의 잃어버린 명예 하인리히 뵐 · 김연수 옮김 노벨 문학상 수상 작가

181·182 에덴의 동쪽 스타인벡 · 정회성 옮김 노벨 문학상 수상 작가

183 순수의 시대 워튼 · 송은주 옮김 《뉴스위크》 선정 100대 명저 | 퓰리처상 수상작

184 도둑 일기 주네 · 박형섭 옮김

185 나자 브르통 · 오생근 옮김

186·187 캐치-22 헬러 · 안정효 옮김 《타임》 선정 현대 100대 영문소설 | 《뉴스위크》 선정 100대 명저 | BBC 선정 꼭 읽어야 할 책

188 숄로호프 단편선 숄로호프 · 이항재 옮김 노벨 문학상 수상 작가

189 말 사르트르 · 정명환 옮김

190·191 보이지 않는 인간 엘리슨 · 조영환 옮김 《타임》 선정 현대 100대 영문소설

192 왑샷 가문 연대기 치버 · 김승욱 옮김 퓰리처상 수상 작가

193 왑샷 가문 몰락기 치버 · 김승욱 옮김 퓰리처상 수상 작가

194 필립과 다른 사람들 노터봄 · 지명숙 옮김

195·196 하드리아누스 황제의 회상록 유르스나르 · 곽광수 옮김

197·198 소피의 선택 스타이런 · 한정아 옮김 퓰리처상 수상 작가

199 피츠제럴드 단편선 2 피츠제럴드 · 한은경 옮김

200 홍길동전 허균 · 김탁환 옮김

201 **요술 부지깽이** 쿠버 · 양윤희 옮김
202 **북호텔** 다비 · 원윤수 옮김
203 **톰 소여의 모험** 트웨인 · 김욱동 옮김
204 **금오신화** 김시습 · 이지하 옮김
205·206 **테스** 하디 · 정종화 옮김 미국대학위원회 선정 SAT 추천도서 | BBC 선정 꼭 읽어야 할 책
207 **브루스터플레이스의 여자들** 네일러 · 이소영 옮김
208 **더 이상 평안은 없다** 아체베 · 이소영 옮김
209 **그레인지 코플랜드의 세 번째 인생** 워커 · 김시현 옮김 퓰리처상 수상 작가
210 **어느 시골 신부의 일기** 베르나노스 · 정영란 옮김
211 **타라스 불바** 고골 · 조주관 옮김
212·213 **위대한 유산** 디킨스 · 이인규 옮김 서울대 권장도서 100선 | BBC 선정 꼭 읽어야 할 책
214 **면도날** 서머싯 몸 · 안진환 옮김
215·216 **성채** 크로닌 · 이은정 옮김
217 **오이디푸스 왕** 소포클레스 · 강대진 옮김 서울대 권장도서 100선
218 **세일즈맨의 죽음** 밀러 · 강유나 옮김
219·220·221 **안나 카레니나** 톨스토이 · 연진희 옮김 서울대 권장도서 100선
222 **오스카 와일드 작품선** 와일드 · 정영목 옮김
223 **벨아미** 모파상 · 송덕호 옮김
224 **파스쿠알 두아르테 가족** 호세 셀라 · 정동섭 옮김 노벨 문학상 수상 작가
225 **시칠리아에서의 대화** 비토리니 · 김운찬 옮김
226·227 **길 위에서** 케루악 · 이만식 옮김 《타임》 선정 현대 100대 영문소설 | 《뉴스위크》 선정 100대 명저
228 **우리 시대의 영웅** 레르몬토프 · 오정미 옮김
229 **아우라** 푸엔테스 · 송상기 옮김
230 **클링조어의 마지막 여름** 헤세 · 황승환 옮김 노벨 문학상 수상 작가
231 **리스본의 겨울** 무뇨스 몰리나 · 나송주 옮김
232 **뻐꾸기 둥지 위로 날아간 새** 키지 · 정회성 옮김 《타임》 선정 현대 100대 영문소설
233 **페널티킥 앞에 선 골키퍼의 불안** 한트케 · 윤용호 옮김 노벨 문학상 수상 작가
234 **참을 수 없는 존재의 가벼움** 쿤데라 · 이재룡 옮김
235·236 **바다여, 바다여** 머독 · 최옥영 옮김
237 **한 줌의 먼지** 에벌린 워 · 안진환 옮김 《타임》 선정 현대 100대 영문소설
238 **뜨거운 양철 지붕 위의 고양이 · 유리 동물원** 윌리엄스 · 김소임 옮김 퓰리처상 수상작
239 **지하로부터의 수기** 도스토옙스키 · 김연경 옮김
240 **키메라** 바스 · 이운경 옮김
241 **반쪼가리 자작** 칼비노 · 이현경 옮김
242 **벌집** 호세 셀라 · 남진희 옮김 노벨 문학상 수상 작가
243 **불멸** 쿤데라 · 김병욱 옮김
244·245 **파우스트 박사** 토마스 만 · 임홍배, 박병덕 옮김 노벨 문학상 수상 작가
246 **사랑할 때와 죽을 때** 레마르크 · 장희창 옮김
247 **누가 버지니아 울프를 두려워하랴?** 올비 · 강유나 옮김
248 **인형의 집** 입센 · 안미란 옮김
249 **위폐범들** 지드 · 원윤수 옮김 노벨 문학상 수상 작가
250 **무정** 이광수 · 정영훈 책임 편집 서울대 권장도서 100선

251·252 **의지와 운명** 푸엔테스 · 김현철 옮김
253 **폭력적인 삶** 파솔리니 · 이승수 옮김
254 **거장과 마르가리타** 불가코프 · 정보라 옮김
255·256 **경이로운 도시** 멘도사 · 김현철 옮김
257 **야콥을 둘러싼 추측들** 욘존 · 손대영 옮김
258 **왕자와 거지** 트웨인 · 김욱동 옮김
259 **존재하지 않는 기사** 칼비노 · 이현경 옮김
260·261 **눈먼 암살자** 애트우드 · 차은정 옮김 《타임》 선정 현대 100대 영문소설
262 **베니스의 상인** 셰익스피어 · 최종철 옮김
263 **말리나** 바흐만 · 남정애 옮김
264 **사볼타 사건의 진실** 멘도사 · 권미선 옮김
265 **뒤렌마트 희곡선** 뒤렌마트 · 김혜숙 옮김
266 **이방인** 카뮈 · 김화영 옮김 노벨 문학상 수상 작가 | 미국대학위원회 선정 SAT 추천도서
267 **페스트** 카뮈 · 김화영 옮김 노벨 문학상 수상 작가 | 국립중앙도서관 선정 청소년 권장도서
268 **검은 튤립** 뒤마 · 송진석 옮김
269·270 **베를린 알렉산더 광장** 되블린 · 김재혁 옮김
271 **하얀 성** 파묵 · 이난아 옮김 노벨 문학상 수상 작가
272 **푸슈킨 선집** 푸슈킨 · 최선 옮김
273·274 **유리알 유희** 헤세 · 이영임 옮김 노벨 문학상 수상 작가
275 **픽션들** 보르헤스 · 송병선 옮김 서울대 권장도서 100선
276 **신의 화살** 아체베 · 이소영 옮김
277 **빌헬름 텔 · 간계와 사랑** 실러 · 홍성광 옮김
278 **노인과 바다** 헤밍웨이 · 김욱동 옮김 노벨 문학상 수상 작가 | 퓰리처상 수상작
279 **무기여 잘 있어라** 헤밍웨이 · 김욱동 옮김 미국대학위원회 선정 SAT 추천도서
280 **태양은 다시 떠오른다** 헤밍웨이 · 김욱동 옮김 《타임》 선정 현대 100대 영문 소설
281 **알레프** 보르헤스 · 송병선 옮김
282 **일곱 박공의 집** 호손 · 정소영 옮김
283 **에마** 오스틴 · 윤지관, 김영희 옮김
284·285 **죄와 벌** 도스토옙스키 · 김연경 옮김 미국대학위원회 선정 SAT 추천도서
286 **시련** 밀러 · 최영 옮김
287 **모두가 나의 아들** 밀러 · 최영 옮김
288·289 **누구를 위하여 종은 울리나** 헤밍웨이 · 김욱동 옮김 노벨 문학상 수상 작가
290 **구르브 연락 없다** 멘도사 · 정창 옮김
291·292·293 **데카메론** 보카치오 · 박상진 옮김
294 **나누어진 하늘** 볼프 · 전영애 옮김
295·296 **제브데트 씨와 아들들** 파묵 · 이난아 옮김 노벨 문학상 수상 작가
297·298 **여인의 초상** 제임스 · 최경도 옮김 미국대학위원회 선정 SAT 추천도서
299 **압살롬, 압살롬!** 포크너 · 이태동 옮김 노벨 문학상 수상 작가
300 **이상 소설 전집** 이상 · 권영민 책임 편집
301·302·303·304·305 **레 미제라블** 위고 · 정기수 옮김
306 **관객모독** 한트케 · 윤용호 옮김 노벨 문학상 수상 작가
307 **더블린 사람들** 조이스 · 이종일 옮김

308 **에드거 앨런 포 단편선** 앨런 포 · 전승희 옮김 미국대학위원회 선정 SAT 추천도서
309 **보이체크 · 당통의 죽음** 뷔히너 · 홍성광 옮김
310 **노르웨이의 숲** 무라카미 하루키 · 양억관 옮김
311 **운명론자 자크와 그의 주인** 디드로 · 김희영 옮김
312·313 **헤밍웨이 단편선** 헤밍웨이 · 김욱동 옮김 노벨 문학상 수상 작가
314 **피라미드** 골딩 · 안지현 옮김 노벨 문학상 수상 작가
315 **닫힌 방 · 악마와 선한 신** 사르트르 · 지영래 옮김
316 **등대로** 울프 · 이미애 옮김 《타임》 선정 현대 100대 영문소설 | 《뉴스위크》 선정 100대 명저
317·318 **한국 희곡선** 송영 외 · 양승국 엮음
319 **여자의 일생** 모파상 · 이동렬 옮김
320 **의식** 노터봄 · 김영중 옮김
321 **육체의 악마** 라디게 · 원윤수 옮김
322·323 **감정 교육** 플로베르 · 지영화 옮김
324 **불타는 평원** 룰포 · 정창 옮김
325 **위대한 몬느** 알랭푸르니에 · 박영근 옮김
326 **라쇼몬** 아쿠타가와 류노스케 · 서은혜 옮김
327 **반바지 당나귀** 보스코 · 정영란 옮김
328 **정복자들** 말로 · 최윤주 옮김
329·330 **우리 동네 아이들** 마흐푸즈 · 배혜경 옮김 노벨 문학상 수상 작가
331·332 **개선문** 레마르크 · 장희창 옮김
333 **사바나의 개미 언덕** 아체베 · 이소영 옮김
334 **게걸음으로** 그라스 · 장희창 옮김 노벨 문학상 수상 작가
335 **코스모스** 곰브로비치 · 최성은 옮김
336 **좁은 문 · 전원교향곡 · 배덕자** 지드 · 동성식 옮김 노벨 문학상 수상 작가
337·338 **암 병동** 솔제니친 · 이영의 옮김 노벨 문학상 수상 작가
339 **피의 꽃잎들** 응구기 와 시옹오 · 왕은철 옮김
340 **운명** 케르테스 · 유진일 옮김 노벨 문학상 수상 작가
341·342 **벌거벗은 자와 죽은 자** 메일러 · 이운경 옮김 퓰리처상 수상 작가
343 **시지프 신화** 카뮈 · 김화영 옮김 노벨 문학상 수상 작가
344 **뇌우** 차오위 · 오수경 옮김
345 **모옌 중단편선** 모옌 · 심규호, 유소영 옮김 노벨 문학상 수상 작가
346 **일야서** 한사오궁 · 심규호, 유소영 옮김
347 **상속자들** 골딩 · 안지현 옮김 노벨 문학상 수상 작가
348 **설득** 오스틴 · 전승희 옮김
349 **히로시마 내 사랑** 뒤라스 · 방미경 옮김
350 **오 헨리 단편선** 오 헨리 · 김희용 옮김
351·352 **올리버 트위스트** 디킨스 · 이인규 옮김
353·354·355·356 **전쟁과 평화** 톨스토이 · 연진희 옮김
357 **다시 찾은 브라이즈헤드** 에벌린 워 · 백지민 옮김
358 **아무도 대령에게 편지하지 않다** 마르케스 · 송병선 옮김
359 **사양** 다자이 오사무 · 유숙자 옮김
360 **좌절** 케르테스 · 한경민 옮김 노벨 문학상 수상 작가

361·362 **닥터 지바고** 파스테르나크 · 김연경 옮김 노벨 문학상 수상 작가
363 **노생거 사원** 오스틴 · 윤지관 옮김
364 **개구리** 모옌 · 심규호, 유소영 옮김 노벨 문학상 수상 작가
365 **마왕** 투르니에 · 이원복 옮김 공쿠르상 수상 작가
366 **맨스필드 파크** 오스틴 · 김영희 옮김
367 **이선 프롬** 이디스 워튼 · 김욱동 옮김 퓰리처상 수상 작가
368 **여름** 이디스 워튼 · 김욱동 옮김 퓰리처상 수상 작가
369·370·371 **나는 고백한다** 자우메 카브레 · 권가람 옮김
372·373·374 **태엽 감는 새 연대기** 무라카미 하루키 · 김연경 옮김
375·376 **대사들** 제임스 · 정소영 옮김
377 **족장의 가을** 마르케스 · 송병선 옮김 노벨 문학상 수상 작가
378 **핏빛 자오선** 매카시 · 김시현 옮김
379 **모두 다 예쁜 말들** 매카시 · 김시현 옮김
380 **국경을 넘어** 매카시 · 김시현 옮김
381 **평원의 도시들** 매카시 · 김시현 옮김
382 **만년** 다자이 오사무 · 유숙자 옮김
383 **반항하는 인간** 카뮈 · 김화영 옮김 노벨 문학상 수상 작가
384·385·386 **악령** 도스토옙스키 · 김연경 옮김
387 **태평양을 막는 제방** 뒤라스 · 윤진 옮김
388 **남아 있는 나날** 가즈오 이시구로 · 송은경 옮김
389 **앙리 브륄라르의 생애** 스탕달 · 원윤수 옮김
390 **찻집** 라오서 · 오수경 옮김
391 **태어나지 않은 아이를 위한 기도** 케르테스 · 이상동 옮김 노벨 문학상 수상 작가
392·393 **서머싯 몸 단편선** 서머싯 몸 · 황소연 옮김
394 **케이크와 맥주** 서머싯 몸 · 황소연 옮김
395 **월든** 소로 · 정회성 옮김
396 **모래 사나이** E. T. A. 호프만 · 신동화 옮김
397·398 **검은 책** 오르한 파묵 · 이난아 옮김 노벨 문학상 수상 작가
399 **방랑자들** 올가 토카르추크 · 최성은 옮김 노벨 문학상 수상 작가
400 **시여, 침을 뱉어라** 김수영 · 이영준 엮음
401·402 **환락의 집** 이디스 워튼 · 전승희 옮김
403 **달려라 메로스** 다자이 오사무 · 유숙자 옮김
404 **아버지와 자식** 투르게네프 · 연진희 옮김
405 **청부 살인자의 성모** 바예호 · 송병선 옮김
406 **세피아빛 초상** 아옌데 · 조영실 옮김
407·408·409·410 **사기 열전** 사마천 · 김원중 옮김 서울대 권장도서 100선
411 **이상 시 전집** 이상 · 권영민 책임 편집
412 **어둠 속의 사건** 발자크 · 이동렬 옮김
413 **태평천하** 채만식 · 권영민 책임 편집
414·415 **노스트로모** 콘래드 · 이미애 옮김
416·417 **제르미날** 졸라 · 강충권 옮김
418 **명인** 가와바타 야스나리 · 유숙자 옮김 노벨 문학상 수상 작가
419 **핀처 마틴** 골딩 · 백지민 옮김 노벨 문학상 수상 작가

세계문학전집은 계속 간행됩니다.